21世纪高等院校教材

网络营销理论与实务

卓 骏 编

科 学 出 版 社

北 京

内 容 简 介

本书主要从网络营销特征、网络营销技术基础、网络营销环境、网络消费者行为、组织的网络交易、网络调研、网络目标市场选择、网站与顾客、成本与渠道、促销与广告、网站构建、网络服务等方面讨论网络与营销的整合，形成网络营销体系。

本书特点在于对网络营销中出现的实际问题进行理论探索与分析，并试图提出一些有效地解决方案，引导学生进行研究性学习，为读者在分析研究和解决网络营销中的现实问题时提供一些参考范例。另外，这些探索是作者在自己的教学与科研中逐步积累起来的，具有现实意义，同时本书有相应教学网站（浙江大学网络营销模拟系统 http：//www.cma.zju.edu.cn/survey/main.asp）及视频的支持。

图书在版编目（CIP）数据

网络营销理论与实务/卓骏 编 . —北京：科学出版社，2008
（21世纪高等院校教材）

ISBN 978-7-03-022014-1

Ⅰ. 网…　Ⅱ. 卓…　Ⅲ. 电子商务-市场营销学　Ⅳ.F713.36

中国版本图书馆 CIP 数据核字（2008）第 071006 号

责任编辑：王伟娟　胡志强 / 责任校对：李奕萱
责任印制：张克忠 / 封面设计：耕者设计工作室

科 学 出 版 社 出版
北京东黄城根北街 16 号
邮政编码：100717
http://www.sciencep.com

丽 源 印 刷 厂 印刷
科学出版社发行　各地新华书店经销

*

2008 年 6 月第 一 版　　开本：B5（720×1000）
2008 年 6 月第一次印刷　　印张：20
印数：1—3 500　　　　　　字数：380 000

定价：30.00 元
（如有印装质量问题，我社负责调换〈路通〉）

前　言

　　作为一种新的商务手段，电子商务不仅突破了时空限制，正在逐步改变现有的商务形态和交易方式，而且也正深刻地改变着人们的生活方式和思想观念。毋庸置疑，电子商务的迅猛发展必将对人类经济和社会的发展产生深刻影响。

　　网络营销是电子商务的重要组成部分，也是电子商务的基础。它代表了21世纪市场营销的大趋势，正在成为当代企业最热门、最活跃的经营活动之一。网络营销的范围涵盖了运用现代信息技术和计算机网络进行的一切经营活动，它为企业分析和掌握市场需求、开拓全球市场、参与国际竞争、减少中间环节、降低营销成本等提供了现代化的经营手段。

　　在如此深刻变化的背景下，对任何一家企业来说，如何借助现代信息技术和互联网有效地开展市场营销，寻觅和挖掘潜在的商机，扩大自己的市场，建立和确保其所处行业中的领先优势，已是一个迫切需要考虑的重要问题。

　　探讨网络营销和传统营销之间的差异、寻找企业和网民在互联网上的行为特征和归路、分析归纳出网络营销的创新之处，是本书的主要任务之一。网络营销是营销学母体上生长出的最具革命性的新学科，它使营销学长期追求的梦想成为可操作的现实（如将市场细分精细到"一对一"的地步）；同时又使顾客关系发生了质的变迁（"顾客参与的营销"）；它使营销渠道的效率和结构焕然一新；又使营销传播的游戏规则重新制定。但这并不意味着网络营销与传统营销两者之间没有关联和共同点。顾客导向、顾客价值仍然是营销决定性的前提；消费者行为研究、市场研究仍然是营销的基础；定位、顾客关系等仍然是营销战略的重要内容。虽然发现需求和满足需求的手段、策略和深度在不断变革，但赢得顾客和市场这一营销基本规律并未改变。营销的最基本特征是

"变"，营销在"变"中走向永恒。虽然对网络营销规律的探索必不可少，但我们也不应忽略互联网上的营销实践，本书有许多内容涉及这些方面，有关于技术的也有关于营销实践的，考虑到本书主要进行商务上的探索与讨论，因此所涉及的操作主要是营销方面的实践活动。

为了跟踪学科前沿，本书专门辟出一章网络营销探索的内容。同时，本书还就许多网络营销的实践问题进行大量的阐述和分析，希望能做到理论联系实际。

本书按由浅入深的顺序来安排章节：第一章绪论，主要探讨网络营销的基本问题及与传统营销的关系；第二章主要探索网络营销的理论基础问题；第三章对网络营销所涉及的一些技术基础所一些简单的介绍；第四章是网络营销环境的分析；第五、第六章主要是对网民和组织的购买行为进行研究探讨；第七章是非常重要的一章——网络市场调研——我希望通过这一章的学习与实践能够达到理论联系实际的效果，使得我们的调研成为理论与实践的桥梁；第八章的网络营销目标市场定位和第九章的网络营销商务模式，从战略层面探讨网络营销问题；第十至十四章主要讨论的是网络营销策略问题；第十五章介绍网站的构建；第十六章专门介绍了网络营销的服务策略，在这一章的写作过程中，王伟民付出了艰辛的劳动，提供的大量的材料。另外杜慧敏、缪圣陶、任天锋等同学在本书的编写过程中也帮助收集了不少资料。

本书的编写过程参阅了许多教材、著作、论文和一些网站上的一些文章，这些材料已在主要参考资料中列出，但是由于本人从事网络营销的教学与研究已有多年的历史，参考的资料众多，本书的编写也比较匆忙，可能会遗漏有关参考文献或标注不当，若有这种情况发生，敬请有关作者和出版社及时提出以便我们及时纠正，在此谨向有关的作者、编者和出版社致以谢意。

编者

2008 年 6 月

目 录

第一章

绪　论

> ➤ **教学目的**
> - 掌握网络营销的基本概念、特点、功能
> - 了解网络营销与传统营销的关系，一般了解网络营销的起源和发展
> - 掌握网络营销与传统营销的区别与联系
>
> ➤ **本章内容要点**
> - 网络营销的概念
> - 网络营销的特点
> - 网络营销的功能
> - 网络营销与传统营销的关系

第一节　网络营销概述

一、网络营销的含义以及与电子商务的关系

在商业社会里，商人们总会想方设法把自己的产品在市场上销售出去，以不断地满足顾客的需求，并且获取利润，这样就产生了市场营销。营销是企业经营的一项重要内容，制定合理的营销策略是企业将自己的劳动成果转化为社会劳动的一种努力，是企业实现其劳动价值和目的的一项十分重要的工作。营销管理专家菲利普·科特勒认为："营销是个人和集体通过创造并同别人交换产品和价值以获得其所需之物的一种社会过程。"它既不同于单纯的降低成本，

扩大产量的生产过程，又不同于纯粹推销产品的销售过程。而"市场营销是致力于通过交换过程满足需要和欲望的人类活动"。与传统的单纯追求利润最大化的经营目标相区别，营销观念强调在满足消费者的需求和利益，甚至整个社会的需求和利益的基础上实现企业的利润最大化。为了达到这个目的，企业必须不断地改进产品、服务和企业形象，提高产品价值，不断地降低生产与销售的成本，节约消费者耗费在购买商品上的时间和精力。因此，营销过程是一个涉及企业人、财、物、产、供、销、科研开发、设计等一切部门所有员工的系统工程。

今天，网络时代已悄然把我们带进了电子商务的世界，这里有商家、消费者，有产品、也有服务，形成了一个名副其实的虚拟市场。既然有了虚拟的网络市场，自然也就有了网络营销。网络营销是以现代信息技术为传播手段，通过对市场的互动营销传播，从而达到满足消费者需求和商家诉求（赢利目的）的过程。简单地讲，网络营销就是利用先进的电子信息手段进行的营销活动。从技术上说，电子商务与网络营销有着密切的联系。电子商务是由于互联网的迅速发展而成为了商业活动的新形式，网络营销则是随着电子商务的兴起而成为其发展的必然要求，它是电子商务这一大概念涵盖下的一个重要组成部分，而互联网成为电子商务与网络营销的工具。

二、网络营销的演变特点

1. 网络营销的产生与发展

网络营销在国外有许多翻译，如 Cyber Marketing，Internet Marketing，Network Marketing，e-Marketing 等。不同的单词词组有着不同的含义，Cyber Marketing 主要是指网络营销是在虚拟的计算机空间（Cyber，计算机虚拟空间）进行运作；Internet Marketing 是指在 Internet 上开展的营销活动；Network Marketing 是在网络上开展的营销活动，同时这里指网络不仅仅是 Internet，还可以是一些其他类型网络，如增值网络 VAN。目前，比较习惯采用的翻译方法是 e-Marketing，e 表示电子化、信息化、网络化的含义，既简洁又直观明了，而且与电子商务（e-Business）、电子虚拟市场（e-Market）等相对应。

网络营销的发展是伴随信息技术的发展而发展的，目前信息技术的发展，特别是通信技术的发展，促使互联网络形成一个辐射面更广、交互性更强的新型媒体，它不再局限于传统的广播电视等媒体的单向性传播，可以与媒体的接受者进行实时的交互式沟通和联系。使用网络人数随着入网用户的增加，网络的效益也随之以更大的倍数增加。因此，企业如何在如此潜力巨大的市场上开展网络营销、占领新兴市场对企业来说既是机遇又是挑战。当然网络营销不同于传统营销，它不是简单的营销网络化，但它又没有完全抛开传统营销的理论，而是与传统营销相互整合后形成的新的营销形式。

从各个历史阶段营销观念的演进，我们知道营销观念代表了现代企业的经营思想，在西方也称为"营销管理哲学"。从以产品为中心到以市场和顾客为中心，从以国内市场为舞台到在全世界范围内生产经营，企业经营思想的演进过程直接体现了生产力的发展及市场供求关系的变化。19世纪产业革命之后，随着商品经济的日趋发达，物质财富的日渐丰富，西方企业经营思想和经营理念也随之不断地发展。其演化过程大致分为六个阶段，即生产观念、产品观念、推销观念、营销观念、社会营销观念和战略营销观念。其中营销观念的产生，标志着企业的经营思想的宗旨，由以生产者为中心过渡到以消费者为中心，是企业经营方式的一种革命性的改变。

企业经营思想的变化不论经历什么阶段，发生什么变化，都是生产力发展的结果。工业时代，生产力不断提高，科学技术不断进步，物质财富不断丰富，由此带来了市场结构的变化，由卖方市场过渡到买方市场，这是促使企业经营思想由以生产为中心到以市场为中心转变的内在原因。国内市场的狭窄和饱和，也促使企业迈出国门，走向世界。跨国公司的全球一体化经营，体现和强化了世界经济一体化的趋势。纵观企业经营思想的演变史，最具革命性的进步意义就在于突出了消费者利益和走向世界。而利用互联网进行的营销活动——网络营销恰恰迎合并突出了这种特征，它直接、高效、低成本地实现了营销观念的两大主要目标，因此，它必将成为21世纪营销的主要形式。

2. 网络营销的特点

网络营销是新的营销形式，与传统营销有着千丝万缕的联系，它们都是以销售、宣传商品及服务、加强和消费者的沟通与交流等为目的，但同时它们之间又存在着明显的差别，在营销的手段、方式、工具、渠道以及营销策略上它们都有着本质的区别。网络营销不是简单的营销网络化，作为一种新的网络产物，网络营销与传统营销相比具有其自身的特点。根据整合营销的思想，进入网络时代后的营销组合已由原来的4P（product产品、place渠道、promotion促销、price价格）逐步演变为4C（consumer消费者、communication沟通、convenience方便、cost成本）。二者的区别突出表现在以下四个方面：

1）产品（product）与消费者（consumer）

在传统4P的营销组合中，产品策略是很重要的一部分。但是随着社会的网络化和信息化进程，产品策略中消费者需求的信息因素所占的比重越来越大。传统的产品策略开始发生倾斜，逐渐演变为满足消费者需求的营销策略。

2）促销（promotion）与沟通（communication）

无论是强调 4P（产品、价格、渠道和促销）组合，还是追求 4C（消费者、成本、方便和沟通），都必须基于这样一个前提：企业必须实行全程营销，即必须由产品的设计阶段开始就充分考虑消费者的需求和意愿。但是在实际操作中这一点往往很难做到，因为消费者与企业之间缺乏合适的沟通渠道，或沟通成本太高。消费者一般只能针对现有的产品提出意见或批评，对尚处于概念阶段的产品难以涉足。此外，大多数的中小企业也缺乏足够的资本用于了解消费者的各种潜在需求，他们只能凭自身能力或参照市场领导者的策略进行产品开发。而在网络环境下，这一状况将大有改观。即使是中小企业，也可以通过电子布告栏、线上讨论广场和电子邮件等方式，以极低成本在营销的全过程中对消费者进行即时的信息搜索，消费者则有机会对产品从设计到定价（对采用理解价值定价法的企业尤为重要）及服务等一系列问题发表意见。这种双向互动的沟通方式提高了消费者的参与性与积极性，更重要的是它能使企业的决策有的放矢，从根本上提高消费者的满意程度。

由于网络有很强的互动性和全球性，网络营销可以实时地和消费者进行沟通，解答消费者的疑问，并可以通过 BBS、E-mail 快速为消费者提供信息。因而，网络营销的这种开放的沟通是传统营销所不能比拟的。

3）渠道（place）与方便（convenience）

在促销方式上，网络营销本身可采用电子邮件、网页、网络广告等方式，也可以借鉴传统营销中的促销方式，而促销活动一般要求要有新意、能吸引消费者，所以网络营销同样要有创意、新颖。同时，现代化的生活节奏已使消费者用于外出在商店购物的时间越来越少，人们也不愿意花太多的精力穿梭在各家商场之间。传统的购物方式中，从商品的买卖过程来看，一般需要经过看样、选择商品、确定商品、付款结算、包装商品、取货（或送货）等一系列过程。这个过程大多数是在售货地点完成的，短则几分钟，长则数个小时，再加上去购物场所的路途时间、购买后的返途时间及在购买地的逗留时间，无疑大大延长了商品的买卖过程，同时增加了顾客的精力耗费，使消费者为购买商品而在时间和精力上作出很大的付出，同时，拥挤的交通和日益增多的店面更延长了消费者在购物方面所消耗的时间和精力。然而，在现代社会，随着生活节奏的加快，人们越来越珍惜闲暇时间，越来越希望在闲暇时间里从事一些有益身心的活动，充分享受生活。在这种情况下，企业要做的就是真正方便顾客。一方面，网络营销为消费者提供了足不出户即可挑选购买自己所需的商品和服务的方便，让顾客有更多时间从事其他活动，提高了购物效率，当然，另一方面，也减少了消费者直接面对商品的直观性，限于商家的诚实和信用，我们无法保证网上的信息绝对的真实，也无法保证商品质量的优良。另外网上购物需要等待商家送货或邮寄上门，这在一定程度也给消费者带来了不便。

4）价格（price）与成本（cost）

网络营销能为企业节省巨额的流通费用和促销费用，使产品成本和价格的降低成为可能。这样消费者可以在全球范围内寻找最优惠的价格，甚至可绕过中间商直接向生产者订购。

企业要真正实现个性营销必须解决庞大的促销费用的问题，网络营销的出现同样也为这一难题提供了可行的解决途径。企业的各种销售信息可以在网络上以数字化的形式存在，可以以极低的成本发送并能根据需要进行修改，这样，庞大的促销费用就得以节省。企业还可以根据消费者反馈的信息和要求通过自动服务系统提供特别服务，这对于中小企业尤为有利，它们可以因此摆脱了传统营销下规模经济的束缚。

可见，4P 是卖方的组合，是以销售为导向的，而 4C 则是以消费者或者市场为导向的，因此，网络营销相对于传统营销有着很强的优势，虽然作为一个新生事物，它也有许多不足之处。就现代营销发展的趋势来看，网络营销必将在整个营销中占据越来越多的份额。

三、网络营销的功能

为了保护市场，赢得更多的利润，企业都在积极地制定自身的营销策略，千方百计地保护已有的市场，并抢占潜在的市场。网络营销作为一个新生事物，它在市场营销中发挥了很多传统营销不具备的作用，并且越来越受到人们的关注。它的功能主要表现在以下几个方面。

1. 网络营销实现了个性化营销

网络营销使建立高度目标化的小群体营销甚至个体营销成为可能。它改变了工业时代大规模、标准化生产方式所形成的大规模营销方式，根据消费者的意愿提供小批量、特性化的商品和服务，以满足消费者价值取向各异的多元化生活方式，从而真正实现了消费者的个性回归。

2. 互联网为网络营销提供了一个真正意义上的国际市场

网络营销使交易过程的中间环节和渠道日益成为多余，它可以集中所有的生产者和消费者在远隔重洋的情况下进行交易。这将大大降低社会成本、提高交易效率、优化全球范围内的资源配置。

建立在网络上的虚拟购物中心，可以不受现实世界中商场的国别、地域、空间、雇员及营业时间等条件的限制，而采取灵活多样的方式方便消费者。世界各地的消费者可以在任何时间选择来自世界任何地方的商品，可以货比万家，可以下指令驱使智能软件按照自己的意愿在浩瀚无边的商品海洋中进行选择。一旦选中，即可迅速完成网上支付程序，整个购买过程即告完成，只待商家送货上门了。如果是可以进行网上传输的数字化商品，例如信息、软件、图片、音乐等，更是在转瞬之间将消费欲望化成了现实。这种真正意义上的世界市场动摇了传统中间商的地位，从而引起相当剧烈的产业结构调整。

3. 网络营销有利于企业减少库存、缩短生产周期

IBM 个人系统集团公司从 1996 年开始应用网络营销高级计划系统。零售商和供应商都通过网络营销系统将一系列相关产品的最新预测发送出去，连接在互联网上的主机在收到最新预测后，对他们的预测进行对比，并标示出最大的差异之处，该差异将由零售商和供应商的计划人员重新调整。为了避免操作复杂，软件设计公司将该软件设计成针对具体交易情况可自动处理和调整的方式。这样，生产商就可以准确的依据销售商的需求生产，使库存保持在适当的数量，从而降低库存成本。

每一项产品的生产成本都涉及固定成本的支出，固定成本并不随着生产数量的变化而变化，而与产品的生产周期有关。网络营销的出现同样也缩短了产品的生产周期，从而降低了企业的生产成本。网络技术的应用为产品的开发与设计提供了快捷的方式：第一，开发者可以利用网络进行快速市场调研，了解最新的市场需求；第二，开发者可以利用网络技术了解到竞争对手的最新情况，从而可以对自己的产品进行适当的调整，以取得竞争优势。这一过程，在传统生产中，是一个漫长的过程，它使生产周期大大延长，生产成本大大提高。而现在，网络营销改变了这一切。

4. 网络营销改变了企业的竞争方式、竞争基础和竞争形象

企业是经济领域中最小也是最重要的组织，信息化对经济活动的影响，最终还会影响到企业的经营管理。在这一方面，网络营销改变了企业的竞争方式、竞争基础和竞争形象。在网络空间上，企业可以利用互联网以较低费用进行企业形象推广。通过建立一个方便用户而且制作优良的网站，使消费者在浏览中感受企业的文化、企业的精神，迅速建立企业形象，为营销的持续进行做好铺垫。

5. 网络营销给企业内部结构和行业结构带来了新变革

以互联网为基础的网络营销给传统的企业组织形式带来了很大的冲击。它打破了传统职能部门依赖于通过分工与协作完成整个工作的过程，而形成了工程的思想。在网络营销的构架里，除了市场部和销售部可以与客户打交道外，

企业的其他职能部门也能够通过网络营销的网络与客户频繁接触，从而改变了过去间接接触的状况。网络营销模式下的企业结构变革的另一个特点就是企业管理模式由集权制向分权制转换。另外，在网络营销的模式下，企业的经营活动打破了时间和空间的限制，出现了一种新型企业——虚拟企业。这种虚拟企业打破了企业之间、行业之间、地域之间的界限，把现有的资源整合成为一种超越时空、利用电子手段传输信息的经营实体。

网络营销不仅影响了企业的内部结构，也影响了企业外部的行业结构，这主要表现在两个方面。首先，网络营销促使新的以服务为主的行业产生。其次，网络营销使跨国管理成为现实。

6. 网络营销创造了无国界的国际商务活动

作为一种先进的生产力，网络的广泛应用和快速发展，必将对聚集其中的各种不同的经济制度、文化背景、贸易模式、市场结构、生产方式和生活方式等产生深刻的冲击和影响，并强制性地使其向市场机制快速演化或趋同。

在国际营销理论中，各国政治、经济及文化方面的环境是被视为一种前提条件而存在的，企业只能被动地适应这种环境差异。人是环境的产物，人们的消费习惯、需求欲望无一不与他们所处的特定环境紧密相关。但是，蓬勃发展的网络世界缩小甚至是同化了这种差异。随着全球经济一体化迅速发展，各国都意识到只有积极参与国际分工，融入世界经济发展的洪流，才能避免被淘汰的命运。网络世界加深了世界各国相互依赖的程度，使经济联系越来越紧密。网络营销涉及面很广，不仅包括参与国际竞争的企业、身处世界市场的消费者，也涉及政府相关职能部门，它是一个复杂的系统工程。网络营销引起的国际贸易机制的变革必将对一个国家政府财政、金融、货币、税收、法律甚至教育等方面带来深刻而广泛的冲击，并直接影响其市场开放程度的选择和经济机制改革的深度、广度和速度。

如前所述，网络代表了一种比高度发达的工业时代生产力更为先进的生产力，它的革命性在于缩短了整个经济的中间环节，降低了交易成本，节约了社会资源。具体到营销机制，网络技术克服了生产者和消费者之间的时间和空间的障碍，弱化了二者之间的各种中间环节和渠道，是国际营销的发展方向。网络营销是具有极大经济潜力和应用价值的全新领域，是国际营销的发展趋势。

第二节　网络营销与传统营销的关系

一、由市场导向向顾客导向转变

在传统的市场营销中，企业所遵循的是市场导向。由于技术手段的制约，企业无法了解其所面对的市场中的每个消费者的实际需求，也无法针对每一位消费者来为其设计独特的产品。企业将其所面临的目标市场在很大程度上看成是同质性市场，即认为市场中的消费者有着相类似的需求特征，在通过市场调查之后，企业便根据统计结果中出现频次最高的需求特征来设计产品，最终将这些产品通过广泛的销售渠道推向市场。消费者的个性化需求在很大程度上被企业忽略。

然而，在网络化时代，企业所面对的"网络顾客"与传统的消费者则有了质的变化。他们用信用卡规划自己一个月的花费，口味也变得十分挑剔。网络顾客的上述特点表现为消费者的个性消费意识增强，他们不仅按个性选购商品，而且对商品的要求也越来越高，甚至开始要求厂商为自己订制产品。这种个性消费的发展将促使企业重新思考其营销战略，开始以消费者个性需求作为提供产品和服务的出发点。随着计算机辅助设计和遥控技术的进步，现代企业将具备以较低成本进行多品种小批量生产的能力，这一能力的增强为个性化营销奠定了基础。但要真正实现个性化营销还必须解决庞大的营销费用问题，网络的出现为这一难题的解决提供了可行的途径。企业的各种销售信息在网络上以数字化形式存在，可以以较低的成本发送并能随时根据需要进行修改，企业与消费者可以在网上进行交易，减少了部分中间流通环节，降低了销售成本。另外，企业可以不受时间、地域的限制，在全球范围内进行原材料采购，并能够以较低的价格获得原材料，这些都使庞大的营销费用得以节省。

二、同质化、大规模营销转变为个性化、"一对一"营销

在第二次工业革命中崛起的巨型公司，如福特公司、通用公司、杜邦公司等是传统的同质化、大规模营销的最典型的例子。这些公司充分利用大批量生产的规模经济效益，在世界范围内生产标准化部件和产品，以标准质量产品占据市场份额，同时投入巨额资金进行广告宣传，影响消费者的偏好，抢占市场份额，赚取巨额利润，然后凭借庞大的资金和销售渠道，打入其他领域。

但是，随着网络时代的来临，网络顾客由于受教育程度和文化知识水平的提高，其购买需求和购买行为更加个性化。工业经济时代那种同质化、大规模的营销方式将越来越不适应网络时代消费者的需要，为了更好地为客户服务，厂家不得不研究消费者的个性化需求。"顾客是上帝"成为企业营销行动必须遵循的准则。如美国著名的 Levis 服装公司就利用互联网销售量身定做牛仔裤，顾客通过该公司的 Web 网站提供自己的尺码，公司根据收到的尺码信息为其单独制作牛仔裤并送至消费者手中，实现真正"一对一"营销。由于顾客较以往有更多的主动性，此时企业成功的关键就是能否让顾客在茫茫网络空间里发现、进入企业的网站，并和企业保持长期的联系。企业所要做的是在确定了企业所希望吸引的目标顾客之后，便有针对性地推出企业的网页，通过网页丰富的内容来吸引企业的目标顾客，接触潜在的顾客，提供他们需要的产品和服务，使面向消费者的营销活动趋向个性化。

三、从异动单向的市场营销转变为同步互动的市场营销

传统的营销活动都是单向的，即营销者主要依赖各种各样的传播媒介，如媒体广告、展览、产品目录等向消费者提供单向的信息输送，再以各种各样的调查研究方法来了解顾客的需求，这种过程在大多数情况下都是分离、异动的，使信息的发送与反馈之间不可避免地存在较明显的"时滞"，营销部门因无法及时获得消费者的反馈信息而不能对那些缺乏营销效率的部门与人员作出调整，从而影响了企业的赢利。随着社会分工日益专业化，消费者开始对传统的"填鸭式"营销沟通方式感到厌倦和不信任，他们要积极主动地寻找与商品有关的信息。计算机网络则提供了企业与顾客双向同步交流的通道，潜在的消费者可以借助网络的帮助与销售人员对话，了解感兴趣的产品与服务，提出问题和建议，而销售商则根据顾客的信息反馈对产品进行改造或推出新产品，充分利用网络高度互动性的新型营销方法使营销管理者在市场调研、产品设计、生产到售后服务的一系列过程中和消费者保持密切的联系，使信息的发送与反馈之间的"时滞"降到可以忽略不计的程度，真正实现同步互动营销。这种互动的营销手段更加以消费者为中心，甚至使消费者积极参与生产的全过程，其结果当然是产生更符合消费者需要的产品与服务。

四、营销管理从分散、独立的过程发展到统一的协同工作过程

在传统的营销管理中，企业营销的各个环节由不同部门和人员负责，消费者和企业之间缺乏合适的沟通渠道，沟通成本过高，消费者只能对现有产品提出建议或批评，对尚处在概念阶段的产品则难以涉足。网络营销不仅能

使消费者与企业互动，而且能使企业各职能部门之间互动。计算机网络使分工和合作得以有效结合。其一，利用先进的信息化技术与网络，企业可以对整个营销过程进行实时监控，并进行不断调整；其二，网络系统提供充分的交流环境，技术、产品和价格信息可通过网络瞬间传递给世界各地的员工和客户。网络反馈信息经分析通过企业内部网传送到生产第一线，可即时生产订制的产品；产品定价也可通过网络反映给消费者；销售人员可以进入公司内部网，获得产品性能、价格变化的最新信息；公司专家系统帮助销售人员了解销售困难与解决方案；销售人员可以对具体项目提出建议与意见，这样，营销部门就能和企业其他部门之间保持持久密切的合作，从而充分有效地发挥营销的功能。

本 章 小 结

　　网络营销是企业借助互联网络作为信息传递手段，通过创造令顾客满意的产品和价值，并同顾客进行信息、产品与服务的交换以获取预期利益的社会及管理活动。它具有以下含义：网络营销是市场营销的特殊表现形式；网络营销以互联网为信息沟通手段；网络营销的运作建立在虚拟空间基础上。

　　网络营销具有营销的共性，同时又具有独有的特性：营销过程虚拟化；需求满足个性化；成本低廉化；网络营销过程互动化。

　　网络营销作为促成商品交换的企业经营管理手段，是企业基于互联网的电子商务活动中最基本的重要的商业活动。

　　网络营销作为一种全新营销模式，对传统市场营销有着重大的影响和冲击。它影响了传统营销策略、营销战略、营销组织。但这并不等于说网络营销将完全取代传统营销，网络营销与传统营销需要一个整合的过程。

　　网络营销面临着新的挑战与机遇，网络营销是经营创新，网络营销是现代管理，网络营销需要不断的学习与实践。

关键术语

　　电子商务　网络营销　网络营销与传统营销的整合　4C

第二章

网络营销理论的探索

➤ **教学目的**
- 掌握网络直复营销理论的基本思想
- 掌握网络关系营销理论的基本思想
- 掌握网络软营销理论的基本思想
- 掌握网络整合营销等理论的基本思想
- 了解各相关理论间的关系

➤ **学习方法**
- 理解和识记基本原理和理论、案例分析等

➤ **本章内容要点**
- 各相关理论的基本思想

　　网络营销区别于传统营销的根本原因是网络本身的特性和消费者需求的个性回归。在这两者的综合作用下，使得传统营销理论不能完全胜任对网络营销的指导。这才需要在传统营销理论的基础上，从网络的特征和消费者需求这两个视角出发，作重新的演绎和创新。但不管怎样，网络营销仍属于市场营销理论的范畴。事实上，网络营销在某些方面是强化了传统市场营销理论的观念，但在某些方面也改写了工业化大规模生产时代营销理论的一些观点。

第一节　网络直复营销

　　根据美国直复营销协会（ADMA）为直复营销下的定义，直复营销是一种

为了在任何地方产生可度量的反应和（或）达成交易而使用一种或多种广告媒体的相互作用的市场营销体系。直复营销中的"直"是指不直接通过中间分销渠道而直接通过媒体连接企业和消费者，在网上销售产品时顾客可通过网络直接向企业下订单并付款；"复"是指企业与顾客之间的交互，顾客对企业的营销努力有一个明确的回复（购买还是不够买），企业可统计到这种明确回复的数据，并由此对以往的营销努力作出评价。[①] 网络作为一种交互式的可以双向沟通的渠道和媒体，它可以很方便为企业与顾客之间架起桥梁，顾客可以直接通过网络订货和付款，企业可以通过网络接收订单、安排生产，直接将产品送给顾客。基于互联网的直复营销将更加吻合直复营销的理念。这表现在以下四个方面：

第一，直复营销作为一种相互作用的体系，特别强调直复营销者与目标顾客之间的"双向信息交流"，以克服传统市场营销中的"单向信息交流"方式的营销者与顾客之间无法沟通的致命弱点。互联网作为开放、自由的双向式的信息沟通网络，企业与顾客之间可以实现直接的一对一的信息交流和直接沟通，企业可以根据目标顾客的需求进行生产和营销决策，在最大限度满足顾客需求的同时，提高营销决策的效率和效用。

第二，直复营销活动的关键是为每个目标顾客提供直接向营销人员反应的渠道，企业可以凭借顾客反应找出不足，为下一次直复营销活动做好准备。互联网的方便、快捷性使得顾客可以方便的通过互联网直接向企业提出建议和购买需求，也可以直接通过互联网获取售后服务。企业也可以从顾客的建议、需求和要求的服务中，找出企业的不足，按照顾客的需求进行经营管理，减少营销费用。

第三，直复营销活动中，强调在任何时间、任何地点都可以实现企业与顾客的"信息双向交流"。互联网的全球性和持续性的特性，使得顾客可以在任何时间、任何地点直接向企业提出要求和反映问题，企业也可以利用互联网实现低成本的实现跨越空间和突破时间限制与顾客的双向交流，这是因为利用互联网可以自动的全天候提供网上信息沟通交流工具，顾客可以根据自己的时间安排任意上网获取信息。

第四，直复营销活动最重要的特性是直复营销活动的效果是可测定的。互联网作为最直接的简单沟通工具，可以很方便为企业与顾客进行交易时提供沟通支持和交易实现平台，通过数据库技术和网络控制技术，企业可以很方便的处理每一个顾客的订单和需求，而不用管顾客的规模大小、购买量的多少，这是因为互联网的沟通费用和信息处理成本非常低廉。因此，通过互联网可以实现以最低成本最大限度的满足顾客需求同时了解顾客需求，细分目标市场，提

---

① 资料来源：《企业营销新方式——网络营销研究》. 曹正进

高营销效率和效用。

网络营销作为一种有效的直复营销策略，说明网络营销的可测试性、可度量性、可评价性和可控制性。因此，利用网络营销这一特性，可以大大改进营销决策的效率和营销执行的效用。有关网络直复营销理论的应用将在后面的网络营销渠道策略中进行详细介绍。

第二节　网络关系营销理论

关系营销是 1990 年以来受到重视的营销理论，主要代表人物是 Payne。关系营销主要包括两个基本点：首先，在宏观上认识到市场营销会对范围很广的一系列领域产生影响，包括顾客市场、劳动力市场、供应市场、内部市场、相关者市场，以及影响者市场（政府、金融市场）；其次，在微观上，认识到企业与顾客的关系不断变化，市场营销的核心应从过去的简单的一次性的交易关系转变到注重保持长期的关系上来。

Payne 和 Christopher（1991）提出的六市场模型如图 2-1 所示。

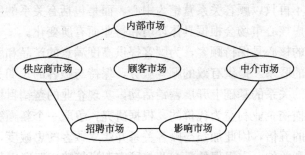

图 2-1　Payne 的关系市场模型

这六个市场分别代表以下内容：

顾客市场包括所有向企业购买产品或服务的个人或组织。他们可以是最终的消费者，也可以是分销商。内部市场是指公司内部的个人和团体。由于他们是顾客了解企业和提升企业形象的媒介，因此也成为关系营销的焦点。招聘市场会对企业的生存和发展产生影响，因为好的员工能给企业带来显著的利润和良好的工作氛围。供应商市场是指为公司提供能源、原料、设备、零部件和服务的组织网络。企业经过实践发现与供应商建立良好的关系能促使他们改进质量、加快市场推出、加大产品创新以及降低存货积压水平而获得较强的相对优势。影响市场由独立的团体、组织和个人构成，他们能够积极或消极地影响公司市场环境。因此，公共关系管理应该成为关系营销过程中的一个重要组成部分。成功的公司一般都与对市场有影响的主要团体、组织有良好的关系。中介市场可以成为开发新业务的有效渠道，它可由来自诸如会计师、行业专家和证券分析师等专业咨询渠道组成，也可由来自现有的对我们感到满意的客户组成。与这些推荐渠道建立关系应该成为营销战略一个不可分割的组成部分。这六个市场模型以顾客市场为核心相互联系、相互影响，共同组成企业关系营销环境。

Payne 模型建立于两个基本假设：一是保留老客户比吸引新客户更有价值，二是与顾客建立并保持合作关系，使双方长期获益。模型提出以后，得到了理论界和实践界的普遍认可，迅速成为关系营销的基础理论。Payne 等的开创性工作重新划定了市场营销的活动范围，搭建了关系营销理论应用到实践的桥梁。但他们的研究还停留在观念层面，在关系市场的界定和市场力量相互关系上的认识还存在不足，还只是观念到战略的一种初始过渡。Payne 和 Christopher 的六市场模型为后来学者相继提出的各种关系营销模型提供了很大的启示和理论基础。随着营销理论和实践的发展，我国关系营销的研究者不断对关系营销的市场模型提出新见解和修正思路。

一些学者在进一步对关系营销研究后开始将企业所处的全部利益相关者均纳入模型中并不再只以顾客关系营销为中心，而是包括有关系的所有利益相关者。另外也考虑核心市场会根据具体环境和行业而有所变化。

关系营销的核心是保持顾客，为顾客提供高度满意的产品和服务价值，通过加强与顾客的联系，提供有效的顾客服务，保持与顾客的长期关系。并在与顾客保持长期的关系的基础上开展营销活动，实现企业的营销目标。实施关系营销并不是以损伤企业利益为代价的，根据研究，争取一个新顾客的营销费用是老顾客费用的五倍，因此加强与顾客关系并建立顾客的忠诚度，是可以为企业带来长远的利益的，它提倡的是企业与顾客双赢策略。互联网作为一种有效的双向沟通渠道，企业与顾客之间可以实现低费用成本的沟通和交流，它为企业与顾客建立长期关系提供有效的保障。这是因为，首先，利用互联网企业可以直接接收顾客的订单，顾客可以直接提出自己的个性化的需求。企业根据顾客的个性化需求利用柔性化的生产技术最大限度满足顾客的需求，为顾客在消费产品和服务时创造更多的价值。企业也可以从顾客的需求中了解市场、细分市场和锁定市场，最大限度降低营销费用，提高对市场的反应速度。其次，利用互联网企业可以更好地为顾客提供服务和与顾客保持联系。互联网的不受时间和空间限制的特性能最大限度方便顾客与企业进行沟通，顾客可以借助互联网在最短时间内以简便方式获得企业的服务。同时，通过互联网交易企业可以实现对整个从产品质量、服务质量到交易服务等全程的质量控制。

另一方面，通过互联网企业还可以实现与其相关的企业和组织建立关系，实现双赢发展。互联网作为最廉价的沟通渠道，它能以低廉成本帮助企业与企业的供应商、分销商等建立协作伙伴关系。

第三节 网络软营销理论

软营销理论是针对工业经济时代的以大规模生产为主要特征的"强式营销"提出的新理论，它强调企业进行市场营销活动的同时必须尊重消费者的感受和体验，让消费者能舒服的主动接收企业的营销活动。传统营销活动中最能体现强势营销特征的是两种促销手段：传统广告和人员推销。在传统广告中，消费者常常是被迫地、被动地接收广告信息的"轰炸"，它的目标是通过不断的信息灌输方式在消费者心中留下深刻印象，至于消费者是否愿意接收、需要不需要则不考虑；在人员推销中，推销人员根本不考虑被推销对象是否愿意和需要，只是根据推销人员自己的判断强行展开推销活动。

在互联网上，由于信息交流是自由、平等、开放和交互，强调的是相互尊重和沟通，网上使用者比较注重个人体验和隐私保护。因此，企业采用传统的强势营销手段在互联网上展开营销活动势必适得其反，如美国著名 AOL 公司曾经对其用户强行发送 E-mail 广告，结果招致用户的一致反对，许多用户约定同时给 AOL 公司服务器发送 E-mail 进行报复，结果使得 AOL 的 E-mail 邮件服务器处于瘫痪状态，最后不得不道歉平息众怒。网络软营销恰好是从消费者的体验和需求出发，采取拉式策略吸引消费者关注企业来达到营销效果。在互联网上开展网络营销活动，特别是促销活动一定要遵循一定的网络虚拟社区形成规则，有的也称为"网络礼仪（Netiquette）"。网络软营销就是在遵循网络礼仪规则的基础上巧妙运用达到一种微妙的营销效果。

第四节 网络整合营销

整合营销主要包括三个方面的含义：一是企业传播信息的一致性；二是消费者与企业进行沟通的互动性；三是目标营销，即企业的一切营销活动都应围绕企业目标来进行，实现全程营销。[①]

① 资料来源：《企业营销新方式——网络营销研究》．曹正进

在当前后工业化社会中，第三产业中服务业的发展是经济主要的增长点，传统的以制造为主的正向服务型发展。后工业社会要求企业的发展必须以服务为主，必须以顾客为中心，为顾客提供适时、适地、适情的服务，最大程度满足顾客需求。互联网络作为跨时空传输的"超导体"媒体，可以为在顾客所在地提供及时的服务，同时互联网络的交互性可以了解顾客需求并提供针对性的响应，因此互联网络可以说是消费者时代中最具魅力的营销工具。

互联网络对市场营销的作用，可以通过对 4P（产品/服务、价格、分销、促销）结合发挥重要作用。利用互联网络传统的 4P 营销组合可以更好的与以顾客为中心的 4C（顾客、成本、方便、沟通）相结合。

一、产品和服务以顾客为中心

由于互联网络具有很好的互动性和引导性，用户通过互联网络在企业的引导下对产品或服务进行选择或提出具体要求，企业可以根据顾客的选择和要求及时进行生产并提供及时服务，使得顾客跨时空得到满足所要求的产品和服务；另一方面，企业还可以及时了解顾客需求，并根据顾客要求组织及时生产和销售，提供企业的生产效益和营销效率。如美国 PC 销售公司 Dell 公司，在 1995 年还是亏损的，但在 1996 年，它们通过互联网络来销售电脑，业绩得到 100％增长，由于顾客通过互联网络，可以在公司设计的主页上进行选择和组合电脑，公司的生产部门马上根据要求组织生产，并通过邮政公司寄送，因此公司可以实现零库存生产，特别是在电脑部件价格急剧下降的年代，零库存不但可以降低库存成本还可以避免因高价进货带来的损失。

二、以顾客能接受的成本定价

传统的以生产成本为基准的定价在以市场为导向的营销中是必须摒弃的。新型的价格应是以顾客能接受的成本来定价，并依据该成本来组织生产和销售。企业以顾客为中心定价，必须测定市场中顾客的需求以及对价格认同的标准，否则以顾客接受成本来定价是空中楼阁。企业在互联网络上则可以很容易实现，顾客可以通过互联网络提出接受的成本，企业根据顾客的成本提供柔性的产品设计和生产方案供用户选择，直到顾客认同确认后再组织生产和销售，所有这一切都是顾客在公司的服务器程序的导引下完成的，并不需要专门的服务人员，因此成本也极其低廉。目前，美国的通用汽车公司允许顾客在互联网络上，通过公司的有关导引系统自己设计和组装满足自己需要的汽车，用户首先确定接受价格的标准，然后系统根据价格的限定从中显示满足要求式样的汽车，用户还可以进行适当的修改，公司最终生产的产品恰好能满足顾客对价格和性能的要求。

三、产品的分销以方便顾客为主

网络营销是"一对一"的分销渠道，是跨时空进行销售的，顾客可以随时随地利用互联网络订货和购买产品。以法国钢铁制造商犹齐诺—洛林公司为例，该公司创立于8年前，因为采用了电子邮件和世界范围的订货系统，从而把加工时间从15天缩短到24小时。目前，该公司正在使用互联网络，以提供比对手更好、更快的服务。该公司通过内部网与汽车制造商建立联系，从而能在对方提出需求后及时把钢材送到对方的生产线上。

压迫式促销转向加强与顾客沟通和联系

传统的促销是企业为主体，通过一定的媒体或工具对顾客进行压迫式的加强顾客对公司和产品的接受度和忠诚度，顾客是被动的和接受的，缺乏与顾客的沟通和联系，同时公司的促销成本很高。互联网络上的营销是"一对一"和交互式的，顾客可以参与到公司的营销活动中来，因此互联网络更能加强与顾客的沟通和联系，更能了解顾客和需求，更易引起顾客的认同。美国的新型明星公司雅虎（Yahoo!）公司，该公司开发一个能在互联网络上对信息分类检索的工具，由于该产品具有很强交互性，用户可以将自己认为重要的分类信息提供给雅虎公司，雅虎公司马上将该分类信息加入产品中供其他用户使用，因此不用作宣传其产品就广为人知，并且在短短两年之内公司的股票市场价值达几十亿美元，增长几百倍之多。①

网络整合营销始终体现了以顾客为出发点以及企业和顾客不断交互的特点，它的决策过程是一个双向的链，如图2-2所示。

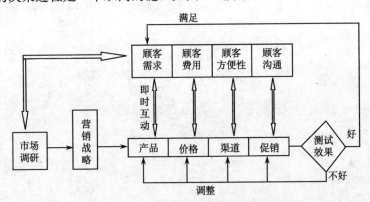

图2-2　网络整合营销决策过程

----

① 资料来源：《网络营销理论》http://www.tuiguang.org

本 章 小 结

　　本章主要介绍网络营销中前沿的思想、理论，对直复营销理论、网络关系营销理论、网络软营销理论、网络整合营销理论进行了介绍，并阐述了相关理论间的关系。

关键术语

　　直复营销　关系营销　软营销　整合营销

第三章

网络营销技术基础

> **教学目的**
> * 掌握计算机网络的一些基本概念
> * 熟悉相关网络技术
> * 掌握相关网络互联设备与方式
> * 熟悉计算机系统
> **学习方法**
> * 理解和识记基本原理、案例分析、实际操作等
> **本章内容要点**
> * 各相关关键名词与术语

第一节 计算机网络基本概念

随着计算机应用的深入，特别是家用计算机越来越普及，一方面希望众多用户能共享信息资源，另一方面也希望各计算机之间能互相传递信息进行通信，因此，要求大型与巨型计算机的硬件和软件资源，以及它们所管理的信息资源为众多的微型计算机所共享，以便充分利用这些资源。基于这些原因，促使计算机向网络化发展，将分散的计算机连接成网，组成计算机网络。

所谓计算机网络，就是把分布在不同地理区域的计算机与专门的外部设备用通信线路互联成一个规模大、功能强的网络系统，从而使众多的计算机可以方便地互相传递信息，共享硬件、软件、数据信息等资源。通俗来说，计算机

网络就是通过电缆、电话线或无线通信设备等互联的计算机集合系统。通过计算机网络，我们可以和其他连到网络上的用户一起共享网络资源也可以和他们互相交换数据信息。

计算机网络可分为局域网（LAN，local area network）和广域网（WAN，wide area network）（图 3-1）。局域网（LAN）是指在一个较小地理范围内的各种计算机网络设备互联在一起的通信网络，可以包含一个或多个子网，如在一个房间、一座大楼，或是在一个校园内的网络就称为局域网。广域网（WAN）连接地理范围较大，常常是一个国家或是一个洲。我们平常讲的 Internet 就是最大最典型的广域网。

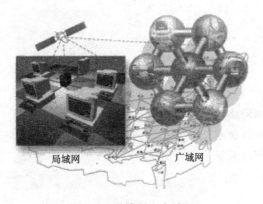

图 3-1　局域网和广域网

网络上的计算机之间交换信息，就像我们生活中用某种语言沟通一样，在网络上的各台计算机之间也有一种语言，这就是网络协议，不同的计算机之间必须使用相同的网络协议才能进行通信。当然，网络协议也有很多种，具体选择哪一种协议则要视情况而定。Internet 上的计算机使用的是 TCP/IP 协议（图 3-2）。

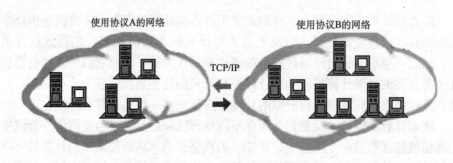

图 3-2　TCP/IP 协议

关于地址识别，我们用网际协议地址（即 IP 地址）解决这个问题。它是为标识 Internet 上主机位置而设置的。Internet 上的每一台计算机都被赋予一个世界上唯一的 32 位 Internet 地址（Internet protocol address，简称 IP Address），这一地址可用于与该计算机有关的全部通信。为了方便起见，在应用上以 8bit 为一单位，组成四组十进制数字来表示每一台主机的位置。

一般的 IP 地址由 4 组数字组成，每组数字介于 0～255，如某一台电脑的 IP 地址可为：202.206.65.115，但不能为 202.206.259.3。

尽管 IP 地址能够唯一地标识网络上的计算机，但 IP 地址是数字型的，用户记忆这类数字十分不方便，于是人们又发明了另一套字符型的地址方案即所谓的域名地址。IP 地址和域名是一一对应的，我们来看一个 IP 地址对应域名地址的例子，譬如：河北科技大学的 IP 地址是 202.206.64.33，对应域名地址为 www.hebust.edu.cn。这份域名地址的信息存放在一个叫域名服务器（DNS，domain name server）的主机内，使用者只需了解易记的域名地址，其对应转换工作就留给了域名服务器 DNS。DNS 就是提供 IP 地址和域名之间的转换服务的服务器。

域名地址是从右至左来表述其意义的，最右边的部分为顶层域，最左边的则是这台主机的机器名称。一般域名地址可表示为：主机机器名 . 单位名 . 网络名 . 顶层域名。如：dns.hebust.edu.cn，这里的 dns 是河北科技大学的一个主机的机器名，hebust 代表河北科技大学大学，edu 代表中国教育科研网，cn 代表中国，顶层域一般是网络机构或所在国家地区的名称缩写。

域名由两种基本类型组成：以机构性质命名的域和以国家地区代码命名的域。常见的以机构性质命名的域，一般由三个字符组成，如表示商业机构的"com"，表示教育机构的"edu"等。以机构性质或类别命名的域如表 3-1 所示。

表 3-1　域名含义表

域名	含义
com	商业机构
edu	教育机构
gov	政府部门
mil	军事机构
net	网络组织
int	国际机构（主要指北约）
org	其他非盈利组织

以国家或地区代码命名的域，一般用两个字符表示，是为世界上每个国家和一些特殊的地区设置的，如中国为"cn"、香港为"hk"、日本为"jp"、美国为"us"等。但是，美国国内很少用"us"作为顶级域名，而一般都使用以机构性质或类别命名的域名。表 3-2 介绍了一些常见的国家或地区代码命名的域：

表 3-2　常见国家、地区域名表

域名	国家或地区	域名	国家或地区	域名	国家或地区	域名	国家或地区
ar	阿根廷	gr	希腊	nz	新西兰	za	南非
au	澳大利亚	gl	格陵兰	ni	尼加拉瓜	es	西班牙
at	奥地利	hk	中国香港	no	挪威	se	瑞典
br	巴西	is	冰岛	pk	巴基斯坦	ch	瑞士
ca	加拿大	in	印度	pa	巴拿马	th	泰国
co	哥伦比亚	ie	爱尔兰	pe	秘鲁	tr	土耳其
cr	哥斯达黎加	il	以色列	ph	菲律宾	gb	英国
cu	古巴	it	意大利	pl	波兰	us	美国
dk	丹麦	jm	牙买加	pt	葡萄牙	vn	越南
eg	埃及	jp	日本	pr	波多黎各	tw	中国台湾
fi	芬兰	mx	墨西哥	ru	俄罗斯		
fr	法国	cn	中国	sa	沙特阿拉伯		
de	德国	nl	荷兰	sg	新加坡		

统一资源定位器，又叫 URL（uniform resource locator），是专为标识 Internet 网上资源位置而设的一种编址方式，我们平时所说的网页地址指的即是 URL，它一般由三部分组成，具体格式为：传输协议：//主机 IP 地址或域名地址/资源所在路径和文件名，如今日上海联线的 URL 为：http：//china-window. com/shanghai/news/wnw. html，这里 http 指超文本传输协议，china-window. com 是其 Web 服务器域名地址，shanghai/news 是网页所在路径，wnw. html 才是相应的网页文件。

总之，标识 Internet 网上资源位置的三种方式：

IP 地址：202. 206. 64. 33

域名地址：dns. hebust. edu. cn

URL：http：//china-window. com/shanghai/news/wnw. html

下面列表是常见的 URL 中定位和标识的服务或文件：

http：文件在 WEB 服务器上

file：文件在您自己的局部系统或匿名服务器上

ftp：文件在 FTP 服务器上

gopher：文件在 gopher 服务器上

wais：文件在 wais 服务器上

news：文件在 Usenet 服务器上

telnet：连接到一个支持 Telnet 远程登录的服务器上

有了 TCP/IP 协议和 IP 地址的概念，我们就很好理解 Internet 的工作原理了（图 3-3）：当一个用户想给其他用户发送一个文件时，TCP 先把该文件分成一个个小数据包，并加上一些特定的信息（可以看成是装箱单），以便接收方的机器确认传输是正确无误的，然后 IP 再在数据包上标上地址信息，形成可在 Internet 上传输的 TCP/IP 数据包。

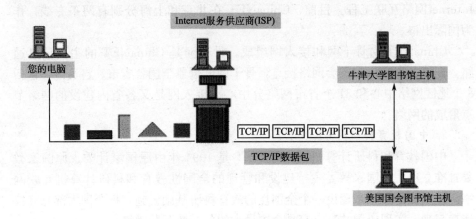

图 3-3　Internet 工作原理图

当 TCP/IP 数据包到达目的地后，计算机首先去掉地址标志，利用 TCP 的装箱单检查数据在传输中是否有损失，如果接收方发现有损坏的数据包，就要求发送端重新发送被损坏的数据包，确认无误后再将各个数据包重新组合成原文件。

就这样，Internet 通过 TCP/IP 协议这一网上的"世界语"和 IP 地址实现了它的全球通信的功能。Internet 能使我们现有的生活、学习、工作以及思维模式发生根本性的变化。无论来自何方，Internet 都能把我们和世界连在一起。Internet 使我们可以坐在家中就能够和世界交流。

我国目前在接入 Internet 网络基础设施已进行了大规模投入，例如建成了中国公用分组交换数据网 CHINAPAC 和中国公用数字数据网 CHINADDN。

覆盖全国范围的数据通信网络已初具规模，为 Internet 在我国的普及打下了良好的基础。

中国科学院高能物理研究所最早在 1987 年就开始通过国际网络线路接入 Internet。1994 年随着"巴黎统筹委员会"的解散，美国政府取消了对中国政府进入 Internet 的限制，我国互联网建设全面展开，到 1997 年底，已建成中国公用计算机网互联网（ChinaNET）、中国教育科研网（CERNET）、中国科技网（CSTNET）和中国金桥信息网（ChinaGBN）等，并与 Internet 建立了各种连接。

下面我们分别看一下我国现有四大网络的基本情况。

1. 公用计算机互联网 ChinaNET

ChinaNET 是原邮电部组织建设和管理的。原邮电部与美国 Sprint Link 公司在 1994 年签署 Internet 互联协议，开始在北京、上海两个电信局进行 Internet 网络互联工程。目前，ChinaNET 在北京和上海分别有两条专线，作为国际出口。

ChinaNET 由骨干网和接入网组成。骨干网是 ChinaNET 的主要信息通路，连接各直辖市和省会网络接点，骨干网已覆盖全国各省市、自治区，包括 8 个地区网络中心和 31 个省市网络分中心。接入网是又各省内建设的网络节点形成的网络。

2. 中国教育科研网 CERNET

中国教育和科研计算机网 CERNET 是 1994 年由原国家计委、原国家教委批准立项，原国家教委主持建设和管理的全国性教育和科研计算机互联网络。该项目的目标是建设一个全国性的教育科研基础设施，把全国大部分高校连接起来，实现资源共享。它是全国最大的公益性互联网络。

CERNET 已建成由全国主干网、地区网和校园网在内的三级层次结构网络。CERNET 分四级管理，分别是全国网络中心；地区网络中心和地区主结点；省教育科研网；校园网。CERNET 全国网络中心设在清华大学，负责全国主干网的运行管理。地区网络中心和地区主结点分别设在清华大学、北京大学、北京邮电大学、上海交通大学、西安交通大学、华中科技大学、华南理工大学、电子科技大学、东南大学、东北大学等 10 所高校，负责地区网的运行管理和规划建设。

到 2001 年，CERNET 主干网的传输速率已达到 2.5Gbps。CERNET 已经有 28 条国际和地区性信道，与美国、加拿大、英国、德国、日本和香港特区联网，总带宽在 100Mbps 以上。CERNET 地区网的传输速率达到 155Mbps，已经通达中国内地的 160 个城市，联网的大学、中小学等教育和科研单位达 895 个（其中高等学校 800 所以上），联网主机 100 万台，网络用户达到 749 万人。

CERNET 还支持和保障了一批国家重要的网络应用项目。例如，全国网上招生录取系统在 2000 年普通高等学校招生和录取工作中发挥了相当好的作用。

CERNET 的建设，加强了我国信息基础建设，缩小了与国外先进国家在信息领域的差距，也为我国计算机信息网络建设，起到了积极的示范作用。

3. 中国科技网：（China science and technology network）（CSTNET）

中国科技网是国家科学技术委员会联合全国各省、市的科技信息机构，采用先进信息技术建立起来的信息服务网络，旨在促进全社会广泛的信息共享、信息交流。中国科技信息网络的建成对于加快中国国内信息资源的开发和利用，促进国际间的交流与合作起到了积极的作用，以其丰富的信息资源和多样化的服务方式为国内外科技界和高技术产业界的广大用户提供服务。

中国科技网是利用公用数据通信网为基础的信息增值服务网，在地理上覆盖全国各省市，逻辑上连接各部、委和各省、市科技信息机构，是国家科技信息系统骨干网，同时也是国际 Internet 的接入网。中国科技网从服务功能上是 INTRANET 和 INTERNET 的结合。其 INTRANET 功能为国家科委系统内部提供了办公自动化的平台以及国家科委、地方省市科委和其他部委科技司局之间的信息传输渠道；其 INTERNET 功能则为主要服务于专业科技信息服务机构，包括国家、地方省市和各部委科技信息服务机构。

中国科技网自 1994 年与 INTERNET 接通之后取得了迅速发展，目前已经在全国 20 余个省市建立网络节点。

4. 国家公用经济信息通信网络（金桥网）

金桥网是建立在金桥工程的业务网，支持金关、金税、金卡等"金"字头工程的应用。它是覆盖全国，实行国际联网，为用户提供专用信道、网络服务和信息服务的基干网，金桥网由吉通公司牵头建设并接入 Internet。

第二节　网络技术

在计算机网络产生之初，每个计算机厂商都有一套自己的网络体系结构的概念，它们之间互不相容。为此，国际标准化组织（ISO）在 1979 年建立了一个分委员会来专门研究一种用于开放系统互联的体系结构（open systems interconnection, OSI），"开放"这个词表示：只要遵循 OSI 标准，一个系统可以和位于世界上任何地方的、也遵循 OSI 标准的其他任何系统进行连接。这个分委员提出了开放系统互联，即 OSI 参考模型，它定义了连接异种计算机的标准框架。OSI 参考模型分为 7 层，分别是物理层，数据链路层，网络层，传输层，会话层，表示层和应用层。各层的主要功能及其相应的数据单位如下：

（1）物理层（physical layer）。我们知道，要传递信息就要利用一些物理媒体，如双绞线、同轴电缆等，但具体的物理媒体并不在 OSI 的 7 层之内，有人把物理媒体当作第 0 层，物理层的任务就是为它的上一层提供一个物理连接，以及它们的机械、电气、功能和过程特性。如规定使用电缆和接头的类型，传送信号的电压等。在这一层，数据还没有被组织，仅作为原始的位流或电气电压处理，单位是比特。

（2）数据链路层（data link layer）。数据链路层负责在两个相邻结点间的线路上，无差错的传送以帧为单位的数据。每一帧包括一定数量的数据和一些必要的控制信息。和物理层相似，数据链路层要负责建立、维持和释放数据链路的连接。在传送数据时，如果接收点检测到所传数据中有差错，就要通知发方重发这一帧。

（3）网络层（network layer）。在计算机网络中进行通信的两个计算机之间可能会经过很多个数据链路，也可能还要经过很多通信子网。网络层的任务就是选择合适的网间路由和交换结点，确保数据及时传送。网络层将数据链路层提供的帧组成数据包，包中封装有网络层包头，其中含有逻辑地址信息——源站点和目的站点地址的网络地址。

（4）传输层（transport layer）。该层的任务时根据通信子网的特性最佳的利用网络资源，并以可靠和经济的方式，为两个端系统（也就是源站和目的站）的会话层之间，提供建立、维护和取消传输连接的功能，负责可靠地传输数据。在这一层，信息的传送单位是报文。

（5）会话层（session layer）。这一层也可以称为会晤层或对话层，在会话层及以上的高层次中，数据传送的单位不再另外命名，统称为报文。会话层不参与具体的传输，它提供包括访问验证和会话管理在内的建立和维护应用之间通信的机制。如服务器验证用户登录便是由会话层完成的。

（6）表示层（presentation layer）。这一层主要解决用户信息的语法表示问题。它将欲交换的数据从适合于某一用户的抽象语法，转换为适合于 OSI 系统内部使用的传送语法。即提供格式化的表示和转换数据服务。数据的压缩和解压缩，加密和解密等工作都由表示层负责。

（7）应用层（application layer）。应用层确定进程之间通信的性质以满足用户需要以及提供网络与用户应用软件之间的接口服务。

第三节　网络互联设备

网络互联通常是指将不同的网络或相同的网络用互联设备连接在一起而形成一个范围更大的网络，也可以是为增加网络性能和易于管理而将一个原来很大的网络划分为几个子网或网段。

对局域网而言，所涉及的网络互联问题有网络距离延长、网段数量的增加、不同 LAN 之间的互联及广域互联等。网络互联中常用的设备有路由器（router）和调制解调器（modem）等，下面分别进行介绍：

一、路由器（router）

在互联网日益发展的今天，是什么把网络相互连接起来？是路由器。路由器在互联网中扮演着十分重要的角色，那么什么是路由器呢？通俗的来讲，路由器是互联网的枢纽、"交通警察"。路由器的定义是：用来实现路由选择功能的一种媒介系统设备。所谓路由就是指通过相互连接的网络把信息从源地点移动到目标地点的活动。一般来说，在路由过程中，信息至少会经过一个或多个中间节点。通常，人们会把路由和交换进行对比，这主要是因为在普通用户看来两者所实现的功能是完全一样的。其实，路由和交换之间的主要区别就是交换发生在 OSI 参考模型的第二层（数据链路层），而路由发生在第三层，即网络层。这一区别决定了路由和交换在移动信息的过程中需要使用不同的控制信息，所以两者实现各自功能的方式是不同的。

路由器是互联网的主要节点设备。路由器通过路由决定数据的转发。转发策略称为路由选择（routing），这也是路由器名称的由来（router，转发者）。作为不同网络之间互相连接的枢纽，路由器系统构成了基于 TCP/IP 的国际互联网络 Internet 的主体脉络，也可以说，路由器构成了 Internet 的骨架。它的处理速度是网络通信的主要瓶颈之一，它的可靠性则直接影响着网络互联的质量。因此，在园区网、地区网乃至整个 Internet 研究领域中，路由器技术始终处于核心地位，其发展历程和方向，成为整个 Internet 研究的一个缩影。

路由器的一个作用是连通不同的网络，另一个作用是选择信息传送的线路。选择通畅快捷的近路，能大大提高通信速度，减轻网络系统通信负荷，节约网络系统资源，提高网络系统畅通率，从而让网络系统发挥出更大的效益来。

从过滤网络流量的角度来看，路由器的作用与交换机和网桥非常相似。但是与工作在网络物理层，从物理上划分网段的交换机不同，路由器使用专门的软件协议从逻辑上对整个网络进行划分。例如，一台支持 IP 协议的路由器可以把网络划分成多个子网段，只有指向特殊 IP 地址的网络流量才可以通过路由器。对于每一个接收到的数据包，路由器都会重新计算其校验值，并写入新的物理地址。因此，使用路由器转发和过滤数据的速度往往要比只查看数据包物理地址的交换机慢。但是，对于那些结构复杂的网络，使用路由器可以提高网络的整体效率。路由器的另外一个明显优势就是可以自动过滤网络广播。从总体上说，在网络中添加路由器的整个安装过程要比即插即用的交换机复杂很多。

一般说来，异种网络互联与多个子网互联都应采用路由器来完成。路由器的主要工作就是为经过路由器的每个数据帧寻找一条最佳传输路径，并将该数据有效地传送到目的站点。由此可见，选择最佳路径的策略即路由算法是路由器的关键所在。为了完成这项工作，在路由器中保存着各种传输路径的相关数据——路径表（routing table），供路由选择时使用。路径表中保存着子网的标志信息、网上路由器的个数和下一个路由器的名字等内容。路径表可以是由系统管理员固定设置好的，也可以由系统动态修改，可以由路由器自动调整，也可以由主机控制。由系统管理员事先设置好固定的路径表称之为静态（static）路径表，一般是在系统安装时就根据网络的配置情况预先设定的，它不会随未来网络结构的改变而改变。动态（dynamic）路径表是路由器根据网络系统的运行情况而自动调整的路径表。路由器根据路由选择协议（routing protocol）提供的功能，自动学习和记忆网络运行情况，在需要时自动计算数据传输的最佳路径。

从体系结构上看，路由器可以分为第一代单总线单 CPU 结构路由器、第二代单总线主从 CPU 结构路由器、第三代单总线对称式多 CPU 结构路由器、第四代多总线多 CPU 结构路由器、第五代共享内存式结构路由器、第六代交叉开关体系结构路由器和基于机群系统的路由器等多类。

路由器具有四个要素：输入端口、输出端口、交换开关和路由处理器。

输入端口是物理链路和输入包的进口处。端口通常由线卡提供，一块线卡一般支持 4、8 或 16 个端口，一个输入端口具有许多功能。第一个功能是进行数据链路层的封装和解封装。第二个功能是在转发表中查找输入包目的地址从而决定目的端口（称为路由查找），路由查找可以使用一般的硬件来实现，或者通过在每块线卡上嵌入一个微处理器来完成。第三，为了提供 QoS（服务质量），端口要对收到的包分成几个预定义的服务级别。第四，端口可能需要运行诸如 SLIP（串行线网际协议）和 PPP（点对点协议）这样的数据链路级协议或者诸如 PPTP（点对点隧道协议）这样的网络级协议。一旦路由查找完成，必须用交换开关将包送到其输出端口。如果路由器是输入端加队列的，则有几个输入端共享同一个交换开关。这样输入端口的最后一项功能是参加对公共资源（如交换开关）的仲裁协议。

交换开关可以使用多种不同的技术来实现。迄今为止使用最多的交换开关技术是总线、交叉开关和共享存储器。最简单的开关使用一条总线来连接所有输入和输出端口，总线开关的缺点是其交换容量受限于总线的容量以及为共享总线仲裁所带来的额外开销。交叉开关通过开关提供多条数据通路，具有 N×N 个交叉点的交叉开关可以被认为具有 2N 条总线。如果一个交叉是闭合，输入总线上的数据在输出总线上可用，否则不可用。交叉点的闭合与打开由调度器来控制，因此，调度器限制了交换开关的速度。在共享存储器路由器中，进来的包被存储在共享存储器中，所交换的仅是包的指针，这提高了交换容量，但是，开关的速度受限于存储器的存取速度。尽管存储器容量每 18 个月能够翻一番，但存储器的存取时间每年仅降低 5%，这是共享存储器交换开关的一个固有限制。

输出端口在包被发送到输出链路之前对包存储，可以实现复杂的调度算法以支持优先级等要求。与输入端口一样，输出端口同样要能支持数据链路层的封装和解封装，以及许多较高级协议。路由处理器计算转发表实现路由协议，并运行对路由器进行配置和管理的软件。同时，它还处理那些目的地址不在线卡转发表中的包。

互联网各种级别的网络中随处都可见到路由器。接入网络使得家庭和小型企业可以连接到某个互联网服务提供商；企业网中的路由器连接一个校园或企业内成千上万的计算机；骨干网上的路由器终端系统通常是不能直接访问的，它们连接长距离骨干网上的 ISP 和企业网络。互联网的快速发展无论是对骨干网、企业网还是接入网都带来了不同的挑战。骨干网要求路由器能对少数链路进行高速路由转发。企业级路由器不但要求端口数目多、价格低廉，而且要求配置起来简单方便，并提供 QoS。

1. 接入路由器

接入路由器连接家庭或 ISP 内的小型企业客户。接入路由器已经开始不只是提供 SLIP 或 PPP 连接，还支持诸如 PPTP 和 IPSec 等虚拟私有网络协议。这些协议要能在每个端口上运行。诸如 ADSL 等技术将很快提高各家庭的可用带宽，这将进一步增加接入路由器的负担。由于这些趋势，接入路由器将来会支持许多异构和高速端口，并在各个端口能够运行多种协议，同时还要避开电话交换网。

2. 企业级路由器

企业或校园级路由器连接许多终端系统，其主要目标是以尽量便宜的方法实现尽可能多的端点互联，并且进一步要求支持不同的服务质量。许多现有的企业网络都是由 Hub 或网桥连接起来的以太网段。尽管这些设备价格便宜、易于安装、无需配置，但是它们不支持服务等级。相反，有路由器参与的网络能够将机器分成多个碰撞域，并因此能够控制一个网络的大小。此外，路由器还支持一定的服务等级，至少允许分成多个优先级别。但是路由器的每端口造价要贵些，并且在能够使用之前要进行大量的配置工作。因此，企业路由器的成败就在于是否提供大量端口且每端口的造价很低，是否容易配置，是否支持 QoS。另外还要求企业级路由器有效地支持广播和组播。企业网络还要处理历史遗留的各种 LAN 技术，支持多种协议，包括 IP、IPX 和 Vine。它们还要支持防火墙、包过滤以及大量的管理和安全策略以及 VLAN。

3. 骨干级路由器

骨干级路由器实现企业级网络的互联。对它的要求是速度和可靠性，而代价则处于次要地位。硬件可靠性可以采用电话交换网中使用的技术，如热备份、双电源、双数据通路等来获得。这些技术对所有骨干路由器而言差不多是标准的。骨干 IP 路由器的主要性能瓶颈是在转发表中查找某个路由所耗的时间。当收到一个包时，输入端口在转发表中查找该包的目的地址以确定其目的端口，当包越短或者当包要发往许多目的端口时，势必增加路由查找的代价。因此，将一些常访问的目的端口放到缓存中能够提高路由查找的效率。不管是输入缓冲还是输出缓冲路由器，都存在路由查找的瓶颈问题。除了性能瓶颈问题，路由器的稳定性也是一个常被忽视的问题。

4. 太比特路由器

在未来核心互联网使用的三种主要技术中，光纤和 DWDM 都已经是很成熟的并且是现成的。如果没有与现有的光纤技术和 DWDM 技术提供的原始带宽对应的路由器，新的网络基础设施将无法从根本上得到性能的改善，因此开发高性能的骨干交换/路由器（太比特路由器）已经成为一项迫切的要求。太比特路由器技术现在还主要处于开发实验阶段。

二、调制解调器

调制解调器（modem）作为末端系统和通信系统之间信号转换的设备，是广域网中必不可少的设备之一。分为同步和异步两种，分别用来与路由器的同步和异步串口相连，同步可用于专线、帧中继、X. 25 等，异步用于 PSTN 的连接。

首先我们来认识一下网络拓扑结构，它是指用传输媒体互联各种设备的物理布局。将参与 LAN 工作的各种设备用媒体互联在一起有多种方法，实际上只有几种方式能适合 LAN 的工作。

如果一个网络只连接几台设备，最简单的方法是将它们都直接相连在一起，这种连接称为点对点连接。用这种方式形成的网络称为全互联网络，如图 3-4 所示。

图中有 6 个设备，在全互联情况下，需要 15 条传输线路。如果要连的设备有 n 个，所需线路将达到 n(n−1)/2 条! 显而易见，这种方式只有在涉及地理范围不大，设备数很少的条件下才有使用的可能。即使属于这种环境，在 LAN 技术中也不使用。我们所说的拓扑结构，是因为当需要

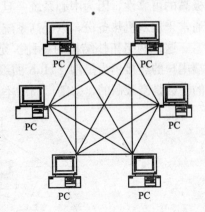

图 3-4　点对点连接

通过互联设备（如路由器）互联多个 LAN 时，将有可能遇到这种广域网（WAN）的互联技术。目前大多数网络使用的拓扑结构有 3 种：

1. 星型拓扑结构

星型结构是最古老的一种连接方式，大家每天都使用的电话都属于这种结构，如图 3-5 所示。其中，图 3-5（a）为电话网的星型结构，图 3-5（b）为目前使用最普遍的以太网（ethernet）星型结构，处于中心位置的网络设备称为集线器，英文名为 Hub。

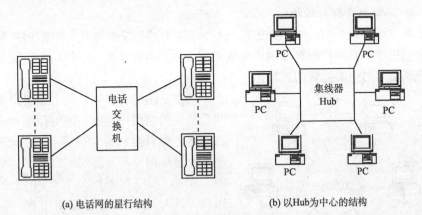

(a) 电话网的星行结构　　　　　　(b) 以Hub为中心的结构

图 3-5　星型拓扑结构

这种结构便于集中控制，因为端用户之间的通信必须经过中心站。由于这一特点，也带来了易于维护和安全等优点。端用户设备因为故障而停机时也不会影响其他端用户间的通信但这种结构非常不利的一点是，中心系统必须具有

极高的可靠性，因为中心系统一旦损坏，整个系统便趋于瘫痪。对此中心系统通常采用双机热备份，以提高系统的可靠性。

这种网络拓扑结构的一种扩充便是星型树，如图 3-6 所示。每个 Hub 与端用户的连接仍为星型，Hub 的级连而形成树。然而，应当指出，Hub 级连的个数是有限制的，并随厂商的不同而有变化。

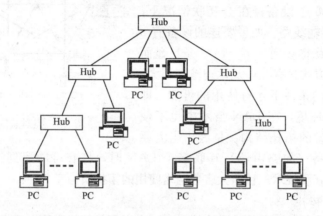

图 3-6 星型树结构

还应指出，以 Hub 构成的网络结构，虽然呈星型布局，但它使用的访问媒体的机制却仍是共享媒体的总线方式。

2. 环型网络拓扑结构

环型结构在 LAN 中使用较多。这种结构中的传输媒体从一个端用户到另一个端用户，直到将所有端用户连成环型，如图 3-7 所示。这种结构消除了端用户通信时对中心系统的依赖性。

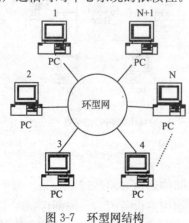

图 3-7 环型网结构

环型结构的特点是，每个端用户都与两个相临的端用户相连，因而存在着点到点链路，但总是以单向方式操作。于是，便有上游端用户和下游端用户之称。例如图 4-7 中，用户 N 是用户 N+1 的上游端用户，N+1 是 N 的下游端用户。如果 N+1 端需将数据发送到 N 端，则几乎要绕环一周才能到达 N 端。

环上传输的任何报文都必须穿过所有端点，因此，如果环的某一点断开，环上所有端间的通信便会终止。为克服这种网络拓扑结构的脆弱，每个端点除与一个环相连外，还连接到备用环上，当主环故障时，自动转到备用环上。

3. 总线拓扑结构

总线结构是使用同一媒体或电缆连接所有端用户的一种方式，也就是说，连接端用户的物理媒体由所有设备共享，如图3-8所示。使用这种结构必须解决的一个问题是确保端用户使用媒体发送数据时不能出现冲突。在点到点链路配置时，这是相当简单的。如果这条链路是半双工操作，只需使用很简单的机制便可保证两个端用户轮流工作。在一点到多点方式中，对线路的访问依靠控制端的探询来确定。然而，在 LAN 环境下，由于所有数据站都是平等的，不能采取上述机制。对此，研究了一种在总线共享型网络使用的媒体访问方法：带有碰撞检测的载波侦听多路访问，英文缩写成 CSMA/CD。

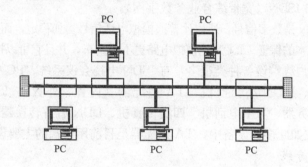

图 3-8　总线拓扑结构

这种结构具有费用低、数据端用户入网灵活、站点或某个端用户失效不影响其他站点或端用户通信的优点。缺点是一次仅能一个端用户发送数据，其他端用户必须等待到获得发送权。媒体访问获取机制较复杂。尽管有上述一些缺点，但由于布线要求简单，扩充容易，端用户失效、增删不影响全网工作，所以是网络技术中使用最普遍的一种。

第四节　网络互联的方式

由于互联网络的规模不一样，网络互联有以下几种形式：①局域网的互联。由于局域网种类较多（如以太网等），使用的软件也较多，因此局域网的互联较为复杂。对不同标准的异种局域网来讲，既可实现从低层到高层的互联，也可只实现低层（在数据链路层上，例如网桥）上的互联；②局域网与广域网的互联。不同地方（可能相隔很远）的局域网要借助于广域网互联。这时每个独立工作的局域网都能相当于广域网的互联常用网络接入、网络服务和协议功能；③广域网与广域网的互联。这种互联相对以上两种互联要容易些。这是因为广域网的协议层次常处于 OSI 七层模型的低层，不涉及高层协议。著名的 X. 25 标准就是实现 X. 25 网、连的协议。

目前常见的上网方式通常有以下几种：

1. ISDN（综合业务数字网）

ISDN 的英文全称是 integrated services digital network，中文意思就是综合业务数字网。ISDN 的概念是在 1972 年首次提出的，是以电话综合数字网（IDN）为基础发展而成的通信网，它能提供端到端的数字连接，用来承载包括语音和非语音等多种电信业务。ISDN 分为两种：N-ISDN（窄带综合业务数字网）和 B-ISDN（宽带综合业务数字网）。

由于 ISDN 是数字信号，所以比普通模拟电话信号更加稳定，而上网的稳定性是速度的最根本的保证。ISDN 比模拟电路更不易塞车，并且它可以按需拨号。

ISDN 用户终端设备种类很多，有 ISDN 电视会议系统、PC 桌面系统（包括可视电话）、ISDN 小交换机、TA 适配器（内置、外置）、ISDN 路由器、ISDN 拨号服务器、数字电话机、四类传真机、DDN 后备转换器、ISDN 无数转换器等。在如此多的设备中，TA 适配器是目前用户端的主要设备。

2. DDN 专线

DDN 是"digital data network"的缩写，意思是数字数据网，即平时所说的专线上网方式。数字数据网是一种利用光纤、数字微波或卫星等数字传输通道和数字交叉复用设备组成的数字数据传输网，它可以为用户提供各种速率的高质量数字专用电路和其他新业务，以满足用户多媒体通信和组建中高速计算机通信网的需要。主要有六个部分组成：光纤或数字微波通信系统；智能节点或集线器设备；网络管理系统；数据电路终端设备；用户环路；用户端计算机或终端设备。它的速率从 64Kbps～2Mbps 可选。

3. ATM 异步传输方式

ATM 是目前网络发展的最新技术，它采用基于信元的异步传输模式和虚电路结构，根本上解决了多媒体的实时性及带宽问题。实现面向虚链路的点到点传输，它通常提供 155Mbps 的带宽。它既汲取了话务通讯中电路交换的"有连接"服务和服务质量保证，又保持了以太、FDDI 等传统网络中带宽可变、适于突发性传输的灵活性，从而成为迄今为止适用范围最广、技术最先进、传输效果最理想的网络互联手段。ATM 技术具有如下特点：①实现网络传输有连接服务，实现服务质量保证（QoS）。②交换吞吐量大、带宽利用率高。③具有灵活的组网拓扑结构和负载平衡能力，伸缩性、可靠性极高。
④ATM是现今唯一可同时应用于局域网、广域网两种网络应用领域的网络技术，它将局域网与广域网技术统一。它的速率可达千兆位（1000M bps）。

4. ADSL（不对称数字用户服务线）

ADSL 是 Asymmetric Digital Subscriber Loop（非对称数字用户回路）的缩写，它的特点是能在现有的铜双绞普通电话线上提供高达 8Mb/s 的高速下载速率和 1Mb/s 的上行速率，而其传输距离为 3～5km。其优势在于可以不需要重新布线，它充分利用现有的电话线网络，只需在线路两端加装 ADSL 设备即可为用户提供高速高带宽的接入服务，它的速度是普通 Modem 拨号速度所不能及的，就连最新的 ISDN 一线通的传输率也约只有它的百分之一。这种上网方式不但降低了技术成本，而且大大提高了网络速度。因而受到了许多用户的关注。

ADSL 的其他特点还有：①上互联网和打电话互不干扰：像 ISDN 一样，ADSL 可以与普通电话共存于一条电话线上，可在同一条电话线上接听、拨打电话同时进行 ADSL 传输，并且之间互不影响。②ADSL 在同一线路上分别传送数据和语音信号，由于它不需拨号，因而它的数据信号并不通过电话交换机设备，这意味着使用 ADSL 上网不需要缴付另外的电话费，这就节省了一部分使用费。③ADSL 还提供不少额外服务，用户可以通过 ADSL 接入互联网后，独享 8Mb/s 带宽，在这么高的速度下，可自主选择流量为 1.5Mb/s 的影视节目，同时还可以举行一个视频会议、高速下载文件和使用电话等，其速度一般下行可以达到 8Mbps，上行可以达到 1Mbps。

ADSL 的用途是十分广泛的，对于商业用户来说，可组建局域网共享 ADSL专线上网，利用 ADSL 还可以达到远程办公家庭办公等高速数据应用，获取高速低价的极高的价格性能比。对于公益事业来说，ADSL 还可以实现高速远程医疗、教学、视频会议的即时传送，达到以前所不能及的效果。

ADSL 的安装也很方便快捷。用户现有线路不需改动，改动只需在电信局的交换机房内进行。

5. 有线电视网

利用有线电视网进行通信，可以使用 cable modem，即电缆调制解调器，可以进行数据传输。cable modem 主要面向计算机用户的终端。它连接有线电视同轴电缆与用户计算机之间的中间设备。目前的有线电视节目传输所占用的带宽一般在 50～550MHz，有很多的频带资源都没有得到有效利用。由于大多数新建的 CATV 网都采用光纤同轴混合网络（HFC 网，即 Hybrid Fiber Coax Network），使原有的 550MHz CATV 网扩展为 750MHz 的 HFC 双向 CATV

网，其中有 200MHz 的带宽用于数据传输，接入国际互联网。这种模式的带宽上限为 860～1000MHz。Cable Modem 技术就是基于 750MHz HFC 双向 CATV 网的网络接入技术的。

有线电视一般从 42～750MHz 电视频道中分离出一条 6MHz 的信道，用于下行传送数据。它无须拨号上网，不占用电话线，可永久连接。服务商的设备同用户的 modem 之间建立了一个 VLAN（虚拟专网）连接，大多数的 modem 提供一个标准的 10BaseT 以太网接口同用户的 PC 设备或局域网集线器相连。

cable modem 采用一种视频信号格式来传送 Internet 信息。视频信号所表示的是在同步脉冲信号之间插入视频扫描线的数字数据。数据是在物理层上被插入到视频信号的。同步脉冲使任何标准的 cable modem 设备都可以不加修改地应用。cable modem 采用幅度键控（ASK）突发解调技术对每一条视频线上的数据进行译码。

cable modem 与普通 modem 在原理上都是将数据进行调制后，在 cable（电缆）的一个频率范围内传输，接收时进行解调。cable modem 在有线电缆上将数据进行调制，然后在有线网（cable）的某个频率范围内进行传输，接收一方再在同一频率范围内对该已调制的信号进行解调，解析出数据，传递给接收方。它在物理层上的传输机制与电话线上的调制解调器无异，同样也是通过调频或调幅对数据编码。

6. VPN（虚拟专用网络）

它是利用 Internet 或其他公共互联网络的基础设施为用户创建数据通道，实现不同网络组件和资源之间的相互连接，并提供与专用网络一样的安全和功能保障。

第五节　计算机系统

计算机系统由计算机硬件系统和计算机软件系统两大部分组成。硬件系统是计算机系统的物理装置，即由电子线路、元器件和机械部件等构成的具体装置，是看得见、摸得着的实体；软件是计算机系统中运行的程序、这些程序所使用的数据以及相应的文档的集合。计算机系统的基本组成如图3-9所示。

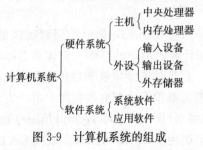

图 3-9　计算机系统的组成

通常人们将运算器和控制器称为中央处理器（central processor unit, CPU），将中央处理器和内存储器合称为主机。将输入设备、输出设备和外存储器称为外部设备（简称外设）。软件是能够指挥计算机工作的程序与程序运行时所需要的数据，以及与这些程序和数据有关的文字说明和图表资料的集合，其中文字说明和图表资料又称文档。

计算机硬件与软件的关系：计算机软件随硬件技术的迅速发展而发展，软件的不断发展与完善，又促进了硬件的新发展。实际上计算机某些硬件的功能可以由软件来实现，而某些软件的功能也可以由硬件来实现。

软件是程序及开发、使用和维护程序所需要的所有文档和数据的集合。计算机的软件系统分为系统软件和应用软件。

1. 系统软件

各种应用软件，虽然完成的工作各不相同，但它们都需要一些共同的基础操作，例如都要从输入设备取得数据，向输出设备送出数据，向外存写数据，从外存读数据，对数据的常规管理，等等。这些基础工作也要由一系列指令来完成。也就是说所有软件的使用平台，用来支持应用软件的运行，这种软件称为系统软件，一般如操作系统、数据库系统等属于系统软件。

2. 应用软件

为解决计算机各类应用问题而编制的软件系统，它具有很强的实用性。应用软件是由系统软件开发的，可分为两种①用户程序用户为了解决自己特定的具体问题而开发的软件，在系统软件和应用软件包的支持下开发。②应用软件包，为实现某种特殊功能或特殊计算，经过精心设计的独立软件系统，是一套满足同类应用的许多用户需要的软件。

应用软件是专门为某一应用目的而编制的软件，较常见的如：

（1）文字处理软件。用于输入、存储、修改、编辑、打印文字材料等，例如 WORD、WPS 等。

（2）信息管理软件。用于输入、存储、修改、检索各种信息，例如工资管理软件、人事管理软件、仓库管理软件、计划管理软件等。这种软件发展到一定水平后，各个单项的软件相互联系起来，计算机和管理人员组成一个和谐的整体，各种信息在其中合理地流动，形成一个完整、高效的管理信息系统，简称 MIS。

（3）辅助设计软件。用于高效地绘制、修改工程图纸，进行设计中的常规计算，帮助人寻求好设计方案。

（4）实时控制软件。用于随时搜集生产装置、飞行器等的运行状态信息，以此为依据按预定的方案实施自动或半自动控制，安全、准确地完成任务。

第六节　网站开发

一、网站开发过程①

1. 整理规划

网站建设的开始就应该有一个整体的战略目标，即确定站点的目标。

首先要有一个总的目标，这个网站到底要做什么。有的要显示自己的设计水平，这就要求页面美观；有的是为了求职而设计的求职网站，这就要求提供足够的信息让别人了解你的工作能力；有的是要为用户服务，这就要求网站有较强的互动性。以"网页教学网"（www.webjx.com）为例，站名"网页教学网"让人一看就知道是有关介绍网页知识的站点。而申请域名也相当重要，webjx.com，大家都知道web译为网、网页、网络等，j是jiao的第一个字母，x是xue的第一个字母，其实是web jiao xue的缩写。

确定好目标之后，还要决定网站的目标受众。其中考虑以下几种情况：

（1）目标受众的访问速度。很多在线教育网站采用不同的软件制作在线课件，但视频还不适合目前中国浏览者的网络带宽，不过提高我们的网络带宽也是一种发展的趋势。

（2）目标受众的计算机配置和浏览器版本。计算机硬件技术飞速发展，现在使用的计算机的配置一般都比较高。所以我们在设计网页时，其实已经不必要考虑计算机配置了。需要注意的是在设计中要在不同的浏览器中浏览自己的网页，看看有没有发生变化。

（3）插件问题。如Flash插件，现在大部分浏览器都安装有这种插件，如果网页上播放视频，那么就要考虑浏览器是否需要安装相应的插件，最好在网站中说明并提供插件和播放器的下载。不少电影网站做的比较好，播放器和插件有醒目的下载说明。

2. 新建站点

规划好站点之后，就可以用专门的网页开发软件创建站点了。

在创建站点之前，应该首先在磁盘上创建一个文件夹，用于存放站点内的所有资源，如果站点资源比较丰富这是可以建立子文件夹存放站点内相应的资源。例如：站点文件夹为myweb，子文件夹images用于存放站点内用到的图

---

① 本小节内容对 www.diybl.com 上的相关内容有所引用借鉴。

片，upfiles 用于存放上传的文件，admin 用于存放站点后台程序等。创建站点在 Dreamweaver 软件中操作比较简单。刚建立的站点是空的文件夹，用户首先要设计站点结构。制作专业网站之前要有一个详细的规划，这样虽然会花费一些人力和物力，但比出现了问题之后再修改要好得多。在网站规划中一个很重要的问题就是确定站点结构。即确定站点子栏目；确定图片、多媒体文件的存放位置；确定导航条等。

3. 收集资源

确定好站点目标和结构之后，接下来要收集有关网站的资源，其中包括：

（1）文字资料：文字是网站的主题。无论是什么类型的网站，都要离不开叙述性的文字。离开了文字即使图片再华丽，浏览者也不知所云。所以要制作一个成功的网站，必须要提供足够的文字资料。

（2）图片资料：网站的一个重要要求就是图文并茂。单有文字，浏览者看了不免觉得枯燥无味。文字的解说再加上相关的图片，让浏览者能够了解更多的信息，更能加深浏览者的印象。

（3）动画资料：在网页上插入动画可以增添页面的动感效果。目前 Flash 动画在网页上应用的相当多，所以建议大家应该学会 Flash 制作动画的一些知识。

（4）其他资料：例如网站上的应用软件，音乐网站上的音乐文件等。

4. 布局页面

设计站点结构和收集了足够的资源之后，就可以开始布局页面了。在 Dreamweaver 中，可以通过以下手段进行排版：

（1）利用表格进行排版：表格主要有三个元素——表格、行和列及单元格，而且表格还可以嵌套，建议不要把所有的网页都放在一个大表格中，并且嵌套最好不超过 3 层，嵌套层数多，浏览器解析的时间会增加，那么当浏览者访问时速度就慢。

（2）利用层排版：层很适合形式自由的排版，现在 Web 标准建议排版时抛弃表格，不过如果初学者学习利用层排版时还要学习其他好多相关知识，其中最重要的是 CSS 和 Javascript，使用 CSS 来辅助层可以对网页实现排版，可以解决表格给我们带来的烦恼。

（3）利用布局视图进行排版：如在 Dreamweaver MX 2004 中有专门的布局视图，初学网页设计时可以使用它进行排版。

（4）利用框架进行排版：框架是一种用浏览器窗口，可显示多个网页的形式，网页格式的课件，网页格式的课件大部分是用框架做出来的。

5. 编辑文档与超级链接

经过上面的几个步骤之后，准备工作都已经就绪，现在可以像装箱一样把收集到的资料及制作的组件放到页面布局中为它们指定的位置上。

插入到网页布局之后，文字都是同一种字号，同一种风格，同一种颜色；图片有大有小。这时需要对各种元素进行编辑，例如，改变文本字体、字号、颜色、大小，对图片进行大小、表格的调整，对按钮行为的调整等。

链接是网页的灵魂。浏览者在浏览网页时，单击网页设置的超级链接可以跳转到相关页面，一个好的网页是离不开链接的。

6. 发布站点

网站发布是把网站上传到互联网上，以提供浏览者浏览。上传之前必须检查域名和主页空间的申请情况，以及网页和站点的连接情况等。

上传软件一般都使用 FTP，上传到服务器中申请的域名下，上传软件一般有 CuteFTP、LeadFTP 等。

7. 站点的维护

站点发布之后需要经常对站点进行维护。站点维护是不断优化网站功能和更新网页内容，使网站的结构规划合理、内容与形式统一、主题鲜明的重要工作，经常更新网页内容，才能持续不断的吸引浏览者。

二、网站主要开发技术

随着 Internet 的迅速发展，Web 已经成为重要的信息共享手段。但传统静态网页已不能满足人们的需求，并逐渐被交互式、开放式、甚至并行分布式的基于数据库的动态网页取代，增加更多的交互，满足更高的需求，目前制作动态交互网页主要运用 ASP、PHP、JSP 等系列技术。

1. 主流的动态网页开发技术

PHP（Hypertext PreBrocessor）是一种跨平台的服务器端的嵌入式脚本语言。它具有良好的扩展性，并具有安全性好、代码执行快等特点。PHP3.0版本可在 Windows、Unix、Linux 的 Web 服务器上正常运行，还支持 IIS（Internet Information Server）和 Apache 等通用的 Web 服务器；用户更换平台时，无需变换 PHP3.0 代码，可即拿即用。在 Linux 系统上，其易扩展性和良好的稳定性表现的尤为突出，并可以与 Apache Web 服务器组成最佳组合。PHP 广泛流行的另一个重要原因是：PHP 支持的数据库极其广泛，可直接与 Infomix、Oracle、Sybase、Solid、PostgreSQL、MySQL、Access 等直接连接。PHP 还完全支持 ODBC（open data base connectivity）接口，凡是支持 ODBC 接口的数据库，PHP 都可顺利地对其操作。但 PHP 提供的数据库接口支持不统一，这是 PHP 的一个弱点。PHP 的另外一个特性是可以执行外部命令，在 UNIX 下比较多见：ls，echo 等，但这些也是安全隐患之所在。PHP 的运行，是靠它的语言解释器来完成的，在 NT 下也就是 PHP1EXE，它是一个解释器，其作用是解释后缀为 1PHP 或 1PHP3 或 1PHTML 或其他文件，根据预定义的程序访问数据库，读写文件，并将执行的结果组织成 String 返回给 Web 然后当作 HTML 格式的文件发送给浏览器读取文件。

　　ASP（active server page）是微软的一个 Web server 端开发环境。它的运行环境是 Microsoft 的 IIS 或 PWS（personal Web server）两种 Web server 软件。它完全摆脱了 CGI、PHP 等技术的局限性，并将 IDC 的简单性和 ISAPI 的灵活性结合在一起。通过向静态 HTML 文件中添加脚本程序和 ActiveX 组件，就可创建可靠的功能强大的 Web 应用系统，而且被嵌入的 Script 不需编译就可直接执行。服务器端的 ASP 还支持一套可以方便访问 Web 服务器上的数据库系统的对象模型 ADO（activex data object）。通过 ADO 组件与 Database 打交道，可以实现与任何 ODBC 兼容数据库或 OLE DB 数据源的高性能的连接。

　　（1）ASP 访问数据库的原理：ASP 应用程序驻留在 Web server 上，当用户在 Browser 端指定 URL 后，通过 HTTP 通讯协议从 Web server 中下载指定的 ASP 文件（以 .asp 为后缀的文件），由 Server 端的 ASP 程序解释器执行 ASP 文件中非 HTML 语言部分的内容，如果脚本程序使用了 ADO，Web 服务器就会根据 ADO 对象所设置的参数启动相应的 OLE DB 驱动程序或 ODBC，之后利用 ADO 的对象来访问数据库，最终将生成的相应的 HTML 页面通过 Web 服务器返回给浏览器。

　　（2）ASP 的特点：①ASP 是由 Microsoft 开发，继承了许多微软产品的优点，有很好的易用性。②可以使用多种脚本语言如：VBScript、JavaScript、Perl 等。③可以通过 Microsoft Windows 的 COMPDCOM 获得 ActiveX 规模的支持，通过 DCOM 和 Microsoft Transaction Server 获得结构支持。在 Unix 下，虽然有 Chili! Soft 的插件来支持 ASP，但是 ASP 本身的功能有限，必须通过 ASP＋COM 的组合来扩充，并 Unix 下的 COM 实现起来非常困难，故 ASP 的跨平台性不好。

　　JSP（java server pages）是由 SUN 公司倡导、许多公司参与一起建立的一种基于 Java 的服务器端的动态网页技术标准。它为创建显示动态生成内容的 Web 页面提供了一个简洁而快速的方法。JSP 技术的设计目的是使得构建基于 Web 的应用程序更加容易和快捷，而这些应用程序能够与各种 Web 服务器、应用服务器和开发工具共同工作，因此它完全解决了目前 ASP、

PHP 的一个通病——脚本级执行。同时它还能应用于不同的操作平台上。当用户通过浏览器从 Web 服务器上请求 JSP 文件时，Web 服务器首先响应该 HTTP 请求，并启动 JSP 解释器解释 JSP 文件中的 JSP 标记和小脚本，然后通过 JDBC（java data base connection）存取、查询数据库中的数据，并将结果返回并以 HTML 页面的形式发送回浏览器。对于只支持 ODBC 的数据库，可以通过 JDBC-ODBC 来将 JDBC 调用转化为 ODBC 调用以实现访问。这也就意味着 JSP 可以比 ASP 访问更多类型的数据库。JSP 要先编译成字节码，再由 JAVA 虚拟机执行，源码相对不易被下载，尤其在用了 JavaBean 后安全性更高。Java能通过异常处理机制来有效防止系统的崩溃。JSP 规范给出了两种使用 JSP 来建立应用的模型即：单一的 JSP 模型和 JSP 与 Servlet 的混合模型。

（1）单一的 JSP 模型：在该模式中，浏览器通过 HTTP 协议发送 JSP 文件请求，JSP 文件访问 Bean 或其他能将生成的动态内容发送到浏览器的组件。Web 服务器对 JSP 文件进行语法分析，并生成 JSP 源文件（被编译和执行为 Servlet）。值得指出的是 JSP 文件的生成和编译仅在初次调用 Servlet 时发生，因此，JSP 文件可以做到"一次编译，多次执行"的优点，从而加快了 Web 页面的访问速度。

（2）JSP 与 Servlet 的混合模型：这种模型是基于 MVC（model view-controller）的模型，可看作 MVC 模式在服务器端的实现。它结合了 JSP 和 Servlet 两种技术，即采用 JSP 显示内容，而采用 Servlet 进行数据处理以生成动态内容。在这种模式户端浏览器的请求首先被发送到 Servlet，由其创建 JSP 所需的 Beans 或对象，然后再创建用于显示动态内容的模板-JSP 文件，Bean 组件根据用户的需要通过 JDBC 访问数据库，并将得到的结果集插入到已经创建好的 JSP 文件中，最终以标准 HTML 页面的形式返回给客户浏览器。

（3）JSP 的特点：①由于 JSP 使用 Java 语言作为其脚本语言，因此它可以充分利用 Java 语言的强大功能和跨平台性。JSP 同 PHP3 类似，几乎可以运行于所有平台，JSP 和 JavaBean 甚至不用重新编译，因为 Java 字节码都是标准的、与平台无关的。②实现了生成和显示的相互分离。即使用 JSP 来实现显示功能，而将应用的逻辑封装在 Java Bean 中。③生成可重用的组件。JSP 页面依赖于可重用的跨平台的组件（Java Bean）来执行应用程序所需要的复杂处理。④强大的数据库支持。JSP 可以和任何与 JDBC 兼容的数据库相连，访问数据库，而且还可以使用 JDBC-ODBC Bridge 访问基于 ODBC 的数据库。

本 章 小 结

本章主要介绍互联网的基本技术和一些专业术语、名词。对与网络营销相关的计算机软件、硬件系统、网络技术、网站开发等做了全面介绍。

关键术语

局域网和广域网　域名地址　路由器　总线拓扑结构　ISDN　ADSL

第四章

网络营销环境分析

> **教学目的**
- 了解企业开展营销活动必须面临的各种内外部因素及其对营销活动的影响
- 认识到营销环境分析的重要性
- 熟悉网络营销环境包含的内容

> **学习方法**
- 理解和识记基本原理和概念、案例研究、学习时事新闻、政治等

> **本章内容要点**
- 微观环境对网络营销的影响
- 宏观环境对网络营销的影响

第一节 技术在营销中的作用

今天人类社会正处在技术变革的时代。技术作为一个重要环境因素，是指应用科学或工程技术研究的发明或革新。每次技术革新浪潮，都可能取代现存的产品与公司，或者说，每一项新技术都是一种"创造性破坏"力量。晶体管损害了真空管行业，复印机损害了复写纸行业，电视损害了报纸、戏曲和电影，高速公路损害了铁路及内河航运业。如果老行业不采用新的技术，而是轻视或与其对抗，他们的生产经营必将衰落。

一、技术对市场营销的影响

先进技术，特别是计算机技术的发展，对市场营销产生了非常重大的影响。尤其是随着信息技术的发展，信息技术服务更成为了信息技术业的基础行业，并正逐步凸现出它在经济效益和社会效益两方面的巨大发展潜力。在IBM公司22万员工中共有11万以上直接从事服务，服务已经成为带动销售、促进企业前进的强大动力。如IBM公司专门成立了一个IBM全球服务部（IGS），并把IGS作为一个服务品牌加以运作。在IBM公司全球的技术优势和人才资源支持下，IGS已经把服务的内涵大大拓展，其服务内容涵盖了从行业战略层的商务战略咨询和托管服务，到企业管理层的电子交易、电子协同工作、商务信息咨询等全方位服务，以及IT系统的设计、安装和后期维护服务。总之，如今信息技术服务业正成为信息技术业的基础行业。估计2000年用于IT业的款项中，将近有三分之二花在与服务相关的活动上。

至于信息技术本身的发展，对市场营销以及整个国民经济发展的影响则更为明显而深刻。我国"十五"期间，信息技术产业将作为国民经济的基础性、先导性和支柱性产业，被放在优先发展的地位。未来5年，我国信息技术产业仍将保持三倍于国家GDP的增长速度发展（即年增长速度在20％以上），从而使得我国信息技术产品的营销额也大大增长。通信产品方面，国内市场对光通信产品、接入网设备、数字移动通信产品的需求将快速增长，而增长速度最快的互联网业务的发展，将使得数据和多媒体通信产品逐渐成为市场的热点；视听产品方面，数字化和网络化将是贯穿产业发展的主线。以数字电视、数字视盘机、数字相机、家庭影院为代表的新一代数字视听产品将成为市场上的主流产品。

近年电子化、网络化技术的突飞猛进，对市场营销的影响更为突出，如IBM在1995年投入10亿美元建设起一套全球电子采购系统，这套系统重新设计了公司的外部和内部采购流程，使绝大多数的采购业务都实现了电子化和网络化，结果整个公司的采购效率由过去的30天缩短到现在的不到1天，而且客户和员工的满意度也从不到50％上升到1999年的89％。在正式投入运行以来，这套系统仅在4年里就为IBM节约390亿美元。而基于电子化、网络化之上的电子商务和网上营销则正在或将对传统的营销方式造成很大的影响或冲击。

电子商务最早产生于20世纪60年代，兴盛于90年代。其产生和发展的重要条件是计算机的广泛应用及网络的普及和成熟。当前电子商务正以其费用低廉、覆盖面广、功能更全面、使用更灵活等优势而应用于企业对消费者、企业对企业、企业对政府机构、消费者对政府机构等领域。这就在很大范围上改变了传统的贸易方式，实现了"无纸贸易"或"无纸交易"。

电子商务的发展，使网上营销的新概念进入到市场营销学领域。电子商务与网上营销的区别在于电子商务涵盖范围广，网上营销涵盖范围窄，是电子商务的一个分支，但网上营销的内容比电子商务还丰富，它利用互联网技术、电脑通信及数字交互式媒体，低成本、高效率地对企业经营过程中的市场调查、客户分析、产品开发、生产流程安排、售后服务等环节进行管理，从而达到更好满足买卖双方需求的营销目标。例如，网络转瞬之间的信息收集处理、储存和传递能力，无可比拟地大于传统媒体的一对一的互动沟通方式，为生产者提供了个别营销的机会和可能。网上营销对购买者来说更具有无数好处：他们一天 24 小时无论在什么地方均可订购到产品，无需走出办公室或家门可找到有关公司、产品、竞争者、价格等方面的对比信息，无需面对推销员可能带来的争吵及排队等，因而网上购物的人数将越来越多，对传统的零售店和购买中心都将逐渐造成冲击。

二、技术对生态学的影响

生态学在产品开发及世界资源生态平衡方面影响着社会。生态学涉及环境中各种物质资源的关系。人们已越来越多地认识到，今天利用地球资源的决策会对社会产生长期的后果。

现在对世界各国来说，一个越来越严峻的问题就是环保问题。随着国民经济的发展及工业化、城市化进程的推进，我国城市所面临的这一问题更令人担忧。现在我国三分之二的城市被"白色垃圾"等固体废弃物污染，严重威胁到这些城市的社会经济发展及居民身心健康。其原因主要是商品流通领域内一些经济活动，如过度包装、一次性包装、不洁商品的流通和不合理运输等直接产生，加重了这些"城市型污染"。随着这些情况的加剧，也愈益增加了要求工商企业开发和销售有环境意识的产品，开展"绿色流通"的消费者压力，即要求现代市场营销要以"绿色商品、绿色物流、绿色技术、绿色服务"为主体内容，构建城市的流通管理体系。

现在已有不少公司对此作出了良好的反应，近年无论是国外还是国内的饮料、清洁剂公司，都已纷纷开始应用可回收利用的塑料瓶。全球第五大汽车制造商戴姆勒—克莱斯勒公司也正在试验一种塑料新技术，如果试验成功，今后几年内就可能回收 95％的废旧汽车零件，从而大大减少废车对环境的污染。回收的塑料还可以用来生产新汽车的零件。通用汽车公司也正在研制一种"零排放"汽车，并且已制造出一辆"氢动一号"实验车，该车以氢为燃料，排放出来的东西仅仅是水，尽管将其商业化还有很长一段路要走，但毕竟走出了很有希望的一步。另外在许多情况下，这些环境意识的问题还是由直接与消费者打交道的零售商提出来的。如沃尔玛及我国一些大型零售名店，都要求其供应商提供保护环境安全的产品，并承诺在广告中突出宣传这些产品。

近年日益波澜壮阔的环境运动，也给企业开展绿色营销以巨大压力，环境运动是关心社会的公民和政府为保护与改善人们的生活环境所进行的有组织的运动。环境运动关注技术发展带来的掠夺式采矿、森林滥伐、工厂烟雾、广告牌和废弃物，以及休闲机会的损失和由于受到脏空气、脏水和化学药品污染的食物对健康引起越来越严重的问题。这些问题差不多与所有公司和企业的生产和经营活动都有直接或间接关系，其对企业营销的挑战和冲击更为深远而严峻，为此企业将要承担更大的社会环境义务，付出更大的成本与努力。

第二节 网络营销环境分析

网络具有的强大的通信能力和电子商务系统具有的便利的交易环境改变了原有的市场营销理论基础。信息技术的迅猛发展成为网络营销的助推器，消费者行为的变化成为互联网营销的原动力。在网络环境下，时间和空间的概念、市场的性质、消费者的概念和行为等都发生了深刻的变化。

网络营销与20世纪的营销比较，在环境方面发生了巨大变化。网络营销的范围突破了原来按商品销售范围和消费者群体、地理位置和交通便利条件划界的营销模式，技术的飞速发展极大地压缩了时间及空间的距离，国际营销、全球营销和区域营销之间的界线和区分逐步缩小，网络营销无须再选择"着眼全球，从地方做起"或"着眼地方，面向全球"，而只能是"着眼全球，从全球做起"，以此顺应互联网的环境。同时，在电子商务时代，媒体发生了很大变化，从电视、报纸、广播等传统媒体转向互联网成为主要的新媒体。在网络环境下，信息的传播也发生了变化。

1）由单向向双向的变化

信息源以传统的单方面向用户展现自己信息和产品的方式，转变为信息源在传播、展现产品、信息的同时，用户也在主动寻找自己需要的信息。

2）由推向拉互动的变化

在信息化社会，人们接受信息的途径极多，不必拘泥于被动地接受，而是越来越多地主动地从网上收集个人所需要的信息（我们将它称为"拉"的过程），顾客成了参与者和控制者。

3）由分离的传播模式向多媒体传播方式的变化

目前，报纸、杂志、出版社主要传播文字信息，电视台主要传播视频信息，电台主要传播音频信息，而网络可将这三者统一。

面对网络所带来的深刻变化的营销环境，制定网络营销计划的第一步要考虑的就是要进行网络营销环境分析。

企业的网络营销环境是指影响企业的网络营销活动及其目标实现的各种因素和动向。网络营销环境既能为企业提供机会，也能为企业网络营销造成威胁。

如何不断地分析观察和适应变化着的企业网络营销环境是企业网络营销取得成功的关键。适应性强的企业总是随时注视环境的发展变化，通过事先制定的计划来控制变化，以保证现行战略对环境的适应。

网络营销环境分为微观环境和宏观环境。微观环境是指对企业服务其顾客的能力构成影响的各种力量，如企业内部环境、网络顾客市场状况、网络市场中介、竞争对手状况等。微观环境中所有的因素都要受宏观环境中的各种力量的影响。宏观环境是指那些给企业造成市场机会与环境威胁的主要社会力量，包括网络用户数量、政治、经济、法律环境以及技术环境等。

一、网络营销的微观环境

在传统营销中，企业所处的微观环境对企业为其目标市场的服务能力起着举足轻重的作用，与传统营销一样，今天的企业所处的微观环境对企业网络营销的成败同样起着至关重要的作用。

1. 企业的内部环境

企业进行网络营销要求企业具有较高的信息化水平，基于信息交换的主体不同，分为企业内部的网络化和企业外部的网络化。企业内部的网络化，很多企业建立了内部局域网和外联网，建立了相应的网站，有些企业建立了 MIS（管理信息系统）、DSS（决策支持系统），还有一些企业建立了 ERP（企业资源计划）和 CRM（客户关系管理）系统。企业内部的信息化和网络化是企业开展网络营销的微观基础。企业外部的网络化又分为企业与企业之间的网络化（B to B）和企业与消费者之间的网络化（B to C）。企业与企业间的网络化可以降低企业的交易成本，缩短交易时间，提高企业的工作效率。企业与消费者之间的网络化可以使企业与消费者之间缩短时空的距离，为消费者提供交互式的服务。企业本身包括营销部门，其他职能部门和最高管理层。企业为实现其网络营销目标必须进行制造、采购、研发、财务等业务活动。企业在制定网络营销计划时，不仅要考虑企业外部环境力量，而且要考虑企业的内部环境力量。

2. 网络顾客市场状况

网络营销是根据购买者及其购买目的进行市场划分的，网络顾客市场包括：

网上消费者市场：即为了个人消费而通过网络进行购买的个人和家庭所构成的市场。

网上生产者市场：即为了生产并取得利润而通过网络进行购买的个人和企业所构成的市场。

网上政府市场：即为了履行职责而通过网络进行购买的政府机构所构成的市场。

网上国际市场：即由通过网络购买的国外的消费者、生产者、中间商、政府机构所构成的市场。

上述的各种网上市场都有各自的特点，网络营销人员需要对各个市场进行仔细的研究，在制定网络营销计划时要根据企业的营销目标，对不同的网上市场制定不同的网络营销计划。

3. 网上市场中介

网上市场中介是指网络服务提供商（ISP）、网络中间商（如网络批发商、网络零售商、经纪人和代理商）、第三方物流提供商、认证中心，以及网上金融提供商等。第三方物流提供商是为交易的商品提供运输配送的专业化机构；认证中心在交易过程中完成对交易双方身份的确认，保证交易的顺利实现。网上金融提供商则是提供网上电子支付的机构。

在网络时代，企业可以借助网络直接与最终用户接触，从而减少中间环节，降低交易成本，提高竞争优势，这样使中间商的地位受到了严峻的挑战。但是正如互联网作为新的第五种媒体还不能完全取代广播、电视、报纸、杂志一样，网络营销虽然会使一部分中间商走向灭亡，但中间商并不会完全消失，而是其功能和服务发生了变化，同时又会产生具有崭新功能的新的市场中介。例如，原来的运输商转变为提供全方位物流配送的第三方物流提供商，同时出现了新的市场中介认证中心，也出现了像亚马逊书店这样的基于网络的中间商。

4. 网上竞争者

传统营销的观念表明：企业要想在市场竞争中获得成功，就必须能比竞争者更有效地满足消费者的需求和欲望。在网络环境下，企业所要做的并非仅仅迎合目标客户的需要，而要通过有效的网络手段，为顾客提供更方便的查询、更低廉的价格、更安全的交易和支付、更快捷的配送、更良好的售后支持等服务，从而使企业的产品和竞争者的产品在消费者的心中形成明显的差异，以取得竞争的优势。在网络时代企业的竞争者分为：在线竞争者和离线竞争者。离线竞争者由于提供的服务和消费者结构的差异并不构成网络营销企业的主要竞争者，所以网络营销企业的主要竞争者是在线竞争者。了解在线竞争者的产品价格、服务以及消费者的评价，并据此制定相应的网络营销措施至关重要。

5. 网上公众

网上公众是指对网上经营企业实现其网络营销目标构成实际或潜在影响的任何团体。传统营销中企业面对的公众有金融公众、媒体公众、政府公众、市民公众、地方公众、一般群众和企业内部公众，而网络营销企业所面对的网上公众就是网上一般公众、网上金融公众、网络媒体公众、内联网公众、政府公众。

网上一般公众：网上一般公众都是企业的潜在客户，他们是企业关注的核心，企业需要关心网上一般公众对其商业站点、产品和服务的态度，企业的网上一般公众形象影响其网站的流量及其产品的网上销售。

网上金融公众：网上金融公众影响网上经营企业在线支付系统的建立与获得资金的能力，主要的网上金融公众包括网上银行、风险投资公司和股东等。

网络媒体公众：网络媒体公众由发表网上新闻、网上特写和网上社论的机构组成，主要包括电子化报纸、电子化杂志、主要搜索引擎、提供网站评估服务方面的专业性网站等。

内联网公众：企业的内联网公众包括它的董事会、经理、员工等，企业往往用企业内联网给内部公众传递信息，鼓励士气。当员工对自己的企业感觉良好时，他们的积极态度也会通过各种在线交流等影响到外部网上公众。

政府公众：政府正在通过加大有关互联网和电子商务的立法来加强网络管理，政府负责管理网络企业审批、网络链接、网络交易、网络安全、网络立法，其有关机构即构成政府公众。企业的管理层必须关注政府对互联网络管理的有关动态；网络营销人员必须经常就网络安全保密性、产品安全性、网络广告真实性以及其他与商业网站相关的事项向企业律师咨询。

网上公众与离线公众的不同之处主要在于网上公众教育素质高，心理变化速度快，因此要博取公众的好感，在制定针对其主要网上公众的网络营销计划时，企业可以通过加大对网上公众的广告策略与公关策略力度，从而建立和维护网络公共关系，增强品牌形象。

二、网络营销的宏观环境

微观环境中的所有分子都要受到宏观环境中的各种力量的影响，任何企业都是在一个大的宏观环境中运作的。宏观环境就是指那些给企业造成市场机会和环境威胁的主要社会力量。影响网络营销的宏观环境主要有网上人口环境、经济环境、技术环境、政治和法律环境、社会和文化环境。

1. 网上人口环境

传统营销学认为，企业的最高管理层必须密切注意企业的人口环境方面的动向，因为市场是由那些想买东西并且有购买力的人（即潜在的购买者）构成，而且这种人越多，市场的规模就越大。网络营销企业必须时刻关注网上人口环境的变化与发展，因为它涉及到网民。CNNIC 对网民的定义为：平均每周使用互联网至少 1 小时的公民，而网上市场是由网民组成的。

1）互联网用户数量保持大幅增长态势

据 CCNIC 2007 年 1 月的报告显示截止 2006 年底我国上网用户人数达到了 13 700 万人，比去年同期的 11 100 万增长了 2600 万人，增长率为 23.4%，其中专线上网用户人数为 2710 万人，与去年同期相比减少了 200 万人，同比下降 6.9%；拨号上网网民人数为 3900 万人，与去年同期相比减少 1200 万人，同比下降 23.5%。除拨号、专线上网用户外，本次调查结果还显示宽带网民人数为 9070 万人，与去年同期相比增加了 2640 万人，增长率为 41.1%；手机上网网民人数为 1700 万人，这也表明上网用户的上网方式正趋向多元化。尽管我国互联网络的大环境经历了高潮、低潮的反复，可是从上网用户人数的历次调查结果上看，我国上网用户人数却一直保持着比较强的增长势头。同时不能忽略的是使用专线及拨号上网网民数量呈现持续下降趋势，而宽带网民数依旧保持高速增长。

从全球互联网用户数量增长状况来看，北美网民人数仍然占绝对优势，比例最高，但这个地区接入市场已接近饱和，发展空间在减小。此外，欧洲在线人数处于全球第二位，亚洲太平洋地区用户数量今年发展速度最快，发展潜力也最大。日本、韩国都是近两年增长速度较快的国家，但增长速度仍然远远落后于中国，因此，中国是亚太地区最有潜力、最具发展前途的国家之一。据国际数据公司（IDC）曾经的预测，中国的互联网用户在 2005 年将超过美国而成为世界上互联网人口最多的国家。网上人口的增长，意味着网上市场的持续增长，同时也意味着网络营销潜力巨大。

2）网民的结构发生变化

网民的年龄分布趋于均衡，学历层次走向低端。网民年龄分布如图 4-1 所示：

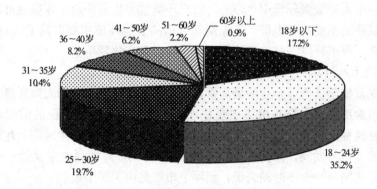

图 4-1　网民的年龄分布

数据来源：中国互联网络信息中心（CNNIC）

从图 4-1 可以看出，中国互联网用户的网民分布在年龄结构上仍然呈现年轻化的态势。网民年龄在向两个方向延伸，低龄网民和中年网民数量在增加。年轻网民依然是中国网民的主力军，但与去年同期相比，年龄在 35 岁以上网民的增长速度要稍快些。35 岁及以下的网民达到了 11 302 万人，与去年同期相比增加了 2133 万人，增长率为 23.3％；35 岁以上的网民达到 2398 万人，与去年同期相比增加了 467 万人，增长率为 24.2％（图 4-2、图 4-3）。

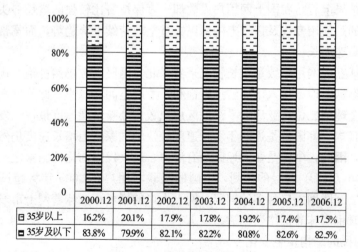

	2000.12	2001.12	2002.12	2003.12	2004.12	2005.12	2006.12
▤ 35岁以上	16.2%	20.1%	17.9%	17.8%	19.2%	17.4%	17.5%
▬ 35岁及以下	83.8%	79.9%	82.1%	82.2%	80.8%	82.6%	82.5%

图 4-2　历次调查网民年龄分布

数据来源：中国互联网络信息中心（CNNIC）

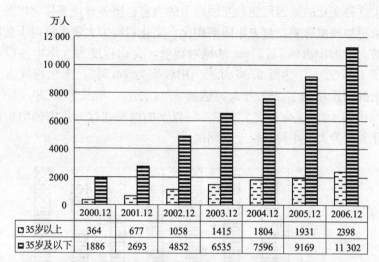

图 4-3 历次调查不同年龄段网民的数量
数据来源：中国互联网络信息中心（CNNIC）

	2000.12	2001.12	2002.12	2003.12	2004.12	2005.12	2006.12
35岁以上	364	677	1058	1415	1804	1931	2398
35岁及以下	1886	2693	4852	6535	7596	9169	11 302

网民学历分布如表 4-1 和图 4-4 所示：

表 4-1 网民的文化程度分布

高中（中专）以下	高中（中专）	大 专	本 科	硕 士	博 士
17.1%	31.1%	23.3%	25.8%	2.3%	0.4%

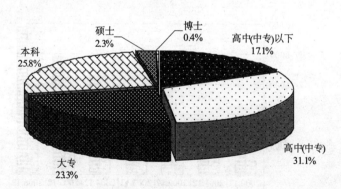

图 4-4 网民的文化程度分布
数据来源：中国互联网络信息中心（CNNIC）

网民学历已从高端向中、低端过渡。从图 4-2，并结合以往几年的数据可以看出，网民学历层次变化在于，文化程度为本科以下的网民仍然占据大多数。产生这种变化的原因可能和互联网上的内容、服务日益多样化以及互联网使用起来更加简便有关。与去年同期相比，文化程度为大学本科以下的网民所占比例略有增加，达到 71.5％。从绝对数看，文化程度为大学本科以下的网民增加了 1937 万人，达到 9796 万人，增长率为 24.6％；文化程度为大学本科及以上的网民增加了 663 万人，达到 3904 万人，增长率为 20.5％（如图 4-5、图 4-6 所示）。文化程度为大学本科以下的网民在这一年内的增长速度要高于文化程度为大学本科及以上的网民。

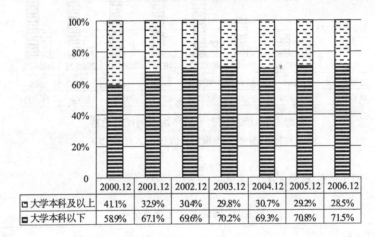

	2000.12	2001.12	2002.12	2003.12	2004.12	2005.12	2006.12
大学本科及以上	41.1%	32.9%	30.4%	29.8%	30.7%	29.2%	28.5%
大学本科以下	58.9%	67.1%	69.6%	70.2%	69.3%	70.8%	71.5%

图 4-5　历次调查网民文化程度分布

数据来源：中国互联网络信息中心（CNNIC）

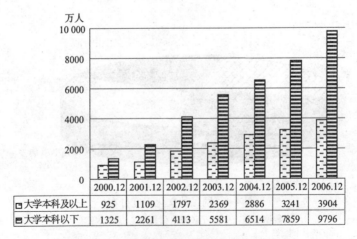

	2000.12	2001.12	2002.12	2003.12	2004.12	2005.12	2006.12
大学本科及以上	925	1109	1797	2369	2886	3241	3904
大学本科以下	1325	2261	4113	5581	6514	7859	9796

图 4-6　历次调查不同文化程度网民的数量

数据来源：中国互联网络信息中心（CNNIC）

网民的收入水平分布如表 4-2 所示：

表 4-2　网民的个人月收入分布

500 元以下	501～1000 元	1001～1500 元	1501～2000 元	2001～2500 元	2501～3000 元
25.3%	18.1%	13.6%	11.2%	6.1%	7.6%
3001～4000 元	4001～5000 元	5001～6000 元	6001～10 000 元	10 000 元以上	无收入
4.8%	4.1%	1.6%	1.8%	1.6%	4.2%

网民并未集中在收入高的人群中。互联网用户收入在 2000 元以下的人数占了绝大部分，其中又以 500 元以下收入者为最多。因此，互联网上的主要消费者并不在收入高的人群之中。低收入的网民增长速度明显高于高收入的网民。网民受教育程度的统计数字说明互联网越来越趋于大众化，互联网从过去那种受过高等教育的、中高收入的人的专利，转变成受过基本教育的、收入还过得去的普通人都能使用的工具。

与去年同期相比，个人月收入 2000 元及以下的网民所占比例上升了 1.5 个百分点，为 72.4%。从绝对数看，个人月收入 2000 元及以下的网民从 7870 万人增加到 9919 万人，增长率为 26.0%；个人月收入 2000 元以上的网民从 3230 万人增加到 3781 万人，增长率为 17.1%（如图 4-7、图 4-8 所示）。

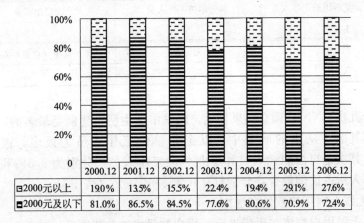

	2000.12	2001.12	2002.12	2003.12	2004.12	2005.12	2006.12
2000元以上	19.0%	13.5%	15.5%	22.4%	19.4%	29.1%	27.6%
2000元及以下	81.0%	86.5%	84.5%	77.6%	80.6%	70.9%	72.4%

图 4-7　历次调查网民个人月收入分布
数据来源：中国互联网络信息中心（CNNIC）

网民的职业分布如表 4-3 所示：

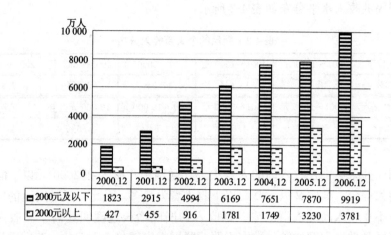

	2000.12	2001.12	2002.12	2003.12	2004.12	2005.12	2006.12
■ 2000元及以下	1823	2915	4994	6169	7651	7870	9919
□ 2000元以上	427	455	916	1781	1749	3230	3781

图 4-8　历次调查不同个人月收入网民的数量

数据来源：中国互联网络信息中心（CNNIC）

表 4-3　网民的职业分布

学　生	企业单位工作人员	学校教师及行政人员
32.3%	29.7%	6.2%
国家机关、党群组织工作人员	事业单位工作人员	自由职业
4.3%	8.6%	9.6%
农　民	无　业	其他（包括军人）
0.4%	7.2%	1.7%

　　第十九次 CNNIC 调查结果显示，网民中学生所占比例是最多的，达到了32.3%，其他所从事的职业中，以企业单位工作人员为最多，占总数的29.7%，其次是自由职业人员和事业单位工作人员，分别为 9.6% 和 8.6%。农民和军人所占比例最少，分别只有 0.4% 和 1.7%（表 4-3）。

　　3）无线上网用户数量在增加

　　无线上网用户群体在逐步扩充，用户数量增加趋势明显。随着上网终端的多样化，人们随时随地上网已经变为现实。最近，国内出现了许多款能够上网的手机、商务通、掌上计算机等。无线上网已经被许多白领阶层所接受，但是这个市场还需要一个培育过程，技术也有待进一步开发。因此，不应盲目追捧无线上网的概念，而应从内容和技术先进性入手，才能吸引一批忠实客户。

2. 经济环境

传统市场营销学认为，市场是由那些想购买物品并且有购买力的人构成的，而且这样的人越多，市场的规模就越大。购买力是构成市场和影响市场规模大小的一个重要因素。具体到网络营销，网上的购买力是一个重要的因素，而网上购买力又直接或间接受网民的收入、价格水平、储蓄、信贷等经济因素的影响。因此，企业的网络营销不仅受网上人口环境的影响，而且受到经济环境的影响。企业在制定网络营销计划时，必须密切注意经济环境方面的变化。中国已于 2001 年 11 月加入 WTO，电信增值业务市场将对外资全面开放，经营主体个数将成倍上升。

按照所签协议，中国在 2003 年以前取消电信设备的关税限制。入世 5 年内，将逐步取消外资在寻呼机、移动电话进口，以及国内固定网络电话服务等领域的地域限制。同时，将在 4 年内允许外资在基础电信中持股比例由开放初期的 25％逐步提高到 49％，在寻呼业务、数据压缩转发等电信增值服务领域，外资持股比例由初期的 30％逐步提高到 50％以内。移动通信将在加入 WTO 的 1 年内初步开放网络服务，5 年内完成开放目标。有线网及光缆在入世后的第 3 年开始放开，并用 6 年时间作为开放的过渡期。ISP 属于电信增值业务，在 WTO 后 1 年就可获得 30％的持股比例，3 年后可获 49％，5 年后可升至 50％。这一领域是外资最容易进入中国电信市场的领域。这意味着中国加入世贸组织后，外国电信企业将以合资的方式迅速进入我国电信运营业。这将降低企业的网络运营成本，ISP 的服务项目将更多、更新，同时也迫使更多的中国企业加入网络营销的行列。

随着收入水平的提高，计算机的普及率越来越高，网民的数量将越来越多，随着上网费用的降低和企业网络服务水平的提高，越来越多的企业和个人会通过网络购物，以节省时间和降低成本。

"随着我国经济持续健康的发展、互联网产业大环境的逐步好转，在国家对信息产业进行政策倾斜、加入世贸组织（WTO）、2008 年奥运会申办成功、信息化建设的大力推进、三个工程（家庭上网、政府上网、企业上网）的深入实施、电信服务环境的进一步改善、多元化上网方式的进一步发展、网络内容和服务的日益丰富、多样、实用化等因素的影响下，近期内网民数将会以不低于当前的增长速度发展，网民的特征结构将进一步趋向合理，而网民对互联网的使用也将进一步理性和实用化。但由于我国相对较大的人口基数和人群之间存在的相对差距等原因，网络的完全普及和网民特征结构的完全合理尚需待时日，在发展过程中网民特征结构比例数据可能会有一定的徘徊和反复。"

3. 技术环境

网络营销企业必须密切注意其技术环境的发展变化，了解技术环境的发展变化对企业网络营销的影响，以便及时采取适当的对策。技术的进步改变了网络用户的结构，同时也扩展了网络营销的范畴。宽带技术的发展使视频点播、多媒体网络教学成为可能。无线上网技术的发展吸引了更多的人移动办公、移动炒股、移动购物。在给消费者提供更多便利的同时也给企业带来了更多的机会。

4. 政治和法律环境

企业的网络营销决策还要受其政治和法律环境的强制和影响。政治和法律环境是那些强制和影响社会上各种组织和个人的法律和政府机构等。

政府对信息化和电子商务的态度与政策是对网上经营形成压力和动力的源泉。政府的定位应该在于：制定信息化的整体方案，营造适宜的政策、法律环境以及适合国情的社会发展环境。

2001 年 7 月 3 日在朱镕基总理主持召开的国家信息化领导小组第二次会议上通过了《国民经济和社会信息化专项规划》、《关于我国电子政务建设的指导意见》，讨论了振兴软件产业的问题。提出了要适应时代进步和世界发展的新形势，从中国现代化建设全局和战略高度出发，大力推进国民经济和社会信息化，发挥中国智力资源优势，加快发展软件产业，抓好电子政务，推动其他领域的信息化。其战略方针是加快信息化建设，以规划为指导，加强统筹协调，突出发展重点，务必注重实效，防止重复建设，切实打好基础，努力走出一条有中国特色的信息化道路。政府对信息化和电子商务的重视和支持为网络营销的发展带来了良好的发展机遇。

网络营销以及整个电子商务活动作为一种新兴的商业活动形式，必须遵循统一的游戏规则，才能顺利开展。各国的社会制度、政治、法律、经济、文化状况千差万别，因此各国之间的合作、协调极为重要。政府的主要作用应定位在营造适宜的政策、法律环境以及适宜的发展环境上。

企业必须懂得本国和有关国家的法律和法规，才能做好国内和国际网络营销管理的工作，否则，就会受到法律的制裁。网络营销不仅要了解传统市场营销的相关法律，还要了解有关互联网和电子商务的相关法律。

电子商务的发展需要建立必要的法律框架，是指在企业和企业间（G to G）、政府和企业间（G to B）、企业和消费者间（B to C）、政府和政府间（G to G）进行电子商务时所必须明确和遵守的法律义务和责任。因为电子商务是一种全球性的经济活动，它的法律框架不应局限在一国范围内，而应适用于国际间的经济往来，得到国际间的认可和遵守。1996 年 6 月联合国通过的《贸易法委员会电子商贸示范法》，为逐步解决电子商务的法律问题奠定了基础，为各国制定本国电子商务法规提供了框架和示范文本。1998 年 5 月，世界贸易组织（WTO）的 132 个成员国签署了《电子商务宣言》，10 月，经济合作与发展组织（OECD）在渥太华举行的部长级会议上达成全球电子商务的重要文件《一个无国界的世界：发挥全球电子商务的潜力》。就我国来讲，由信息产业部组织起草的《国家电子商务发展框架》从 1999 年 7 月就开始对此方案向多方征求意见，相关的法律正在研究和制定中。在 2001 年我国就颁布了《互联网药品信息服务管理暂行规定》、《互联网医疗卫生信息服务管理办法》、《互联网上网服务营业场所管理办法》、《北京市网络广告管理暂行办法》、《网上银行业务暂行管理办法》、《计算机软件保护条例》等法律法规，有关网络安全和数字签名的法律也在积极地制定。

网络营销是一种新的商业形式，旧的法律无法解决新出现的问题，因此迫切需要建立新的法律体系。在网络营销中涉及的法律问题主要有隐私权的问题、域名抢注的问题、电子签名的认证，以及黑客侵犯等问题。

5. 网络文化环境

当今互联网的飞速发展，对文化环境造成了巨大的冲击，并创造了独特的网络文化。它渗透到了世界的各个角落和人们生活的各个方面，创造了新的需求并对人们的生活和工作产生了巨大的影响。首先，由于各个国家不同的历史文化适用于一个国家的网络营销策略对另一个国家可能就会不适合，此外，目标市场的传统文化差异也对网络营销的方式产生影响。其次，互联网的发展几乎对每一种社会文化、每一种语言都带来了影响。它可能对一些文化带来威胁和负面影响，同样，也可能对一些文化带来支持和正面影响。例如，世界80％的网页是英文的，而其中美国又占了绝大多数，所以通过网络，美国文化对其他国家的文化造成了巨大的冲击。由于互联网的跨国界、无政府等特征，使美国的文化渗透到了其他的国家，对其他国家的文化造成极大的影响。面对这种状况，法国采取了文化保护政策来防范美国文化的入侵，甚至提出了"保护法语"的口号，同时积极扩展法语网站的影响。

另外，网络文化又有其独特性：

（1）网络文化是速度文化。网络社会靠的是信息。信息以高速进行传递和更新。只有随时掌握最新的信息才能做出最佳的决策。互联网革命就是一场速度革命。在网络中速度已经成了一种判断产品优劣、决定是否购买的尺度。网络营销的产品只有最新的、配送最快、服务最及时的产品才最能被公众所喜爱。

（2）网络文化是创新文化。网络创造了注意力经济、眼球经济、网络经济、ICQ、QQ、WAP，甚至是网络病毒。同时网络文化激发了企业家的创新精神，使企业的文化走向了开放、现代，使企业的组织结构走向了虚拟化和扁平化。使原本无法参加传统市场竞争的小企业也加入到与大企业的竞争行列中，网上的竞争已经达到了白热化，创新已经成为网上企业克敌制胜的法宝。

（3）网络文化是虚拟文化。虚拟企业、虚拟市场的出现对传统的企业组织结构和传统的市场带来了巨大冲击，同时，也为企业带来了巨大的发展机遇。虚拟社区的出现改变了人们的生活方式，并创造了新的需求。

因此，网上企业应该充分思考并利用网络文化，及时地把握顾客的心理和行为在网络文化作用下的变化，开发出符合顾客消费倾向的创新产品，制定满足顾客消费欲望的网络营销策略，才能在众多的网络营销者中脱颖而出。

第三节　网络社会环境探讨

网络社会学研究网络社会行为及社会行为体系。具体而言，就是研究网络社会如何构成及其有什么样的特点；网络特定文化现象；网民及其特点；网络社会行为互动模式；网络社会群体和网络社会组织；网络社区；网络社会秩序靠什么维系；网络社会的运作与现实社会的关系；网络社会兴起给现实社会带来了什么样的问题，而且网络本身的问题是怎样的；网络社会的未来等。

网络社会有许多特质与功用：①互动性；②"扁平化"结构；③跨时空；④信息共享；⑤过滤现实沟通中的障碍因素；⑥消解文化边界；⑦记录性（可逆）；⑧兼容性与多元性；⑨自由开放性。

网络社会行为与现实中的社会行为在性质上是一样的，都是指一个个体或若干个体影响到他人（也可能是复数的他人）的行为。而这种行为实质上就是一套有秩序的信息指令传递给对方，而对方感觉到了并有相应的行为变化。但网络与现实不同的是，现实中可见的行为指号在网络只能是通过文本信息指示。而一个网络社会行为的完整过程意味着接收信息者一定要对发信者的信息有反应，这种反应可以是回应信息也可以是不回应信息（仅仅是阅读或删掉所见到的信息）。

网络群体与现实中社会群体的不同是：人之间互动的场域不同；社会角色不如现实社会群体中那么确定，即便是在性别角色上还是在互动角色上，角色划分比较简单；社会关系不是那么复杂，物质生活中相互依存性不是那么强；群体意识和归属感不是那么强和持久。

网络群体特征包括亲和性、交往空间大、成员自由度大。

网络群体对个人的作用有慰藉、满足社交需要、提供自我展示并认证观点、有助于个体目标达成等。

网络群体的分类一般有五种分法：①网络统计群体与网络实际群体；②网络正式群体和网络非正式群体；③网络大群体和网络小群体；④网络初级群体和网络次级群体；⑤网络地缘群体、业缘群体和趣缘群体。

网络初级群体具有一定的社会功能。网络初级群体一般需要某一上网者与那些可能成为他或她的初级群体成员者有一定周期的交往过程。其中在一些人生原则等的看法上有共识，这些共识经核实后才有可能成为各自的初级群体成员。而且，其初级群体一经形成就相互作用较强，尤其在人格发展过程中的年轻人，其影响人格发展的程度，在某些方面往往大于现实初级群体的作用。这里的某些方面是指思想、价值观等方面的内容。

另外还有网络趣缘群体。一般来说，网络趣缘群体属于非正式网络群体，有的网络趣缘群体是初级群体性质，也有的是次级群体性质。通常如果是较大的趣缘群体为次级群体；较小的都有可能形成初级群体。

对网络组织我们可定义为：人们为实现特定目标，通过网络所建立的分工明确的共同活动的人类群体。网络组织有如下特点：

（1）特定的组织目标。

（2）一定数量的固定成员。网络组织也是由至少两人或两个以上的人组成的特定群体。与现实社会组织不同的是网络组织成员一般应具备网络技术知识。

（3）制度化的组织结构。一般都具有根据功能和分工而制度化的职位分层与部门机构。网络组织结构更显网络状，其中的各职能部门都是该结构中的"节点"，每个职能人员也是这个网状结构的"节点"。所以节点之间的联络显示出重要性，否则该组织结构就会松散、"断续"，难能达到整个结构的资源整合。

（4）通则化的行动规范。

（5）网络组织是一个开放的系统。

（6）网络组织的流动性。这里有两个含义：一是网络组织是可以流动的；另一个也是网络组织最重要的特质，就是网络组织中信息内容的流动，其中的流动是指网站中信息在本组织内的流动和本网络组织内信息与组织外其他组织和个体的流动。这里包含了信息的互动性。

（7）成员未必要面对面工作。

网络组织是信息技术革命和组织变革的产物，它是一个由活性网络节点构成的有机组织系统。信息流驱动网络组织的运作，网络组织协议保证网络组织的正常运转，网络组织通过重组的办法适应外部环境，通过成员间的协作和创新实现网络组织总目标。

网络组织又是一个具有概括性与前瞻性的概念，依托网络技术形成的以电子商务模式运作的网络公司以及网络社区等组织模式，也具有网络组织的特征。

网络社区是指在网络某个活动区域中，由网络相邻或相互关联的若干社会群体和社会组织构成的网络网民共同体。即在互联网络"某个区域"，共同活动的若干人类群体。

网络社区有别于其他种类的社区，但基本具备了社区中的要素，比如大学的"BBS社区"，学术网站的"论坛社区"或一些网站的"交友社区"等。与现实社会中的社区的不同主要在于两点：①没有面对面的互动，但仍然有"实质性"互动。②活动不是在自然地理的区域中进行的，而是在网络上的某个网站里（也有地域的概念，只是在网络空间中）进行的。

网络社区的构成要素：①网站平台；②上网者同步互动和异步互动；③社区中往往有若干网络群体；④社区管理者和社区规章；⑤进入社区活动者通常注册成社区会员；⑥社区成员的强联系、弱联系、陌生人；⑦有社区情感（近似归属感）。

本 章 小 结

市场营销环境是指影响企业与其目标市场进行有效交易能力的所有行为者和力量。市场营销环境可以根据不同标志进行多种多样的分类。组织或机构必须不断地对外部环境加以监视，其影响必须纳入市场营销计划中。值得留心监视和预期的不可控因素有消费者、竞争、政府、经济、技术等。本章还对企业开展网络营销的各种宏微观因素进行了分析。

关键术语

市场营销环境　微观环境　宏观环境　公司可控制因素　公司不可控制因素

第五章

网络消费者行为

➤**教学目的**
- 掌握购买者市场的特点、购买行为模式以及影响购买行为的因素
- 掌握消费者的购买决策过程
- 熟悉网络时代消费者的需求特点
- 熟悉各种购买者的行为特征
- 熟悉针对不同购买者的网络营销策略

➤**学习方法**
- 理解和识记基本理论和基本概念、案例分析、习题练习、日常生活的观察等

➤**本章内容要点**
- 需求与购买行为
- 消费者的市场特点和消费品分类
- 消费者网络购买行为
- 企业网络购买行为
- 政府网络购买行为

第一节　需求与购买行为

企业形成了以顾客为中心的营销观念，就应当通过生产经营活动的实践适应、满足、引导和服务于消费需求。顾客和用户的消费需求体现于市场，源于

个人或组织的需要和欲望，受支付能力和社会环境因素的制约。了解消费需要不难，分析把握消费需求不易。消费需求的形成、实现或转变是一个充满不确定因素的过程，因此，准确地分析消费需求及其购买行为是营销学研究的重要内容之一。

一、需要及其分类

消费者或组织的需要通过市场表现出来就成为需求。需求或市场需求是指具备购买支付能力的需要。在市场经济条件下，消费需求的行为主体分为两类：一是消费者个人或家庭；一是厂商和其他社会组织，如学校、政府机关。由于个人和家庭消费是社会再生产过程中的最终消费环节，生产者市场、中间商市场的消费需求均受最终消费市场的引导和影响，而且个人和家庭满足消费需求的行为方式和特点同样会体现于生产者、中间商的购买行为过程，因此，消费者市场的需求和购买行为，是需求分析的基础。

在营销学原理中，消费者个人或家庭的需要分为生理需要和心理（社会性）需要两类。生理需要基于消费者的生理本能，"民以食为天"，食、衣、住是人类最基本的物质需要，是维持和延续生命不可缺少的物质。心理需要是一种社会需要，是指人们在生产、生活和社会交往活动中产生的需要，如对交通、通信、工具的需要，对礼饰品、艺术品和接受高等教育的需要。

除了生理和心理需要，营销学原理也涉及另一种分类：物质需要和精神需要。事实上，在科学技术发展、生产力提高和社会文明进步的今天，生理需要和心理需要的边界越来越模糊，消费者的某种需要往往同时具有生理和心理两种动机，而满足消费者物质和精神需要的商品载体，即产品、服务、信息的形式也日趋多样化和高度融合性。

消费需要的上述分类同样适用于厂商等社会组织。企业、学校或政府机关的正常运行需要多种最基本的物质条件，如场所、设施、资金和劳动力，这些投入要素首先满足其业务营运的需要。厂商和其他组织的社会联系更多、更广，对带有物质和精神需要属性的产品、服务和信息，在数量、种类和载体形式上有更高的要求。

二、需求属性与状态

营销学原理将需求概括为 5 种属性、8 种状态以及与其相关的若干问题。

1. 消费需求的基本属性

消费需求是十分活跃、非常复杂的经济现象，消费需求的变化又有一定的规律。营销学科重视消费需求的理论分析和实证研究，不同营销学书籍对消费需求的介绍分析有所差别。消费需求不仅是营销学、心理学的研究内容之一，同时也是经济学的分析对象。综合若干学科的分析，消费需求可概括为 5 种最基本的属性。

(1) 可变性。不断变化是消费需求永恒的主题，是其最基本的属性。从总体和趋势上考察，在经济社会发展过程中，消费需求是逐步增长、无限扩展的，因为人类的需要和欲望是无止境的。从具体的需求内容或满足需求的产品、服务分析，在一个较长的时期内，需求的扩张、萎缩或稳定三种状态会替代或交替出现，并表现为个人和社会需求结构的不断变化。因此，消费需求的可变性，既包括总量的扩张和变化，也包括结构的改变。

(2) 多样性。消费需求的多样性是最常见的现象。需求的多样化属性首先来自需求主体的基本分类：消费者、厂商、政府及其他社会组织是有差别的需求主体。就消费者而言，消费者个人和家庭的需求不完全相同，同一消费者个人的需求在不同阶段形成不同的组合。消费需求的多样性随社会经济的发展和环境状况而变化，它影响并反映需求的结构性关系。

(3) 关联性。在消费需求的不同内容和满足消费需求的不同产品、服务之间，存在着种种联系或影响。这种联系可分为替代和连带两大类别。在收入和支付能力足够的情况下，消费者购买了某种产品以后，一般不再对同类其他产品产生兴趣。在收入和支付能力有限的情况下，消费者购买或增加了某方面的消费需求，就可能放弃或减少其他方面的消费需求，这是消费需求的替代性。相反，如果消费者购买了某种产品，如住宅，在今后的消费过程中，家具、电器、空气洁净产品都可能成为新的需求对象。这是消费需求的连带性。

消费需求的关联性对经济学、营销学研究都很重要。消费需求的关联性不仅影响需求总量，而且是消费需求结构性变化的最主要的因素。

(4) 层次性。同一消费主体对不同的消费内容，不同消费主体对同一消费内容，始终存在差别。心理学研究对这些差别的动机进行分析、分类，美国著名心理学家马斯洛在 20 世纪 50 年代提出了需要层次理论（图 5-1）。该理论的基本点，一是人类的需要和欲望随时有待满足，未满足的需要才会产生行为动机；二是人类的需要由低级向高级分不同层次，低层次需要的强度大。该理论把消费需要分为 5 个层次：生理需要、安全需要、社会需要、尊重需要和自我实现需要。需要层次理论已普遍运用于营销学中，并作为需求的基本属性之一。它与需求的多样性交织在一起，对消费需求的结构性变化有直接的影响，对消费需求总规模中数量和价值量有不同的影响。

(5) 不均等性。消费需求除了不断变化且难以预期以外，需求的不均等性进一步增加了需求分析的难度。需求的不均等性源于消费主体及其社会环境的

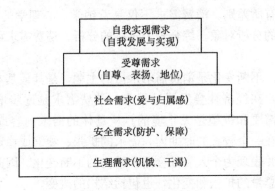

图 5-1   马斯洛需求层次

差异。就同一消费主体而言，对不同的需求内容、不同的需求层次，在数量、价值量比例上是不相等的；就不同时间、不同区域的消费群体而言，对不同的需求内容和层次在比例上也不相等；同一时间、同一地区的消费群体，对某一消费内容的消费层次同样呈不均等分布，对某一消费层次的不同消费内容也无固定比例关系。

2. 消费需求的状态

在现实的市场关系中，具体产品的消费需求存在不同的状况和不同的变化态势。从总体上说，消费需求的状态受环境决定和制约，企业的营销活动主要是适应消费需求的状态。但是，企业的营销活动在总体上也是社会经济环境的组成要素之一，具体的营销活动对某些消费需求具有创造和引导的功能。在此，相关的介绍分析便于企业在营销管理中更好地应对不同的需求状态。

(1) 负需求。绝大多数消费者对某种产品或服务感到厌恶并产生抵制行为，消费需求便处于负需求状态。需求处于这种状态出于不同的原因，可以克服或改变，也可能无法扭转。

(2) 无需求。消费者对某种产品或服务毫无兴趣，漠不关心或不存在奢望，消费需求便处于无需求状态。通过分析原因并采取措施，无需求状态可以按预期的轨迹向正常状态转变。

(3) 有害需求。消费者对某些产品或服务存在稳定的需求，这些产品或服务在法律上允许生产经营，但消费过程对使用者或他人有一定的危害性。显性的有害需求如吸烟等容易认识，隐性的有害需求则需要科学的方法予以辨别，并需要采取避害趋利的应对措施。

(4) 潜在需求。消费者对产品或服务具有一定的兴趣，但由于使用价值、价值方面的原因，也可能限于消费使用的相关条件，这种需求尚不能转化为现实的有效需求。营销管理的重要任务之一，是引导、推动这种需求向企业预期的状态转变，并要求企业准确地把握实施营销手段的时机。

（5）下降需求。市场对某种产品或服务的消费需求在数量、价值量方面呈下降、萎缩趋势，需求便处于下降状态。需求下降的原因非常复杂，需求下降的趋势可能扭转，也可能继续，扭转需求下降的对策可能基于某种营销手段，也可能需要多管齐下。在技术进步和产品替代加速的条件下，企业对下降需求必须予以高度重视，并在需求和竞争两方面分析原因。

（6）不规则需求。某些产品或服务的市场需求不仅波动大，变化频繁，而且在季节、时段上没有规律，生产者和经营者难以应付。需求出现这种状态，一般由于影响需求的因素多，主要因素并不固定，某些环境因素影响较大。针对这种需求状态，企业应以积极的态度，采取措施促使需求朝相对平稳的方向转变。

（7）充分需求。某种产品或服务的消费需求在数量和增长速度方面基本符合预期状况，需求的时间、区域分布也与预期没有大的差异，这是消费需求的理想状态。企业的营销努力是保持这种状态。

（8）过度需求。过度需求是指消费需求超过了预期或生产供应能力，在市场总需求相对不足的条件下，由于生产经营资源、消费动机和价格等方面的原因，某些产品或服务仍可能出现需求过度的状态。针对这种需求状态，企业应当从供给增长的可能性和需求扩张的合理性两方面分析思考，采取恰当的措施降低需求或暂时遏制需求。

三、购买行为

消费者的购买行为是实现其消费需求的前提条件，购买行为受消费者心理活动的支配。心理学和消费心理学研究表明，消费者的购买行为虽有很大差别，但存在若干共性，并可以用基本的行为模式表述。

"刺激—反应"模式是人类行为的基本模式。在市场经济中，消费行为的基本模式由营销和其他刺激引发，通过购买者动机产生反应，并引起购买行为（图5-2）。

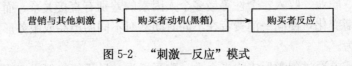

图 5-2 "刺激—反应"模式

在此，营销刺激是指企业运用营销手段对消费者产生的告知、引导、提示作用，其他刺激指特定的环境状态对消费者的影响。受到营销和其他刺激的消费者众多，但具有购买行为反应的仅仅是其中一部分。在刺激与反应之间，购买者的主观动机、购买决策是非显性的，通过黑箱中购买者特性和决策过程两大内容"过滤"，形成购买和非购买两种行为。

需要和欲望能否转化为需求，消费者的支付能力起着决定性作用。消费需求能否转化为购买行为受多种因素的影响。与营销学中的环境因素分类稍有不同，消费心理学将多种因素归纳为 3 类。

1. 文化因素

传统文化的影响无处不在，制约着人们的价值观、消费观念、风俗习惯和伦理道德。现代文化的效应日渐显著，影响、改变着人们尤其是年青一代的消费观念和生活方式。不同民族、种族、宗教和不同国家、地区的文化、亚文化各有特色，不同文化之间的交流越来越便捷，致使消费者的购买行为出现了多样化倾向。同时，由于职业、教育水平、价值倾向的差异，消费者被分解为若干社会阶层。不同的社会阶层在消费观念和生活方式方面有同有异，引起购买行为的不同表征。

2. 社会因素

社会因素是一个广义的范畴，但在分析对购买行为的影响时，则从狭义上理解。在人的社会交往中，能直接和间接影响一个人的态度、行为和价值观的群体，即相关群体，如公司、会员俱乐部、演艺界，对身处其中的消费者个人有相当大的影响，消费者个人的态度、偏好、判断和意见一般不会明显区别于所处的相关群体。就消费者个人而言，其家庭或家族的影响更加直接并有约束力，个人的价值观、消费观、审美观以及对问题的评价和选择常常带有家庭背景的烙印。在家庭中，不同成员对不同产品、服务的购买选择权也有区别或分工，进而使某些产品的购买行为带有一定程度的普遍性。此外，同一消费者在不同场合和条件下分别扮演不同的角色：作为家长或子女，作为家庭代表或组织代表，其消费观念、价值评价和购买决策并不完全相同。

3. 个人因素

在文化与社会因素相同的背景下，每个消费者的行为仍有差别，这同观念、年龄、职业、收入、个性等诸多个人因素的差别有直接关系，而上述个人因素的逐渐变化，使同一消费者在不同时间、对不同的产品或服务形成有差别的购买行为。

消费需求通过刺激形成购买行为。购买行为一目了然，但决定购买行为的过程并不简单。首先，在购买决策过程中，同时存在角色不同的 5 种参与者：倡议者、影响者、决策者、购买者和使用者，尽管某些产品的需求、购买和使用基于同一个消费者。购买决策过程的角色划分为不同营销手段的运用指明了方向和重点对象。其次，购买者行为可分为 3 种类型：常规反应行为、有限解决问题和广泛解决问题。不同类型的购买行为，其购买决策过程的阶段转换有简有繁。

一般认为，消费者的购买决策过程经历 5 个阶段：确认需要、收集信息、进行评价选择、决定购买和购买行为（图 5-3）。如果是日常用品，消费者决策过程的各个阶段比较简单并转换快捷，购买以后的使用效果影响、决定其是否继续购买。如果是选择性强的产品或服务，第一阶段在确认是否真正需要后；第二阶段要较广泛、充分地收集信息；第三阶段的评估选择会持续一些时间，购买决策比较慎重，甚至犹豫、反复，购买使用以后的感觉，对是否继续购买这种产品、品牌，是否继续选择原供应商和原方式，会产生持续影响。

图 5-3　消费者的购买决策过程

厂商和团体的购买行为在本质上与消费者购买行为是相同的。厂商、团体的交易关系分生产者市场、中间商市场和政府机构市场三种类型，具有交易批量大、需求弹性小、交易地点集中，需求衍生性、波动性明显等特点。厂商和团体的购买行为，因外部因素的内容和程度差异以及组织内部的分工和职责，形成某些特点，如决策过程的阶段更细，所需产品要有明确的技术经济标准，货款支付一般通过银行进行，政府机构的大宗采购以竞标方式进行等。在购买过程中，厂商和团体的直接采购者的个性因素受到一定程度的制约。

第二节　消费者网络购买行为分析

消费者市场是为满足自身及家庭成员的生活需要的购买者的集合。它是一个最终市场，产品一旦被购买即退出再生产。

随着社会、经济等因素的改变，消费群体类型在改变，由这样一群人作为基础构成的市场也在改变。在我们逐步解决了一系列安全、认证、支付等技术问题的同时，现在的问题是如何充分利用互联网的这些优势，来制定有效的营销策略。

一、消费者市场的特点与消费品的分类

1. 消费者市场的概念及其特点

消费者市场，或叫最后消费者市场，是指个人及机构团体采购人员为了个人的使用而购买产品或劳务的市场。从这个定义可看出，市场营销学中的所谓产业市场或消费者市场，是以购买目的和动机为据来划分，而不是以所购产品的自然属性来划分，因为有许多产品在上述两种市场中都可以被消费。例如煤炭，既可出售给个人消费者，也可出售给生产者，很难根据产品本身来断定它是属于哪一种市场。正因为如此，消费者市场的研究对象主要是消费者，要研究与消费者购买消费品有关的四个方面的问题，即研究消费者为何购买？何时、何处与如何购买？

为了更好地研究上述问题，有必要先对消费品市场的特点进行一些分析。

消费者市场大致有如下几个特点：

(1) 消费者的购买，绝大多数属小型购买。在现代社会中，这一特点尤为明显，主要是因现代社会中，家庭规模日益缩小，不论是资本主义还是社会主义的工业社会，由父母、少数子女，没有拖累的亲属组成的"核心家庭"，已成了"现代化"的、标准的模式。这样受消费单位规模缩小的制约，消费者的购买遂呈现出小型购买的特点。针对此，消费品包装、产品规格也必须适当缩小，以适应消费者的需要。

(2) 消费者的购买属多次性购买。这在很大程度上与上述小型购买的特点相关。由于消费者家庭日趋缩小，住宅逐渐公寓化，储藏处所有限，消费者购买量小，必然要经常重复购买，不像生产资料购买，一次购买量很大，以供较长一段时期的生产所需。

(3) 消费者市场差异性大。因为消费者市场包括每一个居民，范围广、人数多，各人的购买因年龄、收入、地理环境、气候条件、文化教育、心理状况等的不同而呈现很大的差异性。因此工商企业在组织生产和货源时，必须把整个市场加以细分，不能把消费者市场只看做一个包罗万象的统一大市场。

(4) 消费者市场属非专业购买。大多数消费者购买商品都缺乏专门知识，尤其在电子产品、机械型产品、新型产品层出不穷的现代市场，一般消费者很难判断各种产品的质量优劣或质价是否相当，他们很容易受广告宣传或其他促销方法的影响。因此，现代工商企业必须十分注意广告及其他促销工作，或努力创名牌，建立良好的商誉，这都有助于产品销路的扩大，有助于市场竞争地位的巩固。但要坚决反对利用消费者市场非专业购买这一特点欺骗顾客，坑害消费者的行为。

2. 消费品的分类

消费品是供最终消费者用于家庭或个人消费，而不是用于生产加工或提供服务使用的产品，后者则属于产业用品的范畴。当然，消费品与产业用品有时也没有明显的区别。例如，一袋面粉卖给个人消费者食用是消费品，卖给糕点店则为产业用品。不过从大量产品来看，这两者还是有明显区别的，如钢筋、水泥、棉花、烟叶等，虽然它们也有部分通过消费者市场进入个人消费，但从总体看，它们是属于产业用品范畴的。

消费者市场出售的产品极其复杂繁多，各种消费品都有不同的性质与用途，市场营销的技术与策略要求也不一样，为此必须按一定标准对不同产品进行归类研究。

消费品的分类，同样是按对消费品的购买行为来划分，而不是按消费品的自然属性来划分。据此，消费品可大致划分为四类：

1）日用品

它是指那些广大消费者经常购买、即用即买、购买时花最小精力去比较的产品。这些产品消费者一般都较熟悉，并具有一定的商品知识，所以在购买时不大愿意或不需花更多时间去比较他们的价格与品质，多数是就近有卖便就地购买，而且也愿意接受其他代用品，没有多大强烈的偏好。日用品的范围很广，如一般糖果点心、香肥皂、日用杂货、调料、书报杂志等。由于这些日用品消费者需要时往往希望立即购到，所以出售这些商品的商店，多数设在住宅区，或由综合商店经营，或设货摊、货亭经营，而且为便于普通购买，大百货商店、超级市场、货仓商场也都经营。日用品虽然是指那些时常为消费者所购买的产品，但有些不是经常购买的产品，如挂历、年宵品、中秋月饼等，虽然多数人一年仅购买一次，仍然属于日用品，因为这些东西什么地方能买到一般人便在什么地方购买，挑选性也不太多，只有少数人才会为购到自己特别偏好的产品而走远路去觅购。

日用品的广告宣传工作，多数由生产企业负担。因为商业企业，尤其是零售商店，它们经营的每一商品往往都有许多品牌，不只专营某一生产者的产品。同样，一个生产者的同一产品，往往由许多商店经销，因此零售商店不能为一种或数种日用品花钱去做广告宣传。所以整个广告宣传的任务几乎都由生产企业自己承担。

日用品还可以进一步区分为常用品、冲动购买品和紧迫需要品，常用品是消费者经常购买的日用品，品牌的偏好是决定消费者迅速选择的因素，如有些人会经常购买中华牙膏、青岛啤酒等。冲动购买品是消费者事先未计划或未加努力去寻找，碰见时才临时打算购买的日用品，这些商品的销售，应点多而方便，因为消费者很少会专门费心去寻找这些产品。这就是一些书店和超级市场何以小报和糖果要放在付款台旁边的缘故，消费者往往不会早就想到要买这些东西。紧迫需要品是当消费者紧急需要时所购买的日用品，如突遇大雨时的雨伞，生病时的各种对症药，一般说紧迫需要品的销售应放在多一点地方销售，以免消费者想买时买不到。

2）选购品

它是指消费者在挑选和购买过程中要特别比较其适用性、质量、价格、式样等产品，也就是说，消费者在购买此类产品时，往往会跑多家商店去比较其品质、价格或式样。例如时装、家具、耐用消费品、布料、皮鞋等均为此类商品。一般说来，选购品的价格较高，购买间隔时间较长，消费者产生需求时，并不像对日用品那样希望立刻买到，而且对于何种品牌或商店并无确定的观念。根据选购品的这一购买特点，对它们的经营应适当集中，多作专业化经营，以使经营的花色品种比较齐全，给消费者更多的挑选机会，而且适当集中还应包括商店适当集中的意思，如果一个区域只有一家专营商店，消费者由于选购机会少，往往不愿前往，而会跑到同类商店较多的市区去购买。"只此一家，别无分店"不一定都能做大生意。

选购品又可区分为同质品和异质品。同质品是在消费者心目中质量一样，但价格有显著差异，值得花些时间和精力去选购的产品。所以假如各种牌子的电冰箱质量差不多时，消费者就会货比三家，找质量价格比最高的购买。异质品是同一类产品，质量差异很大，对消费者来说，产品的质量因素远比价格重要。如家具、服装等就是。销售异质选购品必须有足够的好货色以满足不同消费者的爱好；同时也必须有训练有素的销售人员，以应顾客的提问或咨询。

3）特殊品

它是指那些具有独特的品质、风格、造型、工艺等特性，或品牌为消费者特别偏爱，消费者习惯上愿意多花时间与精力去购买的商品。因此消费者在前去购买某一特殊品时，对于所要购买的商品已有充分的了解，这一点与日用品很相似。但消费者只愿意购买某一特定品牌的商品，并不轻易接受其他代替品。当然，有些特殊品也是相对而言的，因为它包括消费者对于某些品牌特别偏爱这一情况，一般生产企业也大都想努力创造自己的名牌，以便吸引顾客坚持购买自己的产品。但由于价格、时尚、新产品开发、质量变动以及受广告宣传影响等原因，消费者很少会固定把某一品牌作为特殊品。当然这里面最重要的影响因素还是质量和式样，一个企业要使自己的产品成为特殊品而不败，就必须确保产品质量和特色，并不断创新和革新，以迎合新的消费潮流。

4）非谋求品

它是指消费者目前尚不知道，或者知道而通常不打算购买的产品。例如微型 VCD 机、某些特效新药，在未大做广告之前，或有关顾客未看到这些广告之前并不知道有这种产品，这就属于未谋求品，至于已经知道而一般情况下不打算购买的产品，最典型的例子是人寿保险、墓地、墓碑和百科全书。由于这些产品非常特殊，所以要求通过广告及人员推销这些方式，作出大量的市场营销努力。

二、网络购买过程分析

1. 消费者网络购买过程

消费者网络购买过程与传统意义上的购买过程是相同的，也是由一系列相互密切联系的活动所组成，包括动机产生、信息收集、分析比较、实际购买、购后评价反馈五个阶段。

1）动机产生

消费者只有产生需求才会产生购买动机并导致购买行为，几乎所有的消费者购买都是非本能的或是有自主意识的。

在传统社会中，消费者对生活必需品的需求主要来自实际工作和生活，强调消费者自身的感受。比如说上下班太远，我需要一辆自行车；家里太热，我需要一台空调。对于提高生活质量的附加产品的需求则主要来自广告、信息传媒、人与人之间的相互影响和攀比心理。而在网络环境下，上述情况发生了改变。有些工作压力较大、高度紧张的消费者会以购物的方便性为目标，追求时间、精力的节省，就会选择网上购物。而且他们对购物的乐趣也十分在意。即购物方便性的需求与购物乐趣的追求共存。这种消费者对新鲜事物有着孜孜不倦的追求，对未知领域拥有永不疲倦的好奇心。他们大多以体验者的身份，以好奇求新的心态进行购物。

在网络环境下，消费者的需求动机产生了三个方面的变化。一是由于互联网的跨地区特性，消费者互相影响的范围扩大，不再局限于当地。虽然同事之间、邻里之间、朋友之间的相互影响还是主要的，但这以外的影响大大增强了。二是由于互联网的互动性，消费者能主动地表达对产品及服务的欲望，不会再在被动的方式下接受厂商提供的产品或服务，这也意味着消费者之间、厂商和消费者之间相互影响的深度加强了，一种需求被接受和传播的速度比以往更快。三是进入互联网的便利和低成本特性，任何个人都可能是一种新需求的最初倡导者。

事实上，动机产生方面的变化，意味着全球范围内的需求个性化和趋同化是并行不悖的两个方面。

2）收集信息

收集信息其实就是消费者上网搜索的过程。在网络时代，顾客搜索信息的主动性和能力明显增强。顾客在决定购买之前往往会通过公司的网址、检索工具收集与产品有关的数据、标准、产品介绍以及相关资料。同时可以通过电子邮件或在线帮助将自己的要求或疑问提出来，并在短时间内能及时得到较为满意的答复。

3）分析比较

在网络环境下，消费者只要面对计算机屏幕，按动几下鼠标就可以轻松得到自己需要的资料。消费者根据所收集的信息对几种备选产品品牌进行评价和比较，以确定最终购买。

但是，由于网络的特性，消费者得到的信息量可能会极为庞大，消费者一时可能会不知所措，各种网络工具、比较模型的应运而生较好地解决了这个问题。利用特定的软件，消费者可以得到关于同种产品价格的全部信息；网络查询功能可以充分揭露市场相关产品的价格；输入几个数据，定量化的分析模型就会很快地对产品进行评价。例如网上炒股，消费者只要输入几个股票代号，分析软件就会自动显示出各种股票长短线情况以及各种风险组合，消费者可以理性地判断产品价格的合理性，参考比较模型分析收集到的信息。在网上，消费者可以不受限于权威观点的影响，而是能够亲自筛选资讯，凭借独立的判断力来分析资讯。

随着产品分析、评价工具的出现，厂商依靠虚假信息或文字游戏愚弄消费者将会更加困难。

4）实际购买

选定了所要购买的产品之后，买方以网上支付的方式付款，卖方则以邮递等方式将产品配送给顾客。在交易的过程中，买卖双方不需要互相认识，不需要面对面的交流。在购物的过程中避免了售货环境的影响以及售货服务水平的干扰，不会发生"决策摇摆"现象。

网上支付手段的应运而生让使用了上千年的纸币大有衰落消失的可能。与传统的支付手段（现金、支票、信用卡）相比，其方便性大大增强了，当然，对于安全认证体系的要求也更高了。

5）购后评价、反馈

在顾客与商家的动态发展过程中，售后阶段最容易产生争端，而每一次交涉都是一场游戏：要么是顾客，要么是商家，赢家只有一个。传统的售后阶段，由于信息通道的不通畅，后勤混乱，双方言行态度都会影响到顾客的满意程度与企业的长期赢利能力。而在网络环境下，互联网双向互动的沟通方式、快捷方便的反馈手段，使以上问题得到妥善的解决。网络的这种特性使得顾客可以随时反映意见、提出建议，随时得到卖方的技术支持与服务，使消费者同厂商保持联系的积极性和主动性大大提高，购买分析及评价见图5-4。

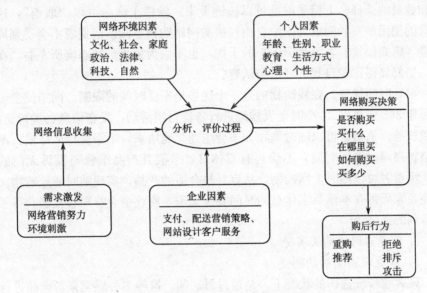

图 5-4 网络购买分析、评价过程

2. 消费者网络购买优势

(1) 信息优势。网络的发展实现了商务信息获取的多（信息更全面和具体）、快（信息更实时和有效）、好（可得到更可靠的信息）、省（节省费用、人力、物力和时间）。互联网备受青睐的原因在于它架起了一座通向外界的桥梁，互联网环境是开放、无国界的，消费者可以与世界各个地方的人们交换信息，及时获得最新资讯。计算机的存储技术使网络成为全球最大的信息资源库，信息可长期存储、发布。更为方便的检索技术、传输过程使消费者可以轻而易举地获得想要的信息。

(2) 分析优势。社会分工日益细化和专业化，对于一些耐用的大件产品以及高技术含量产品，消费者缺乏足够的专业知识对产品进行鉴别与评估。尽管消费者得到的各种指标、数据、说明书很多，但对于这些信息内涵缺乏必要的了解。比较、定量化分析模型、谈判软件以及智能代理的出现使消费者自己可以参考这些分析模型，理性地判断产品价格的合理性，对产品的整体效果进行评定。在这种情况下，企业趋向于按照成本定价而不是按顾客价值定价。

（3）抗干扰优势。一些顾客不喜欢面对面地从销售员那里购买东西，他们会因为售货员过分热情而感到有压力。也有一些人出于隐私的考虑不愿到商店购买易于引起敏感性话题的产品。在网络购物环境下，消费者可以通过主页了解产品，反复比较进行选择。通过填写表格来表达自己对产品品种、质量、价格和数量的选择。上错了网址可以按键重来，输错了命令可以"取消"，这种随意的使用使互联网成为一个自由轻松的网络购物空间。消费者不会受到周围环境（店面位置、客流量……）的干扰，也不会为售货员的态度所左右。在这里一切都显得比较自我、舒适与从容。

（4）时间优势。在线购物的另一个优势是不受时间的限制。网络使企业可以每年 365 天每天 24 小时全天候地进行各种营销活动，发布信息、进行交易、提供服务。消费者可以随时购物。不会遇到交通堵塞，不需要排队守候，不会在销售高峰时浪费时间，不会再有双休日、节假日产品维修与投诉无门的麻烦。消费者可以随时上网购物，从容寻找合适的产品，实现随时随地购物。这也使商家无需在本该员工休息的时间安排加班，商业企业管理和发展获得了更为有利的条件。

3. 消费者网络购买劣势

1）缺乏观察实物的感受

顾客在传统选购的状态下，是通过看、闻、摸等多种感觉来对产品进行判断与选择的。而网络购物只提供了看和听的可能。这势必对消费者的刺激大大减弱。对于相当一部分人而言，身临其境的购物是一种社会实践，是一种接触社会的机会，是一种享受。网上购物失去了上街闲逛的乐趣，对那种热烈的现场气氛的感受大大减少，购物过程的乐趣必将大打折扣。而在我国，购物仍然是许多居民一种主要的休闲方式。

此外，传统的店面销售所营造出的友好和谐的购物环境，良好的销售人员形象的塑造，对于消费者购买心理产生的影响、刺激作用也因为网络购物的虚拟性而不复存在。因此，人际化沟通与切身感受的缺乏是网上购物的软肋。

2）适用范围小

虽然理论上任何产品都可以进行网上交易，但在实际的操作过程中，仍有许多产品不适合网络销售。这涉及产品的属性与特点。如：布匹的质感如何用文字给予恰当的描述？饮料的口感又如何准确表达？何况对布料的手感、饮料的口感也因人而异。目前在线销售最成熟的实物产品要数计算机硬件、音像制品（书籍、唱片）、家用电器以及软件销售了。因为这些产品的物理性质决定了在配送过程中不易耗损和破坏，有些产品还可以在网上免费试用。另外，长期以来，人们已经习惯了这类产品的邮寄购买的配送过程。

上网作为一种消费行为，用户必须为此支付一定的费用。对于众多拨号上网的用户来说（目前拨号上网用户还有很多），首先要支付每小时一定数量的拨号费。由于目前的环境与技术的不完善，上网仍是一件耗时的事。一方面带宽不够导致上网速度较慢，另一方面互联网上提供的精彩内容与便捷服务常使得网民的购买注意力下降，网民容易沉溺于网络之中。消费者选定产品之后，除了产品的实际价格以外，还要给付产品邮寄、传递的费用，这中间还不包括购物的精神成本。尽管互联网给人们带来了休闲、轻松的体验，人们仍需要承受一定的精神压力和代价，例如，人们必须耗费精力去判断网上信息的真实性，判断网络交易是否安全等。

总之，虽然网上的产品种类繁多，但是在把产品价格、配送等因素考虑进去以后，目前真正适合消费者购买的种类并不多。

三、消费者的网络购买特征

无论是消费者的网络购买还是一般的传统购买，都是最终市场购买，是产品价值的最终实现。

传统意义上的消费者购买主要有以下特征：

（1）非专家性。消费者通常对所购产品缺乏真正的了解和掌握，他们通常不是真正根据产品的质量、功能等内在因素来判断一种产品的好处，而是以产品的品牌、外观、价格等外在因素来判断一种产品的优势，受企业产品及广告宣传影响较大，具有可诱导性。消费者的购买更多的是一种掺杂了情感的、冲动型的购买。

（2）非赢利性。作为最终消费品，消费者购买的目的大多是为了满足不同的生活消费，这与产业市场以赢利为目的的理性购买不同。

（3）分散性。消费者市场上顾客分散，购买的次数比较频繁，但每次交易的数量零星。

（4）社会性。消费者的消费需求大多源于社会压力，是一种心理需求，而非传统的生理需求。这种心理需求的必需性大大小于生理的必需性，受购买力变化的影响较大，具有较大的收入弹性，因此这种需求也是选择性的。社会性的另一个表现就是需求的不断发展，由于社会经济的不断发展，消费者的需求也随之发生变化。

对于消费者网络购买而言，由于网络媒介的特殊性，除了具备一般的购买特征，还有以下特点。

1. 主动性

无论是在对产品或服务需求的表达，还是在信息的收集或是售后的反馈上，网络环境下的消费者主动性都大大增强。消费者不再被动地接受厂商提供的产品，而是根据自己的需要主动上网寻求，甚至通过网络系统要求厂商根据自己对产品的要求或准则量身定做，从而满足自己的个性化需求。

2. 充分比较

由于网上销售并不受限于货架束缚，往往没有库存，因此网上商家可以提供比真实商店更多的产品。网上书店 Amazon（亚马逊）的书目达 300 多万种，这个数目是任何一家传统书店都无法用货架摆出并销售的。所以，消费者在网上的选择要自由充分得多。

多如牛毛的产品使消费者的挑选余地增大的同时，也对客户的购买行为产生了负面影响，消费者几乎无法下手。因此网站上常会设立产品或服务推荐栏目，并出现了一些比较网站、分析模型与评定软件，让消费者对获得的信息有一个全面的分析与评定，从而引导消费者的消费行为。

3. 理性化

在网络环境下，消费者面对的是网络系统，是计算机屏幕。在购物的过程中有效地避免了环境的嘈杂以及各种影响和诱惑。网络和电子商贸系统巨大的信息处理能力，为消费者在挑选产品时提供了空前规模的选择余地，选择的范围也不受地域和其他各种条件的约束。在这种情况下，任何宣传、欺骗和误导都是徒劳的，消费者变得很聪明，对铺天盖地而来的广告已具有相当的抵抗力，却对"枯燥乏味"的数据情有独钟，这一切都使得消费者购买时的理性成分大大增强。

消费者网上购买行为理性化的结果是：他们的需求更加多样化了，个性化逐渐凸现出来。消费者开始向厂商提出"挑战"，并开始制定自己的消费准则。

四、消费者网络购买行为类型

对传统意义上的消费者来说，按照消费者购买时的涉入程度以及产品的品牌差异程度，他们的购买类型可进行如图 5-5 所示的划分。

	消费者涉入程度	
	高	低
品牌差异 高	复杂型	多变型
品牌差异 低	和谐型	习惯型

图 5-5　消费者购买行为类型

复杂型购买发生在消费者初次购买电视机、照相机等单价高、品牌差异大的耐用消费品的场合。由于多数消费者不太了解这些产品的品种、规格、性能等技术细节，因此购买时需要经历一个认识学习的过程。

和谐型购买发生在涉入程度虽高，但所购产品品牌差别不大的场合。一般消费者关心的是价格是否优惠和购买的时间与地点是否便利。

多变型购买是消费者购买饼干等品牌差别很大的产品的低涉入行为。在这种购买中，为寻求变化和新鲜，消费者经常变换所购买产品的品牌。消费者一般不主动寻求产品信息，也不认真评价品牌。

习惯型购买是消费者购买食盐等品牌差别很小的低涉入行为。消费者大多是根据消费习惯与经验来购买这一类产品。

互联网作为一种新型媒体，它的应用必然会对消费者的购买行为和购买过程产生影响，而上述的传统的购买行为方式划分也在互联网环境下产生了一些新的变化。

互联网上前所未有的充分的信息环境，方便快捷的操作，使得消费者不容易受到所谓"权威观点"的影响，而倾向于自己去收集、筛选信息，凭借自己独立的判断力来分析所获得的信息。产品品牌对消费者的影响也不如以前那么大了，消费者更加注重的是产品质量、价值和自己个性化需要的满足。

按照消费者的需求个性化程度可以将消费者网络购买行为划分为定制型、复杂型与简单型，如图 5-6 所示。

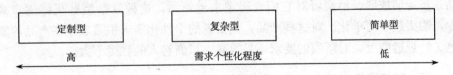

图 5-6　消费者网络购买类型

定制型购买充分满足了消费者的个性化需求。消费者通过网络按照自己的需求与标准要求厂商对产品的外观到内在"内容"进行定制化生产。这种产品有三类，一是技术含量高、价值高的大型产品，如汽车、住宅、电脑等，这些复杂的大型产品是多个部件和多种功能的集合体，通用产品经常造成要么功能不足，要么功能过剩，标准化和大规模生产所带来的成本降低被功能剩余所抵消，通过定制，虽然增加了制造成本，但可以大大削减非必要功能，从而获得更个性化，同时也是更经济的产品；二是技术含量不高，但价值高的个性化、形象化产品，这类产品与消费者的兴趣、偏好有直接的关系。如服装、首饰、家具、办公用品等，这些产品虽然技术含量不高，但它直接影响着一个人的形象和气质、个性，而这又是一个在社会竞争中获得成功的要素或标志，所以许多人愿意为此付出较高的代价；三是计算机软件及信息产品，计算机软件定制首先是由于存在定制的可能性和必要性，尤其是对组织用户来说，信息产品的定制来源于信息爆炸，太多的信息使消费者无所适从。而对互联网来说，传送每一个顾客独特的信息需求又并不是一件困难的事。消费者个性化需求的复苏一方面是由于技术水平的提高，企业可以满足顾客的独特需求；另一方面是随着生活水平的提高、产品的极大丰富以及资讯的"爆炸"，消费者也开始注意到自身的独特需求。在美国，只需每月 15 美元左右的费用，就可以享受到网上报社按照个人喜好的新闻项目、题材为你设计的全天 24 小时的新闻剪辑。

对于企业而言，实现这种差异化的甚至"一对一"的营销，必须具有雄厚的财力、较强的技术力量。并且要求企业销售额的扩大所带来的利益必须超出营销总成本费用的增加。

简单型购买的产品大多是食品、音像制品。消费者对它们的个性化需求不大，基本上属于同质市场。消费者购买前不会认真地收集信息，进行分析筛选，而以方便购买作为首要条件。一般说来，消费者购买这类产品是以传统购买习惯为依据的，不需要做太多的选择，购买过程被简化了。

复杂型购买主要发生在购买电视机、冰箱、手机等产品技术含量相对较高的耐用消费品的场合。消费者对这些产品的性能并没有什么特殊的要求，但消费者毕竟对产品的许多技术细节不尽了解，对品牌的依赖性较大。随着这些产品逐步走向成熟，消费者对它们变得越来越熟悉，这种复杂型购买将逐步减少，购买趋于简单化。对这些产品，消费者的个性化需求主要表现在产品的颜色、外观造型上，对厂商的要求不是很高，厂商卷入的程度不大。

五、网络营销在消费市场上的优势

对于消费者市场，网络营销具有以下优势：

1. 提供比较服务

网上信息大量又具体，消费者无法评价他们在网站上碰到的不断增加的大量不知名的品牌利益或质量。因此厂商需要依据客户的要求自动、适时地通过网络提供比较服务，努力建立识别系统、分析模型以及比较网站。比较服务的提供，一方面为顾客提供了安全和服务；另一方面，消费者可以从中获得心理上的平衡，降低风险感以及购买后产生后悔感觉的可能，增加了对产品的信任和心理上的满足感。尽管这些分析也许不够充分、不够准确和专业化。企业却可以凭此来获得消费者注意力。

当众多商家逐渐建立起这种服务以后，谁的比较模型科学、专业，谁的比较工具先进、全面，谁就能在吸引消费者的过程中抢得先机，得到消费者的认同。例如 CompareNet 网站列出可以比较的产品信息和价格；而 Kasbah 作为智能代理可以代表顾客根据产品的信息设定出价格。在网络环境下，消费者必将充分利用各种分析工具，更理智地进行决策购买。

2. 直接沟通和及时反馈

传统沟通方式的缺点（如实时性差、沟通范围有限、缺乏互动性等）在网络时代并不明显。互联网的特性使双方的沟通更为互动直接。厂商在网上发布信息，提供概念和其他要素；消费者可以直接向公司表达他们的愿望与要求，以此作为对厂商营销活动沟通的及时反映；营销人员可以直接根据顾客的个性化需求来强化顾客的个人兴趣以及介入其产品的程度。通过对顾客的在线帮助以及反馈的信息收集，网站一方面可以及时解决用户的意见，帮助顾客从产品或网站上获得额外价值，赢得归属感。同时网站也从中获得了大量有用的市场信息，可用来作为今后市场分析与预测的依据。

3. 消费者教育不再是空话

对于传统的消费者而言，其购买具有可诱导性。这意味着消费者教育对于消费者市场的重要性。但是消费者教育又是一件非常困难甚至可能是为他人做嫁衣的事。然而对于网上购物的消费者而言，由于信息的完善，消费者教育不再是一句空话。企业在网上开设网上培训、网上讲座、消费论坛、建立网上虚拟展厅等一系列措施，使消费者如身临其境一般对产品的各个方面有了较为全面的了解，满足了消费者的信息需求，使对消费者教育成为可能。

4. 提供多个入口

网络的快捷方便使消费者再无等待的耐心。对所要查寻的内容，他们"惜时如金"，总是抱有希望"一步到位"的心理。如果搜索的路径繁琐、连接和传输速度不令人满意，他们就会血管扩张，愤愤然离开站点。而解决的唯一办法就是提供多个入口。通过链接交换程序，使网站与一些著名的行业网站、门户网站、利益相关的网站建立紧密的联系，使消费者可以从别人的站点轻易进入，免去每次都要键入网址的麻烦。厂商不仅要在 ISP 或网址搜索工具中留下地址，而且还要以一定的技巧使自己的站点在搜索结果中名列前茅。据统计，网民通过其他网站链接而得知新网站的比例达 52.9%。一个高质量的链接相当于一个网站的推荐，可以增加访问者对网站的可信度。对于友情链接一类的网络营销方式而言，更为重要的意义在于业界的认识和认可。多个入口就多了浏览、购买的机会，营销者可以借此来降低顾客进入的障碍。

5. 拥有消费者数据库

网络技术使访问网站的人在购买前提供有关他们的产品需求和愿望信息。网站鼓励访问者注册，甚至有些网站要求注册。注册的表格中一般有姓名、职业、电子邮件等。通过这类表格的填写，营销者能够形成用户轮廓，做到目标市场的彻底细化，进而强化营销活动。比如：可以根据对顾客购买过程的实时跟踪，记录下每个顾客对某种新产品的偏好、购买的模式……适时向消费者提供相关产品的信息，提醒顾客对某个问题或环节的注意，维护及提升消费者对网站的忠诚。通过网站，营销人员得到了单个顾客的情况，能够将营销组合更准确地瞄准兴趣较窄的顾客，可以实现以数据库为基础的"一对一"营销。满足顾客个性化需求，同时还可以对顾客关系形成有效的管理。

明确的目标市场，完善的顾客档案其实是一种特殊的不可模仿的信息资源，对于企业将来的发展具有极大的意义。

第三节　网上消费者行为理论探索

在互联网环境中，网络消费者从传统的一般购物者转变成为具有应用现代信息技术和计算机技术的购物者。他们利用这些技术搜寻信息、比较方案、做出决策、实施购买、要求售后服务等。解释个体使用信息系统的技术接受模型（TAM）也可被用来说明网上消费者的网络购买行为。以下介绍技术接受模型（TAM）及其理论基础——理性行为理论和计划行为理论。

一、理性行为理论

Fishbein & Ajzen 于 1975 年提出了理性行为理论（theory of reasoned action，TRA）。TRA 是一个被广泛研究的模型（图 5-7），研究的是有意识行为打算的决定性因素，实质上可用于解释任何一种人类行为，是研究人类行为最基础且最有影响的理论之一。该理论认为：个体的行为由行动意向引起，行动意向由个体对行为的态度（attitude）和关于行为的主观规范（subjective norm）两个因素共同决定。态度是个体对一个行为喜欢与否的评价，是后天学习形成、稳定的倾向，它由个体对行为结果的信念决定。信念是个体对某些事物所持的观点。主观规范由标准信念和个体遵守标准信念的动机决定。标准信念（normative belief）是参考群体认为个体应该或不应该做某个行为。行为反过来会对信念和标准信念起反馈作用。该理论隐含着一个重要假设：个体有完全控制自己行为的能力。

从信息系统的角度理解理性行为理论一个相当有用的方面就在于它认为其他任何影响行为的因素都是通过影响态度和主观规范来间接影响行为的。因此，系统设计特征、用户特征（感知的形式和其他的个性特征）、任务特征、

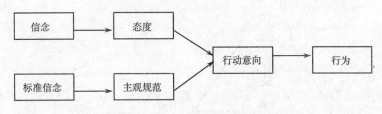

图 5-7　理性行为理论模型图

资料来源：Ajzen，I. & Fishbein，M. Belief，Attitude，Intention and Behavior：an Introduction to Theory and Research. Addsion-Wesley，Reading MA，1975

发展或执行过程的本质、组织结构等因素都属于这一类。Fishbein & Ajzen 将这一类因素定义为外部变量。这样理性行为理论就综合考虑了影响用户行为的不受控制的环境因素和能够进行控制的因素。

二、计划行为理论

由于理性行为理论（TRA）是在"行为的发生是基于个人的意志力控制"的假设下，对个人的行为进行预测、解释。但在实际情况下，个人对行为的意志控制程度往往会受到时间、金钱、信息和能力等诸多因素的影响，因此理性行为理论对不完全由个人意志所能控制的行为，往往无法给予合理的解释。因此 Ajzen（1985）在 TRA 的基础上提出了计划行为理论（theory of planned behavior，TPB）。

计划行为理论认为：行为是行为意向和感知行为控制（perceived behavioral control）共同引起的。行动意向由态度、主观规范和感知行为控制共同决定。态度、主观规范和感知行为控制三者之间会相互影响。感知行为控制是个体感知完成行为的难易程度，即个体感知到的完成行为所必需的资源和机会的丰富程度。感知行为控制在计划行为理论中非常重要，它不仅仅影响到行为意向，还与行为意向共同预测个体的行为。

计划行为理论主要是用于解释个体在无法完全控制自己行为的情况下的态度、行动意向和行为，如图 5-8 所示。

计划行为理论与理性行为理论不同之处就在于对行为意向预测上。计划行为理论增加了第三个决定性因素——感知的行为控制。它反映个人对某一行为过去的经验和预期的阻碍。当个人认为自己所拥有的资源与机会越多，预期的阻碍就越小，对行为的控制也就越强。感知的行为控制是由控制信念和感知的便利性共同决定的。

理性行为理论模型和计划行为理论模型都已经被许多学者证实和支持，并

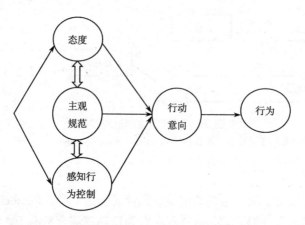

图 5-8　计划行为理论模型图

资料来源：Ajzen，I. The theory of planned behavior ［J］. Organizational Behavior and Human Decision Processes. 1985：179～211

且，这两个理论被广泛地用来推测和解释感知、态度和行为之间的影响因素。自从 20 世纪 90 年代以来，该理论被广泛运用于市场营销实践，在新产品市场投放、消费者态度转变、品牌建设、网上金融、网上零售领域等方面取得了较显著的效果，引起了众多学者的共同关注。

三、科技接受模型

科技接受模型（technology acceptance model，TAM）是 Davis，Bagozzi & Warshaw （1989）在理性行为理论和计划行为理论的基础上提出科技接受模型（TAM）。根据研究对象的不同将变量间的关系加以适度的调整，使其更简洁地解释信息系统的接受程度。Davis 等（1989）认为，个体真正使用 IT 的行为由行为意向决定，行为意向由个人对使用系统的态度和感知信息系统有用共同决定。当行为是对科技的接受行为时，态度比主观规范有更强的影响力，态度反映了对使用系统的喜欢或不喜欢的感觉，因而提出了感知有用（perceived usefulness，PU）和感知易用（perceived ease of use，PEOU）两个信念，并认为这两个信念决定消费者对科技的态度，同时感知易用认知也会对使用意图产生直接影响。感知易用性指个体期望使用系统的容易程度。感知有用性指个体相信使用一种特定的系统将增加工作绩效的程度，它受感知易用和外在变量的影响。其他因素通过间接影响信念、态度或行为意向来影响消费者接受信息系统。TAM 模型如图 5-9 所示。

Davis 等随后又提出了改进的科技接受模型，改进后的模型分为事前模型

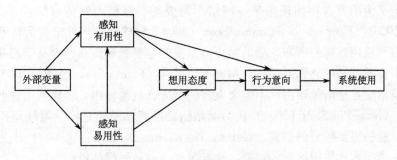

图 5-9　科技接受模型

资料来源：Davis Fred D. , Bagozzi R. P. & Warshaw P. R. User acceptance of computer technology:
A comparison of two theoretical models. Management Science, Vol. 35, No. 8, August 1989

和事后模型两个阶段。当消费者初次采用信息系统时，使用信息系统的行为意向由感知有用和感知易用共同决定；再次使用时，行为意向只受感知有用的影响，感知易用通过影响而间接影响行动意向。即感知易用对消费者初次使用信息系统时影响很大，再次使用时影响较小。

1. 感知有用

Davis 等（1989）将感知有用（PU）定义为：个人使用特定系统可提高其工作绩效的程度。感知有用指个体相信使用某系统将增进其工作表现的程度。

在消费者对电子商务接受度研究中，Lin & Lu（2000）将感知有用定义为：消费者相信通过使用某网站后，任务绩效可以获得提升的程度。Koufaris & Hamton Sosa（2004）感知有用定义为：顾客感知到网站对其购物任务的有用程度。许多学者发现感知有用对消费者网络购物的态度与网络购物的意向有显著影响。一些学者（Money & Tumer, 2004；Amoako & Salam, 2004；Shih, 2004）认为感知有用是指改善工作业绩，提高生产率。Vijayasarathy（2004）认为在线购物中，感知有用是指能得到有用的购物信息，购物时容易做出比较，快速地完成购物。Gefen, Karahanna & Straub（2004）认为在购书网站上，感知有用是指搜寻和购买书是有用的，能够有效地搜寻和购买书，提高搜寻和购买书的绩效，提高效率。

2. 感知易用

Davis et al.（1989）将感知易用（PEOU）定义为：个人感知到的使用某个特定系统不需要耗费任何力气的可能性。Davis 认为感知易用通过感知有用性对系统使用具有正面的、间接的影响。

当科技接受模型被应用于了解使用者对于网站接受程度的研究时，感知易

用被定义为消费者相信使用某一网站不需要耗费任何力气的可能性（Lin &
Lu，2000）。Koufaris & Hamton-Sosa（2004）将感知易用性定义为：顾客感
知学习和使用该网站所需花费的精力，以是否容易找到商品、容易学习和容易
使用来衡量网站的感知易用性。Money，M. & Tumer，A.（2004）认为感知
易用是指交互是清楚明白，不需要太多的努力，容易使用，容易利用它做想做
的事。Hung-Pin Shih（2004）认为网站购物的感知易用是指学习使用网络很
容易，能够得到想要的信息。Gefen，Karahanna & Straub（2004）认为感知
易用是指很容易使用网页的功能，交互灵活，容易同网站进行交互。

本 章 小 结

市场可以分为消费者市场和组织市场。购买者在作出购买决策时，通常要
受到文化因素、社会因素、个人因素、心理因素等多方面因素的影响。营销人
员不仅要了解购买者行为的主要因素，还要对购买者的购买过程进行认真
分析。

关键术语

需求　动机　消费者市场　网络消费者　网络产品　购买过程

第六章

组织网络交易分析

> **教学目的**
- 掌握企业网络交易的过程和特征
- 掌握企业网络交易的营销特征
- 熟悉政府采购的特征

> **学习方法**
- 理解和识记基本原理、案例分析、实际操作等

> **本章内容要点**
- 企业与政府网络交易的基本特征

第一节 企业网络交易过程、优势与劣势

2000 年 1 月 19 日，由中国万维网倡议，国内 37 家单位共同发起成立的"中国企业网上服务联盟"成立大会暨中国企业信息化论坛在北京隆重举行，2000 年众望所归地成为中国的"企业上网年"。互联网在中国的应用已呈燎原之势。本节要讨论的关于企业网络交易的问题，即 B2B 商业模式问题。

传统采购通常被认为是一种文书职能部门，而今天由于工业部门向专业化趋势发展，制造厂家逐渐成为只负责生产链中的一个越来越窄的环节，采购逐渐成为一种重要的战略性的职能部门。

企业上网采购主要是指制造或零售企业的采购流程自动化，使采购人员的注意力从战术层面转移到战略层面，通过分析采购模式，监控存货与补货延

误，更好地制定生产周期和销售计划。

一、企业网络购买过程

企业上网购买过程与消费者上网购买过程有相似之处，但也有许多不同。可以说没有一个统一的格式支配整个企业客户的实际购买过程，仅能归纳出大多数情况下遵循的过程。此过程可分为以下阶段：

1. 确定需求

当企业在经营中出现的问题可以通过采购某些产品和服务来解决时，采购过程便开始了。企业需要决定所要采购项目的特性与数量。需求的产生可能来自于企业的内部刺激（如新产品原料的采购、机器发生故障需要维修等），也可能是外部刺激所引起的（如看到新广告、接到某位销售代表的电话，可以得到购买优惠等）。

2. 寻找供应商

当企业对所需要购买的产品数量、型号等因素有了明确需求后，买方将充分利用互联网和各种营销网络寻求自己满意的产品和商家。

传统的寻求供应商的过程是工作人员必须从公司技术资源档案中检索出许多机械零件的设计图，然后拿到复印室去复印，同时向公司的采购部门发出上百份的零件询价申请。再由采购部门重新整理，将招标文件寄给供应商，或参加洽谈会，或咨询商业指导等机构，积极联系，寻求反映。

而在网络环境下，买卖双方将各自的供应和需求信息发布在网上。采购部门可以从内部客户中通过接受电子询价申请，并通过互联网向全球供货商发出招标文件。在采购部门发出采购信息的几个小时内，全球厂家就可以用电子邮件、传真或 EDI（电子数据交换）的方式收到询价单，并给予相关的答复。买方可以通过虚拟的"交易中心"，根据网上信息，如产品价格、公司实力、资源情况等因素，利用互联网的巨大信息容量，可以在全世界范围内找到提供最好、最大价格折扣的供应商。

一般来说，企业在选择供应商时，通常会特别重视以下因素：交货能力；产品质量和规格；价格；企业信誉及历来履行合同情况；技术和生产能力；维修服务能力；对顾客的态度。

3. 谈判和签约

当某位供应商作出明确积极的反应后，买卖双方就会派销售代表对有关的细节进行交易谈判，确定最终的内容，最后签约生效。

在网络环境下，交易谈判和签订合同是指买卖双方利用电子系统对所有交易的细节进行网上谈判，将双方磋商的结果以文件的形式确定下来，以电子文件形式签订贸易合同，明确在交易中的权利、承担的义务、产品的种类、数量、价格、交货时间、运输方式、违约、索赔等所有合同要素，合同条款可由合同双方利用电子数据交换签订。

4. 执行

买卖双方根据交易合同履行各自的义务。卖方备货、组货、发货，买方支付货款和验收货物。买卖双方可以通过网络营销服务器跟踪发出的货物。银行和金融机构也按照合同，处理双方收付款，进行结算，出具相应的银行单据等，直到卖方收到自己所购产品，完成整个交易过程。电子银行的参与是在线交易的重要特征。

总之，企业市场的购买过程比消费者购买复杂得多。卖方企业营销人员应对买方企业的采购工作有详细的了解，自己的工作才能有的放矢。

二、企业网络交易的优势

从营销的角度分析，企业上网的主要目的是为了从事商务及营销活动。作为 B2B 模式的企业网上交易之所以发展迅速，主要是网络给企业带来了以下利益：

1. 信息优势

互联网技术的飞速发展为企业创造了前所未有的充分信息环境。主要表现在：

（1）企业获取商业信息已经不再是什么困难的事情了，企业可以直接进入各个公司的信息发布站点或者进入网上虚拟的"交易中心"，获取这些公司提供的产品信息（规格、价格、产地等）、市场信息（供应商的数量、水平、行业状态等）。这些都是商业信息的有效来源。通过这些资料，企业可以针对选定的厂商对其进行深入分析和评估，确立合作伙伴。

（2）网络环境下，传递信息的速度有了大大的提高，已经不像传统交易那样以天为单位来计算时间。电子数据的及时交换和快速传输使用户在几分钟甚至几秒的时间内就可得到有关资讯。

（3）市场环境由信息不完全转变为信息完备，"要挟问题"不复存在。在传统的信息不完全的市场上，厂商一般比较坚持自己的价格，他不肯以价格变动接受者的角色来行动，常带有"要挟"买方的意味，特别是在某个地域范围内的卖方市场上。但随着信息的开放，如果某个供应商企图进行"要挟"，那么另外的厂商就会受到激励进入该项目的竞争中，买方可以无成本地转向其他购买者。当然卖方亦然。

此外，在网络交易的情况下，一旦厂商采取了欺诈行为，那么关于他的这种恶劣行为的信息将在网上迅速传播，并使之最终失去所有顾客。信息环境的完备对商业的欺诈行为具有一定的约束作用。

2. 成本优势

传统的采购成本名目繁多，如外出采购人员的人工费用、挑选供应商的费用、谈判费用、文件打印的费用、邮寄费用等，但在线采购出现以后，企业的采购成本有了实质性的减少。网上进行信息传递的成本相对于信件、电话、传真的成本而言要低得多，同时也缩短及减少了重复数据的录入。企业可以通过网上实施采购招标，获得大量供应商的报价和产品信息，经过网上筛选、谈判、下单，可以找到最合适的供应商。企业不再为了洽谈项目，到处跑交易会、洽谈会……满世界飞奔了，从中节省了大量的开支。

网络环境下，EDI 的建立和使用带来了劳动力成本、打印和邮购成本的降低，而采购人员也有更多的时间专心致力于合同条款的谈判，并注重与供应商建立更加稳固的购销关系。资料显示 EDI 的使用可为企业节省 5%～10% 的采购费用，大量的采购人员可以从新安排，从事新的岗位。

此外，新的采购方式使公司能在更广泛的在线供应商中进行选择，激烈竞争使材料的价格降得更低，原材料成本可以大大节省。

3. 实时调整优势

对于产业市场而言，消费者的消费行为、习惯的变化直接影响到自身的经营状况。企业可以充分利用网络信息的优势进行市场调研，对自身策略进行实时调整。如企业可以根据销售统计和市场抽样对消费行为进行分析，然后有针对性地对企业进行调整，及时适应市场发展的趋势，开发适销对路的产品；企业可以对网上的行业前景、市场需求进行分析，这也有助于企业了解和进一步开拓市场。

4. 效率优势

由于互联网将贸易中的商业报文标准化，使商业报文能在世界各地瞬间完成传递与计算机自动处理。原料采购、产品生产、需求与销售、银行汇兑、保险、货物托运及申报等过程无须人员干预，并且可以在最短的时间内完成。传统贸易方式中，用信件、电话和传真传递信息时必须有人参与其中，每个环节都要花不少时间。有时由于人员合作和工作时间的问题，会延误传输时间，失去最佳商机。电子商务克服了传统贸易方式费用高、易出错、处理速度慢等缺点，极大地缩短了交易的时间，使整个交易非常快捷、方便。

5. 公平优势

通过互联网络，可以即时连通国际市场，创造了一个即时全球社区，它消除了不同国家的企业与客户之间做生意的时间、地域、宗教信仰的障碍，减少了市场壁垒。

互联网作为一种信息优势，使得企业能够从信息管理的角度进行信息的交流和利用，公司规模的差别成了无关紧要的因素，关键在于是否能切实满足消费者的需求，是否有独特的创意，这也为中小企业提供了一个更为公平、自由竞争的环境。

当前，大多数的中小企业一般都没有自己专门的信息部门，对卖方信息的收集力度比较小，同时受自身规模、资源状况的影响，企业不可能占用太多的人力、物力到各个交易会进行洽谈，只能在一个较小的区域范围内寻找机会，并且还会因"庙小"遭到大供应商的拒绝。而在网络环境下，企业完全可以从一些专门的信息服务机构那里下载或拷贝网上丰富的商业与技术信息，使中小企业能够在一个公正的环境下进行招标、参与竞争。

6. 透明度高

传统的人员采购涉及大量的人为参与的因素，采购的质量和透明度无法得到充分的保障；更主要的是，传统采购还受限于地域和行业的认知程度，使得某些原材料或产品的采购有很强的局限性，无法得到合理的价格。而在高透明度的网络环境下，所有的这些不合理的因素将不复存在。

三、企业网络交易的劣势

1. 谈判劣势

第一，谈判语言单一苍白。谈判语言不是传统意义上的文字表达，还包括动作语言、表情语言以及表达的语气、腔调。在谈判的过程中，对方对各种问题的各种表情、动作、语调都是新一轮谈判的依据。依据对方的反映，本方人员可以实时调整要求及本方的战术策略。所谓的谈判专家就是能够针对谈判场上的细微的瞬间的变化及时作出正确的反映和部署，获得有利于本方的结果。而在网上谈判，谈判双方都在用眼睛读文字来进行交流沟通，无法把握对方的态度及看法，很难作出及时的调整，容易使谈判陷入僵局。

第二，谈判的特性使得对谈判火候、时机的把握常常决定谈判的结果。而在网络环境下，双方人员面对的只是冰冷的机器，没有面对面的交流，一切只有靠苍白的文字表达，根本无法感受到谈判的气氛，对具体的状况无法做一个精确的描述与反应，更别说是火候、时机的把握了。

第三，僵局化解困难。当谈判陷入僵局中时，各种正式、非正式的双方人员、第三方人员就会起到很大的调节作用。各种协调关系、缓解局势的活动就会将双方重新拉到一起，进行沟通交流，有效地进行化解，使谈判重新进行。而在网络环境下，一切的化解活动都因地域的限制无法实现。因此谈判常常以双方的互不让步而宣告结束。

第四，网上交易语言的模糊。任何语言本身是不完全、不精确的，只能对状况作大致的而不是精确的描述。互联网是一个连接世界各国的庞大信息库，在各国不同的社会文化和法律环境的背景下，不同的交易者对权利义务关系的理解难免会有所差别。在这种情况下，尤其对于企业首次购买而言，如果把针对未来时间的更多专门的条款加到契约中，就意味着给交易环境划定了更多的边界，不但增加了成本，而且造成了交易双方更多的冲突与争议。

2. 关系劣势

在传统的企业交易中，买卖双方通过面对面的谈判、会面讨论合同条款的签订，来往频繁、密切。由于签订合同的期限一般比较长，买卖双方通常会构建一种紧密的关系。买卖双方对彼此的认识、信任都比较深。对于以后的再次购买，双方都不需要再次评估对方的诚意与实力以及修订合同。即使这次合作不成，也为今后的再次合作打下了坚实的基础。但在网络环境下，双方都缺乏直观的感受与直接的交流。双方面对的只是冰冷的机器，谈判的过程不再人性化，感受不到信任、忠实和真实，缺乏对情感的心理满足。双方的关系如同是擦肩而过的路人，没有贸易伙伴的合作关系。并且买方很少涉及与供应商之间的长期联系。事实上，在网络交易中买方通常并不清楚他们正从谁那里购买，缺乏深度的了解。即使是再次购买，为了满足自己寻求真实信任的需求，在心理上适应虚拟社会的形成，双方仍然要重新获取大量的信息重新选择和评估。

第二节 企业网络交易特性

对于一般的企业交易而言，其特征主要有以下几点：

（1）赢利性。企业市场的购买往往有多重目标：制造产品、降低成本、满足员工……他们的购买更符合经济学家描述的那种"经济人"式的理性购买，具有特别明确的赢利目标。

（2）专家性。与消费者市场相比，企业市场参与购买决策的人更多。而且这些参与者多是在某方面受过专门训练的专家，并承担着自己所在部门的职责，受组织制订的各种政策、制度的限制和指导。

（3）派生性。企业市场的需求是从消费者对最终产品和服务的需求中派生出来的。因此，当消费者的收入大幅度增加或预期将相对减少时，受影响的不仅是消费者市场的需求，而且也包括为消费者制造厂家提供原料、设备、辅料、动力的产业需求。需求的派生性规定了只要产品的最终需求不变，构成品的价格波动就很难对构成品的需求产生重大的影响，即企业市场的需求取决于最终产品的需求。

（4）复合性。企业市场的需求都不是单一的，而是组合的。这就规定企业不可能随意更改设计，变动他们的生产工艺，换用其他的零部件。因此，即使钢材的价格上涨，大多数制造厂家也很难马上转向用塑料或其他什么材料来替代钢材作为原料。

（5）集中性。企业用户并不均匀地分布，通常会按产业形成一定的集中。如上海地区的钢铁、汽车，长春的汽车，南京的电子、化工，苏南的纺织和丝绸等。由于各地资源、交通和历史情况的不同，竞争将促使某些行业在地域分布上趋于集中，即使是那些规模分散的行业也比消费者市场在地域分布上更为集中。

（6）集体性。企业采购决策受多人的影响，有所谓使用者、影响者、执行者、决策者、受益者之分，各自起着不同的作用。其中最为关键的一点是执行者与收益者是不一致的，这是企业市场上的不正当行为的根源所在。当企业把商务活动搬上网络以后，其交易的特征必将有着网络的烙印，受到网络本身特性的影响。因此也就决定了在网上交易不能贯穿整个交易过程。其交易特征主要表现在网络的辅助性方面。

对于消费者网络购买而言，消费者可以直接在网上选购产品、支付款项、完成对产品的直接购买，这至少在技术上是可能的。但对于企业而言，在交易过程中网络目前还只能作为一种辅助性的工具。

在网络形成的"虚拟社会"中，一套维持秩序的游戏规则尚未建立起来，传统的法律规则因为一系列障碍的存在而不再适用于规范人们的网上交易契约行为。主要有：①电子合同、电子发票、电子签名、电子凭证等的合法性问题。②网络环境下法律纠纷处理的问题。如双方合法权的问题、电子数据的证据效力问题、知识产权的保护问题等。

此外网络安全问题、认证问题、电子支付问题等一系列技术上的不完善同样制约着企业网上交易的发展。

第三节　企业网络交易营销特征

分析了企业网络交易的特性之后，企业要面对的是如何充分利用网络这种优势，进行有效的营销策略，吸引顾客的购买。

一、供需信息实时交换

随着国内各地区乃至国际之间紧密联系的加强，市场地域逐渐扩大，以及消费者购买行为复杂化使得企业对营销信息的需求较以往更为强烈。为了有效履行营销职能，成功开展营销活动，企业需要收集大量的信息。而互联网快速、全天候、影响全面的特点改变了信息化的程度。以往仅仅因为所掌握信息的有效和及时而形成竞争力的现象将不复存在，对信息的处理、分析能力的高低才是企业竞争力高低的一种表现。

网络环境下，买卖双方都将自己的公司或产品的最新动态公布网上，这些信息包括产品需求信息、公司的运营情况、公司内外政策等。供需信息可以在网上一览无余，根本不需要花费很大的精力与时间去寻找。这些信息的及时发布和快速传递加强了双方收集信息的能力，提高了信息的利用率，缩短了企业从收集到投入使用的时间，信息的时效性得到了更大的发挥。即使是企业更新了信息，营销人员也可以在第一时间内及时收集、分析，取得营销的主动权。

此外，网络沟通的交互实时性也迎合了营销信息的双向性（信息传递与反馈）需求，供需双方信息的实时交换和分工协作使得市场营销信息系统更加有效和畅通。

二、通过虚拟组织加强供需双方的沟通

在网络环境下，企业的经营活动打破了时间和空间的限制，出现了一种虚拟组织。这种虚拟组织是网上企业利用业务关系和新闻组、论坛等工具形成的以企业站点为中心的网络商务社区。通常包括企业站点、目标顾客、供应商、分销商、目标市场以及其他因素。由于这类社区是由利益驱动的，各个成员都会密切关注社区活动，所以通过创建满足多方利益要求的站点可以加强供需双方的沟通，把这个社区组织得更紧密。

网络商业社区是一个互惠互利的组织，成员都能从参与中获取利益。并且社区的形成可以减少信息交流的成本，形成规模经济效应。对于企业营销的重要意义在于通过努力创建以企业为中心的网络社区，可以强化社区成员的关系，获取顾客的永远忠诚，提高本身的知名度，使自己成为某个领域的权威信息指南。典型的例子有 Toyota，Reebok，Foundation 等。

三、人员沟通和网络沟通并重

互联网作为一种全新的沟通手段，它的运用给传统的交易过程带来了一次革命。但并非任何交易都因为有网络的参与就变得方便快捷。网络本身的局限

性如缺乏信任感、安全问题，缺乏直接交流等都决定了在企业网络营销中人员沟通不可缺少。人员沟通与网络沟通的并重是企业网络交易的重要营销特征。

人员沟通是以一种直接、生动与客户相互影响的方式进行的。在沟通过程中，销售人员可以通过直觉和观察来探究客户的动机与兴趣，从而有的放矢地调整沟通策略。当销售人员与客户在交易关系的基础上，建立与发展其他各种人际关系时，即产生培植效应时，可以得到客户更多的理解，有助于交易的顺利进行，完成实际购买。而这一切都是网络沟通所缺乏的。

四、中间商务环节进一步减少

传统企业进入市场中间环节过多，销售渠道过长，难以打开局面的现象在网络环境下逐渐消失。在网上，企业可以直接洽谈业务，开展商务活动，甚至对客户进行技术培训和售后服务。同时用户可以直接在网上挑选、购买并通过网络方便地支付款项。一方面减少了流通环节，降低了流通成本；另一方面省却了传统的多层次传播中介，使得信息传播时间大大减少。

与传统的市场交易相比，网上交易使得电脑网络形成的"媒体空间"取代了物理空间，"虚拟市场"取代了传统市场。它帮助企业解决了产销的直接见面，产品的流通环节减少了，中间商务环节的作用正在逐渐弱化。

第四节　政府网络采购分析

政府市场由为执行政府职能而采购或租用产品的政府机构所组成。从广义上看，政府的购买需求包括办公需求和公共事业建设需求。办公需求的购买又可称为操作性投入，主要包括办公用品（如计算机、纸张、家具）、服务（如清洁服务）以及其他（如汽车）。在西方，政府一般没有投资的职能，在我国则不然。这里谈的政府市场也不包括政府投资，那属于产业市场的范畴。因此，政府市场与消费者市场更类似，是一个最终市场而非产业市场。

1999年1月22日，由中国电信和国家经贸委经济信息中心主办，联合40多家部委信息主管部门共同发起的"政府上网工程启动大会"在北京隆重召开，由此拉开了1999年"政府上网年"的序幕。仅仅到1999年底，在gov.cn下注册的域名数量就已经超过了3500个，如果加上未注册gov.cn的政府域名，政府上网的数量应该在5000家以上。

由此看来，互联网的触角不仅延伸到了人们的日常生活和企业行为中，而且也延伸到了政府部门。本节主要探讨有关政府上网采购的问题。

一、政府网络采购过程与优势

互联网使政府可以优化其采购的过程，在线采购系统就是开发和利用计算机网络系统，使采购活动规范化和程序化，提高采购效率，降低采购的成本，保证采购的顺利进行。

1. 政府网络采购过程

1）需求提出与汇总

当政府在日常的办公工作中发现某种办公用品短缺或即将短缺时，通常会提出增购某些用品和服务以满足政府的高效运转。

政府采购机构需要对各种短缺的办公用品进行汇总，确定每项用品采购的数量，进行统一的"一揽子"购物活动。美国政府仅每年花费在印刷文件上的成本就达 10 亿美元，从这个数据我们可以得知政府采购是一个巨大的市场。

2）发标

首先由财政、监察、审计部门组成领导小组，研究协商具体的方案，然后利用网络技术手段在网上或传统媒体上发布政府采购招标信息和公告，吸引有关供应商参与投标。

一般而言，政府在网上要发布项目说明书、招标意向书以及相关的表格等电子文件，以便供应商了解项目具体内容及操作方案。

3）评标

当投标方将要上载的投标文件用投标方、招标方和监督方三方的公钥进行加密，然后提交给招标单位后，评标过程就开始了。

在投标方、招标方和监督方共同开启标书后，由专家评委组成的评标团利用专用局域网数据库直接读取各投标人的投标资料。评标团对于标书中不清楚的问题可以直接在网上或以安全邮件的方式询问投标方，大幅度地节省了投标时间。

投标过程采用了安全邮件和应用身份证认证等技术手段以增强保密性，可以有效地保证标书的原始性和公正性。同时，监察、审计等多个部门也可对整个评标的过程进行全程监督。

4）签约、执行

评标团通过认真的分析、论证，选定投标方。多数情况下，选择索价最低者，有时也选择那些提供优质产品或具有履约及时，有信誉的供应商。确立有关的细节后，双方签订合同并按照有关合同执行。

2. 政府网络采购优势

政府采购是政府给供应商下定单的经营行为。而网上采购则使对这一过程的控制得到了加强，并且带来了更多的利益。主要有以下几点：

1）增加透明度

长期以来，我国政府的采购一直具有浓厚的计划体制色彩，缺乏市场运行机制。同时由于市场公开化程度低，成本失控比较严重。主要存在着以下弊端：

（1）预算资金使用效益不高，财政基本上无法进行有效的监督职能，盲目购置、重复购置、随意购置现象相当普遍。

（2）由于缺乏公开的招标体制，在产品与服务购置的价格谈判中，往往是个人因素起决定作用。腐败现象严重，损害了党和政府的形象。

（3）产品采购中不公平交易现象普遍。受地方部门利益机制的驱使，一些地方政策常常强制本地区的支出单位，购买本地产品，基本上不进行价格与质量的比较。

以上弊端出现的根本原因在于没有具体的人格化的代表。政府采购的主体是国家，有关部门则代表了国家，这类似国有企业与国家的关系，出了问题是国家的，与个人无关。而现在，采购过程在网上进行，投标信息、评标结果都被及时发布到网上，确保了采购过程的公开化，提高了政府采购的透明度，有效地预防了采购过程中出现的不公正、不公平、不廉洁的行为。一方面政府采购取得了显著的经济效益，另一方面也促进了政府廉洁建设，维护了党和政府的形象。

2）节约采购成本

政府采购的独特之处就在于受到外界公众严密的注视。由于政府支出决策受到公众的评论；采购者受到环境、组织、人际和个人因素的影响，所以在传统的采购过程中，政府要做大量的细致的文书工作。采购流程繁琐、效率低下、要耗费大量的金钱与时间。

而随着采购工作的透明化，政府可以利用产品交易中心数据库中存储的大量企业信息、产品信息和组织体系，实现"货比百家、千家"，有效地降低了政府的采购成本。并且政府采购的主要管理部门可以有效地对本地各采购部门的项目进行监控，使财政的管理职能从资金分配环节延伸到资金的使用环节。像北京市政府在对13辆抢救型救护车进行网上公开招标的过程中，采购成本节约了32.63％。

3）节省招标的时间

以往政府采购项目的投标工作需要耗费大量的人、财、物来完成，因此政府在这部分开销很大。实行网上招标后，由于招标和投标过程都是在网上进行的，有效地节省了时间，提高了效率。例如，北京市政府采购办委托市政府采购中心和北京国际招标有限公司，联合使用计算机网络技术对 1692 台（套）医疗器械、办公用品进行网上投标。投标文件的制作由过去的两周缩短为现在的半个工作日，开标时间由 18 个小时减为 1 个小时，这在过去是难以想像的。

4）政务公开，便于加强沟通

尽管政府各部门都在积极为提高工作效率，实现高质量的运作做大量的工作，但因为种种原因使得政府与公众之间的沟通比较欠缺：政府的办事程序、招投标工作不为社会公众广泛了解，影响了政府形象。政府上网采购以后，公众只需要进入政府网站就可以了解有关的政策法规和办事程序，及时掌握政府最新动态和可公开的政务。由于公众增进了对政府事务的了解，政府作为社会管理主体的角色也得到了加强。

同时，互联网作为互动沟通的媒介，公众可以"倾听"政策事务，提出合理化建议，提高了政府在公众心目中的形象。

二、政府网络采购特征

政府市场的采购与产业市场有许多共同点，同时也有自己的特点。只有认识并掌握政府市场的一般特点，才能制订出一整套合理的政府市场营销策略。

概括来说，政府采购市场的特点主要有以下几点。

1. 非营利性

政府组织对产品和服务采购的目的是为特定人员服务的，是为了满足自身运转的需要，因此他们并不像产业采购者那么关心利润，他们更多考虑利润以外的问题。政府购买与产业市场具有特别明确的以盈利为目标的"经济人"式的购买有明显的不同，政府购买具有非盈利性。

2. 集体性

政府在购买过程中受到多方的影响，有使用者、影响者、决策者、购买者、把关者之分。比如卫生系统要急购一批医疗器械。政府的主管部门要申请立项，计委审批确定，财政筹集资金、拨款、决策……多个部门参与了购买过程。受益者与执行者的分离，常导致政府市场的购买缺乏理性。

3. 社会性

政府采购支出大多来自财政拨款和税收渠道，也就是说来自纳税人的钱。因此政府的采购必然要受到社会的关注和制约。政府所购产品的价格、质量、规格都是公众谈论的话题。政府在购买的过程中必须要考虑到社会与舆论的压力。

此外，政府采购产品的标准也随着社会的发展而发展。经济的进步，生活水平的提高都在潜移默化中影响着政府购买的行为。

4. 临时性

政府采购的产品没有连续性：例如办公家具、轿车的采购，再次购买的期限比较长。政府采购也不像企业购买原材料，为了保证企业的连续运转，必须不间断供应。因此，政府购买的产品具有很大的临时性。

政府的电子采购初显身手，获得成功以后，高透明度的、公开、公正的采购环境自然使政府的采购行为发生了一些变化，其主要表现在以下几个方面。

1）公平公正

政府采购实行网上公开招标制后，充分发挥了社会的监督作用，保证了采购过程的公平交易和资金的有效使用。以前政府采购中出现的"暗箱"操作造成许多不正当竞争的现象；贪污、受贿、损公肥私的腐败现象在公开透明的环境中将无处藏身。各个投标方可以在高透明度的环境下进行公正公平竞争。

这种公平公正不仅对投标方而言，而且意味着还民主于百姓。公民的知情权得到了体现。公民只需进入政府网站就可以了解有关的政府动态和相关程序。

2）充分比较，理性购买

在传统的财政供给的条件下，财政是选购产品的主体，产品的使用者只能被动地接受产品。而在今天政府网上采购，财政只是参与、监督产品的采购过程，采购产品的主体是所购产品合同签署的甲方，对所购产品的性能、质地等技术和物理指标都有深入的了解和专业的知识，容易满足使用者的要求。

同时，由于政府采购受到外界公众的严密关注，采购者背负巨大的公众压力，不得不对所采购的产品进行充分比较、反复的评估，检验产品的质量、性能和厂商的信誉、实力，尽可能满足各方要求，减少公众对采购的批评，避免不良后果。

3）引导性

政府的引导性主要表现在两个方面：

（1）政府的消费行为直接影响到社会的消费行为与风气。如果政府比较节俭，所购用品实用、价低，那么给社会的印象就是政府在提倡节俭、务实，正努力塑造清廉的政府形象。当消费者接受这样一种消费观念时，其消费行为必然受到影响，必然间接地对企业的产品销售产生影响。

（2）对于办公家具、轿车等比较昂贵的耐用产品行业来说，政府市场隐藏着巨大的购买力。政府的购买心理、购买行为直接影响到行业的发展方向以及企业的战略调整。企业必须紧紧抓住政府的消费动向，迎合政府的消费心理，进行营销策略甚至产品调整。因此，从某种意义上说，政府采购具有产业引导的特性。

三、政府网络采购带来的好处

我国政府市场网络采购起步比较晚，但发展很快。面对隐藏着巨大购买潜力的政府市场，机会与挑战并存。企业能否跟上互联网时代的步伐，抓住这次机遇，关键在于企业能否树立正确的营销观，采取适宜的市场营销策略。

1. 注意企业形象的树立

政府采购有许多特点。由于其采购过程受到公众监督，因此他们经常要求供应商提供大量的材料，而供应商对这些额外的书面工作、官僚式的规定以及不必要的规则，还有一拖再拖的决策和频繁的人员更替会产生不满。对于供应商来说，突破这些繁琐程序的捷径就是树立良好的企业形象。

企业树立良好的形象，进行有效的形象宣传，有利于建立品牌偏好。当一提起企业名称时，公众对它的反映是信任、赞赏的，那么企业就倾向于购买他的产品与服务。因为政府提供给服务对象的产品，其质量如何也同样由它的消费者来最终决定，并且政府的行为能否得到被服务对象的理解和支持是政府机构十分关心的话题。购买良好口碑的产品可以有效避免公众与舆论的压力。

2. 降低成本

政府在购买过程中要受到环境、组织、人际等各个方面因素的制约。政府购买所需的资金是通过税收和财政拨款渠道所得的，是典型的非盈利性组织。但如若购买的成本偏高，特别是在高透明化的网络环境下，政府采购者就会受到来自各方面的非议。在多数情况下，面对供应商的竞价投标，政府会选择索价最低者。

另外，由于政府采购产品的各项特征已经被严格设定，因而产品差异也不是市场营销的可利用因素，甚至广告和人员推销也起不了太大的作用。同时，政府部门在采购政策中已强调了价格的差异，并引导供应商在降低成本方面作出努力。对于企业而言，唯一可以利用的营销手段就是价格。企业在保证质量的同时，适当地降低产品成本是赢得竞争的有力手段。

3. 营销与销售并重

企业将自己的产品销售给政府部门，这个过程不仅仅是销售产品的过程，也是一个对企业有利的公共宣传的营销过程。

由于政府购买受到广泛的关注，企业与政府交易本身就具有新闻价值，可以引起社会对企业的良好反应，甚至产生社会轰动效应。因为这种由第三方进行的企业或产品的有利报道或展示，对于众多消费者而言，其可信度要比企业本身的广告等促销手段高的多。这种隐蔽、含蓄、不直接触及商业利益的方式进行的信息沟通，可以有效地消除购买者的回避、防卫心理。从而有利于提高企业的知名度，促进消费者发生有利于企业的购买行为，并且还不用企业支付宣传费用。政府购买的性质决定了企业可以将本次购买（即公共宣传）同其他促销方式协调起来，取得极大的营销效果。

本 章 小 结

本章主要介绍和分析了组织（企业和政府）交易的过程和特征，比较了企业和政府网上交易的优势和劣势。

关键术语

组织市场　企业购买行为　政府购买行为

第七章

网络市场调查实务

> ➤ **教学目的**
> - 熟悉市场调查的概念和作用
> - 了解市场营销调研的要求
> - 熟悉市场调查的内容
> - 了解网络市场调研的特点和策略
> - 熟悉网上调查的程序与方法
> - 掌握基本的市场分析方法
>
> ➤ **学习方法**
> - 理解和识记基本原理和理论、案例分析、实际操作等
>
> ➤ **本章内容要点**
> - 市场调查的概念、作用和要求
> - 网络市场调查的内容
> - 网络调研的含义、特点和策略
> - 网络调研的方法

现代市场营销观念强调顾客导向，要求市场营销者重视顾客的需要。市场营销者必须通过市场营销调研，准确掌握有关当时当地、此情此境中的顾客需要的实证资料，借以保障营销决策的顾客导向。如何做好网上市场营销调研工作，这是本章的基本内容。

第一节　网络市场调研概述

市场调研是营销链中的重要环节，没有市场调研，就把握不了市场。Internet 作为 21 世纪新的信息传播媒体，它的高效、快速、开放，是无与伦比的，它加快了世界经济结构的调整与重组，形成了数字化、网络化、智能化、集成化的经济走向；它强烈地影响着国际贸易环境，正在迅速改变传统的市场营销方式乃至整个经济的面貌，Internet 将成为 21 世纪信息传播媒体的主流。

适应信息传播媒体的变革，一种崭新的调查方式——网上调查（Internet survey，IS）随之产生。网上调查就是利用互联网发掘和了解顾客需要、市场机会、竞争对手、行业潮流、分销渠道以及战略合作伙伴等方面的情况。Internet 正是实现这些目标的良好资源。在某种程度上说，全球互联网上的海量信息、几万个搜索引擎的免费使用已对传统市场调查的计划和策略产生了很大影响，它大大丰富了市场调查的资料来源，扩展了传统的市场调查方法。特别是 Internet 在预调查、定性调查和二手资料调查方面具有无可比拟的优势。

一、网络市场调研的含义

市场调查是指以科学的方法，系统地、有目的地收集、整理、分析和研究所有与市场有关的信息，特别是有关消费者的需求、购买动机和购买行为等方面的信息，从而把握市场现状和发展态势，有针对性地制定营销策略，取得良好的营销效益。

我们把基于互联网而系统地进行营销信息的收集、整理、分析和研究称为网络市场调研。把利用各种网站的搜索引擎寻找竞争环境信息、客户信息、供求信息的行为称作二手资料的收集。把时下广为流传的网站用户注册和免费服务申请表格填写等做法看作是网站发起的用户市场调查的基本手段。

与传统的市场调研一样，进行网络市场调研，主要是探索以下几个方面的问题：即市场可行性研究、分析不同地区的销售机会和潜力、影响销售的各种因素、竞争分析、产品研究、包装测试、价格研究、广告监测和效果研究、企业形象研究、消费者研究和市场性质动态变化分析等。

二、网络市场调研特点

网络市场调研可以充分利用 Internet 的开放性、自由性、平等性、广泛性和直接性等特点，开展调查工作。现在国际上许多公司都利用互联网及其他一些在线服务进行市场调研，并且取得了满意的效果。与传统的市场调研相比，网络上的市场调研具有如下六个特点：

1. 网络信息的及时性和共享性

网络的传输速度非常快，网络信息能迅速传递给连接上网的任何用户，网上调查是开放的，任何网民都可以参加投票和查看结果，这保证了网络信息的及时性和共享性。另外，网上投票信息经过统计分析软件初步处理后，可以马上看到阶段性的调查结果，而传统调查结论的形成，需经过很长一段时间。如人口抽样调查统计分析需 3 个月，而 CNNIC 在对 Internet 进行调查时，从设计问卷到实施网上调查和发布统计结果，前后总共只有 1 个月时间。

2. 网络调研的便捷性与低费用

网上调查可节省传统调查中所耗费的大量人力和物力。在网络上进行调研，只需要一台能上网的计算机即可。调查者在企业站点上发出电子调查问卷，网民自愿填写，然后通过统计分析软件对访问者反馈回来的信息进行整理和分析。网上调查在信息采集过程中不需要派出调查人员，不受天气和距离的限制，不需要印刷调查问卷，调查过程中最繁重、最关键的信息采集和录入工作将分布到众多网上用户的终端上完成。网上调查可以无人值守和不间断地接受调查填表，信息检验和信息处理工作均由计算机自动完成。

3. 网络调研的交互性和充分性

网络的最大好处是交互性。在网上调查时，被调查对象可以及时就问卷相关的问题提出自己更多的看法和建议，可减少因问卷设计的不合理而导致的调查结论偏差等问题。同时，被调查者还可以自由地在网上发表自己的看法，也没有时间限制的问题。这在传统的调查中是不可能做到的，例如平常人们遇到的路上拦截调查，它的调查时间不能超过 10 分钟，否则被调查者肯定会不耐烦，因而对访问调查员的要求非常高。

4. 网络调研结果的可靠性和客观性

由于企业站点的访问者一般都对企业产品有一定的兴趣，所以这种基于顾客和潜在顾客的市场调研结果是客观和真实的，它在很大程度上反映了消费者的消费心态和市场发展的趋向。首先，被调查者是在完全自愿的原则下参与调查，调查的针对性更强；其次，调查问卷的填写是自愿的，不是传统调查中的"强迫式"，填写者一般都对调查内容有一定兴趣，回答问题相对认真些，所以问卷填写可靠性高；第三，网上调查可以避免传统调查中人为错误（如访问员缺乏技巧或诱导回答问卷问题）所导致调查结论的偏差，被调查者是在完全独立思考的环境下接受调查，不会受到调查员及其他外在因素的误导和干预，能最大限度地保证调查结果的客观性。

5. 网络调研无时空和地域的限制

网上市场调查可以 24 小时全天候进行，这与受区域制约和时间制约的传统调研方式有很大的不同。例如，某家用电器企业利用传统方式在全国范围内进行市场调研，需要各个区域代理商的配合。而澳大利亚一家市场调查公司（www. consult. corn）在 1999 年 8 月、9 月进行了针对中国等 7 个国家 Internet 用户的在线调查活动，他们在中国的在线调查活动是与 10 家访问率较高的 ISP 和在线网络广告站点联合进行的。这样的调查活动如果利用传统方式是无法想像的。

6. 网络调研可检验性和可控制性

利用 Internet 进行网上调查收集信息，可以有效地对采集信息的质量实施系统的检验和控制。这是因为，第一，网上调查问卷可以附加全面规范的指标解释，有利于消除因对指标理解不清或调查员解释口径不一而造成的调查偏差；第二，问卷的复核检验由计算机依据设定的检验条件和控制措施自动实施，可以有效地保证对调查问卷 100％的复核检验，保证检验与控制的客观公正性；第三，通过对被调查者的身份验证技术可以有效地防止信息采集过程中的舞弊行为。

利用 Internet 进行市场调研的优势是明显的，但现在要普及还有一定的难度。一是因为消费者、企业对这种新颖市场调研方式还不适应；二是网络软、硬件方面的欠缺有时使调研流程不畅；三是专业的网络调研人员目前还太少。

三、网络市场调研策略

网络市场调查的目的是收集网上购物者和潜在顾客的信息，利用网络加强与消费者的沟通与理解，改善营销并更好地服务于顾客。要达到这个目的，首先是要让更多的顾客访问企业的站点；其次是使企业站点的访问者乐于接受企业的调查询问，能善意而又真实地发回反馈信息。这样，市场调研人员才可能有针对性地制作网上调研表单，顾客可以发现更多的有关公司的产品及服务的信息，并发回反馈参加联机交互调查和竞赛，使市场营销调研人员掌握到更多和更翔实的市场信息。

为此，市场调查人员必须根据网络调研的特殊性认真研究调研策略，以充分发挥网络调查的优越性，提高网络调查的质量。网络市场调研的策略主要包括如何识别企业站点的访问者以及如何有效地在企业站点上进行市场调查。

1. 识别企业站点的访问者并激励其访问企业站点

传统市场调研，无论是普查、重点调查、典型调查，还是随机抽样调查、非随机抽样调查以及固定样本持续调查，尽管调查的范围不同，但调研对象，如区域、职业、民族、年龄等，都有一定程度的针对性，即对被调查对象的大体分类有一定的预期。网络市场调研则不同，它没有空间和地域的限制，一切都是随机的，调研人员无法预期谁将是企业站点的访问者，也无法确定调研对象样本。即使那些在网上购买企业产品的消费者，要确知其身份、职业、性别、年龄等也是一个很复杂的问题。因此，网络市场调研的关键之一是如何识别并吸引更多的访问者，使他们有兴趣在企业站点上进行双向的网上交流。解决这一问题，目前可采取以下一些策略：

（1）利用电子邮件或来客登记簿获得信息。电子邮件和来客登记簿是互联网上企业与顾客交流的重要工具与手段。电子邮件可以附有 HTML 表单，顾客可在表单界面上点击相关主题并且填写附有收件人电子邮件地址的有关信息，然后回发给企业。同样来客登记簿也是让访问者填写并回发给企业的表单。

通过电子邮件和来客登记簿，企业的所有顾客均可以阅读并了解企业的情况，市场营销调研人员则可获得有关访问者的市场信息。比如，知道访问者的邮编后，就可以得知访问者所在的国家/地区、省市等地域分布范围；对访问者回复的信息进行分类统计，就可以进一步对市场进行细分，而市场细分是企业制定营销策略的重要依据之一。

（2）给予访问者奖品或者免费商品。如果访问者被告知能获得一份奖品或免费商品，他们会告诉你该把这些东西寄往何处。你可以很容易地得知他们的姓名、住址和电子邮件地址。这种策略被证明是有效可行的。它能减少访问者因担心个人站点被侵犯而发出不准确信息的数量，提高营销人员市场调研的工作效率。

（3）吸引访问者注册从而获得个人信息。如果你用大量有价值的信息和免费软件来吸引访问者，他们可能会很愿意告诉你有关个人的详细情况。著名的财经网站易富网站（www.eefoo.com），专门登载关于股票和投资以及股市实时行情等有关方面的信息，有些信息非常有价值，但这些信息只允许注册用户浏览。访问者为了获得这些信息，都会毫不犹豫的立即注册，填写如年龄、职位、个人资金、所在单位、学历的有关信息，这样就基本掌握了访问者的情况。

（4）向访问者承诺物质奖励。互联网上有些站点能给访问者购买商品打折或给予奖金，但这需要访问者填写一份包括个人习惯、兴趣、假期、特长、收入等个人情况的调查问卷。因为有物质奖励，许多访问者都会完成由这些站点提供的调查问卷。

（5）由软件自动检测访问者是否完成调查问卷。访问者经常会有意无意地漏掉一些信息，这可通过一些软件来确定他们是否正确地填写了调查问卷。如果访问者遗漏了调查问卷上的一些内容，调查问卷会重新发送给访问者要求补填，如果访问者按要求完成了调查问卷，那么个人计算机屏幕上会立即显示证实完成的公告牌。

2. 企业站点上的市场调研策略

要想有效地在企业站点上进行网络市场调研，可以采取以下策略：

（1）科学地设计调查问卷。一个成功的调查问卷应具备两个功能：一是能将所调查的问题明确地传达给访问者；二是设法取得对方的合作，使访问者能真实、准确地回复。设计一份理想的在线问卷，一般应遵循以下几个原则：

• 目的性原则。即询问的问题与调查主题密切相关，重点突出。

• 可接受性原则。即被调查者回复哪一项、是否回复有自己的自由，故问卷设计要容易被调查者所接受。无论西方国家还是东方国家，对涉及到有关个人的问题，比如个人收入、家庭生活中比较敏感的问题等，访问者一般不愿意或拒绝回复。所以，有关个人隐私的问题不应出现在调查问卷中，以免引起访问者的反感。

• 简明性原则。即询问内容要简明扼要，使访问者易读、易懂，同时回复内容也要简短省时。因此，调查问卷的设计应多采用二项选择法、顺位法、对比法等技巧；调查问卷应保证合理长度，一般性的调查应尽量控制在20道以内，10分答完为宜；调查问卷中问题的答案应给访问者提供相应的选项信息，以便访问者回答；设计调查问卷时，调研人员可在每个问题后设置两个按钮（YES 或 NO），以方便访问者表达他们的观点。

• 匹配性原则。即使得访问者回复的问题便于检查、数据处理、统计和分析，提高市场调研工作的效率。

（2）监控在线服务。企业站点的访问者能利用互联网上的一些软件来跟踪在线服务。营销调研人员可通过监控在线服务了解访问者主要浏览哪类企业、哪类产品的主页，挑选和购买何种产品等基本情况。通过对这些数据的研究分析，营销人员可对顾客的地域分布、产品偏好、购买时间以及行业内产品竞争态势做出初步的判断和估价。

（3）测试产品不同的性能、款式、价格、名称和广告页。在互联网上，修改调研问卷的内容是很方便的。因此，营销人员可方便地设计不同的调研内容的组合。像产品的性能、款式、价格、名称和广告页等顾客比较敏感的因素，更是市场调研中重点涉及的内容。通过不同因素组合的测试，营销人员能分析出哪种因素对产品来说是最重要的，哪些因素的组合对顾客是最有吸引力的。

（4）有针对性地跟踪目标顾客。市场调研人员在互联网上或通过其他途径获得了顾客或潜在顾客的电子邮件的地址，可以直接使用电子邮件向他们发出有关产品和服务的询问，并请求他们反馈回复；也可在电子调查表单中设置让顾客自由发表意见和建议的版块，请他们发表对企业、产品、服务等各方面的见解和期望。通过这些信息，调研人员可以把握产品的市场潮流以及消费者的消费心理、消费爱好、消费倾向的变化，根据这些变化来调整企业的产品结构和市场营销策略。例如，公司生产窗式空调，但调研后发现客户目前感兴趣的是分体式空调和立式空调，那么公司应采取措施转向分体式空调或立式空调的研发与生产。

（5）以产品特色、网页内容的差别化赢得访问者。如果企业市场调研人员跟踪到访问者浏览过其他企业的站点，或阅读过有关杂志的产品广告主页，那么应及时发送适当的信息给目标访问者，使其充分注意到本企业站点的主页，并对产品作进一步的比较和选择。例如，如果访问者刚浏览过竞争企业的站点，则市场调研人员应及时作出差别化宣传，在企业站点的主页上着重描述本企业产品的特色和服务优势，通过经营上的特色和差别化优势吸引访问者，使其尽可能在本企业站点上实现网上购买行为。

（6）传统市场调研和电子邮件相结合。企业市场调研人员也可以在各种传播媒体上，如报纸、电视或有关杂志上刊登相关的调查问卷，并公告企业的电子邮箱和网址，让消费者通过电子邮件、回答所要调研的问题，以此收集市场信息。采用这种方法，调研的范围比较广，同时可以减少企业市场调研中相应的人力和物力的消耗。

（7）通过产品的网上竞买掌握市场信息。企业推出的新产品，可以通过网上竞买，了解消费者的消费倾向和消费心理，把握市场态势，从而制定相应的市场营销策略。比如，1999 年 7 月 1 日，我国长城集团与网易公司联手，在网易（http：//www.netease.corn）上，推出金长城 MTV-3800 奔腾三代家用电脑新品，面向全国进行为期 10 天的网上竞买活动。这是国内首次计算机厂商在网上进行新产品发布和竞买。

第二节　网络市场调查内容

虽然网上市场调查与传统市场调查在调查介质方面存在较大的差异，但二者的调查目的和内容都应是一致的。与传统市场调查类似，网上市场调查的内容可大致分为 3 个方面：一是对消费者的调查，包括其对商品的满意度及消费爱好、倾向等项目的调查；二是对企业的产品及其竞争对手的调查；三是对市场客观环境，包括相关政策、法律、法规等内容的调查。

按照不同的标准，网上市场调查可划分为不同的类型。总体来看，可分为网上直接调查和网上间接调查两大类。其中，网上直接调查还可以分：按方式可分为网上问卷法、网上实验法和网上观察法等；按技术可分为站点法、E-mail法、随机IP法和视听会议法等。不同的方法具有其不同的特点和适用条件，在进行企业网上市场调查时，应根据调查的目的和内容对所要采用的方法进行选择。

一、对顾客的网上市场调查

随着市场营销模式的转变，人们正逐渐走出传统"价值链"系统的思想误区，市场正在由以供应者为中心的卖方市场向以消费者为中心的买方市场过渡。特别是在电子商务提倡个性化服务的环境下，针对顾客所进行的市场调查已受到越来越多企业的重视，成为企业网上市场调查的重头戏。此类调查主要采用网上问卷、E-mail和网上观察等方法。

网上问卷是目前网上市场调查中应用较为广泛的一种方式。这种方式将传统市场调查中的纸质问卷通过网络媒介以电子问卷的形式在站点上发布，由浏览站点的受调查者填写后进行在线提交。与传统问卷调查相比，网上问卷调查费用低廉、速度快捷。如企业要进行非确定性的顾客方面的普通性调查，这种方法可作为首选考虑。由于在样本代表性、质量控制技术等方面的原因，网上问卷还存在一些问题和局限，对此将在后面进行讨论。

E-mail法是指企业通过平时自己收集或向ICP购买等各种方式，收集现有和潜在顾客的E-mail地址，进行产品和服务的询问，了解其对公司产品的满意度、消费者偏好及其对新产品的反应等。目前所进行的E-mail市场调查的形式多表现为向顾客的E-mail地址发送电子问卷，这实际上与网上问卷法相类似，只不过具有了明确的调查对象，在调查过程中企业也显得较为主动。对于调查方式的采用，企业应针对实际情况进行选择。若问卷具有一定长度、包含图像、声音及复杂的跳转关系，调查结果要求实时显示，在这些情况下，企业网上市场调查以采用问卷法为佳；若被调查者无Web通道，回答可在线下完成时，则可考虑采用E-mail法。此外，由于E-mail法能使企业与顾客之间建立"一对一"的亲密关系，因而在此基础上可通过E-mail邮件向特定的顾客提供特定的售后服务，向其询问了解产品的使用情况，顾客也可直接向企业发送建议和意见。这种方式显然比传统的上门或电话服务方便快捷，企业可以借此建立并扩充自己的稳定忠实的顾客群体。

在传统市场调查中，对于用户的消费行为、消费倾向等项目的调查通常采用观察法，即调查人员到现场观察被调查者的行为来搜集市场信息。随着电子商务的兴起，人们的消费方式正悄然发生着改变。在 B2C 的电子商务营销中，越来越多的人参与到网络在线购物的行列之中。这种虚拟的购物方式与传统的"面对面"方式相比，表现出即时、隐蔽等特点。网上观察法正是通过监控在线用户的消费行为，分析其消费对象、消费时间、消费区域等，从而进一步掌握用户的消费信息。测量软件 NetMeter 便是一种基于用户端和 TCP/IP 的监察工具，它既能度量上网人数，又能分析用户进行的网上活动，包括电子邮件、聊天室、网上论坛、视听媒体、电子商务等。该软件在被测者个人电脑的后台进行，不影响计算机效能和用户的使用。

然而，对于这种在线跟踪监控的方法，人们也开始提出质疑：这种行为是否是在在线购物的顾客知情的情况下进行的，此种方式是否会在不同程度上侵犯顾客的隐私。虽然这些也是刚刚被提出，但由于涉及到网络的伦理问题，因此，企业在进行网上调查时对此须加以注意。

二、对产品及竞争对手的网上市场调查

对于产品的市场调查一直以来都为企业所重视，产品的质量关系到用户的购买和满意度，并对企业的知名度和信誉产生直接的影响。传统的市场调查大多局限于对同类型产品信息的搜集，以及对顾客使用后满意度的调查。随着现代营销观念的转变，顾客也可参与到企业的设计、生产过程中来，而不仅仅是被动的接受。因而，对于产品的网上市场调查应充分突出"顾客参与"这一宗旨。如：在网上进行问卷调查，对新产品进行宣传和新产品概念测试，分析产品的优缺点与市场份额；还可以让用户参与产品在线设计，对产品的外观、性能等提出自己的要求。如，有的汽车制造公司将汽车的最新款式通过网络展示，并调查用户对性能、颜色等方面的需求，从而决定生产、销售以及开发的策略。这与电子商务所提出的"个性化服务"和"量身定做"是相一致的。

对于生产出来的产品的试用情况调查，多采用实验法，即在产品决策正式实施前，先生产一小批产品投放到市场上进行销售试验，测验实施某产品决策的效果。这种方法也称为贝塔测试。目前，在网上进行的产品试用调查，多表现为企业与客户通过 E-mail 法进行的交流和意见反馈。鉴于网络产品（如，软件、游戏等）的日益丰富，生产该类产品的企业可考虑将其产品投放到网上，进行"网上贝塔测试"。打破实验对象仅限于实物消费品的格局，进行网上实验法的新尝试。如一些软件公司在自己站点上发布所开发的软件测试版，供用户下载使用，而后通过 E-mail 等手段收集使用后的信息，从而进一步改进性能，为市场对象提供强有力的依据。传统的实验法需耗费大量的时间、人力和物力，与之相比，网上实验法是高效率、低成本的。但同时需要注意的是，由于所测试的网络产品还处于开发阶段，仍存在一些瑕疵。

在市场竞争中，竞争对手的信息对企业而言，具有极高的价值，这是市场调查中不可缺少的内容。由于与竞争对手之间的特殊关系，企业对于竞争对手的网上调查往往采用一些间接的渠道和方式。如，浏览竞争对手的站点，收集相关资料，加以分析研究；还可以参与相关的 BBS 和网上新闻组的讨论、从第三方获取有关竞争对手的间接信息。若采用第二种方法最好选择有代表性的商业站点的 BBS 或新闻讨论组，这样可尽量减少讨论组中"漫无边际"的非相关信息的干扰。此外，互联网上包含了大量的商业数据库，企业可以通过浏览这些数据库来查找相关的商业行业信息。

三、对于市场客观环境的网上市场调查

企业在市场调查中，还需收集市场客观环境方面的信息，主要涉及国家在法律、经济及行政管理方面制定的相关的方针政策和法律法规，其中要特别注重导向性政策信息的搜集研究和利用，另外还包括地方政府及有关管理部门颁布的一些市场管理条例。对于此类信息的调查，可利用搜索引擎搜索政府及商贸类组织等机构的站点，而后进行登录查询，既方便又快捷，这是传统调查方法无法相比的。

企业决策是企业生产经营活动的指导性政策，须由企业高层领导人与相关专家开会进行研究、讨论、商议而共同制定。网络环境下，越来越多的企业采用视频会议的方式进行企业决策研究。这种方式既可打破传统会议中存在的时间、空间的限制，又可以保证主题的专一和研究讨论的深入性，不失为电子商务模式下进行企业决策调查的一种有效途径。

第三节 网络市场调研的步骤与方法

一、网络市场调研的一般步骤

网络市场调查与传统市场调查一样，应遵循一定的方法与步骤，以保证调查过程的质量。网络市场调查一般包括以下几个步骤：

1. 明确问题与调查目标

进行网络市场调查，首先要明确调查的问题是什么；调查的目标是什么；谁有可能在网上查询你的产品或服务；什么样的客户最有可能购买你的产品或

服务，在你这个行业，哪些企业已经上网，他们在干什么；客户对竞争者的印象如何；公司在日常运作中，可能要受哪些法律法规的约束，如何规避等。具体要调查哪些问题事先应考虑清楚，只有这样，才可能做到有的放矢，提高工作效率。

2. 确定市场调查的内容

网络市场调查的内容，主要分为企业产品的消费者、企业的竞争者和企业合作者和行业内的中立者三大类：

(1) 企业产品的消费者。消费者在网上购物必然要访问企业的站点，利用企业首页所提供的分类、目录或搜索引擎工具，浏览商品的说明、功能、价格、付款方式、送货与退货条件、售后服务等方面的信息。企业市场营销调查人员可通过互联网络跟踪消费者，了解他们对企业产品的意见和建议。

(2) 企业的竞争者。美国哈佛大学著名的战略学家、研究企业竞争战略理论的专家迈可尔·波特提出了行业竞争的结构模型，他指出："在任何产业里，无论是国内还是国外，无论是生产一种产品还是提供一种服务，竞争规则都在以下 5 部分力量之中（图 7-1），即新竞争者的加入、替代产品的威胁、现有企业之间的竞争、购买方的讨价还价能力以及供应方的讨价还价能力。"

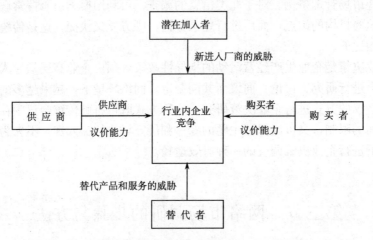

图 7-1　行业竞争的五种基本力量示意图

现有企业之间的竞争、新竞争者的加入与替代品的出现形成了主要的行业竞争力，它们之间相互影响，相互制约。通过对行业竞争力的分析可以了解本企业在行业中所处的地位，所具有的竞争优势与不足，以便企业制定战胜各种竞争力量的对策。

（3）企业合作者和行业内的中立者。市场营销人员还应时常关注企业合作者和行业内中立者的网站，有时这些企业可能会提供一些极有价值的信息和评估分析报告。

市场营销人员在市场调研过程中，应兼顾到上述这三类对象，但也必须有所侧重。特别在市场激烈竞争的今天，对竞争者的调研显得格外重要，竞争者的一举一动都应引起营销人员的高度重视。

3. 制定调查计划

网络市场调查的第三步是制定有效的调查计划，包括资料来源、调查方法、调查手段、抽样方案和联系方法五部分内容。

（1）资料来源。市场调查首先须确定是收集一手资料（原始资料）还是二手资料，或者两者都要。在互联网上，利用搜索引擎、网上营销和网上市场调查网站可以方便地收集到各种一手和二手资料。

（2）调查方法。网络市场调查可以使用的方法有专题讨论法、问卷调查法和实验法。专题讨论法可以借助网络新闻组（Usenet）、邮件列表讨论组和电子公告牌（BBS）的形式进行；问卷调查法可以使用 E-mail 分送、网站上刊登等多种形式；实验法是选择多个可比的主题作为不同的实验方案，通过控制外部变量，检查所观察到的差异是否具有统计上的显著性。如 2000 年 6 月，拉拉手网站和中央电视台信息部等一些新闻媒体单位联合推出"中国首届网上购物测试"活动，结果发现在配送等环节存在明显的地区差异。

（3）调查手段。网络市场调查可以采取在线问卷和软件系统两种方式进行。在线问卷制作简单，分发迅速，回收也方便，但须遵循一定的原则。软件系统有两种，一种采用交互式电脑辅助电话访谈系统，另一种采用网络调研软件系统。前者利用一种软件程序在电脑辅助电话访谈系统上设计问卷并在网上传输，服务器直接连数据库，收集到的被访者答案直接存储；后者是专门为网络调研设计的问卷链接及传输软件，包括整体问卷设计、网络服务器、数据库和数据传输程序。较典型的用法是：问卷由简易的可视问卷编辑器产生，自动传送到互联网服务器上，通过网站，使用者可随时在屏幕上对答并进行整体统计或图表统计。

（4）抽样方案。即要确定抽样单位、样本规模和抽样程序。抽样单位是确定抽样的目标总体；样本规模的大小涉及到调查结果的可靠性，样本须足够多，必须包括目标总体范围内所发现的各种类型样本；在抽样程序选择上，为了得到有代表性的样本，应采用概率抽样的方法，这样可以计算出抽样误差的置信度，当概率抽样的成本过高或时间过长时，可以用非概率抽样方法替代。

（5）联系方法。指以何种方式接触调查的主体，网络市场调查采取网上交流的形式，如 E-mail 传输问卷、BBS 等。

4. 收集信息

利用互联网做市场调查，不管是一手资料还是二手资料，可同时在全国或全球进行，收集的方法也很简单，直接在网上递交或下载即可，这与受区域制约的传统调研方式有很大的不同。如某公司要了解各国对某一国际品牌的看法，只需在一些著名的全球性广告站点发布广告，把链接指向公司的调查表就行了，无需像传统调查那样，在各国找不同的代理分别实施。此类调查如果利用传统方式是无法想象的。

在问卷回答中访问者经常会有意无意地漏掉一些信息，这可通过在页面中嵌入脚本或 CGI 程序进行实时监控。如果访问者遗漏了问卷上的一些内容，调查表会拒绝递交或者验证后重发给访问者要求补填。最终，访问者会收到证实问卷已完成的公告。在线问卷的缺点是无法保证问卷上所填信息的真实性。

5. 分析信息

信息收集结束后，接下去的工作是信息分析。信息分析的能力相当重要，因为很多竞争者都可从一些知名的商业站点看到同样的信息。调查人员如何从收集的数据中提炼出与调查目标相关的信息，并在此基础上对有价值的信息迅速作出反应，这是把握商机、战胜竞争对手、取得经营成果的一个制胜法宝。利用 Internet，企业在获取商情和处理商务的速度方面是传统商业无法比拟的。

6. 提交报告

调研报告的填写是整个调研活动的最后一个阶段。报告不是数据和资料的简单堆砌，调查员不能把大量的数字和复杂的统计技术扔到管理人员面前，而应把与市场营销关键决策有关的主要调查结果写出来，并以调查报告正规格式书写。

作为对填表者的一种激励或奖赏，企业应尽可能把调查报告的全部或部分反馈给填表者或广大读者。如果限定为填表者，只需分配给填表者一个进入密码。对一些"举手之劳"式的简单调查（如仅 2～3 道是非题），以实时互动的形式公布统计结果，效果更佳。

二、网络市场直接调研的方法

网络市场直接调研指的是为当前特定目的在互联网上收集一手资料或原始信息的过程。直接调研的方法有四种：观察法、专题讨论法、在线问卷法和实验法，但网上用得最多的是专题讨论法和在线问卷法。调研过程中具体应采用哪一种方法，要根据实际目标和需要而定。需提醒的一点是，网上调研应注意遵循网络规范和礼仪。下面具体介绍这两种方法的实施步骤：

1. 专题讨论法

专题讨论可通过 Usenet 新闻组（Newsgroup）、电子公告牌（BBS）或邮件列表（Mailing Lists）讨论组进行。第一步，确定要调查的目标市场；第二步，识别目标市场中要加以调查的讨论组；第三步，确定可以讨论或准备讨论的具体话题；第四步，登陆相应的讨论组，通过过滤系统发现有用的信息，或创建新的话题，让大家讨论，从而获得有用的信息。具体地说，目标市场可根据 Usenet 新闻组、BBS 讨论组或邮件列表讨论组的分层话题选择，也可向讨论组的参与者查询其他相关名录，还请注意查阅讨论组上的 FAQ（常见问题），以便确定能否根据名录来进行市场调查。

2. 在线问卷法

在线问卷法即请求浏览其网站的每个人参与企业的各种调查。在线问卷法可以委托专业调查公司进行。具体做法是，第一步，向若干相关的讨论组邮去简略的问卷；第二步，在自己网站上放置简略的问卷；第三步，向讨论组送去相关信息，并把链接指向放在自己网站上的问卷。

要注意的是，在线问卷不能过于复杂、详细，在线问卷设计得不好，会占用被调查者太多时间，使被调查者无所适从甚至感到厌烦，最终影响问卷的反馈率，影响调查表所收集数据的质量。

为了最大限度地提高答卷率，可采取一定的激励措施，如提供免费礼品。抽奖送礼等。在网站建设和推广过程中，采用在自己网站放置简单问卷的形式，可以很好地了解访问者的人口统计特征，有助于网站内容建设和决定在网站上提供什么样的服务。

三、网络市场间接调研的方法

网络市场间接调研指的是网上二手资料的收集。二手资料的来源有很多，政府出版物、公共图书馆、大学图书馆、贸易协会、市场调查公司、广告代理公司和媒体、专业团体、企业情报室等，其中许多单位和机构已在互联网上建立了自己的网站，各种各样的信息都可通过访问其网站获得，再加上众多综合型 ICP（互联网内容提供商）和专业型 ICP，以及成千上万个搜索引擎网站，使得互联网上二手资料的收集非常方便。

互联网虽有着海量的二手资料，但要找到自己需要的信息，首先必须熟悉搜索引擎（Search Engine）的使用，其次要掌握专题性网络信息资源的分布。归纳一下，互联网上查找资料主要通过三种方法：即利用搜索引擎；访问相关的网站，如各种专题性或综合性网站；利用相关的网上数据库。

1. 利用搜索引擎查找资料

搜索引擎是互联网上使用最普遍的网络信息检索工具。在互联网上，无论您想要什么样的信息，都可以请搜索引擎帮您找。目前，几乎所有的搜索引擎都有两种检索功能，主题分类检索和关键词检索。

（1）主题分类检索。主题分类检索即通过各搜索引擎的主题分类目录（Web Directory）查找信息。主题分类目录是这样建成的：搜索引擎把搜集到的信息资源按照一定的主题分门别类建立目录，先建一级目录，一级目录下面包含二级目录，二级目录下面包含三级目录……如此下去，建立一层层具有概念包含关系的目录。用户查找信息时，先确定要查找信息属于分类目录中哪一主题或哪几个主题；然后对该主题采取逐层浏览打开目录的方法，层层深入，直到找到所需信息。当需要查找某一类主题的资料，但又不是很明确具体是哪一方面的资料时，可以采用主题分类检索。

（2）关键词检索。用户通过输入关键词来查找所需信息的方法，称关键词检索法。这种方法方便直接，十分灵活，既可以使用布尔算符、位置算符、截词符等组合关键词，也可以缩小和限定检索的范围、语言、地区、数据类型、时间等。关键词法可对满足选定条件的资源进行准确定位。使用关键词法查找资料一般分三个步骤：

• 明确检索目标，分析检索课题，确定几个能反映课题主题的核心词作为关键词，包括它的同义词、近义词、缩写或全称等。如查阅国外人口统计资料，可使用的关键词为 census（人口调查）、demographic（人口统计）、population（人口数）及所要调查的国家名。

• 采用一定的逻辑关系组配关键词，输入搜索引擎检索框，点击检索（或 Search）按钮，即可获得想要的结果。

• 如果检索效果不理想，可调整检索策略，结果太多的，可进行适当的限制，结果太少的，可扩大检索的范围，取消某些限制，直到获得满意的结果。

2. 访问相关的网站收集资料

如果知道某一专题的信息主要集中在哪些网站，可直接访问这些网站，获得所需资料。如想了解中国的农产品行情，访问中国农业网（http：//www.chinaagri.com），可立即查到全国各地的农产品批发价格；想了解中国电脑市场行情，可订阅上海索易（http：//www.soim.com/ezine）的网上刊物，免费了解电脑市场行情；可靠的人口统计资料对市场营销十分重要，对新企业尤其如此，如果想了解某一国家的人口统计资料，可直接访问该国政府的人口情报中心或人口调查局网站的数据库，如访问美国人口调查局网站的数据库可获得有关美国市场的人口统计资料。

3. 利用相关的网上数据库查找资料

在互联网上，除了借助搜索引擎和直接访问有关网站收集市场二手资料外，第三种方法就是利用相关的网上数据库（即 Web 版的数据库），如著名的 US Patent（美国专利）、MEDLINE（Medicine Online）、CA（Chemical Abstracts，化学文摘）等。网上数据库一般有免费和付费两种，互联网上有成千上万种免费数据库（题录和文摘居多），当然还有更多的付费使用数据库。在国外，市场调查用的商情数据库一般都是付费的。我国的数据库业近十年有较大发展，近几年也出现了几个 Web 版的数据库，但他们都是文献信息型数据库，如《中国期刊网》等。国外数据库发展较早也较快，据 1992 年美国出版的《数据库指南》报道，国外从 1975～1991 年，数据库生产者从 200 家增加到 2372 家（12 倍），数据库服务机构从 105 家增加到 933 家（8.9 倍），市售数据库数量从 301 个增加到 7 637 个（24 倍），数据库记录条数从 5 200 万条增加到 1992 年的 40.6 亿条（77 倍）。其中 7 个数据库记录在 1 亿条以上，45 个数据库记录数在 1 000 万至 1 亿条之间。在信息技术飞速发展的十年后，不仅数据库的数量、数据库内的记录数有巨大增长，而且几乎所有数据库检索系统都推出 Web 版，用户可通过互联网直接查询。以下选择性地介绍目前国际上影响较大的几个主要商情数据库检索系统，供用户需要时查询。

（1）DIALOG 系统（http：// www. dialog. com）。这是目前国际上最大的国际联机情报检索系统之一，原隶属于洛克希德公司，中心设在美国加利福尼亚州，1988 年被 Knight-Ridder 公司收购。DIALOG 系统的数据库逐年增加，1990 年达到 310 个，收录信息 1.5 亿多条记录，涉及的专业范围极广，现有的直接联机检索的用户已发展到 70 多个国家和地区的 200 多个城市，设置服务终端 50 000 多台，属经济与商业方面的数据库文档有 149 个，其中有代表性的主要文档有：

• 市场与技术预测综览（predicast overview of markets and technology, PROMT）——第 16 号文档

• PTS 年度报告摘要（PTS annual reports abstracts）——第 17 号文档

• PTS 各国工业公司及其产品索引（PTS F & S Indexes）——第 18 号文档

• PTS 经济预测（PTS Forcasts）——第 81、83 号文档

• PTS 经济统计（PTS Time Series）——第 82、84 号文档

• 国际贸易与经济文摘（Foreign Trade & Econ. Abstracts）——第 90 号文档

- 贸易机会索引（Trade Opportunities）——第 106 号文档
- 美国公司经营新闻（Standard & Poor's New's）——第 32 号文档
- 商业事务日报（Commerce Business daily）——第 194、195 号文档
- 每日新闻索引（New search）——第 211 号文档
- 商标总览（Trade Mark Scan TM）——第 226 号文档
- 加拿大商业和时事（Canadian Business and Current Affairs）——第 262 号文档
- 电子黄页金融服务机构指南（Electronic Yellow Pages Financial Services Directory）——第 510 号文档
- 电子黄页——批发商名录（EYP Wholesalers Directory）——第 503 号文档
- 百万美元公司名录（D & B——Million Dollar Directory）——第 517 号文档
- 中央总金融信息库（Media General Databank）——第 546 号文档
- 美国公司新闻（Mcody's Corporate News U. S. A）——第 556 号文档
- 英国公司指南（ICC British Company Directory）——第 561 号文档

（2）ORBIT 系统（http：// www. questel. orbit. com）。ORBIT（online retrieval of bibliographic information timeshared）是 1963 年由美国系统发展公司（SDC）与美国国防部共同开发的联机检索系统，1986 年被 MOC 集团（Maxwdl 联合公司）兼并。ORBIT 提供科学、技术、专利、能源、市场、公司、财务等方面的服务，1987 年共有 76 个数据库，其中 21 个是与商情有关的。1989 年和 1990 年又新装载了 18 个数据库。ORBIT 系统与商情有关的数据库主要有：

- 会计索引（Accounts Index）
- 美国统计索引（ASI）
- 加拿大商业新闻索引（Business）
- 加拿大工业索引（CBPI）
- 商业索引（Irfform）
- 美国拨款索引（Grants）
- 商业管理索引（Management）
- 世界工业产品与技术预测（Promt）
- 商务日报合同裁决索引（USCA）等

（3）ESA-IRS 系统（http：//www. eins. org）。该系统隶属于欧洲空间组织（european space agency）情报检索服务中心（information retrieval service-

ESA-IRS)，主要向 ESA 各成员国提供信息。到 1986 年，已有文档 80 个，其中有 28 个文档与 Dialog 系统的 35 个文档相同。属经济方面的文档有四个：

- 商业信息（abi-inform）——第 30 号文档
- 文档 30 的训练文档（abi-inform training）——第 113 号文档
- 原材料价格（price data）——第 46 号文档
- 文本、新闻、数据（textline/newsline/dataline）——第 21 号文档

(4) STN 系统（www. stn. com）。STN（international the scientific & technical information network）系统由德国、美国和日本于 1983 年 10 月联合建成，1984 年开始提供联机服务，由远程通信网络联接着三国的计算机设备，至 1992 年底共有 72 个数据库，其中涉及商业与经济信息的数据库 13 个。

(5) FIZ Technik 系统（http：//www. fiz-technik，de/en/）。FIZ Technik 系统属德国 FIZ Technik 专业情报中心，总部设在法兰克福，专门从事工程技术、管理等方面的情报服务，在目前使用 60 个数据库中，商业与经济数据库有一21 个。

(6) DATA-STAR 系统（http：//datastarweb. com）。DATA-STAR 系统属瑞士无线电有限公司，1992 年共有数据库 250 余个，其中商业与经济数据库近 150 个，提供商业新闻、金融信息、市场研究、贸易统计、商业分析等方面的信息。

(7) DUN & BRADSTREET 系统（http：//www. Dundb. co. il）。该系统属邓伯氏集团，是世界上最大的国际联机检索系统之一，也是专门的商业与经济信息检索系统。通过一个全球性通信网络将各国的商业数据库连接起来，共存储有 1 600 多万家公司企业的档案数据，可提供如下服务：

- 提供国外公司或企业的详细资料报告
- 跟踪服务
- 市场开拓服务，帮助用户选择市场和客户
- 市场研究服务
- 商业书籍服务

获取邓伯氏商业信息的途径有两种：一是利用邓伯氏速传系统（DUN-SPRINT），用户可用自己的电脑或终端设备，通过邓伯氏全球通信网；二是利用邓伯氏的拨号系统（DUNSTEL），用户可利用电话向邓氏的客户服务代表索取有关企业的资料。该商业资料库具有存储量大、资料新和查询快等特点，但收费较贵。

(8) DJN/RS 系统（http：//www. dowjones. com）。DJN/RS（dow jones news/retrieval service）即道·琼斯新闻/检索服务系统，是美国应用最广泛的

大众信息服务系统之一，由道·琼斯公司开发，于 1974 年开始联机服务。DJN/RS 提供的信息服务范围十分广泛，侧重于商业和金融财经信息。大致上，DJN/RS 提供的信息服务有六类：

- 道·琼斯商业与经济新闻
- 道·琼斯报价
- 道·琼斯文本检索服务
- 金融与投资服务
- 一般新闻与信息服务
- 邮件服务及用户通讯

第四节　网络问卷设计

一、问卷的类型

问卷的类型，可以从不同的角度进行划分。如按问题答案划分，可分为结构式、半结构式、开放式 3 种；如按调查方式划分，可分为访问问卷和自填问卷；如按问卷用途分，则可分为甄别问卷、调查问卷和回访问卷等。

1. 按问题答案划分

问卷可分为结构式、开放式、半结构式 3 种基本类型。

(1) 结构式。通常也称为封闭式或闭口式。这种问卷的答案是研究者在问卷上早已确定的，由回卷者认真选择一个回答划上圈或打上钩就可以了。

(2) 开放式。也称之为开口式。这种问卷不设置固定的答案，让回卷者自由发挥。

(3) 半结构式。这种问卷介乎于结构式和开放式两者之间，问题的答案既有固定的、标准的，也有让回卷者自由发挥的，吸取了两者的长处。这类问卷在实际调查中运用还是比较广泛的。

2. 按调查方式分

按调查方式分，问卷可分为：自填问卷和访问问卷。自填问卷是由被访者自己填答的问卷。访问问卷是访问员通过采访被采访者，由访问员填答的问卷。自填式问卷由于发送的方式不同而又分为发送问卷和邮寄问卷两类。发送问卷是由调查员直接将问卷送到被访问者手中，并由调查员直接回收的调查形式。而邮寄问卷是由调查单位直接邮寄给被访者，被访者自己填答后，再邮寄回调查单位的调查形式。

这几种调查形式的特点是：访问问卷的回收率最高，填答的结果也最可靠，但是成本高，费时长，这种问卷的回收率一般要求较高；邮寄问卷，回收率低，调查过程不能进行控制，因此可信性与有效性都较低。而且由于回收率低，会导致样本出现偏差，影响样本对总体的推断。发送式自填问卷的优缺点介于上述两者之间，回收率要求在 67％以上。

3. 按问卷用途分

按问卷用途来分，一般来讲，问卷调查，尤其是市场调查的问卷调查，都包括 3 种类型的问卷，即甄别问卷、调查问卷和回访问卷（复核问卷）。

1）甄别问卷

甄别问卷是为了保证调查的被访者确实是调查产品的目标消费者而设计的一组问题。它一般包括对个体自然状态变量的排除、对产品适用性的排除、对产品使用频率的排除、对产品评价有特殊影响状态的排除和对调查拒绝的排除五个方面。例如对个体自然状态的排除主要是为了甄别被访者的自然状态是否符合产品的目标市场。主要的自然状态变量包括年龄、性别、文化程度、收入等。如对性别的甄别，那么对性别的甄别问题的设计为：

您的性别：

男　　　　　　　　　中止访问

女　　　　　　继续

2）调查问卷

调查问卷是问卷调查最基本的方面，也是研究的主体形式。任何调查，可以没有甄别问卷，也可以没有复核问卷，但是必须有调查问卷，它是分析的基础。

3）回访问卷

回访问卷，又称复核问卷，是指为了检查调查员是否按照访问要求进行调查而设计的一种监督形式问卷。它是由卷首语、甄别问卷的所有问题和调查问卷中的一些关键性问题所组成。具体实例见甄别问卷。

二、问卷的结构和内容

问卷表的一般结构有标题、说明、主体、编码号、致谢语和实施记录等6 项。

1. 标题

每份问卷都有一个研究主题。研究者应开宗明义定个题目，反映这个研究主题，使人一目了然，增强填答者的兴趣和责任感。如"中国互联网发展状况及趋势调查"这个标题，把调查对象和调查中心内容和盘托出，十分鲜明。

2. 说明

问卷前面应有一个说明。这个说明可以是一封告调查对象的信，也可以是指导语，说明这个调查的目的意义，填答问卷的要求和注意事项，下面同时署上调查单位名称和年月。问卷的信或指导语，长短由内容决定。但尽可能的简短扼要，务必删去废话和不实之词（如虚张声势、夸大其词一类的话）。

3. 主体

这是研究主题的具体化，是问卷的核心部分。问题和答案是问卷的主体。从形式上看，问题可分为开放式和封闭式两种。从内容上看，可分为事实性问题、意见性问题、断定性问题、假设性问题和敏感性问题等。

事实性问题——要求调查对象回答有关的事实情况，如姓名、性别、出生年月、文化程度、职业、工龄、民族、宗教信仰、家庭成员、经济收入、闲暇时间安排和行为举止等。

断定性问题——假定某个调查对象在某个问题上确有其行为或态度，继续就其另一些行为或态度作进一步的了解。这种问题由两个或两个以上的问题相互衔接构成。这类问题又叫转折性问题。

假设性问题——假定某种情况已经发生，了解调查对象将采取什么行为或什么态度。

敏感性问题——所谓敏感性问题，是指涉及个人社会地位、政治声誉，不为一般社会道德和法纪所允许的行为，以及私生活等方面的问题。例如问："您小时候是否偷拿过别人的钱物？""您是否利用职务搞不正之风？""您是否有贪污行为？"这类问题对那些事情已经败露或在押犯，已不是什么秘密，大多数能如实地回答。但对其他确有此类行为但尚未为他人所知的人来说，则总是企图回避，不说真话。欲要了解这些情况，就要想法变换提问方式或采取其他的调查方法。

4. 编码号

这并不是所有问卷都需要的项目。在规模较大又需要运用电子计算机统计分析的调查，要求所有的资料数量化，与此相适应的问卷就要增加一项编码号内容。也就是在问卷主题内容的右边留一统一的空白顺序编上 1，2，3…的号码（中间用一条竖线分开），用以填写答案的代码。整个问卷有多少种答案，就要有多少个编码号。如果一个问题有一个答案，就占用一个编码号，如果一个问题有 3 种答案，则需要占用 3 个编码号。答案的代码由研究者核对后填写在编码号右边的横线上。

5. 致谢语

为了表示对调查对象真诚合作的谢意，研究者应当在问卷的末端写上"感谢您的真诚合作!"或"谢谢您的大力协助!"等语。如果在说明中已经有了表示感谢的话,问卷之末就不必再写。

6. 实施记录

其作用是用以记录调查的完成情况和需要复查、校订的问题,格式和要求都比较灵活,调查访问员和校查者均在上面签写姓名和日期。

以上问卷的基本项目,是要求比较完整的问卷所应有的结构内容。但通常使用的如征询意见及一般调查问卷可以简单些,有一个标题,主题内容和致谢语及调查研究单位就行了。

三、问卷设计的程序

问卷设计是由一系列相关的工作过程所构成的。为使问卷具有科学性、规范性和可行性,一般可以参照以下程序进行(图 7-2):

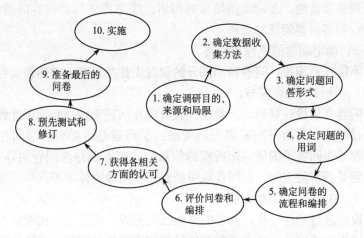

图 7-2　问卷设计的程序

步骤 1:确定调研目的、来源和局限。

调研过程经常是在企业中高层管理部门如市场部经理、品牌经理或新产品开发专家做决策时感到所需信息不足时发起的。若是品牌经理发起了市场研究,那么受这个项目影响的每个人,如品牌经理助理、产品经理,甚至生产营销经理都应当一起讨论究竟需要些什么数据。

步骤 2:确定数据收集方法。

获得数据可以有多种方法,每一种方法对问卷设计都有影响。事实上,在街上进行拦截访问比入户访问有更多的限制,街上拦截访问有着时间上的限制;自我管理访问则要求问卷设计得非常清楚,而且相对较短,因为访问人员不在场，没有澄清问题的机会；电话调查经常需要丰富的词汇来描述一种概念以肯定应答者理解了正在讨论的问题。对比而言，在个人访谈中访问员可以给应答者出示图片以解释或证明概念。

步骤3：确定问题回答形式。

开放式问题、封闭式问题、量表应答式问题

（1）开放式问题。开放式问题是一种应答者可以自由地用自己的语言来回答和解释有关想法的问题类型。也就是说，调研人员没有对应答者的选择进行任何限制。

（2）封闭式问题。封闭式问题是一种需要应答者从一系列应答项做出选择的问题。

（3）量表应答式问题。是以量表形式设置的问题。

步骤4：决定问题的用词。

①用词必须清楚。②避免诱导性的用语。③考虑应答者回答问题的能力。④考虑到应答者回答问题的意愿

步骤5：确定问卷的流程和编排。

问卷不能任意编排，问卷每一部分的位置安排都具有一定的逻辑性。

步骤6：评价问卷和编排。

一旦问卷草稿设计好后，问卷设计人员应再回过来做一些批评性评估。在问卷评估过程中，下面一些原则应当考虑：①问题是否必要。②问卷是否太长。③问卷是否回答了调研目标所需的信息。④邮寄及自填问卷的外观设计。⑤开放试题是否留足空间。⑥问卷说明是否用了明显字体等等。

步骤7：获得各方面的认可。

问卷设计进行到这一步，问卷的草稿已经完成。实际上，在设计过程中可能会多次加进新的信息、要求或关注，经常的修改是必需的。草稿获得各方面的认可是重要的。问卷的认可再次确认了决策所需要的信息以及它将如何获得。例如，假设新产品的问卷询问了形状、材料以及最终用途和包装，一旦得到认可，意味着新产品开发经理已经知道"什么颜色用在产品上"或"这次决定用什么颜色"并不重要。

步骤8：预先测试和修订。

当问卷已经获得管理层的最终认可后，还必须进行预先测试。在没有进行预先测试前，不应当进行正式的询问调查。通过访问寻找问卷中存在的错误解释、不连贯的地方、不正确的跳跃模型、为封闭式问题寻找额外的选项以及应答者的一般反应。预先测试也应当以最终访问的相同形式进行。如果访问是入户调查，预先测试应当采取入户的方式。

在预先测试完成后，任何需要改变的地方应当切实修改。在进行实地调研前应当再一次获得各方的认同，如果预先测试导致问卷产生较大的改动，应进行第二次测试。

步骤9：准备最后的问卷。

精确的打印指导、空间、数字、预先编码必须安排好，监督并校对，问卷可能进行特殊的折叠和装订。

步骤10：实施。

问卷填写完后，为从市场获得所需决策信息提供了基础。问卷可以根据不同的数据收集方法并配合一系列的形式和过程以确保数据可正确地、高效地、以合理的费用收集。这些过程包括管理者说明、访问员说明、过滤性问题、记录纸和可视辅助材料。

第五节　问卷设计的技巧

在本节中，我们从问卷设计的原则，问卷开始的说明，问卷措辞的语言、问卷的题型设计等几个方面来总结一下问卷设计的一些技巧，或者说，问卷设计应注意的一些问题。

一、问卷设计的原则

在讲到问卷设计的原则时，我们强调设计内容必须与研究目的相结合，可考虑按不同的变量层次来设计问题，问题要清晰、语言要易懂，要讲究问卷的形式，注意问题之间的转接，同时要注意问题的排列顺序。以上所列举的就是一些基本的原则和要求。在〔英〕保罗海格等著的《市场调查》一书中提出了下列几条指导问卷设计的原则，可供参考：

（1）思考调查的目标。一开始，调查人员就应该坐下来考虑调研计划（说明要得到什么以及要采用的方法）并列出研究的目标。这将保证调查工作覆盖所有必要之点，并且将产生一系列粗糙的问题，最终转化为更清楚的研究目标。

（2）思考怎样完成访问。完成访问的方法与问卷的设计有关系，例如，在自己填写问卷时，开放的问题通常收到很少的答复。

（3）"锅炉平台"信息和说明。每份问卷都需要"锅炉平台"信息或标准信息，诸如被访问者的姓名、住址、访问日期和访问人姓名等。每份问卷的开头得写一段说明，以便介绍一下访问的目的。因为如果人们感觉这次访问有一个合理的目的，给予合作是大有助益的。

（4）思考设计。问卷应有效运用空白部位，使其清晰易读。问卷和回答的选择应按标准格式放置设计，字体应足够大，便于阅读，应在适当位置留出足够的空白，以便填写未指定的注释。

（5）考虑被访者。问题应以与被访者友好的交流方式设计。调研人员常常决定他们想从调查中得到的东西，设计的问题长得让被访者喘不过气来，或者提出一些不可能回答的问题。每个设计问卷的人都设身处地的考虑被访者，这样就解决了这个问题。

（6）思考问题的次序。应该容易地从一个问题转到另一个问题，并且按逻辑顺序编组成各个主题。

（7）思考问题的类型。通过合并不同类型的问题可以获得访问中的组织结构。调研人员可以选择开放问题，以及不同尺度的封闭问题。

（8）思考问题的同时要思考可能的答案。提出一个问题的全部目的在于获得答案。所以，对此预作思考很重要。同时，反过来它们又影响问题的形成。例如，倘若汽车离合器批发商的销售额以周或以月为时间单位计算，问他们每年卖多少就不好。

（9）思考怎样处理数据资料。应该使用一套有适当方法加以分析的编码系统，例如在详细记录的图表上，或用适当的市场调查软件。在一次超过个被访者的调查中，分析开放式回答是比较劳累的，应该尽量考虑使用预先编码的答案。

（10）思考对访问人的指导。问卷通常由访问员去实施，所以需要明白地指导访问员（或者在自己填写问卷的情况下的被访者）在每一步做什么。这些指导性文字应与正文相区别，用大写字母，强调语气或者粗体印刷都可。

二、问卷开始的说明

问卷开头主要包括引言和注释，引言和注释是对问卷的情况说明。引言应包括调查的目的、意义、主要内容、调查的组织单位、调查结果的使用者、保密措施等。其目的在于引起被调查者对填答问卷的重视和兴趣，争取他们对调查给予支持和合作。引言一般非常简短，自填式的问卷的开头可以长一些，但一般以不超过两三百字为好。

引言中应说明研究者的身份，可以放在引言的开头或落款处。例如"我们是市场调查公司市场调查员，为了了解……"要写清单位的地址、邮政编码、电话号码等，这样能体现调查的正规性，消除被调查者的顾虑。

三、问卷的措辞语言

无论哪种问卷，问题的措辞与语言十分重要。

语言与措辞要求简洁、易懂、不会误解，在语言、情绪、理解几个方面都有要求。

（1）多用普通用语、语法，对专门术语必须加以解释。

（2）要避免一句话中使用两个以上的同类概念或双重否定语。

（3）要防止诱导性、暗示性的问题，以免影响回卷者的思考。

（4）问及敏感性的问题时要讲究技巧。

（5）行文要浅显易读，要考虑到回卷者的知识水准及文化程度，不要超过回卷者的领悟能力。

（6）可运用方言，访问时更是如此。

在国外出版的一些市场营销管理、营销调研的相关书籍中，在的有关教材中都用大量篇幅来论述这一问题。有的教材则把问题措辞的要求归纳为 5 个"应该"：

（1）问题应该针对单一论题。调研者必须立足于特定的论题，如"您通常几点上班？"是一个不明确的问题。这到底是指你何时离家还是在办公地点何时正式开始工作？问题应改为"通常情况下，你几点离家去上班？"

（2）问题应该简短。无论采取何种收集模式，不必要的和多余的单词应该被剔除。这一要求在设计口头提问时尤其重要（如通过电话进行调研）。以下就是一个复杂的问题，"假设你注意到你冰箱中的自动制冰功能并不像你刚把冰箱买回来时的制冰效果那样好，于是打算去修理一下，遇到这些情况，你脑子里会有一些什么顾虑？"简短的问题应该是"若你的制冰机运转不正常，你会怎样解决？"

（3）问题应该以同样的方式解释给所有的应答者。所有的应答者应对问题理解一致。例如，对问题"你有几个孩子？"可以有各种各样的解释方式。有的应答者认为仅仅是居住家里的孩子，然而，另一个可能会把上次结婚所生的孩子也包括进去。这个问题应改为："你有几个 18 岁以下并居住在家里的孩子？"

（4）问题应该使用应答者的核心词汇。核心词汇就是应答者每天与其他人进行交流的日常语言词汇，但其中并不包括俚语和行语。比如，"你认为商店提供的额外奖金是吸引你去的原因吗？"这一问题的前提应是对应答者知道什么是额外奖金并能把它和商店的吸引力联系起来。所以，问题可以改为："赠送一个免费礼品是你上次去乡村服装店的原因吗？"

（5）若可能，问题应该使用简单句。简单句之所以受到欢迎是因为它只有单一的主语和谓语。然而复合句和复杂句却可能有多个主语、谓语、宾语和状语等。句子越复杂，应答者出错的潜在可能性就大。例如，"如果你正在寻找一辆让管家使用的、主要用来接送孩子们去学校、祷告和去朋友家的车，你和你的妻子会如何评价你们试用的一辆车的安全性？"若回答"是"，接着问"你们对安全性的要求是'很低'、'一般'、'很高'还是'非常高'？"

本 章 小 结

市场调研对于企业的日常营销活动和长远的战略发展均是必不可少的。对于企业来说，仅仅意识到市场调研的重要性还是不够的，若要使其成为企业可以利用的有效手段，必须要较熟练地掌握市场调研技术，尤其是网上市场调研技术。在网上进行市场调研需要许多知识和技术。一个完美的营销方案必须建立在对市场细致周密的调研基础上，互联网为市场调研提供了强有力的工具。学生通过学习应掌握网络市场调研的特点、网络市场调研的策略、网络市场调研的步骤及网络市场调研的技巧等内容。

关键术语

市场调查　市场研究　一手资料　二手资料　问卷调查　网络商务信息

第八章

网络营销的目标市场定位

➤ **教学目的**
- 了解网络市场与传统市场的差异
- 熟悉网络市场细分的依据和条件
- 掌握选择目标市场的方法

➤ **学习方法**
- 理解和识记基本理论和概念、案例研究、习题练习、实际生活观察等

➤ **本章内容要点**
- 网络营销中的市场细分
- 网上目标市场的选择
- 网上目标市场的确定
- 目标市场的定位策略

第一节 网络营销市场细分

一、网络营销市场细分的概述

传统的市场细分这个概念是由美国市场学家温德尔·R·史密斯（Wendell R. Smith）在 20 世纪 50 年代中期首先提出来的。这一观念的提出及其应用是具有客观基础的。当时市场趋势已是买方市场占统治地位，市场营销观念已逐渐成为企业经营指导思想，即顾客的需求已成为企业营销活动的出发点。

而顾客的需求随着商品经济的发展表现出多样性，为满足不同顾客的需求，要在激烈的竞争中获胜，就必须进行市场细分。

如今，网络营销已成为一个不可逆转的潮流，而任何一个想在未来竞争中取胜的企业都必须充分认识这一点。网络的发展，买方市场的形成，网民的多样化，都成为网络营销市场细分的前提。网络营销市场细分是指为实现网络营销的目标，根据网上消费者对产品不同的欲望与需求，不同的购买行为与购买习惯，把网络上的市场分割成不同的或相同的小市场群。在这里我们要强调的是"目标市场营销理论"同样适用于网络营销。

1. 网络市场与传统市场的区别

互联网的诞生，不仅为人们创造了一种全新的传播手段，其自身也日益成为一个生机勃勃的市场。在这个市场中，全球的网民是消费者，一个个的网站好似一个个商家。信息、软件、服务、广告等，以及书籍、计算机产品、电信产品、音像制品、衣服等，在网上被广泛交易。

相对于传统市场，网络市场以数字形式传播信息，具有相当的虚拟性，可以称之为虚拟市场，在网络营销中顾客在互联网上所见的并不是实物，而是商家（大部分情况下是网站）对该商品的描述，如书籍的内容简介、电脑产品的技术参数、实物的照片、公关小姐的解说词等，顾客通过对商家描述的判断来确定是否要买该产品。成交与否在很大程度上取决于商家的描述以及该商家的信誉度；而传统营销的市场中，顾客是通过视觉、触觉、嗅觉等感官系统对商品形成一个直觉印象，通过综合各种因素，如生产厂家的信誉度、商品的质量、商品的价格比等，从而决定买不买该产品，是买这种牌子的产品，还是买那种牌子的产品。因此，传统营销市场中顾客会综合各种可得到的信息，通过亲身的市场调研，结合本身的功能需要和性能需要决定购置何种品牌，何种系列，何种型号。而网络营销的虚拟市场中，若撇开传统媒体的广告信息对顾客的影响，纯粹从网络营销的虚拟市场的角度来考虑，促使顾客作决定的主要因素在于商家对其商品能否打动顾客，其售后服务能否赢得顾客。如在线销售电脑，若商家仅简简单单地在介绍产品的网页上放上几幅产品图也未尝不可，但是顾客通过几幅图片得到的资料极为有限，例如该电脑是何配置，是英特尔®酷睿，还是 AMD 速龙，内存是 1G，还是 2G 等。若商家在每种产品的介绍中详细介绍其配置、性能、售后服务等，其效果不可同日而语。这种差别正是因为网络营销市场具有"虚"的性质，顾客不能通过自己的感官系统做出很正确的判断，需要综合商家在网页中介绍产品的所有信息和该公司声誉，技术能力，售后服务等必要资料后才能做出决断。

2. 网络营销市场细分的必要性

对市场进行细分，并不是由人们的主观意志决定的，而是商品生产和市场经济不断发展，特别是消费者需求变化的客观要求和必然产物。这是因为随着生产力水平的提高，产品数量的丰富、质量的提高和品种的增多，消费者有了挑选的余地，市场出现了竞争，并且日趋激烈。所以企业必须注重市场调研，认真做好市场细分，把握消费者的爱好与需求变化，才能在市场经济中做到有的放矢，游刃有余。

网络市场上有着成千上万的消费者并且迅速增加，他们有着各自的心理需要、生活方式和行为特点。仅从消费者对服装的需求看，差异性就很大。如消费者购买服装，有的是为了追求时髦，不惜高价购买时尚服装；有的是为了显示自己的身份和社会地位而购买高价高质且雅致的服装；有的是由于收入低或追求朴素，购买大众化的服装。企业面对着消费者千差万别的需求，由于人力、物力及财力的限制，不可能生产各种不同的产品来满足所有顾客的不同需求，也不可能生产各种产品来满足消费者的所有需求。为了提高企业的经济效益，有必要细分市场。网络消费者的需求差异是网络市场细分的内在依据。只要存在两个以上的消费者，便可根据其需求、习惯和购买行为的不同，进行市场细分。况且在市场竞争中，一个企业不可能在营销全过程中都占绝对优势。为了进行有效的竞争，企业必须评价、选择并集中力量用于能发挥自己相对优势的市场，这便是市场细分的外在强制，即它的必要性。

3. 网络营销市场细分的功能

与传统营销市场细分的功能相比，网络营销市场细分的功能没有很大的变化，其具体功能如下：

（1）有利于企业发现和开拓新的市场，以形成新的目标市场。企业可以通过市场细分及时分析市场需求的满足程度，就能迅速地寻觅到市场机会，开辟新的市场领域。网民的数量激增，而且层次参差不齐，只有进行市场细分找到自己企业的优势所在，才能发掘新市场，培育企业新的经济增长点。

（2）有利于企业提高适应与应变能力，能根据市场的变化及时调整经营方向。企业重视市场细分策略，市场信息的反馈就有针对性，能及时地掌握用户的需求变化。一旦市场发生变化，企业就能灵活有效地调整商品结构和市场布局，使自己具有高度的适应能力与应变能力。

（3）有利于企业扬长避短，发挥优势，不断提高竞争能力。尤其是那些实力相对较弱的中、小企业，在互联网上具有了与大企业平等的机会，只要自己的网站有特色，所卖的商品有特点，只要认真研究市场细分策略，完全有可能在复杂的市场竞争中，发现特定的市场，满足这部分用户的特定需要。

（4）有利于企业在经营中提高经济效益。企业通过市场细分，可以深入地了解每一个细分市场的需求状况和购买潜力以及同行竞争者的情况。这样，企业可以根据各个细分市场的外部环境与本企业的资源优势进行权衡比较，选择自己最有利的市场，以便集中力量，有效地使用人力、物力、财力等各项资源，从而取得理想的经济效益。

（5）有利于分配市场营销预算。通过市场细分，企业可以了解不同细分市场的顾客群对市场营销措施反应的差异，对产品的需求状况，据此将企业营销预算在不同细分市场群上进行合理分配。这样，可以避免企业资源的浪费，把资源用于适当的地方。一般说，企业应当把注意力与费用分配到潜在的、最有利的细分市场上，以便提高营销活动的经济利益。

（6）有利于制定和调整市场营销组合策略。市场细分后，每个市场变得小而具体了，细分市场的规模、特点显而易见，消费者的需要清晰了，企业就可以根据不同的商品制定出不同的市场营销组合策略，使营销组合策略适应消费者不断变化的需求；否则，离开了市场细分，所制定的市场营销组合策略必然是无的放矢的。

二、网络营销市场细分的依据和条件

1. 网络市场细分的依据

市场细分的目的是为了找到并描述自己的目标市场，确定针对目标市场的最佳营销策略。

传统的市场细分的依据和条件比较宽泛，与网络营销有很大的区别。在互联网环境的虚拟市场条件下，市场细分有更加"精深"的特点，因为在这里，消费者的生活水平和文化层次都较高，互动性更强，因此更有个性。市场细分的依据更应把重点放在顾客的期望上，即用户的心理因素。主要是从生活方式、个人性格、需求动机、购买行为、需要数量等因素划分，这些因素相互联系或交叉发生作用，企业应综合研究，从而选择与确定对企业最有利的市场。

网络营销市场细分的依据，是对网上顾客对象的分析。在这里需要指出的是，我们的企业一定不能忽视网上年轻群体的心理特点、行为特点、需求特点。毕竟他们是网上的主力军，他们占网民的一半以上。他们的行为特点是追求特色，也就是我们平常所说的"扮酷"。他们需要的不是大众化，而是有自己的特色。那么我们的商品也只有具有自己的特色才能吸引他们。这一点是我们在进行市场细分的时候一定不能忽略的方面。

网络消费者的需求和购买特点随年龄的增长而发生变化，因而可以把他们按年龄划分为这样一些年龄组，18～25 岁、26～35 岁、36～45 岁等。这些年

龄组的网络消费者都有自己的特征，根据这些特征，网络营销经理就可以开发出一个个特定的目标市场。例如，日本索尼公司不仅为成人生产具有网络功能的随身听，而且专门针对青少年生产随身听。伴随着生动的网站链接，日本索尼公司为各个年龄组的消费者提供了完善的网络服务。

若按性别来细分网络市场，可从服装、美容健身、化妆品和杂志市场着手。比如美国的香烟市场出现了像夏娃牌和斯利姆烤烟型香烟，这些香烟以女性为目标市场，当然其在网上的广告风格也是以女性为主题。

2. 网络营销市场细分的条件

首先，要明确什么时候使用市场细分。一般认为，如果面临下面的问题时，就需要使用市场细分了：

（1）有明确的概念或产品，但不清楚哪些人最有可能购买；

（2）产品定位已经非常明确，但不了解采用何种促销组合能最大限度地吸引目标顾客；

（3）不同的消费者对产品有不同的偏好，厂商希望知道哪些偏好是厂商能够满足的；

（4）销售额仿佛没有变化，但厂商已经感觉到顾客群的构成正在发生变化，并希望获得变化的详情；

（5）厂商准备打入竞争者牢固占领的地盘，希望先获得一小块根据地；

（6）厂商自己的产品在市场上占据主导地位，但有竞争者开始蚕食这一领地；

（7）尽管厂商有好的产品，但市场数据显示营销计划遭受重大挫折；

（8）作为新的市场决策者，需要重新审定公司的营销计划。

上述情况均需要对市场进行细分。

其次，应具有明确的市场细分标准。以生活消费品为例，一般可选择地理、人文、心理和消费行为等4个因素作为细分标准。具体细分时可应用多种市场开拓的分析方式，得出一系列细分市场。如自行车市场，可分为国内市场、国际市场，其中国内市场还可进一步细分为华中市场、西南市场、东北市场等；可将消费行为细分为普通自行车市场、山地自行车市场、比赛用自行车市场等。如是生产资料市场细分则可选择最终用户、用户规模和生产能力、用户地点等因素作为细分标准。

再次，应注意把握好市场细分中的几个原则性问题：

（1）可衡量性原则。就是指对细分市场上消费者对商品需求上的差异性要能明确加以反映和说明，能清楚界定；细分后的市场范围、容量、潜力等也要能定量加以说明。

（2）可占据性原则。应使各个细分市场的规模、发展潜力、购买力等都要足够的大，以保证企业进入这个市场后有一定的销售额，同时企业也是可以利用现有条件去占领的。

（3）相对稳定性。占领后的目标市场要能保证企业在相当长的一个时期经营上的稳定，避免目标市场变动过快给企业带来的风险和损失，保证企业取得长期稳定的利润。

3. 网络市场细分研究步骤

步骤1，了解基本情况。

消费者对产品或服务介入的程度有多深？消费者对这种产品、服务或该行业了解有多深？他们愿意而能够讨论到何种程度？这是一种新产品还是现有产品？市场细分研究的目的是什么？是增加现有顾客对产品的忠诚度，是吸引新的顾客，还是将客户从竞争对手那边吸引过来？市场细分研究是为短期规划服务还是为长期战略服务？公司管理者和销售者对现有市场结构的看法如何？等等。要进行市场细分，就必须先回答这些问题。

步骤2，确定基础变量（细分标准）。

这是市场细分过程中最重要的一步。对中国消费者进行细分时，一些不同于欧美的变量尤其值得关注，如顾客的行为习惯，长期以来形成的固定消费模式。这些变量对中国消费者的行为和预期有很大影响。同时，对于不同产品进行市场细分时，必须根据其特点，以"消费市场细分指标"为基础并结合以往市场研究经验，重新构造细分变量指标。通常情况下，选择大约20个基础变量和行为变量。

步骤3，收集数据。

市场细分研究对样本量有较高要求，许多城市研究的成功样本应在1000以上。但这对于网络营销者来说，已经不是什么难事了。营销数据库可以帮我们解决很多问题。网上调查已经有很多成功的经验可以借鉴。数据收集，信息的收集已经不是那么莫测高深了。（这点与传统的市场方法有着重大的区别）。本书前面已有论述。

步骤4，分析数据。

收集到的数据，通常要进行统计分析，简单的计算包括比例计算、平均数计算、相关分析等，复杂一点的有回归分析、判别分析、聚类分析、时间序列分析等。

步骤5，分析其他数据，构建细分市场。

一旦确定了能够代表真实的市场的细分方案，下一步就要获得关于细分的额外信息，对其进一步洞察。通过比较和对照细分变量，例如，一个基于需求划分的细分市场，这些细分市场的人口特征是什么样的？他们是如何看待调查问卷上所列出的其他属性的？

通常这一步可以帮助确定细分市场，但有时，在这一步会发现结果恰恰相反。这时，需要回到第四步，重新确定细分方案。

步骤 6，简要描述细分市场结构。

对每个细分市场进行简单明了的归纳是必要的，一般包括以下内容：细分市场的名称、使细分市场产生差异化的重要因素、对细分市场中群体的简要描述。以细分市场为目标，利用网络营销 4P（产品、价格、渠道和促销）获取的相关信息。

步骤 7，明确准备进入的细分市场。

需要明确准备进入的细分市场时，数据背后的经验是不可缺少的。评估不同细分市场的吸引力需要考虑如下原则：

(1) 足够大。细分市场必须足够大以保证有利可图。

(2) 可识别。细分市场必须是可以运用人口统计因素进行识别的。

(3) 可达到。细分市场必须是网络可以接触到的。

(4) 差异性。不同的细分市场应该对营销组合有不同的反应。

(5) 稳定性。就其大小而言，各细分市场应该是相对稳定的。

(6) 增长性。好的细分市场应该具有增长的潜力。

第二节　网络营销目标市场定位

一、网络营销目标市场定位策略

1. 正确理解目标市场定位

网络市场定位的基本原则，是掌握原已存在于人们心中的需要，打开客户的联想之门，使自己提供的产品在顾客心目中占据有利地位。因此，定位的起点是网民的消费心理。只要把握了网民的消费心理，并借助恰当的手段把这一定位传播给目标网民，就可以收到较好的营销效果。

在虚拟市场中，仅仅做到这一点还是不够的。心理定位毕竟需要兑现，成为产品的实际定位。在掌握消费心理的同时，也要琢磨产品，使品牌的心理定位与相应产品的功能和利益相匹配，定位才能成功。

定位需要公司的市场研究、定位策划、产品开发以及其他有关部门的密切配合。仔细分析定位内涵不难发现，定位是为了在消费者心目中占据有利的地位，这个"有利地位"当然是相对竞争对手而言的。从这个角度讲，定位不仅要把握消费者的心理，而且要研究竞争者的优势和劣势。

2. 目标网络市场定位战略

所定位的目标市场，应具备以下两个条件：

（1）目标市场内所有的网民必须具备几个基本相同的条件，如收入、受教育的程度、职业、消费习惯等，这样才能明确地划分出目标市场的范围。

（2）目标市场必须具备一定的市场规模。因为，规模小的目标市场购买力相应也小，如果投资过大，就会得不偿失。

在实践中，网络营销商应注意以下几个定位战略：

1）初次定位与重新定位

初次定位，也可称潜在定位。它是指新成立的企业初入虚拟市场，或企业新产品投入虚拟市场，或产品进入虚拟市场时，企业必须从零开始，运用所有的市场营销组合，使产品特色确实符合所选择的目标市场。

但是，企业要进入目标市场时，往往是竞争者的产品已在市场露面或形成了一定的市场格局。这时，企业就应认真研究在目标市场上竞争对手产品所处的位置，从而确定本企业产品的有利位置。

重新定位，也可称二次定位或再定位。它是指企业变动产品特色，改变目标顾客对其原有的印象，使目标顾客对其产品新形象有一个重新的认识过程。市场重新定位对于企业适应市场环境、调整市场营销战略是必不可少的。一般来说，企业产品在市场上的初次定位即使很恰当，但在出现下列情况时也需考虑重新定位：一是在本企业产品定位附近出现了强大的竞争者，挤占了本企业品牌的部分市场，导致本企业产品市场萎缩和产品品牌的目标市场占有率下降；二是消费者的偏好发生变化，从喜爱本企业品牌转移到喜爱竞争者的品牌。

但是，企业在重新定位前必须要慎重考虑两个问题：一是企业将自己的品牌定位从一个目标子市场转移到另一个目标子市场时所付出的全部成本有多大；二是企业将自己品牌定在新位置上营业额究竟有多大。这又要取决于该子市场的购买者和竞争状况，以及在该子市场上的销售价格能够定多高等。经过慎重论证后，重新定位可以进行的基本条件是：至少能确保企业一定量的总利润。

2）对峙性定位与回避性定位

对峙性定位，又称竞争性定位，或称针对式定位。它指企业选择靠近于现有竞争者或与其重合的市场位置，争夺同样的顾客。彼此在产品、价格、分销及促销各个方面区别不大。比较典型的就是"百事可乐"的定位，他始终跟着"可口可乐"。

回避性定位，又称创新式定位。它是指企业回避与目标市场竞争者直接对抗，将其位置定在市场上某处空白领地或"空隙"，开发并销售目前市场上还不存在的、具有某种特色的产品，以开拓新的市场。比较典型的是"非常可乐"的定位，它避免与"可口可乐"在城市里正面交锋，重点开拓农村和小城镇的市场。

3）心理定位

心理定位是指企业从顾客需求心理出发，积极创造自己产品的特色，以自身最突出的优点来定位。从而达到使顾客心目中留下特殊印象和树立市场形象之目的。心理定位应贯穿于产品定位的始终，无论是初次定位还是重新定位，无论是对峙性定位，还是回避性定位，都要考虑顾客的需求心理，赋予产品更新的特点和突出的优点。

二、网络营销的目标市场定位策略

所谓网络营销的目标市场定位，是指根据所选定网络目标市场上的竞争者现有产品所处的位置和企业自身的条件，从各方面为自己的产品创造一定的特色，塑造并树立一定的市场形象，以求在目标网民心目中形成一种特殊的偏爱。

市场定位的实质就在于取得目标市场的竞争优势，确定产品在顾客心目中的适当位置并留下值得购买的印象，以便吸引更多的顾客。因此，市场定位是企业市场营销战略体系中的重要组成部分，它对于建立有利于企业及其产品的市场特色，限定竞争对手，满足顾客的偏好，从而提高企业竞争力具有重要意义。

1. 网络营销的网民定位

我们可以将网络营销吸引的对象归纳为以下几类：

1）男性消费者市场

无论是在国内，还是在国外，男性公民都是网络漫游的主要成员。企业的产品要想在网络上打开市场，必须能够抓住男性公民的购买欲，或者能够吸引男性公民为女性购买。耐用消费品和不动产，如汽车、摩托车、房屋等，都是男性公民注意的对象。

2）中青年消费者市场

中青年消费者，特别是青年消费者在使用网络的人员中占有绝对的比重。根据美国乔治亚大学 1995 年 6 月对 13 000 网络使用者的调查，平均年龄为 35 岁。台湾地区 30 岁以下的使用者更是高达 57.4%。所以，网络营销必须瞄准中青年消费者。青年人喜欢的摇滚歌星唱片、游戏软件、体育用品等都是网络上的畅销产品。这类市场目前是网络市场用户最集中的地方，也是商家最为看好的一个市场。

3）具有较高文化水准的职业层市场

到目前为止，教师、学生、科技人员和政府官员在网上的比例较高。正是因为这个原因，计算机软硬件的销售非常好，网上书店的生意也十分红火。美国著名的亚马逊网上书店的成功更是这方面的典型实例。这个书店的检索系统拥有世界 250 万种图书，每天"光临"的顾客近百万。客户检索到自己喜欢的书后，可以方便地通过网络订购和付款，几天后便可收到这个书店送来或寄来的书。几年前，这个书店还根本不存在，现在，无论从书的种类，还是从书的销售额来看，这个书店都已跻身于世界最大的书店行列。

4）中等收入阶层市场

上网用户的收入大都在中高收入水平上，否则难以支付上网费用。近两年来，随着互联网的普及，对收入的要求有所降低，但对很多低收入阶层来说，几乎很少的时间在网上。瞄准中高收入这一市场，就需要推出中高档的产品或服务。旅游产品和服务在这类市场中大有作为。人们喜欢在舒适的家中就能够方便地读到有关旅行目的地的信息，了解预定客房的情况，以及有关时间、机票的情况。很多旅行社正是利用这些需求，建立网络主页提供免费旅游资料和异国风情的图片。连锁旅店则在线提供房间和服务设施的详细资料和图片。旅游杂志也在这类市场中扩大自己的销售量。

5）不愿意面对售货员的顾客市场

一些顾客不喜欢面对面的从售货员那里买东西，他们厌恶售货员的过分热情而造成的压力。互联网对于这些喜欢浏览、参观的顾客是一个绝好的去处。他们可以在网上反复比较，选择合适的商品，在毫无干扰的情况下最后做出购买决定。

也有一些人，出于隐私的考虑，不愿意到商店购买易于引起敏感问题的商品，如避孕套之类的商品。网上商店如果能够较好地满足这些顾客隐私权的要求，便可以获得丰厚的回报。

2. 网络营销的商品定位

由于电子商务营销网络是一种虚拟的营销网络，具有不同于传统的营销网络的若干特点，因而对所营销的商品有一些特殊的要求。什么样的商品适合于网络营销？这实际上是一个虚拟营销市场的商品定位问题。认真地研究商品的属性，科学地筛选适应网络销售的商品，是企业网络营销成功的重要因素。如果企业很少或根本不进行网络营销商品的市场定位，只靠主观臆断，凭借传统市场的营销经验匆匆入网，要想拓展网络市场是非常困难的。

1）网络营销商品的分类

适合于网络营销的商品，按其商品形态的不同，可以分为三大类：实体商品（hard goods）、软体商品（soft goods）和在线服务（on-line service）。它们的营销方式和销售品种有很大差别，表 8-1 列举了这三类商品及其基本特征。

表 8-1　三种商品的基本特征

商品形态	营销方式	销售品种
实体商品	在线浏览 购物选择 送货上门	日用品 工业品 农产品
软体商品	资讯提供	资料库检索 电子新闻 电子图书、电子报刊 研究报、论文 音乐下载
软体商品	软件销售	电子游戏 套装软件
在线服务	情报服务	法律查询 医药咨询 股市行情分析 银行、金融咨询服务
在线服务	互动式服务	网络交友 电脑游戏 远程医疗 法律救助
在线服务	网络预约服务	航空、火车订票 电影票、音乐会、球赛 入场券预订 预约饭店、餐馆 旅游预约服务 医院预约挂号

2）实体商品的选择

在网络上销售实体商品的过程与传统的购物方式有所不同。在这里，已没有面对面的买卖方式，网络上的相互对话成为买卖双方交流的主要形式。消费者或客户通过卖方的主页考察其商品，通过填写表格表达自己对品种、质量、价格、数量的选择；而卖方则将面对面的交货改为邮寄商品或送货上门，这一点与邮购商品颇为相似。

虽然从理论上说任何商品都可以以这种方式进行交易，但在实际生活中，仍有许多商品并不适合网络销售。衣服手感是难以通过文字的描述体会的，而且每个人对同种衣料的感觉，由于皮肤的不同而有所不同。首饰的销售也有问题，许多人对如此贵重的商品总是心存疑虑，故不愿简单草率地做出购买决定。

而图书是一种非常适合于网络营销的品种。书籍之所以能够成为网上热销商品，一方面是与上网用户具有较高的文化水平有关，另一方面则与图书本身的性质有关。

图书本身就是传播信息的。计算机排版系统的大面积推广，使得图书信息非常容易与互联网连接。购书者可以在任何时候上网查阅新书目。不仅可以迅速捕捉到最新的出版信息，而且可以阅读到书中详细的目录，甚至是章节的片段。网上书店所提供的有关关键词、作者、书名的查询，大大方便了顾客，节约了顾客大量的时间。

类似于图书的商品很多，音像制品、家用电子产品、玩具、计算机硬件、农产品、食品、大部分的工业用品都可以通过网络营销开展业务。这需要每一个网络营销人员认真地研究网络市场，调查用户，根据实际情况做出合理的判断。

几年来，互联网上出现了很多实体商品销售成功的实例，如世界最大的网络虚拟书店美国亚马逊网上书店，顾客可以管理和跟踪货物的联邦快递公司（federal express），网上外卖食品店（pizza hut）等。这些企业在网络营销中已经积累了丰富的经验，值得很好地学习和借鉴。

3）软体商品的选择

软体商品指的是资讯的提供和软件的销售。虽然这部分商品是无形的，但它们在网上占有极为重要的地位。

数字化的资讯与媒体商品，如电子报纸、电子杂志，是非常适合通过互联网行销。因为互联网本身即具有传输多媒体资讯的能力。在未来纸张价格上涨和环保要求日益严格的条件下，网络信息传播无疑具有极大的优势。从国内外许多报纸与杂志纷纷提供网络版的趋势看，数据化资讯将会成为未来出版的主流。

软件出版商是电子商务的真正赢家。毕竟，每一个使用互联网的人都在使用计算机，都在使用计算机软件，这是一个具有1 000万用户的客户群。如果考虑到没有上网的计算机用户，这个市场还要大得多。

计算机软件通过普通渠道销售，首先需要存到磁盘中或刻录到光盘上，然后加以包装，通过批发商、零售商到达顾客手中。这个过程使得软件的成本大大增加。直接使用网络下载软件，可以省去一切物理材料，而且快速、方便。

当用户购买实体软件时，往往对软件性能不太了解，因而影响了他们的购买欲望。在线网络软件销售商常常提供一段时间的试用期，允许用户尝试使用并提出意见。好的软件很快能够吸引顾客，使他们爱不释手并为此慷慨解囊。在线软件销售商利用这种市场方法实现他们的网络营销目标，从中赚取更多的钱。

在线软件销售也存在风险。软件出版商害怕他们的产品被盗版，这种可能总是存在的。计算机专家一直在寻求解决的办法，如在一个特定的时间内将文件加密，或是使软件在未付费和未注册时不能工作，等等。软件出版商可以选择适合于自己的技术防范措施，立法机构也在不断地推出各类保护性措施。

4）在线服务产品的选择

可以通过互联网提供的在线服务的种类很多，大致可分为三类：第一类是情报服务，如股市行情分析、银行、金融信息咨询、医药咨询、法律查询等；第二类是互动式服务，如网络交友、电脑游戏、远程医疗、法律救助等；第三类是网络预约服务，如预订机票、车票，代购球赛、音乐会入场券，提供旅游预约服务、医院预约挂号、房屋中介服务等。

第二次世界大战后，随着科学技术的飞速发展，工农业生产的现代化步伐加快，劳动生产率显著提高。人们对于社会服务提出了越来越多的要求，第三产业的发展成为一种必然的客观趋势。这种发展不仅满足了人们日常生活和精神生活的需求，而且缩短了物质生产过程，提高了商品流通速度，缓和了物质生产部门剩余劳动力的压力，有力地推动了物质生产部门的进一步现代化。所以，现代国民经济三大产业结构的变化，突出表现为第一、第二产业的地位和比重下降，第三产业的地位和比重显著上升。

电子商务跻身于第三产业有其特殊的优势。以旅游服务为例，实现这种服务需要具备三个条件：人们对旅游景点的了解，人们对饮食居住条件的了解，以及人们对价格的认可。传统的旅游促销措施大部分是通过报刊的广告形式进行的，这种形式很难满足上述三个要求。电视台的广告具有声像兼顾的特点，但由于价格昂贵，很少有旅游商问津。利用互联网进行旅游促销，则可以完全克服其他广告形式的缺陷。一方面，网络多媒体可以提供生动的图文和音响，另一方面，网上报价又可以为顾客提供多种选择。在线的旅游服务在大大方便了顾客的同时，也为旅行社提供了准确的旅游人数。因此，旅游服务也成为互联网上发展最快的行业。

本 章 小 结

网络营销目标市场策略是确定网络营销组合策略的基础。企业在互联网技术应用形成网络市场的条件下，通过信息搜集，了解并分析网络市场消费者需求的新特点，按一定的网络市场细分化的标准进行细分，在市场细分化的基础上，选定适合企业开展网络营销的目标市场策略。建立在网络市场细分基础上的网络目标市场营销策略和网络市场定位已成为网络营销学的核心内容。本章通过阐述网上市场细分的内涵、重要性及其步骤，并研究了在选定目标市场的基础上，确定网上产品的市场地位，从而确定企业的网络营销策略，即针对不同的顾客满足其不同的需求。也就是说在网络市场条件下，通过网络市场的细分化，从而制定网络目标市场策略和市场定位等内容。

关键术语

网络市场细分　网络目标市场　目标市场定位

第九章

网络营销的商务模式

> **教学目的**
- 了解网络营销的分类
- 掌握网络营销的现有模式

> **学习方法**
- 理解和识记基本概念、基本原理、案例分析等

> **本章内容要点**
- 各种形式的网络营销模式

第一节　商务模式概述

商务模式的历史应该可以追溯到企业的历史起点。从源头上看，商务模式作为一个专用术语最早出现在管理领域的文献中大约是在20世纪70年代中期。Konczal（1975）和Dottore（1977）在讨论数据和流程的建模时，首先使用了"business model"这个术语。此后，在信息管理领域，商务模式被应用在信息系统的总体规划中，用以描述支持企业日常事务的信息系统的结构，即描述信息系统的各个组成部分及其相互联系，从而对企业的流程、任务、数据和通信进行建模。20世纪80年代，商务模式的概念开始出现在反映IT行业动态的文献中，而直到互联网在20世纪90年代中期形成并成为企业的电子商务平台之后，商务模式才作为企业界的时髦术语开始流行并逐步引起理论界的关注。但是，此时的商务模式的内涵已经悄然发生了变化，即从信息管理领域

扩展到了企业管理领域的更广阔的空间。

目前，商务模式是 IT 业人们谈论最多的话题之一，基于 IT 技术的各种新兴商务模式层出不穷。Dell 公司基于客户定制的直销和零库存运作模式、Amazon 的点击订购网上书店和 Google 的搜索引擎等都是商务模式创新的典范，有的甚至被注册为专利。尤其在互联网上，商务模式已经成为出现最多的行业术语之一，许多商业网站都在主页上说明其商务模式。在一定程度上，商务模式已成为企业的核心竞争力之一，决定着商务活动的业绩。

对于商务模式这个古老而又新鲜的话题，尽管大多数文献对其是"做生意或赚钱的方式"这一基本含义没有异议，但由于研究的视角和目的不同，现有文献对电子商务商务模式的内涵有着不同的理解和界定。

Klasson（2000）认为价值创造是经济组织的目的，而组织结构是实现价值创造这一组织目的的方式。他在讨论新经济下的商务模式时，尽管没有直接给出商务模式的明确定义，但是却从实现价值创造的组织结构的角度分析了层级组织、网络组织和市场组织等三种基本商务模式的产生和演变的原因，给出了其经济学的解释。由于商务模式的组成要素取决于其特征界定，对商务模式组成要素的理解也有较大的差异。Mahadevan（2000）在讨论基于互联网的电子商务的商务模式时指出，商务模式是对企业至关重要的 3 种流——价值流、收益流和物流的唯一混合体。Timmers（1998）从互联网条件下产品、服务和信息流的结构以及价值链的分解与重构出发划分了 11 种电子商务模式，即电子商店、电子采购、电子购物中心、电子拍卖、价值链服务提供商、虚拟社区、合作平台、第三方市场、价值链集成商、信用服务、信息中介等。Rappa（2000）给出了 9 种互联网商务模式的类型，分别是经纪商模式、广告商模式、信息媒体模式、销售商模式、制造商模式、附属模式、社区模式、订阅模式和效用模式，其中几种模式都可以进一步分为若干个子模式。如经纪商模式包含在线经纪、虚拟商城、拍卖经纪、搜索代理等。Dubsson-Toray 等（2001）提出了一个多维的电子商务模式的分类方法，包括用户作用、交互模式、货品性质、定价体系、客户化水平、经济控制、安全程度、价值集成程度、货品价值/成本、交通规模、创新水平和扩展买方或卖方能力的程度等。翁君奕等（2003）提出的"商务模式是核心界面要素形态的有意义组合"，包含了两个层次的组合：其一是各核心界面的要素形态组合构成商务模式的组分（即 3 个核心界面）；其二是商务模式各组分形态的组合构成了商务模式的整体。

Afuah 和 Tucci（2002）讨论了包括客户价值、范围、定价、收入来源、关联活动、实现、能力和持久性等在内的互联网商务模式的各个组成部分和连接环节，并提出了互联网商务模式的动力机制和评价方法，以此对互联网商务模式的价值进行合理的评价。Amit 和 Zott（2001）就是用案例研究的方法对欧美 59 家电子商务企业的商务模式进行问卷调查和统计分析，据此提出了电子商务之商务模式的价值创造模型。该模型把企业的商务模式作为战略分析单元，用效率、互补性、锁定和新颖性 4 个指标对商务模式的价值创造潜力进行评价。

Gordijn 等（1999）在为电子商务设计软件系统结构时发现了商务模式的重要性。他们认为商务模式通过对各种角色（如客户和销售商）之间的价值交换和约束（如预防欺诈）的定义，从概念的层次说明企业的经营方式。在开发电子商务软件系统时首先应定义其商务模式，然后根据技术可能性不断地对商务模式进行修正。同时，他们从价值创造流程的角度提出并建立了面向价值的 e-value 方法，用于描述和评价电子商务的商务模式，并开发了相应的计算机软件工具。

Malhotra（2000）从信息系统的知识管理的角度提出了商务模式创新的框架。他认为以往的信息系统和传统组织的商务模式一样，都是基于预定的计划和目标，目的在于优化和保证效率。这样的商务模式和信息系统适合于相对稳定和可预测的商业环境，但不适合以变化剧烈和不可预测为特征的电子商务时代的商业环境。因此，有必要开发一种适合于新的商务环境的知识管理系统以利于商务模式的创新。

根据翁君奕等（2003）的研究，在为 20 世纪带来革命性影响的 73 位创业型企业家中，有 47 位企业家的创新贡献不涉及技术创新，而是应用某种特殊的方式开发现有技术的商业价值。也就是说，依靠商务模式创新获得成功的企业家占了将近 2/3。事实上，20 世纪 80 年代以来出现了一些在商业上取得了巨大成就而在产品和工艺技术上却无任何创新的商业巨头，例如计算机行业的 Dell 公司等。而且这种模式有愈演愈烈的趋势。其原因在于，随着技术进步步伐的加快，技术愈加成熟和复杂，而市场需求的变化也在加快，产品创新和工艺创新的风险越来越高。与此同时，随着信息与通信技术的迅速发展，在"做生意或赚钱的方式"方面出现了许多新的可能和高效的方式，使许多传统的"做生意或赚钱的方式"失去了原有的价值。

联合国经济合作与发展组织开发中心的研究负责人 Charles Oman 博士在 2000 年初接受 Economic Reform Today 杂志采访时，从全球化的角度论述了新经济下商务模式的作用。他认为，理解目前正在发生的全球化的关键不在于贸易和资本流动政策的放宽或技术变化的速度，而在于推动经济竞争的商务模式的性质。

翁君奕等（2003）认为，相关文献提出和使用商务模式概念的共同出发点是针对新经济条件下的技术进步、市场需求和竞争压力等外部环境的变化，寻求企业生存和发展的新途径。商务模式的作用是在原有的或新环境条件下，发现新的市场机会、细分市场和瞄准组织结构及生产服务流程中存在的低效部位，吸收和整合企业可以使用的内外部资源，并通过各种创新加以挖掘和利用，从而为投资者和包括客户、合作伙伴在内的利益相关者创造更多的价值。

很多人认为以其商务模式划分在线营销中介是最好的方法。商务模式的建立使销售收入流向商务提供者，使消费者获益，架构了利益分配体系。因此也可以说构建商务模式，就是构建赚钱的组织。图 9-1 列出了下面将要讨论的一些主要组织模式。

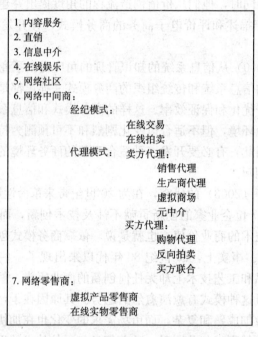

1. 内容服务
2. 直销
3. 信息中介
4. 在线娱乐
5. 网络社区
6. 网络中间商：
     经纪模式：
         在线交易
         在线拍卖
     代理模式： 卖方代理：
            销售代理
            生产商代理
            虚拟商场
            元中介
         买方代理：
            购物代理
            反向拍卖
            买方联合
7. 网络零售商：
     虚拟产品零售商
     在线实物零售商

图 9-1　网络营销商务模式

前两种模式，内容服务和直销是利用电子营销将产品销售给客户的特别重要的方式。第三种模式，信息中介在某些方面将内容服务和直销联结在一起。第四种模式是在线娱乐，是现阶段一种非常成功的模式。第五种是网络社区，建立的虚拟社区吸引了大量的用户，影响力极大。第六种是分销渠道中的中介，包括了介于生产商和零售商之间的中间商和代理商，第七种模式是直接将产品卖给客户的网络零售商。下面讨论其各自的不同特点。

第二节　内容服务商的盈利模式

在这种模式下，公司创建网站，通过吸引眼球来，销售广告。一些公司通过制定适当的战略来吸引特定的客户群。我们将这种模式放入电子商务这一部分是因为内容服务提供商可以通过向其他的公司销售广告取得现金流量。其销售的产品就是网站的广告空间。这种模式与传统的电视、杂志、报纸等媒体一样通过销售空间和时段来获取收益。许多知名的网站都是采用内容服务的模式，例如国外的门户网站：AOL、Yahoo!、MSN、Lycos、Excite、Go 和国内的门户网站 sina、sohu 等。许多在线的报纸和杂志也是采用这种模式。实际上大部分的网络内容服务都是靠广告销售支撑的。

内容服务提供商通常将内容服务模式与其他的模式一起结合使用，以产生更多的现金流。例如，www. sohu. com 是内容提供商销售大量的广告，同时也通过在线商城销售产品，通过广告的收入可以帮助其商城降低销售产品的价格。同时其他的内容提供商也通过销售其内容获得收益。

第三节　直　　销

这种模式是生产商直接将商品销售给最终的企业用户或个人消费者。在直销中企业不再需要批发商和零售商，这就意味着无中介。直销在传统营销中也广泛采用，网络使生产商跨越中间商直接将产品销售给个人消费者和企业用户，使交易更加方便容易。

网络直销已经在 B-B 网站取得了成功。网络直销可以节省大量的与销售有关的费用，在一些销售系统中专家系统的建立可以帮助消费者选购适当的产品。Cisco 公司是网络设备制造商，用户可以通过其网站直接订购产品。DELL 计算机公司同样为用户提供直接从网站订购计算机的服务。Cisco 公司和 DELL 公司的网络直销系统都能帮助用户直接从网上订购适合其需求的产品并且保证产品的兼容性。

网络直销同样在销售数字产品的 B-C 网站也取得了成功，例如，软件和音乐这些不需要仓储、分拣、包装和物流配送的产品。CNETsoftware. com 提供软件下载服务，用户在免费试用一段时间后可以付费下载正式版本的软件。其他一些保存期较短的商品也适合采用网络直销的模式，例如鲜花、新鲜食品等。

网络直销给消费者带来的好处是无中介，节省了中间商的费用，同时减少了产品的配送时间。对于制造商来说，网络直销增加了让给中间商的那部分利润。网络直销主要的成本是消费者通过网络搜索制造商的成本和与单个制造商交易的时间成本。

第四节　信　息　中　介

信息中介是指收集和分销信息的在线组织。信息中介的一种形式是市场调研公司，另一种是内容服务的变形，即准许营销。通过准许营销，信息中介公司直接购买消费者的计算机屏幕的一部分空间，公司付给消费者的可能是现金、购物优惠或者是免费的网络服务。信息中介公司实际购买的是网络上最稀缺的资源——消费者的注意力，然后信息中介公司将其卖给广告商赚取利润。消费者要取得回报就必须向信息中介提供他们的个人资料，这些个人资料通常是对广告商保密的。消费者被要求在其计算机系统上安装信息中介的软件，以在其计算机屏幕上给予信息中介一个永久的窗口运行广告。所以，消费者上网时，计算机屏幕上将会出现两种广告，一种是网站上的广告，另一种是信息中介窗口上的广告。

信息中介模式带给消费者的好处是可以使消费者对其收到的广告信息有更大的控制力，也可以接收到更符合他们兴趣的广告。信息中介掌握的消费者的大量的个人信息增加了其广告的价值，而对于广告商其广告也更容易地送达其目标受众。准许营销使广告商做到了以前不可能做到的事：在竞争对手的网站上做广告。

第五节　在　线　娱　乐

在线娱乐（online entertainment）是无形产品和劳务在在线销售中令人瞩目的一个领域。一些网站向消费者提供在线游戏，并收取一定的费用。目前看来，这一领域还比较成功。

1998 年 5 月 27 日，Excite 和 Infoseek 宣布与娱乐总网（TEN）结成在线游戏服务联盟，提供基于 Java 的多人经典游戏。Microsoft 同一天宣布与 Ultra Corps 合作在 START 网络门户中的 Internet 游戏区开办在线收费游戏。

雅虎早在 1998 年 3 月让它的游戏区初次登场，而 Lycos 在 5 月紧随而上。国内的联众网也做得非常成功。可以看出，网络的经营者们已将眼光放得更远，它们通过一些免费的网上娱乐吸取访问者的点击数和忠诚度。鉴于目前这一领域的发展，一些游戏将来很可能会发展为按使用次数或小时来计费。

第六节 网络社区

腾讯 QQ 在国内的成功，很大程度上得益于网络社区的建设，通过网上结成的社区，腾讯推出了一系列的社区服务。这些社区服务使腾讯的业务出现多元化，而且网上商务和网下商务有机结合在一起，例如腾讯的品牌专卖店，通过网络社区形成的形象，转变为网下经营的专有权，反过来，网下的商务活动又进一步巩固了网络社区的地位，聚拢更多的网民，促使这些网民使用网上的收费服务。

携程旅游网的网上社区也是携程吸引用户非常重要的手段，网上社区的建设和商务发展形成了良性的正反馈。每天，大量的消费者在携程的网络社区上阅读他人的旅游感受，设计自己的旅游计划，并在携程上预订线路，在他们旅游归来，再把自己的感受放到携程的社区上，供其他网友参考。在网上社区的这些文章积累到一定程度，携程网又把这些文章整理集结出版，形成了自己丰富的内容资源，这些出版物也为携程带来了一定的收入。

第七节 网络中间商

一、经纪模式

经纪人创建了买方和卖方进行谈判和完成交易的市场。经纪人通过向买方或卖方收取交易费用获利，但是他们并不代表任何一方，他们只是提供交易和磋商服务。经纪人提供了很多的增值服务来吸引用户和方便交易。经纪模式在网络上广泛地应用在 B2B、B2C、C2C 中。离线中最好的经纪模式就是股票经纪人。他们在证券交易所中撮合买方和卖方交易。在线交易和在线拍卖是在线经纪模式的主要类型。这种模式给消费者带来了更多的便利，加速了订单的处理和交易的执行。卖方可以以更低的价格买到商品，同时节省了买主搜索的时间。对于卖方也节省了交易的费用。

1. 在线交易

E＊Trade、Datek、Ameritrade 和其他的一些在线经纪人可以使消费者不需打电话或访问经纪人直接通过其计算机就可以完成交易。例如，网上证券交易。

2. 在线拍卖

在线拍卖对持续了 100 年的传统拍卖方式带来了巨大的冲击。在线拍卖应用在 B2B、B2C 和 C2C 市场中。例如 Ebay 采用 C2C 拍卖模式，Spottrader 采用 B2B 拍卖模式。

二、代理模式

代理商不同于经纪人，按照其代理的对象分为卖方代理和买方代理，他们分别向其代理人收取一定的费用。

1. 卖方的代理模式

1）销售代理

销售代理代表单一的供货商销售产品并挣取佣金。例如，亚马逊书店有 100 000 个网上的销售代理。

2）生产商代理

生产商代理代理多个卖方。在传统的市场中，生产商代理通常只代理销售互补产品公司的商品，以避免生产商之间的利益冲突。但是在网络的虚拟世界生产商代理通常代理整个行业的产品。在网络营销中，生产商代理通常叫做卖方集合，因为他们在一个网站上同时代表很多的卖方。

几乎所有的旅行预订网站都是生产商代理，他们的佣金是由他们代理的航空公司和酒店支付的。例如，Expedia、Travelocity、Travelscape 和许多其他的在线旅行代理允许客户不需电话或亲自访问就可以通过网络在线进行旅行预订。有时在线的旅行代理可以提供打折服务，但最大的好处是其简单便捷的服务。

B-B 模式的生产商代理通常叫做产品集合，每一个生产商都有大量的产品目录，生产商代理通过从生产商收集产品的目录建成数据库并将其连接到网站上。通常这些数据库同时与供货商的内部数据库无缝连接。同时数据库根据产品的价格和库存数量实时更新。企业内部资源计划系统（ERP）的实施，可以更好地支持产品目录的定制和集成。

这种模式可以给卖方带来很多好处。这些好处包括缩短了订单循环，降低了库存，同时增加了卖方的控制力。无纸化的交易与 ERP 集成的自动报价和询价系统降低了交易费用。

3）元中介（metamediary）

元中介是指将一系列的生产商、网络零售商和内容提供商组织起来的为日常的人生大事或大件商品购买提供服务的代理商。消费者面对例如结婚这样的人生大事或购买汽车这样的大件商品，涉及到很多的相关产品，同时也需要很多的相关信息。元中介将所有的内容和服务整合到一个网站为消费者提供便利的服务，同时通过向销售出产品的公司收取代理费来赢利。

元中介为消费者解决了 4 个主要的问题，即降低了搜索的时间，提供了有关销售商的质量保证，为一系列的相关产品的购买提供了便捷的交易，为消费者的购买决策提供了相关的公正的内容和信息。

元中介的合作伙伴通过与元中介共创品牌和元中介客户对其网站的直接访问获得收益。元中介通过收取佣金作为回报。元中介成功的关键在于消费者的信任，所以他们对于在他们网站上代理的销售商要仔细加以选择，有些元中介甚至在其网页上不接受广告。Edmunds 是一个提供轿车购买服务的元中介，Edmunds 在其网站上提供新车和二手汽车的信息并提供了很多有关购买的建议。客户还可以通过它获得购车服务（autoByTel）、融资服务（peopleFirst）、零件服务（carParts，crutchfield）和保险服务（insWeb）。TheKnot 是一个提供婚庆服务的元中介公司，它提供有关婚礼的计划、服装、化妆等相关信息，并提供订购礼服、结婚注册、邀请嘉宾等一系列的服务。

4）虚拟商场

虚拟商场在线销售各种各样的商品，就像真正的购物商场一样。虚拟商场可以使消费者购物更舒适，不出家门即可购物，省却了舟车的劳顿。消费者还可以同时访问多个虚拟商场。在虚拟商场消费者可以方便地搜索到需要的商品，节省很多时间。在虚拟商场消费者还可以得到更多的购物建议。

2. 买方的代理模式

买方代理是买方的代表。在传统的营销市场，买方代理通常与一个或多个公司建立长期的合作关系。但是，在网络营销中买方代理可以代理任何数量的买方，而且通常是匿名代理。购物代理和反向拍卖可以帮助单个的购买者取得合适的价格，买方联合使大量的消费者联合起来形成较大的购买量，从而获得低价。

1）购物代理

购物代理为消费者从网上搜寻他们需要的商品，并给消费者列出商品清单和价格。当购物代理第一次出现的时候，许多人担心它会使网络上商品的价格极度降低使商家无利可图，但是这种情况并没有出现，因为价格并不是消费者购物时考虑的唯一因素。购物代理可以为消费者提供过去消费者购物的统计报告供消费者参考，购物代理还允许消费者按照自己的意愿对所需要的商品提出要求，并为消费者提供符合要求的产品列表供参考。国外的购物代理网站有 Evenbetter. com、BitRate. com 和 compare. frictionless. com。

2) 反向拍卖

反向拍卖是网站为单个的消费者购买商品服务的一种模式。在反向拍卖中买方先报出一个价格，卖方根据这个价格竞卖。买方报出一个购买的价格，卖方同意成交或者努力报出接近的价格以促成交易。价格是反向拍卖的主要因素，反向拍卖应用于旅游、食品、客房、汽车租赁等业务中。反向拍卖模式的网站有 NexTag. com 和 ReverseAuction. com。

3) 买方联合

买方联合是很多单个的买者联合起来使价格降低的一种模式。单个的消费者可以通过买方联合增大购买量取得大批量购买的优惠价格。购买者联合得越多，价格就可能降得越低。通常价格是一步步降低的，例如，1 到 5 个购买者时价格是 70 元，6 到 10 个购买者时价格就降为 60 元。

4) 网络零售商

网络零售商是最常见的电子商务模式。在这种模式中商品在在线店面展示并向企业或消费者出售。数字产品可以直接通过互联网传送，实物商品通过例如 UPS、USPS 或 FedEx 等物流提供商配送。出售数字产品，例如电子图书、电子报纸、软件和数字音乐的网络零售商叫做虚拟产品零售商。应用在线手段销售实物产品的公司可以将其销售过程部分或全部上网。知名的电子店面包括 CDNOW（www. cdnow. com）和戴尔计算机（www. dell. com）。

(1) 虚拟产品零售商。任何可以数字化的内容都可以通过互联网传输，文本、图片、声音和图像等。《南方周末报》在线传输其电子版报纸，《电子商务》杂志也有其电子版杂志。数以千计的电台通过互联网进行 24 小时的广播。很多的网站在线销售电子图书、在线广播音乐和视频。计算机软件已经有了很长时间在线配送的历史，例如 www. winfiles. com 和 www. download. com 就是很多软件的分销中介。由于采用网络作为配送的渠道极大地节省了配送的费用，如果用实物渠道配送数字产品，成本会大大增加。实物配送，首先要求将数字的内容载入例如新闻纸、书本、CD 或磁盘等介质中，并需要包装、运输，然后送到消费者手中，这都将使费用大大增加。

(2) 在线实物零售商。在网络上销售的很多商品还是通过传统的渠道配送的。例如，大部分的音乐磁带标明不允许他们的音乐在线传送。网络上的消费者可以通过在线购买音乐，但是 CD 将通过邮局、UPS、FedEx 或一些其他的配送商送到消费者手中。消费者必须为此付出额外的费用，有时这个费用超过了通过在线购买节省的费用。

　　家庭通过在线购买药品和食品的市场成长得越来越快。这将需要多渠道的配送体系满足单个消费者的需求。可能采取的方式包括在线订购、配送到户、在线订购、在社区商店取货等。

本 章 小 结

　　本章主要介绍和分析了各种形式的网络营销模式

关键术语

　　内容服务　信息中介　网络中间商

第十章

网络产品策略策划

> **教学目的**
- 熟悉网络营销产品和新产品的概念
- 掌握网络营销中的产品策略
- 掌握网络营销中的品牌策略

> **学习方法**
- 理解和识记基本理论、基本概念、案例分析、习题练习等

> **本章内容要点**
- 网络营销中的产品概念
- 网络营销中的各种品牌策略

第一节　产品策略

一、网络营销产品概述

　　网络营销也是企业营销管理中的一部分，所以网络营销的目标同样也是为顾客提供满意的产品和服务，同时实现企业的利益。产品作为连接企业利益与消费者利益的桥梁，包括有形物体、服务、人员、地点、组织和构思。在网络营销中的产品仍然发挥着同样作用，它是指能提供给市场以引起人们注意、获取、使用或消费，从而满足某种欲望或需要的东西。由于网络营销是在网上虚拟市场开展营销活动实现企业营销目标，在面对与传统市场有差异的网上虚拟

市场时，必须满足网上消费者一些特有的需求特征，因此网络营销产品内涵与传统产品内涵有一定的差异性，主要是网络营销中产品的层次比传统营销中产品的层次大大拓展了。

　　在传统营销中，企业设计开发产品是从企业为起点出发的，虽然也要经过市场调查和分析来设计和开发，但在产品设计和开发过程中，消费者与企业基本上是分离的，顾客只是被动的接受和反应，无法直接参与产品概念形成、设计和开发环节。在网络营销中，更强调营销的产品策略要转为以顾客为中心，顾客提出需求，企业辅助顾客来设计和开发产品，满足顾客个性化需求，因此有的人将这种策略称为"生产—消费的连接"（prosumption，它是 production 和 consumption 的合成），可进行消费者定制。

　　在传统市场营销中，产品满足的主要是顾客一般性需求，因此产品相应地分成三个层次分别满足顾客不同层次需要。传统营销中产品分成核心利益或服务、有形产品和延伸产品三个层次。核心利益或服务是满足顾客购买产品真正的需要，营销的目标是揭示隐藏在产品中的各种需要，并出售利益，核心产品是产品整体的中心；核心产品必须通过一定载体表现出来，这个层次就是有形产品，它包括质量水平、特色、式样、品牌和包装；为更好销售产品和提供服务，产品设计时还应该提供附加服务和附加利益，如售后服务、送货、保证、安装等满足顾客需求，并从中获取一定竞争优势。传统产品中的三个层次在网络营销产品中仍然起着重要作用，但产品的设计和开发更加细化，更加取决于顾客的需求，企业在设计和开发产品时必须满足顾客的个性化需求，因此网络营销产品在原产品层次上还要附加两个层次，即顾客期望产品层次和潜在产品层次，以满足顾客的个性化需求特征。图 10-1 是网络营销产品层次关系。

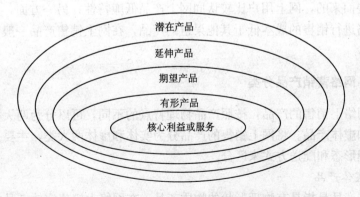

图 10-1　网络营销产品层次关系

二、网络营销产品特点

在一般情况下，目前适合在互联网上销售的商品通常具有以下特性：

（1）产品性质。由于大多数网民有较高的文化层次，因此网上销售的产品最好有一定知识含量。一些信息类产品如图书、音乐等也比较适合网上销售。还有一些无形产品如服务也可以借助网络的作用实现远程销售，如远程医疗。

（2）产品质量。网络的虚拟性使得顾客可以突破时间和空间的限制，实现远程购物和在网上直接订购，这使得网络购买者在购买前无法尝试或只能通过网络来判断产品的质量，所以要有较好的网上销售业绩，树立良好的信誉非常重要。

（3）产品式样。通过互联网对全世界国家和地区进行营销的产品要符合该国家或地区的风俗习惯、宗教信仰和教育水平。同时，由于网上消费者的个性化需求，网络营销产品的式样还必须满足购买者的个性化需求。

（4）产品品牌。在网络营销中，生产商与经营商的品牌同样重要，一方面要在网络中浩如烟海的信息中获得浏览者的注意，必须拥有明确、醒目的品牌；另一方面，由于网上购买者可以面对很多选择，同时网上的销售无法进行购物体验，因此，购买者对品牌比较关注。

（5）产品包装。作为通过互联网经营的针对全球市场的产品，其包装必须适合网络营销和当前物流水平的要求。

（6）目标市场。网上市场是以网络用户为主要目标的市场，在网上销售的产品可适合覆盖广大的地理范围。

（7）产品价格。互联网作为信息传递工具，在发展初期是采用共享和免费策略发展而来的，网上用户比较认同网上产品低廉特性；另一方面，由于通过互联网络进行销售的成本低于其他渠道的产品，在网上销售产品一般采用低价位定价。

三、网络营销产品分类

在网络上销售的产品，按照产品物理特点的不同，可以分为两大类：即实体产品和虚体产品。将网上销售的产品分为实体和虚体两大类，主要是根据产品的物理形态和配送方式来区分。

1. 实体产品

实体产品是指具有物理形状的物质产品。在网络上销售实体产品的过程与传统的购物方式有所不同。在这里已没有传统的面对面的买卖方式，网络上的互动式交流成为买卖双方交流的主要形式。消费者或客户通过卖方的网站考察其产品，通过填写表格表达自己对品种、质量、价格、数量的选择；而卖方则将面对面的交货改为邮寄产品或送货上门，这一点与邮购产品颇为相似。因此，从这个角度讲，网络销售也是直销方式的一种。

2. 虚体产品

虚体产品与实体产品的本质区别是虚体产品一般是无形的、是数字化的，即使表现出一定形态也是通过其载体体现出来，但产品本身的性质和性能必须通过其他方式才能表现出来。在网络上销售的虚体产品可以分为两大类：软件和服务。软件包括计算机系统软件和应用软件。网上软件销售商常常可以提供一段时间的试用期，允许用户尝试使用并提出意见。好的软件很快能够吸引顾客，使他们爱不释手并为此慷慨解囊。

服务分为普通服务和信息咨询服务两大类，普通服务包括音乐、影视、远程医疗、法律救助、航空火车定票、入场券预定、饭店旅游服务预约、医院预约挂号、网络交友、电脑游戏等，而信息咨询服务包括法律咨询、医药咨询、股市行情分析、金融咨询、资料库检索、电子新闻、电子报刊等。

对于普通服务来说，顾客不仅注重所能够得到的收益，还关心自身付出的成本。通过网络这种媒体，顾客能够尽快地得到所需要的服务，免除恼人的排队等候的时间成本。同时，消费者利用浏览软件，能够得到更多更快的信息，提高信息传递过程中的效率，增强促销的效果。

对于信息咨询服务来说，网络是一种最好的媒体选择。用户上网的最大诉求就是寻求对自己有用的信息，信息服务正好提供了满足这种需求的机会。通过计算机互联网络，消费者可以得到包括法律咨询、医药咨询、金融咨询、股市行情分析在内的咨询服务和包括资料库检索、电子新闻、电子报刊在内的信息服务。

四、互联网环境下的产品开发

1. 互联网环境下产品开发面临的问题及其应对策略

1）互联网时代新产品的开发面临挑战

新产品开发是许多企业的市场取胜的法宝。在网络时代，由于信息和知识的共享，科学技术扩散速度加快，企业的竞争从原来简单依靠产品的竞争转为拥有不断开发新产品能力的竞争。而且互联网的发展，使得在今后获得新产品开发成功的难度增大，其原因如下：

（1）在某些领域内缺乏重要的新产品构思。一些科学家认为，随着时间的推移，在汽车、电视机、计算机、静电印刷和特效药等领域内值得投资的切实可行的新技术微乎其微。

（2）不断分裂的市场。激烈的竞争正在导致市场不断分裂。各个公司不得不将新产品的目标对准较小的细分市场，而不是整个市场，这就意味着每一个产品只能获得较低的销售额。互联网的发展加剧了这种趋势，市场主导地位正从企业主导转为消费者主导，个性化消费成为主流，未来的细分市场必将是以个体为基准的，如果做得好，在某些市场获得较高的单位利润。

（3）社会和政府的限制。网络时代强调的是绿色发展，新产品必须以满足公众利益为准则，诸如消费者安全和生态平衡。政府的一些要求已使得医药行业的创新进度减慢，并使工业设备、化工产品、汽车和玩具等行业的产品设计和广告决策工作难以开展。

（4）新产品开发过程中的昂贵代价。网络时代竞争加剧，因此，公司就得面对日益上升的研究开发费用、生产费用和市场营销费用。

（5）新产品开发完成的时限缩短。许多公司很可能同时得到同样的新产品构思，而最终胜利往往属于行动迅速的人。反应灵敏的公司必须压缩产品开发的时间，其方法可通过互联网等现代信息技术手段、采用计算机辅助的设计和生产技术、合作开发、提早产品概念试验及先进的市场营销规划等。

（6）成功产品的生命周期缩短。当一种新产品成功后，竞争对手立即就会对之进行模仿，从而使新产品的生命周期大为缩短。

网络时代，特别是互联网的发展带来的新产品开发的困难，对企业来说既是机遇也是挑战。企业开发的新产品如果能适应市场需要，可以在很短时间内占领市场，打败其他竞争对手。如果企业的新产品开发跟不上，企业很可能马上陷入困境。

2）网络时代新产品开发策略

与传统新产品开发一样，网络营销新产品开发策略也有下面几种类型，但策略制定的环境和操作方法不一样。下面分别予以分析：

（1）开发新产品。即开创了一个全新市场的产品。这是企业的一种产品创新策略。网络时代使得市场需求发生根本性变化，消费者的需求和消费心理也发生重大变化。因此，如果有很好的产品构思和服务概念，即使没有资本也可以凭借这些产品构思和服务概念获得成功，因为许多风险投资资金愿意投入互联网市场。

（2）新产品线。即公司首次进入现有市场的新产品。互联网的技术扩散速度非常快，利用互联网迅速模仿和研制开发出已有产品是一条捷径，因此企业在开发出一种新产品之后，应迅速占领市场并形成产品线。

（3）延伸产品线。即补充公司现有产品线的新产品。由于市场不断细分，市场需求差异性增大，这种新产品策略是一种比较有效的策略。首先，它能满足不同层次的差异性需求；其次，它能以较低风险进行新产品开发，因为它是在已经成功产品上再进行开发。

（4）现有产品的改良品或更新。即提供改善功能或较大感知价值并且替换现有产品的新产品。在网络营销市场中，由于消费者可以在很大范围内挑选商品。消费者具有很大的选择权利。企业在面对消费者需求品质日益提高的驱动下，必须不断改进现有产品和进行升级换代，否则很容易被市场抛弃。目前，产品的信息化、智能化和网络化是必须考虑的，如电视机的数字化和上网功能。

（5）降低成本的产品。即提供同样功能但成本较低的新产品。网络时代的消费者虽然注重个性化消费，但个性化消费不等于是高档次消费。个性化消费意味着消费者根据自己的个人情况包括收入、地位、家庭以及爱好等来确定自己的需要，因此消费者的消费意识更趋向于理性化，消费者更强调产品给消费者带来的价值，同时包括所花费的代价。

（6）重新定位产品。即以新的市场或细分市场为目标市场的现有产品。这种策略是网络营销初期可以考虑的，因为网络营销面对的是更加广泛的市场空间，企业可以突破时空限制以有限的营销费用去占领更多的市场。在全球的广大市场上，企业重新定位产品，可以取得更多的市场机会。

企业网络营销产品策略中采取哪一种具体的新产品开发方式，可以根据企业的实际情况决定。但结合网络营销市场特点和互联网特点，开发新市场的新产品是企业竞争的核心。对于相对成熟的企业采用后面几种新产品策略也是一种短期较稳妥策略，但不能作为企业长期的新产品开发策略。

2. 网络营销中新产品的构思与概念形成

网络营销新产品开发的与传统的新产品开发没有太大的区别，首先也是新产品构思和概念形成。我们知道在每一个时期，都有一些伟大发明推动技术革命和产业革命，这个时期的新产品构思和概念形成主要是依靠科研人员的创造性推动的。19世纪末的电力革命带来了产业巨大革命和许多行业诞生、发展。20世纪末互联网的发明和发展，也将是一场类似于电力发明带来的新技术革命，势必导致许多新行业的产生和新产品的层出不穷。

新产品的构思可以有多种来源，可以是顾客、科学家、竞争者、公司销售人员、中间商和高层管理者，根据我们前面学的网络营销理论，新产品的构思主要是依靠顾客的需求来引导。网络营销的一个最重要特性是企业与顾客的交互性，它通过信息技术和网络技术来记录、评价和控制营销活动，来掌握市场需求情况。网络营销通过其网络数据库系统来处理营销活动中的数据，并用来指导企业营销策略制定和营销活动的开展。网络营销数据库系统一般具有下面特点：

（1）在营销数据库中每个现在或潜在顾客都要作为一个单独记录存储起来，这样就有利于了解每个顾客个体的信息，为更准确的细分市场提供了强有力的信息保证，并可通过汇总数据发现市场总体特征。

（2）每个顾客记录不但包含顾客一般的信息，如姓名、地址、电话等，还包含一定范围的市场营销信息，即顾客需求和需求特点，以及有关的人口统计和心理测试统计信息。

（3）每个顾客记录还采集顾客是否能接触到针对特定市场开展的营销活动信息，以及顾客与公司或竞争对手的交易信息。

（4）数据库中应包含顾客对公司采取的营销沟通或销售活动所作反应的信息。

（5）存储的信息有助于营销策略制定者制定营销政策，如针对目标市场或细分市场来提供何种合适的产品或服务，如针对每个产品来确定在目标市场中采用何种营销策略组合。

（6）在对顾客推销产品时，数据库可以用来保证与顾客进行协调一致的业务关系发展。

（7）数据库建设好后在某种程度上可以代替市场研究，无须通过专门的市场调研来测试顾客对所进行的营销活动的响应程度。当然数据库的结构必须随着市场环境的变化及时调整。

（8）随着大型数据库可以自动记录顾客信息和自动控制与顾客的交易，自动营销管理也成为可能，但这要求有处理大批量数据的能力，并且发现市场机会同时对市场威胁提出分析和警告。这样能提供高质量的信息给高级经理方便进行市场决策并合理有效分配有限的资源。

利用网络营销数据库，企业可以很快发现顾客的现实需求和潜在需求，从而形成产品构思。通过对数据库分析，可以对产品构思进行筛选，并形成产品的概念。利用网络数据库来发现需求形成概念是比较有效的渠道，但对于快速发展的网络技术，许多需求是顾客无法感知到的，是需要企业自行构思和发展的，这时依赖一些科研单位和专家也是特别重要的。

在筛选构思和形成概念时，要注意与传统营销策略的区别是，网络时代的新产品往往看重产品创新性和市场发展潜力，因为，目前有许多风险投资愿意投入在新产品开发方面，愿意承担一定风险，但要求回报比较高。与过去新产品研制与试销不一样，电子商务时代顾客可以全程参加概念形成后的产品研制和开发工作。顾客参与新产品研制与开发不再是简单的被动接受测试和表达感受，而是主动参与和协助产品的研制开发工作。与此同时，与企业关联的供应商和经销商也可以直接参与新产品的研制与开发，因为网络时代企业之间的关系主流是合作，只有通过合作才可能增强企业竞争能力，才能在激烈的市场竞争中站稳脚跟。通过互联网，企业可以与供应商、经销商和顾客进行双向沟通和交流，可以最大限度提高新产品研制与开发速度。

值得关注的是，许多产品并不能直接提供给顾客使用，它需要许多企业共同配合才有可能满足顾客的最终需要，这就更需要在新产品开发同时加强与以产品为纽带的协同企业的合作。如计算机的硬件和软件是需要许多公司配合才能满足市场需要的，为提高新产品研究开发速度，提供 CPU 的 Intel 公司在研究新产品同时就将其技术指标向协同企业公开，以使其能配套开发新产品；提供操作系统的微软公司，也是在开发新操作系统同时就将操作系统的标准和规范公开，在产品上市前先与硬件制造商合作测试操作系统稳定性，以及配合硬件制造商的硬件设计和制造，使得操作系统与电脑上市时能保持同步。这些相互协作和支持都可以很容易通过互联网实现，而且费用非常低廉。

3. 网络营销新产品试销与上市

网络市场作为新兴市场，消费群体一般具有很强的好奇性和消费领导性，比较愿意尝试新的产品。因此，通过网络营销来推动新产品试销与上市，是比较好的策略和方式。但要注意的是，网上市场群体还有一定的局限性，并不是任何一种新产品都适合在网上试销和推广的。

利用互联网作为新产品营销渠道时，要注意新产品能满足顾客的个性化需求的特性，即同一产品能针对网上市场不同顾客需求生产出功能相同但又能满足个性需求的产品，这要求新产品在开发和设计时就要考虑到产品式样和顾客需求的差异性。如 Dell 电脑公司在推出电脑新产品时，允许顾客根据自己需要自行设计和挑选配件来组装自己满意的产品，Dell 公司可以通过互联网直接将顾客订单送给生产部门，生产部门根据个性化需求组装电脑。因此，网络营销产品的设计和开发要能体现产品的个性化特征，适合进行柔性化的大规模生产，否则再好概念的产品也很难在市场上让消费者满意。

第二节 网络营销品牌策略

一、网络市场品牌内涵

品牌是一种企业资产，是一种信誉，由产品品质、商标、企业标志、广告口号、公共关系等混合交织形成。企业通常会用理性与感性兼具的营销活动，再配合公关造势，创建出价值无穷的品牌，让顾客一看到某个品牌，就会产生一种肯定的感觉，甚至立刻毫不犹豫地掏出腰包。

根据市场研究公司 opinion research international 在 1998 年针对五千万名美国民众所作的调查，AOL，Yahoo，Netscape，Amazon. com，Price-line. com，Infoseek，Excite 称得上是网上七大超级品牌。而另外一家市场研究公司 Intelliquest 则以随机抽样的方式，请一万名美国网友就几项产品进行品牌的自由联想，结果有一半的受访人士一看到书籍，脑中就首先浮现出 Amazon. com 的品牌；三分之一的人看到电脑软件，立刻想到微软；五分之一的网友看到电脑硬件就想到 Dell 电脑。这些公司都是网上营销的著名品牌。

值得注意的是，网上品牌与传统品牌有着很大不同，传统优势品牌不一定是网上优势品牌，网上优势品牌的创立需要重新进行规划和投资。美国著名咨询公司 Forrester Research 公司在 1999 年 11 月份发表了题为《Branding For A Net Generation》的调查报告，该报告指出："知名品牌与网站访问量之间没有必然的联系。"在调查报告中指出"通过对年龄 16 至 22 岁的青年人的品牌选择倾向和他们的上网行为进行比较，研究人员发现了一个似是而非的现象。尽管可口可乐、耐克等品牌仍然受到广大青少年的青睐，但是这些公司网站的访问量却并不高。既然知名品牌与网站访问量之间没有必然的联系，那么公司到底要不要建设网站就是一个值得考虑的问题。从另一角度看，这个结果也意味着公司要在网上取得成功，绝不能指望依赖传统的品牌优势。"

二、企业域名品牌内涵

1. 互联网域名的商业作用

随着互联网上的商业增长，交易双方识别和选择范围增大，企业在互联网上同样存在如何提高自己的产品被识别和选择概率问题，如何提高选择者忠诚度问题。

传统的策略是借助各种媒体做广告，提高品牌知名度，通过在消费者树立企业形象来促使消费者购买企业产品，企业的品牌就是顾客识别和选择对象。企业上互联网后进行商业活动，同样存在被识别和选择问题，由于域名是企业站点联系地址，是企业被识别和选择对象，因此提高域名的知名度，也就是提高企业站点知名度，就是提高企业的被识别和选择概率，域名在互联网上可以说是企业形象化身，是在网上虚拟市场环境中商业活动的标识。为提高域名知名度，许多企业已有意无意借助各种手段向顾客宣传。

也正因为域名具有品牌特性，使得某些域名已具有潜在价值。如以 IBM 作为域名，使用者很自然联想到 IBM 公司，联想到该站点提供的服务或产品同样具有 IBM 公司一贯承诺的品质和价值，如果被人抢先注册，注册者可以很自然利用该域名所附带一些属性和价值，无须付出成本而获取巨额商业利润，而这种注册可以是个人、竞争对手，加之注册成本也比较低廉，可以说对于被侵犯企业不但丧失商业利润，还冒着品牌形象受到无形损害的风险。因此域名抢注问题不仅仅是商业利润损失和不道德问题，还将深深影响到未来竞争中的自由公平问题，甚至影响世界经济的正常运作问题。

2. 域名商标

根据美国市场营销协会（AMA）定义，商标是一种名字、术语、标志、符号、设计或者它们的组合体，用来识别某一销售者或组织所营销的产品或服务，区别于其他竞争者。商标从本质上说是用来识别销售者或生产者，依据商标法，商标拥有者享有独占权，单独承担使用商标的权利和义务。另一方面商标还携带一些附加属性，它可以给消费者传递使用该商标的产品所具有的品质，是企业形象在消费者心理定位的具体依据，可以说商标是企业形象的化身，是企业品质的保证和承诺。

（1）域名的商标特性。域名作为企业在网上市场商业活动的唯一标识，它具有独占性。如果对比商标的定义，域名是由个人、企业或组织申请的独占使用的互联网上标识，并对提供服务或产品的品质进行承诺和提供信息交换或交易的虚拟地址。从上面描述可知，域名不但具有商标的识别企业（组织）功能，还具有传递企业提供产品或服务的品质和属性功能，因此域名从本质上也是一种商标。虽然目前的域名申请规则和法律没有明文规定域名的法律地位和商标特性，但从域名的内涵和商标的范畴来看，完全可以将域名定义为从以物质交换为基础的实体环境下商标延伸到以信息交换为基础的网上虚拟市场环境下的一种商标，是商标功能在新的虚拟交易环境中一种新的形式和变种，是企业商标外延的拓展和内涵的延伸，是适应新的商业环境的需要而产生的。

（2）域名命名与企业名称和商标的相关性。目前许多商业机构纷纷上网，虽然大多数企业还未能从中获取商业利润，但作为未来的重要商业模式和战略意义上的考虑，这些企业审时度势依然投资上网，并对上网注册尤其重视。为了企业现在发展和未来机遇，有的企业为获取好的名字不惜代价。

大多数商业机构注册域名与企业商标或名称有关，如微软公司、IBM公司、可口可乐等。根据互联网域名数据库网上信息中心的 288 873 个商业域名分析，有直接对应关系的占 58%，有间接关系的也占很大比例。因此可见在实践中，许多企业已经意识到域名的商标特性，为适应企业的现代发展，才采取这种命名策略。

3. 域名商标的商业价值

域名的知名度和访问率是公司形象在互联网商业环境中的具体体现，公司商标的知名度和域名知名度在互联网上是统一和一致的。域名从作为计算机网上通信的识别地址提升为商业角度考虑的企业商标资源，与企业传统商标一样其商业价值是不言而喻的。由于互联网市场容量非常规增长，消费者群的聚集，域名商标的潜在价值是很难以往常的模式进行预测的。传统营销联系是基于一对多的模式，企业只是借助媒体提供信息、传播信息，消费者只能凭借片面宣传和消费尝试建立对企业的形象；而互联网的交互性和超文本连接和多媒体以及操作的简易性，在网上进行宣传更具操作性和可信性，更易建立品牌形象和加强与顾客沟通，加强品牌忠诚度。

4. 域名抢注问题

域名作为互联网上一种人性化的符号标识，简化人与计算机进行交互操作的复杂性，同时简化互联网上不同使用者之间的识别和信息交换。随着互联网上的商业应用增长和国际化，域名不仅仅是一种设计为计算机交换信息时必须需要的个人或组织符号识别，还是互联网上查找和识别组织或个人一种重要识别标识，它使得交易双方的直接沟通和信息交换成为可能，同时减少信息交换成本。在互联网上日益深化的商业化过程中，域名作为企业组织的标识作用日显突出。

由于域名的唯一性，任何一家公司注册在先，其他公司就无法再注册同样域名，因此域名已具有商标、名称类似意义。出现域名抢注问题，一方面是一些谋取不当利益者利用这方面法律真空和规章制度不健全钻空子，更主要的是企业还未能认识到域名在未来的网上市场商业模式中的类似商标作用。域名不仅仅是互联网交换信息的唯一标识，还是企业在网上市场中进行交易时被交易方识别的标识，企业必须将其纳入企业商标资源进行定位设计和管理使用。

三、企业域名品牌管理

1. 域名的命名原则

一般来说，域名越短越容易记忆和使用，另外，顶级域名的国际标准规定，所以导致企业域名的选择具有很大的局限性的，再者，申请者的广泛性，使域名选择重复和类似率非常高，企业还会面临域名被抢先使用或类似使用障碍。所以，考虑到域名的商标资源特性，域名的命名与一般商标名选择一样必须审慎从事，否则与一般商标名选择不当一样对企业发展产生不必要的负面影响。企业域名命名首先应按照标准选择顶级域名，另外，还应考虑到以下几个方面：

（1）与企业已有商标或企业名称有一定的相关性。如能将企业名称与域名统一，可以营造一种完整立体的企业形象，不但便于消费者在不同环境都能准确识别，而且两者的宣传可以起相互补充、相互促进作用，目前大多数都采用这种方法。如果有一些特殊原因做不到，最好使两者相似。

（2）简单、易记和易用。域名不但要容易记忆识别，还应当简单易用。因为域名作为一地址，应该方便消费者直接与企业站点进行信息交换，如果域名过于复杂和拼写错误，会影响顾客使用域名的积极性，因此简单易记易用更容易博取顾客的选择和访问机会。

（3）多个域名。由于域名命名的限制和申请者广泛，极易出现申请类似的域名，减弱域名的识别和独占性，导致顾客的错误识别，因此企业可同时申请多个类似相关的域名以保护自己，如 www. pages. com 和 home. page. com。另外，为便于顾客识别不同服务，也可申请类似但又有区别的域名，如微软公司的 www. Microsoft. com 和 home. Microsoft. com 提供不同内容服务。

（4）国际性。由于互联网的开放性和国际性，使用者会遍布全世界，一个具有国际竞争意识的企业，在域名的选择上，应选择能使国外大多数用户容易记忆和接受的域名，以免失去开拓国际市场大好机会。目前，互联网上的事实标准语言是英语，因此命名一般用英语单词为佳，如"中国"的拼音"ZhongGuo"可以很容易被中国人识别出来，可对于不了解中国文化者就不知所云，如果用"China"就可以兼顾国内和国外的用户。

2. 企业域名品牌的管理原则

域名品牌的管理主要是针对域名对应站点内容管理，因为消费者识别和使用域名是为了获取有用信息和服务，网站的内容才是域名的真正内涵。网站建设必须有丰富内涵和良好的服务，否则再多的访问者可能都是过眼云烟一视即消，难以真正树立域名商标的真正形象。要做到高质量的网站，必须注意下面几点：

（1）信息服务定位。域名必须注意与企业整体形象保持一致，提供信息服务必须和企业发展战略进行整合，避免提供信息服务有损企业已建立的形象和定位。

（2）内容的多样性。丰富的内容才能吸引更多用户，才有更大的潜在市场，一般可以提供一些与企业相关联的一些内容或站点地址，使企业页面具有开放性。还必须注意内容的多媒体表现，采取生动活泼形式提供信息，如声音、文字和图像的配合使用。

（3）时间性。页面内容应该是动态的并经常维护的，页面内容务必经常更新，这一点非常重要。

（4）速度问题。由于互联网发展过于迅猛，使得通讯速度成为一种制约瓶颈，使用者的选择机会很多，因此对某站点的等待时间是极其有限的几秒钟，如果在短短时间内企业不能提供信息，消费者将毫不犹豫选择另一域名站点。

因此，企业的首页一般可设计简洁些，以便用户可以很快查看内容，不致感觉等待太久。

（5）国际性。由于访问者可能来自国外，企业提供的信息必须兼顾国外用户，一般对于非英语国家都提供两个版本，一个是母语，另一个是将内容翻译成英语，供查询时选择使用。

（6）用户审计。加强对域名使用访问者的调查分析，针对特定顾客提供一对一的特殊服务，如采取 Cookie 技术对用户进行记录和分析，以提高与顾客交互的质量，提高顾客域名忠诚度。必须注意的是不能强行记录顾客有关个人隐私信息，如姓名、住址和收入等，这是目前上网者最担心的问题。

四、网上域名品牌发展策略

企业除提供网站丰富的内容和良好的服务，还要注重域名及站点发展的问题，以便尽快发挥域名的品牌特性和站点商业价值。创建网上域名品牌其实与建立传统品牌的手法大同小异。

1. 多方位宣传

域名是一种符号和识别，企业在开始进入互联网时域名还鲜为人知，这时企业应善用传统的平面与电子媒体，并舍得耗费巨资大打品牌广告，让网址利用大小机会多方宣传。互联网的一大特色就是众多站点之间的关联性，因此企业要提高被访问率，应与许多不同站点和页面建立链接，同时还应在有关检索引擎登记，如在 Yahoo 登记，提供多个转入点，提高域名站点的被访问率。

2. 高度重视用户的网站使用体验

这一点对网站品牌格外重要。两大网上顾问公司 Jupiter Communications 和 Forrester 都不约而同地指出，广告在顾客内心激发出的感觉，固然有建立品牌的功效，但却比不上网友上网站体会到的整体浏览或购买经验。如 Dell 电脑让顾客在线上根据个人需求订制电脑；Yahoo 和 AOL 都提供一系列的个人化工具。而 Amazon. com 更坚定指出，Amazon. com 的品牌基石不是任何形式的广告或赞助活动，而是网站本身。

3. 利用公关造势

这对新兴网站非常重要。如 Autobytel. com 就非常热衷于运用这种传统的营销方式在消费者心中加深企业形象。这家公司的资深营销主管一年到头都带着手提电脑在全美各地奔波，不论是华尔街分析师或是媒体，只要是有机会向消费者谈到购车的人士，都是这家公司有兴趣沟通的对象。这个购车网站甚至还举办免费赠车活动，以吸引媒体采访报道。

4. 遵守道德规范

互联网开始是非商用的，使其形成费用低廉、信息共享和相互尊重原则。商用后企业提供服务的收费最好是免费或者非常低廉，注意发布信息道德规范，未经允许不能随意向顾客发布消息，而且可能引起顾客反感，如美国联邦地方法院限制任何组织向素不相识的用户发送未经许可的促销邮寄广告宣传品。包括电子邮件。

5. 持续不断塑造网上品牌形象

创建品牌其实就是在网民中树立良好的形象，顾客信念的形成与改变可能在一夕之间，也可能旷日费时，但市场的扩张应该是永无止境的，因此，创建品牌也必是终身事业。对于一些年轻的网上企业可以飞快建立起品牌，但没有一家公司能够违背传统营销的金科玉律："永垂不朽"的品牌不是一天造成的。想要成为网上的可口可乐或是迪斯尼，需要长久不断的努力与投资。在瞬息万变的网上世界之中，只有掌握住这个不变的定律，才能建立起永续经营的基石。

本 章 小 结

本章在介绍和分析网络产品的同时，详细论述了网络品牌策略，因为网络营销的成功与否，取决于两方面。一方面在网络上推广的产品的品牌往往使浏览者产生一定的信任感，从而产生购买的冲动；另一方面，网站、网址、网页的形象和品牌往往也是浏览者关注的一个重要的问题。

网络营销企业在网络上推广的商品，如果不能使浏览者产生兴趣，那么这些浏览者购买几乎是不可能的事。而商品的命名（品牌）是使这些浏览者产生好感的一种较好的、理想的手段。如何给一个商品取一个好听的牌子，对每一家参与网络营销的企业提出了一个新的课题。

有了好的商品和一个好听的品牌，还需要对网络营销企业的网站、网址和网页取一个好听的名字。为了在浏览者中产生一定的知名度，适当的提供一些优质的网络服务是必不可少的，这是国内外知名网站成功的经验，也是我们网络品牌营销策略的一个切入点。推广网络营销企业的品牌，应从基础的工作做起，从网站、网址和网页做起。采取一些浏览者喜闻乐见的形式，以好听易记、寓意深刻的名字来作为企业的网站品牌。

关键术语

网络产品　品牌策略　域名

第十一章

网络营销的价格策略

➢**教学目的**
- 了解网络营销的定价内涵
- 熟悉网络营销的定价特点
- 掌握各种网络定价策略的种类和特点

➢**学习方法**
- 理解和识记基本理论、基本概念、案例研究、习题练习等

➢**本章内容要点**
- 网络营销定价的特点
- 网络营销定价的种类
- 网络营销定价的策略

第一节　网络营销定价概述

一、网络营销定价内涵

1. 网络营销产品定价主要特征

传统的价格及定价策略主要研究的问题有：企业定价目标和定价程序的确定；影响定价的因素；新产品定价与老产品价格调整方式；定价技巧或策略。在网络条件下，由于网络交易成本较为低廉，同时网上交易能够充分互动沟通，网络顾客可以选择的余地增大及交易形式的多样化，因此会造成商品的需

求价格弹性增大。为此，企业应充分审视所有销售渠道的价格结构，再设计合理的网上交易价格。此时价格确定的技巧将受到较大的制约，但同时也为以理性的方式研究拟定价格策略提供了方便。这主要表现在：

（1）在传统市场上，消费者对价格信息所知甚少，所以在讨价还价中总是处于不利地位。网络技术发展使市场资源配置朝着最优方向发展，企业与消费者都可以利用网络功能充分了解市场相关产品的价格，消费者能在更大的范围内比较不同厂商的价格，能够更加理性判断欲购产品价格的合理性。

（2）开发智能型网上议价系统，与消费者直接在网络上协商价格，运用该系统可以根据顾客的信用、购买数量、产品供需情形、后续购买机会等，协商出双方满意的价格。

（3）开发自动调价系统，可以依季节变动、市场供需情形、竞争产品价格变动、促销活动等，自动调整产品价格。

2. 网络营销产品定价目标

企业的定价目标一般与企业的战略目标、市场定位和产品特性相关。企业价格的制定更主要是从市场整体来考虑，它取决于需求方的需求强弱程度和价值接受程度，再者是来自替代性产品（也可以是同类的）的竞争压力程度；需求方接受价格的依据则是商品的使用价值和商品的稀缺程度以及可替代品的机会成本。

网络市场也可分为两大市场：一个是消费者大众市场；另一个是工业组织市场。前者属于最终市场，企业面对这个市场时可采用相对低价的定价策略来占领市场。工业组织市场的购买者一般是商业机构和组织机构，购买行为更加理智，企业在这个网络市场上的定价可以采用双赢的定价策略，即通过互联网技术来降低企业、组织之间的供应采购成本，并共同享受成本降低带来的双方价值的增值。

二、网络营销定价的优势

在网络营销中，可以从降低营销及相关业务管理成本费用和降低销售成本费用两个方面分析网络营销对企业成本的控制和节约。下面将全面分析一下互联网的应用将为企业其他职能部门节约哪些成本。

1. 降低采购成本

采购过程中之所以经常出现问题，是由于过多的人为因素和信息闭塞造成的。通过互联网可以减少人为因素和信息不畅通的问题，在最大限度上降低采购成本。

首先，利用互联网可以将采购信息进行整合和处理，统一从供应商订货，以求获得最大的批量折扣。其次，通过互联网实现库存、订购管理的自动化和科学化，可最大限度地减少人为因素的干预，同时能以较高效率进行采购，节省大量人力和避免人为因素造成的不必要损失。第三，通过互联网可以与供应商进行信息共享，可以帮助供应商按照企业生产的需要进行供应，同时又不影响生产和不增加库存产品。

2. 降低库存

利用互联网将生产信息、库存信息和采购系统连接在一起，可以实现实时订购，企业可以根据需要订购，最大限度降低库存，实现"零库存"管理。这样的好处是：一方面可以减少资金占用和减少仓储成本；另一方面可以避免价格波动对产品的影响。正确管理存货能为客户提供更好的服务并为公司降低经营成本，加快库存核查频率会减少与存货相关的利息支出和存储成本。减少库存量意味着现有的加工能力可更有效地得到发挥，更高效率地生产可以减少或消除企业设备的额外投资。

3. 生产成本控制

利用互联网可以节省大量生产成本。首先，利用互联网可以实现远程虚拟生产，在全球范围寻求最适宜的生产厂家生产产品；另一方面，利用互联网可以大大节省生产周期，提高生产效率。使用互联网与供货商和客户建立联系使公司能够比从前大大缩短用于收发订单、发票和运输通知单的时间。有些部门通过增值网（VAN）共享产品规格和图纸，可以提高产品设计和开发的速度。互联网发展和应用将进一步减少产品生产时间，其途径是通过扩大企业电子联系的范围或是通过与不同研究小组和公司进行的项目合作。

三、网络营销定价特点

1. 面向世界市场

网络营销市场面对的是开放的和全球化的市场，用户可以在世界各地直接通过网站进行购买，而不用考虑网站是属于哪一个国家或者地区的。这种目标市场从过去受地理位置限制的局部市场，一下拓展到范围广泛的全球性市场。网络营销产品定价时必须考虑目标市场范围的变化给定价带来的影响。

2. 低价策略

在早期互联网开展商业应用时，许多网站采用收费方式想直接从互联网盈利，结果被证明是失败的。成功的 Yahoo 公司是通过为网上用户提供免费的检索站点起步，逐步拓展为门户站点，到现在拓展到电子商务领域，一步一步获得成功的。它成功的主要原因是它遵循了互联网的免费原则和间接收益原则。

网上产品定价较传统定价要低，这有着成本费用降低的基础，从而使企业有更大的降价空间来满足顾客的需求。因此，对于产品的定价过高或者降价空间有限的产品，在现阶段最好不要在网上销售。如果面对的是工业、组织市场或者产品是高新技术的新产品，网上顾客对产品的价格不太敏感，主要是考虑方便、新潮，这类产品就不一定要考虑低价策略了。

3. 顾客主导定价

所谓顾客主导定价，是指为满足顾客的需求，顾客通过充分了解市场信息来选择购买或者定制生产自己满意的产品或服务，同时以最小代价（产品价格、购买费用等）获得这些产品或服务。简单地说，就是顾客的价值最大化，顾客以最小成本获得最大收益。

顾客主导定价的策略主要有：顾客定制生产定价和拍卖市场定价。顾客主导定价是一种双赢的发展策略，既能更好满足顾客的需求，同时企业的收益又不受影响，而且可以对目标市场了解得更充分，企业的经营生产和产品研制开发可以更加符合市场竞争的需要。

第二节　网络营销定价策划

在进行网络营销时，企业应在传统营销定价模式的基础上，利用互联网的特点，特别重视价格策略的运用，以巩固企业在市场中的地位，增强企业的竞争能力。

一、网络定价策略种类

企业在进行网络营销决策时，必须对各种因素进行综合考虑，从而采用相应的定价策略。很多传统营销的定价策略在网络营销中得到应用，同时也得到了创新。根据影响营销价格因素的不同，网络定价策略可分为如下几种：

1. 个性化定价策略

消费者往往对产品外观、颜色、样式等方面有具体的内在个性化需求。个性化定价策略就是利用网络互动性和消费者的需求特征来确定商品价格的策略。网络的互动性能即时获得消费者的需求，使个性化营销成为可能，也将使个性化定价策略有可能成为网络营销的一个重要策略。这种个性化服务是网络产生后营销方式的一种创新。

2. 自动调价、议价策略

根据季节变动、市场供求状况、竞争状况及其他因素，在计算收益的基础上，设立自动调价系统，自动进行价格调整。同时，建立与消费者直接在网上协商价格的集体议价系统，使价格具有灵活性和多样性，从而形成创新的价格。这种集体议价策略已在现有的一些中外网站中采用。

3. 竞争定价策略

通过顾客跟踪系统（customer tracking）经常关注顾客的需求，时刻注意潜在顾客的需求变化，才能保持网站向顾客需要的方向发展。大多数购物网站常将网站的服务体系和价格等信息公开声明（图 11-1），这就为了解竞争对手的价格策略提供了方便。随时掌握竞争者的价格变动，调整自己的竞争策略，以时刻保持同类产品的相对价格优势。

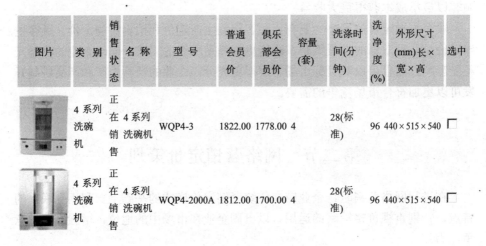

图片	类别	销售状态	名称	型号	普通会员价	俱乐部会员价	容量(套)	洗涤时间(分钟)	洗净度(%)	外形尺寸(mm)长×宽×高	选中
	4系列洗碗机	正在销售	4系列洗碗机	WQP4-3	1822.00	1778.00	4	28(标准)	96	440×515×540	☐
	4系列洗碗机	正在销售	4系列洗碗机	WQP4-2000A	1812.00	1700.00	4	28(标准)	96	440×515×540	☐

图 11-1　网站服务体系，价格示例

4. 竞价策略

网络使日用品也普遍能采用拍卖的方式销售。厂家可以只规定一个底价，然后让消费者竞价。厂家所花费用极低，甚至免费。除销售单件商品外，也可以销售多件商品。目前，我国已有多家网上拍卖站点提供此类服务，如雅宝、易趣等。

5. 集体砍价策略

这是网上出现的一种新业务，当销售量达到不同数量时，厂家制定不同的价格，销售量越大，价格越低。目前，国内的"酷必得"站点就提供集体砍价服务。

6. 特有产品特殊价格策略

这种价格策略需要根据产品在网上的需求来确定产品的价格。当某种产品有它很特殊的需求时，不用更多地考虑其他竞争者，只要去制定自己最满意的价格就可以。这种策略往往分为两种类型：一种是创意独特的新产品，它是利用网络沟通的广泛性、便利性，满足了那些品味独特、需求特殊的顾客的"先睹为快"的心理；另一种是纪念物等有特殊收藏价值的商品，如古董、纪念物或是其他有收藏价值的商品，在网络上，世界各地的人都能有幸在网上一睹其"芳容"，这无形中增加了许多商机。

7. 折扣定价策略

在实际营销过程中，网上商品可采用传统的折扣价格策略，主要有如下几种形式：

（1）数量折扣策略企业在网上确定商品价格时，可根据消费者购买商品所达到的数量标准，给与不同的折扣。购买量越多，折扣可越多。在实际应用中，其折扣可采取累积和非累积数量折扣策略。

（2）现金折扣策略在 B2B 方式的电子商务中，由于目前网上支付的欠缺，为了鼓励买主用现金购买或提前付款，常常在定价时给予一定的现金折扣。

此外，还有同业折扣、季节折扣等技巧，如为了鼓励中间商淡季进货或激励消费者淡季购买，可采取季节折扣策略。

8. 捆绑销售策略

捆绑销售这一概念在很早以前就已经出现，但是引起人们关注的原因是由于 20 世纪 80 年代美国快餐业的广泛应用。麦当劳通过这种销售形式促进了食品的购买量。这种传统策略已经被许多精明的网上企业所应用。网上购物完全可以巧妙运用捆绑手段，使顾客对所购买的产品价格感觉更满意。采用这种方式，企业会突破网上产品的最低价格限制，利用合理、有效的手段，去减小顾客对价格的敏感程度。

9. 声誉定价策略

企业的形象、声誉成为网络营销发展初期影响价格的重要因素。消费者对网上购物和订货往往会存在着许多疑虑，比如在网上所订购的商品，质量能否得到保证，货物能否及时送到等。如果网上商店的店号在消费者心中享有声望，那么它出售的网络商品价格可比一般商店高些，反之价格则低一些。

10. 产品循环周期定价策略

这种网上定价是沿袭了传统的营销理论：产品在某一市场上通常会经历介入、成长、成熟和衰退四个阶段，产品的价格在各个阶段通常要有相应反映。网上进行销售的产品也可以参照经济学关于产品价格的基本规律，并且由于对于产品价格的统一管理，能够对产品的循环周期进行及时的反映，可以更好地随循环周期进行变动，根据阶段的不同，寻求投资回收、利润、市场占有的平衡。

11. 品牌定价策略

产品的品牌和质量会成为影响价格的主要因素，它能够对顾客产生很大的影响。如果产品具有良好的品牌形象，那么产品的价格将会产生很大的品牌增值效应。名牌商品采用"优质高价"策略，既增加了盈利，又让消费者在心理上感到满足。对于本身具有很大的品牌效应的产品，由于得到人们的认可，在网站产品的定价中，完全可以对品牌效应进行扩展和延伸，利用网络宣传与传统销售的结合，产生整合效应。

12. 撇脂定价和渗透定价

在产品刚介入市场时，采用高价位策略，以便在短期内尽快收回投资，这种方法称为撇脂定价。相反，价格定于较低水平，以求迅速开拓市场，抑制竞争者的渗入，称为渗透定价。在网络营销中，往往为了宣传网站，占领市场，采用低价销售策略。另外，不同类别的产品应采取不同的定价策略。如日常生活用品，购买率高、周转快，适合采用薄利多销、宣传网站、占领市场的定价策略；而对于周转慢、销售与储运成本较高的特殊商品、耐用品，网络价格可定高些，以保证盈利。

二、免费价格策略

1. 免费价格内涵

免费价格策略是市场营销中常用的营销策略，它主要用于促销和推广产品，这种策略一般是短期和临时性的。在网络营销中，免费价格不仅仅是一种促销策略，它还是一种非常有效的产品和服务定价策略。

具体地说，免费价格策略就是将企业的产品和服务以零价格形式提供给顾客使用，满足顾客的需求。免费价格形式四类：一类是产品和服务完全免费，即产品（服务）从购买、使用和售后服务所有环节都实行免费服务；另一类对产品和服务实行限制免费，即产品（服务）可以被有限次使用，超过一定期限或者次数后，取消这种免费服务；第三类是对产品和服务实行部分免费，如一些著名研究公司的网站公布部分研究成果，如果要获取全部成果必须，付款作为公司客户；第四类是对产品和服务实行捆绑式免费，即购买某产品或者服务时赠送其他产品和服务。

免费价格策略之所以在互联网上流行，是有其深刻背景的。一方面，由于互联网的发展得力于免费策略实施；另一方面，互联网作为 20 世纪末最伟大的发明，它的发展速度和增长潜力令人生畏，任何有眼光的人都不会放弃发展成长的机会，免费策略是最有效的市场占领手段。目前，企业在网络营销中采用免费策略，一个目的是让用户免费使用形成习惯后，再开始收费，如金山公司允许消费者在互联网上下载限次使用的 WPS2000 软件（图 11-2），其目的是想消费者使用习惯后，然后掏钱购买正式软件。这种免费策略主要是一种促销策略，与传统营销策略类似。另一个目的是想发掘后续商业价值，它是从战略发展的需要来制定定价策略的，主要目的是先占领市场，然后再在市场上获取收益。如 Yahoo 公司通过免费建设门户站点，经过 4 年亏损经营后通过广告收入等间接收益扭亏为盈，但在前 4 年的亏损经营中，公司却得到飞速增长，主要得力于股票市场对公司的认可和支持，因为股票市场看好其未来的增长潜力，而 Yahoo 的免费策略恰好是占领了未来市场，具有很大的市场竞争优势和巨大的市场盈利潜力。

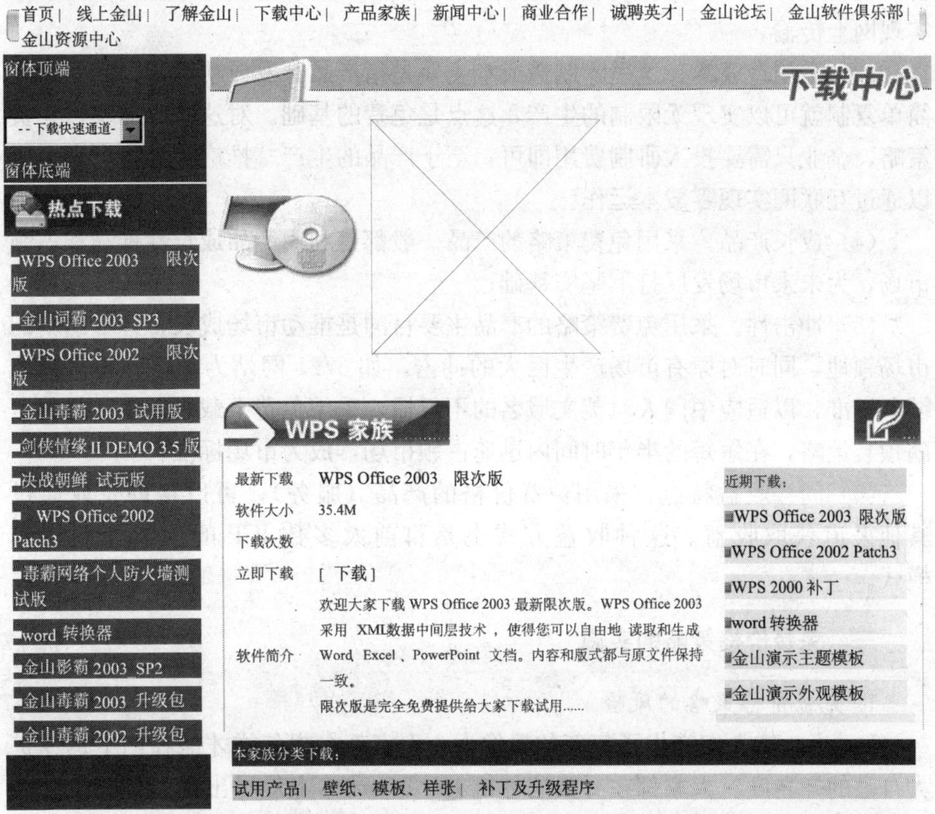

图 11-2　金山公司提供的部分免费下载软件

2. 免费产品的特性

网络营销中产品实行免费策略是要受到一定环境制约的，并不是所有的产品都适合于免费策略。互联网作为全球性开放网络，它可以快速实现全球信息交换，只有那些适合互联网这一特性的产品才适合采用免费价格策略。一般说来，免费产品具有下列特性：

（1）数字化产品。互联网是信息交换的平台，它的基础是数字传输。对于易于数字化的产品都可以通过互联网实现零成本的配送。企业只需要将这些免费产品放置到企业的网站上，用户可以通过互联网自由下载使用，企业通过较小成本就实现产品推广，可以节省大量的产品推广费用。

（2）无形化特点。通常采用免费策略的大多是一些无形产品，它们只有通过一定的载体才能表现出一定的形态，如软件、信息服务（如报刊、杂志、电台、电视台等媒体）、音乐制品、图书等。这些无形产品可以通过数字化技术实现网上传输。

（3）零制造成本。这里零制造成本主要是指产品开发成功后，只需要通过简单复制就可以实现无限制的生产，这点是免费的基础。对这些产品实行免费策略，企业只需要投入研制费用即可，至于产品的生产、推广和销售则完全可以通过互联网实现零成本运作。

（4）成长产品。采用免费策略的产品一般都是利用产品成长性推动和占领市场，为未来市场发展打下坚实基础。

（5）冲击性。采用免费策略的产品主要目的是推动市场成长，开辟出新的市场领地，同时对原有市场产生巨大的冲击。如 3721 网站为推广其中文网址域名标准，以适应中国人对英文域名的不习惯，采用免费下载和免费在品牌电脑预装策略，在短短的半年时间内迅速占领市场，成为市场标准。

（6）间接收益特点。采用免费价格的产品（服务），可以帮助企业通过其他渠道获取收益。这种收益方式也是目前大多数 ICP 的主要商业运作模式。

三、免费价格策略的实施

1. 免费价格策略的风险

Internet 使人们产生了疯狂的想像力，大家都在想怎样才能在网上迅速扩大自己的知名度？大家都在寻找这种机会。Internet 上最早出现这样的机会是浏览器，Netscape 把它的浏览器免费提供给用户，开创了 Internet 上免费的先河；后来微软也如法炮制，免费发放 IE 浏览器；再后来 Netscape 公布了浏览器的源码，来了个彻底的免费。

Netscape 当时允许用户免费下载浏览器，主要的目的是想在用户使用习惯之后，就开始收钱了，这是 Netscape 提供免费软件的背后动机。但是 IE 的出现打碎了 Netscape 的美梦。所以对于这些公司来说，为用户提供免费服务只是其商业计划的开始，商业利润还在后面。但是并不是每个公司都能顺利获得成功，Netscape 的免费浏览器计划就没有成功。所以，对于这些实行免费策略的企业来说必须面对承担很大风险的可能。

2. 实施免费价格策略应注意的问题

免费价格策略一般与企业的商业计划和战略发展规划紧密关联。企业要降低免费策略带来的风险，提高免费价格策略的成功性，应从下面几个方面思考问题。

(1) 互联网作为成长性的市场，在市场获取成功的关键是要有一个可能获得成功的商业运作模式，因此考虑免费价格策略时必须考虑是否能与商业运作模式吻合。

(2) 分析采用免费策略的产品（服务）能否获得市场认可，也就是提供的产品（服务）是否是市场迫切需求的。互联网上通过免费策略已经获得成功的公司都有一个特点，就是提供的产品（服务）受到市场的极大欢迎。如 Yahoo 的搜索引擎克服了在互联网上查找信息的困难，给用户带来了便利；我国的 Sina 网站提供了大量实时性的新闻报道，满足了用户对新闻的需求。

(3) 分析免费策略产品推出的时机。在互联网上的游戏规则是"Win take all（赢家通吃）"，只承认第一，不承认第二，因此在互联网上推出免费产品是为抢占市场，如果市场已经被占领或者已经比较成熟，则要审视推出的产品（服务）的竞争能力。

(4) 考虑产品（服务）是否适合采用免费价格策略。目前国内外很多提供免费服务的网站、ISP，对用户也不是毫无要求：它们有的要求用户接受广告，有的要求用户每月在其站点上购买多少钱的商品，还有的提供接人费用，等等。

(5) 策划推广免费价格产品（服务）。互联网是信息海洋，对于免费的产品（服务），网上用户已经习惯。因此，要吸引用户关注免费产品（服务），应当与推广其他产品一样有严密的营销策划。在推广免费价格产品（服务）时，主要考虑通过互联网渠道进行宣传。如 3721 网站为推广其免费中文域名系统软件，首先通过新闻形式介绍中文域名概念，宣传中文域名的作用和便捷性；然后与一些著名 ISP 和 ICP 合作，建立免费软件下载链接，同时还与 PC 制造商合作，提供捆绑预装中文域名软件。

本 章 小 结

　　网络营销中的价格策略是整个网络营销组合中最活跃的因素，带有强烈的竞争性特点，一个企业的网络营销开展得如何，在很大程度上要看价格策略。本章在对网络营销的价格进行较为全面的概述后，详细论述了各种网络营销的定价策略。

关键术语

　　网络营销定价　免费定价　折扣

第十二章

网络营销渠道策略

> **教学目的**
- 熟悉网络营销渠道的特点与功能
- 掌握网络营销渠道的各种类型
- 掌握网络营销中的渠道策略
- 了解网络营销中的物流配送特点

> **学习方法**
- 理解和识记基本理论、基本概念、案例研究、习题练习等

> **本章内容要点**
- 网络营销渠道的特点
- 网络营销渠道的类型
- 网络营销渠道的策略

　　从传统营销管理的角度分析，销售渠道的层次设计、相互匹配及全面管理是一件很繁杂的工作。对于网络营销渠道而言，销售渠道已经变为网络这一单一的层次，其作用、结构和费用与传统营销渠道有很大的变革和进步。网络营销渠道主要有网络直销、网络间接销售和双道法。除以上内容外，本章将重点分析网上销售形式、网上订货系统与订货信息管理、网上运货与管理、网络商店及其特点、网络商店的经营策略等问题。

第一节　传统营销渠道与网络营销渠道的比较

　　传统营销渠道与网络营销渠道在作用、结构和费用等方面都有些不同。

一、作用的比较

传统的营销渠道是指某种商品或劳务从生产者向消费者转移时所经过的流通途径。对于传统的营销渠道，除了生产者和消费者外，很多情况下还有许多独立的中间商和代理中间商存在。在这种情况下，商品或服务通过营销渠道完成了商品所有权的转移，也完成了商品实体或服务的转移。

对于传统营销渠道，其作用是单一的，它只是把商品从生产者向消费者转移的一个通道。从广告或其他媒体获得商品信息的消费者，通过直接或间接的分销买到自己所需要的商品，除此以外，消费者没有从渠道中得到任何其他的东西。这种营销渠道的畅通，一方面靠的是产品自身的品质；另一方面则主要依赖于广告宣传和资金流转情况。

对于网络营销渠道，其作用则是多方面的。第一，网络营销渠道是信息发布的渠道。企业的概况与产品的种类、规格、型号、质量、价格、使用条件等，都可以通过这一渠道告诉用户；第二，网络营销渠道是销售产品、提供服务的快捷途径。用户可以从网上直接挑选和购买自己所需要的商品，并通过网络方便地支付款项；第三，网络营销渠道既是企业间洽谈业务、开展商务活动的场所，也是对客户进行技术培训和售后服务的理想园地。所以，企业是否开展电子商务，决不仅仅是标志着一个企业的信息化水平和现代化程度的问题，更重要的是电子商务能够给企业带来实实在在的好处。比如，电子商务的市场规模大，信息传递快，商品品种多，可靠性能强，流通环节少，交易成本低，因此，能使企业在迅速变化的环境中，灵活敏捷地抓住机遇，迅速地作出有效反应。一方面，最有效地把产品即时提供给消费者，满足用户的需要；另一方面，也有利于扩大销售，加速物资和资金的流转速度，降低营销费用。

二、结构的比较

传统营销渠道，按照有无中间商可以分为直接分销渠道与间接分销渠道。直接分销渠道是指由生产者直接把商品卖给用户的营销渠道。凡包括至少一个中间商的营销渠道则称作间接分销渠道。根据中间商数量的多少，可以把营销渠道分为若干级别。直接分销渠道没有中间商，取名为零级分销渠道。间接分销渠道则包括一级、二级、三级，甚至级数更多的渠道。传统营销渠道的结构分类见图 12-1。

网络营销渠道也可分为直接分销渠道和间接分销渠道。但与传统的营销渠道相比较，网络营销渠道的结构要简单得多，见图 12-2。网络的直接分销渠道和传统的直接分销渠道都是零级分销渠道，这方面没有大的区别；而对于间接分销渠道而言，电子商务的网络营销中只有一级分销渠道，即只有一个信息中介商（商务中心）来沟通买卖双方的信息，而不存在多个批发商和零售商的情况，所以也就不存在多级分销渠道。

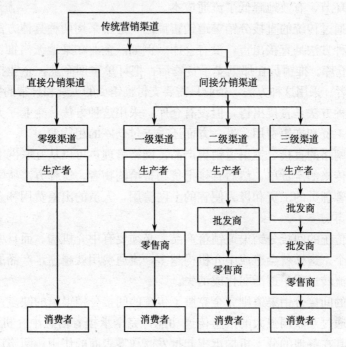

图 12-1　传统营销渠道的分类

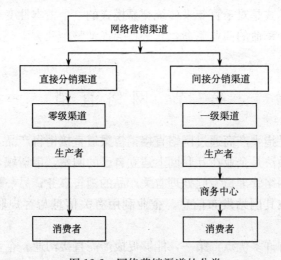

图 12-2　网络营销渠道的分类

三、费用的比较

无论是哪种分销渠道，网络营销渠道的结构比传统营销渠道的结构大大减少了流通环节，有效地降低了流通成本。

企业通过传统的直接分销渠道销售商品，通常采用两种具体方法：

第一种方法是直接出售，没有仓库。例如，企业在某地派出推销员，但在那里不设仓库。推销员在那里卖了货物后，把订单寄回企业，企业把货物直接寄给购物者。采用这种方法，企业只需要支付推销员的工资和日常的推销费用。

第二种方法是直接出售，但设有仓库。采用这种方法，企业一方面要支付推销员的工资和推销费用，另一方面还需支付仓库的租赁费。

通过网络的直接分销渠道销售产品，网络管理员可以从互联网上直接受理世界各地传来的定货单，然后直接把货物寄给购物者。这种方法所需的费用仅仅是网络管理员的工资和极为便宜的上网费用，人员的出差费用和仓库的租赁费用都不再需要了。

通过传统的间接分销渠道销售产品，必须要有中介机构，而且中介机构往往不是一个。这样就会造成中介机构越多，流通费用就越高，产品的竞争能力也就在其流转过程中逐渐弱化或消失。

网络的间接分销渠道则完全克服了传统的间接分销渠道的缺点。网络商品交易中心通过互联网强大的信息传递功能，完全承担着信息中介机构的作用，同时利用其在各地的分支机构承担起批发商和零售商的作用。网络商品交易中心把中介机构的数目减少到一个，从而使商品流通的费用降到最低限度。这种现代化的交易模式是对千百年来传统交易模式的一个根本性变革，是一次类似于200年前产业革命的商业革命，它必将会推动整个社会生产力的发展。

第二节　网　络　直　销

网络直销是指生产商通过网络直接销售渠道直接销售产品。目前通常做法有两种：一种做法是企业在互联网上建立自己的网站，申请域名，制作主页和销售网页，由网络管理员专门处理有关产品的销售事务；另一种做法是企业委托信息服务商在其网站发布信息，企业利用有关信息与客户联系，直接销售产品。

网络直销有许多优点：第一，能够促成产需直接沟通。企业可以直接从市场上收集到真实的第一手资料，合理安排生产。第二，网络直销对买卖双方都会产生直接的经济利益。由于网络营销使企业的营销成本大大降低，从而使企业能够以较低的价格销售自己的产品，同时，消费者也能够买到大大低于现货市场价格的产品。第三，营销人员可以利用网络工具，如电子邮件、公告牌等，随时根据用户的愿望和需要，开展各种形式的促销活动，迅速扩大产品的市场份额。第四，网络直销使企业能够及时了解用户对产品的意见、要求和建议，从而使企业针对这些意见、要求和建议向顾客提供技术服务，解决疑难问题，提高产品质量，改善企业经营管理。

当然，网络直销也有其自身的缺点。由于越来越多的企业和商家在互联网上建站，使用户处于无所适从的尴尬境地。面对大量分散的域名，网络访问者很难有耐心一个个去访问一般的企业主页。特别是对于一些不知名的中小企业，大部分网络漫游者不愿意在此浪费时间，或者只是在"路过"时走马观花地看一眼。据有关资料介绍，我国目前建立的众多企业网站，除个别行业和部分特殊企业外，大部分网站访问者寥寥，营销数额不大。为解决这个问题，必须从两方面入手：一方面需要尽快组建具有高水平的专门服务于商务活动的网络信息服务点；另一方面需要从间接分销渠道中去寻找解决办法。

从近几年国外发展情况看，虽然几乎每个企业在网络上都有自己的站点，但绝大多数企业仍然委托知名度较高的信息服务商，如美国的邓白氏、日本的帝国数据库等发布信息。由于这些信息服务商知名度高、信誉好、信息量大。用户一旦查找到企业信息或商品信息便会自然想到利用它们，因此检索访问的人数非常多。我国在这方面刚刚起步，比较出色的是外经贸部的 MOFTEC 网站。这个网站于 1998 年 3 月正式开通，同年 6 月迅速跃居互联网上中国经贸信息发布之首，每天访问人数稳定在 15 万人次以上。

第三节　网络间接销售

为了克服网络直销的缺点，网络商品交易中介机构应运而生。中介机构成为连接买卖双方的枢纽，使网络间接销售成为可能，中国商品交易中心、商务商品交易中心、中国国际商务中心等都属于此类中介机构。此类机构在发展过程中仍然有很多问题需要解决，但其在未来虚拟网络市场的作用是其他机构所不能替代的。

从经济学的角度分析，网络商品交易中介机构的存在之所以成为必然，有以下四个基本原因：

一、网络商品交易中介机构简化了市场交易过程

假设市场上只有 3 个生产者和 3 个消费者。如果在没有网络商品中介机构的情况下，则 1 个生产企业要想销售自己的产品时，需要面对 3 个消费者，或者说 1 个消费者要想买到需要的商品时，也需要面对 3 个生产企业。因此，每个生产者和每个消费者若都利用网络直销建立联系，则总共需要发生 9 次交易关系（见图 12-3 买卖双方信息的直接传递关系图）。

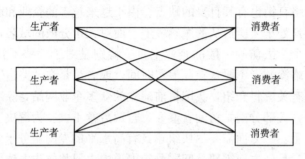

图 12-3 买卖双方信息的直接传递关系图

如果在生产者和消费者之间增加一个中介机构，发挥商品交易机构集中、平衡和扩散三大功能，则每个生产者只需通过一个途径（中介机构）与消费者发生交易关系，每个消费者也只需通过同一个途径与生产者发生交易关系。在网络直销中必须发生的 9 次交易关系，由于有了中介机构则减少到 6 次（见图 12-4 存在中介机构时买卖双方信息传递关系图）。如果有 5 个消费者和 10 个生产者时，这种交易关系则由 50 次减少到 15 次；如果有 50 个生产者和 100 个消费者时，交易关系则由 5 000 次减少到 150 次。由此可见，网络商品交易机构的存在，大大简化了交易过程，使生产者和消费者都会感到满意和方便，其效果十分明显。

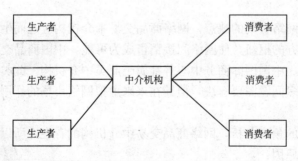

图 12-4 有中介机构时买卖双方信息传递图

二、网络商品交易中介机构使交易活动常规化

在传统的交易活动中，价格、数量、运输方式、交货时间和地点、支付方式等，每一个条件、每一个环节都可能使交易失败。如果这些变量能够在一定条件下常规化，交易成本就会显著降低，从而有效地提高交易的成功率。

网络商品交易中介机构在这方面做了许多有益的尝试。由于是虚拟市场，这种机构可以全天候地常年运转，避免了时间上和时差上的限制；买卖双方的意愿通过固定的表格统一和规范的表达，避免了相互扯皮；中介机构所属的配送中心分散在全国各地，可以最大限度地减少运输费用；网络交易严密的支付程序，使买卖双方彼此增加了信任感。

显然，由于网络商品交易中介结构的规范化运作，减少了交易过程中大量的不确定因素，降低了交易成本，提高了交易成功率。

三、网络商品交易中介机构便利了买卖双方的信息收集过程

在传统的交易中，买卖双方都卷入了一个双向的信息收集过程。这种状况既要付出费用，也要承担一定的风险。信息来源的局限性使生产者不能确定消费者的需要，消费者也无法找到他所需要的商品。网络商品交易中介机构的出现改变了这种状况，为信息的收集过程提供了便利。网络商品交易中介机构本身是一个巨大的数据库，其中聚集了全国乃至全世界的众多厂商，也汇集了成千上万种商品。这些厂商和商品实行多种分类，可以从各个不同的角度进行检索。买卖双方完全可以在不同的地区、不同的时间，在同一个网址上查询不同的信息，方便地交流不同意见，在中介机构的协调下，匹配供应意愿和需求意愿。

第四节　同时利用网络直接与间接渠道——双道法

在西方众多企业的网络营销活动中，双道法是非常常见的方法，是企业网络营销非常有效的渠道策略。所谓双道法，是指企业同时使用网络直接销售渠道和网络间接销售渠道，以达到销售业绩最大的目的。在买方市场条件下，通过两条渠道销售产品比通过一条渠道更容易开拓市场。

目前，许多企业的网站访问者不多，有些企业的网络营销收效也不大，但是却不能据此就断言企业在网上建站的时机尚不成熟。企业在互联网上建站，一方面，为自己打开了一个对外开放的窗口，另一方面，也建立了自己的网络

直销渠道。事实也充分证明，国外亚马逊书店，国内青岛海尔集团的实践，都说明企业上网建站大有可为，建站越早，受益越早。不仅如此，一旦企业的网页和信息服务商链接，例如与外经贸部政府网站 MOFTEC 链接，其宣传作用更不可估量，不仅可以覆盖全国，而且可以传播到全世界，这种优势是任何传统的广告宣传都不能比的。对于中小企业而言，网上建站更具有优势，因为，在网络上所有企业都是平等的，只要网页制作精美，信息经常更换，一定会有越来越多的顾客光顾。

在现代化大生产和市场经济条件下，企业在网络营销活动中除了自己建立网站外，大部分都是积极利用网络间接销售渠道销售自己的产品，通过中介商的信息服务、广告服务和撮合服务，扩大企业的影响，开拓企业产品的销售空间，降低销售成本。因此，对于从事企业营销活动的企业来说，必须熟悉、研究国内外电子商务交易中间商的类型、业务性质、功能、特点及其他有关情况，必须能够正确地选择中介商，顺利地完成商品从生产到消费的整个转移过程。

在筛选电子商务中间商时，必须考虑成本、信息、覆盖、特色、连续性五方面的因素。这五方面的因素可以称之为网络间接营销的五大关键因素，也称为五"C"因素。

(1) 成本（cost）。这里的成本是指使用中介商信息服务时的支出。这种支出可分为两类：一是在中介商网络服务站建立主页的费用；另一类是维持正常运行时的费用。在两类费用中，维持费用是主要的、经常的，不同的中介商之间有较大的差别。

(2) 信用（credit）。这里的信用是指网络信息服务商所具有的信用程度的大小。相对于其他基本建设投资来说，建立一个网络服务站所需的投资较少，因此，信息服务商如雨后春笋般地出现。目前，我国还没有权威性的认证机构对这些服务商进行认证，因此在选择中介商时应注意他们的信用程度。

(3) 覆盖（coverage）。覆盖是指网络宣传所能够波及的地区和人数，即网络站点所能影响的市场区域。对于企业来讲，站点覆盖并非越广越好。而是要看市场覆盖面是否合理、有效，是否能够最终给企业带来经济效益。在这一点上，非常类似于在电视上做广告。例如，"短腿"产品（如啤酒）在地区性电视台做广告的效果较好；而"长腿"产品（如药品）则非常适合于在全国性电视台做广告。

(4) 特色（character）。每一个网络站点都要受到中介商总体规模、财力、文化素质、服务态度、工作精神的影响，在设计、更新过程中表现出各自不同的特色，因而具有不同的访问群（即顾客群）。因此，企业应当研究这些顾客群的特点、购买渠道和购买频率，为选择不同的电子商务交易中介商打下一个良好的基础。

（5）连续性（continuity）。网络发展的实践证明，网络站点的寿命有长有短。如果一个企业想使网络营销持续稳定地运行，那么就必须选择具有连续性的网络站点，这样才能在用户或消费者中建立品牌信誉、服务信誉。为此，企业应采取措施密切与中介商的联系，防止中介商把别的企业的产品放在经营的主要位置。

第五节　网络上的订货、管理及物流

一、网络销售的形式

最简单的网上销售形式是在企业网络的产品页面上附有订单，如果浏览者对产品比较满意，则可以直接在页面上下订单，然后付款、供货，完成整个销售过程。这是一种直接在企业网站上购物的形式。随着网络技术的发展，人们会越来越习惯于网上购物。另一种重要的销售形式也将成为未来网上购物的主流，即正在兴起并蓬勃发展的网上商城（online mall 或 cybermall）。这种形式越来越为人们所欢迎，影响范围也在逐渐扩大。网络商城与现实世界中的商城一样，聚集了来自多个厂商的产品，供消费者选择。

网络商城有很多优越之处：一是商城的点击量很大，人们在商城内可以找到满足不同需求的产品。二是加入网络商城既能从技术上受惠，又能获得订单，直接产生利润。从技术上受惠是指商城拥有一批设计者可以雇用，从而实现企业网站的创建和更新。三是网络商城在提升技术版本时，费用由众多厂商分摊。所以，很多厂商都希望把产品放在网上商城中。但是，从另一方面分析，如果不能很好地管理商城，则对厂商造成的恶劣影响会更深，所以要慎重选择商城。一个好的网络商城能为其中的厂商提供良好的营销管理和安全服务。

二、网络订货系统与订货信息管理

1. 订货系统

网上企业常常将传统的印刷型订单照搬到网站上作为网上订货单，其实这是一种错误的做法。在这样的订单中标有产品编号（Item），顾客将他所需要商品的编号先写在纸上，然后再输入计单，如果发生输入错误，就可能会发生运错货物等问题。如上做法是由于没有利用网络的某些功能造成的。为了减少顾客订货时的麻烦，提高订货的易操作性，就应该充分利用网络的记忆和追踪功能，因此，网上企业在设计订单系统时，一定要记住这个教训：订单的设计要尽可能地减少顾客的劳动，尽可能地方便、易操作。

当商品种类较少（1～3 种）时，则可以直接把订单放在产品页面上，顾客需要购买时，只要输入购买数量，按一下"submit"按钮就完成订货了。

当商品种类很多（如在网络商城中）时，为了使顾客订货或购物方便，应采用一种叫"购物车"（shopping cart）的技术。购物车是一种更为高级的商品目录，它的功能更强，能使人们更简单方便地在目录中选择所需要的商品，使购物过程非常容易操作，从而能够促进商品的销售。

购物车使顾客在站点中"冲浪"时，可以从每个商店选择不同产品，轻松购物，并且只需要最后一次付款。如果每走进一家杂货店，每取一件商品都要到付款台交款，这种多次的重复，实乃令人无法忍受！

创建购物车是一种比较复杂困难的任务，在此，只介绍一下购物车的功能。

网上购物车与现实中的购物车相类似，不过使用网上购物车更方便。创建购物车时，只要单独设置一个产品页面即可。这个页面的上半部分是一个包括数量输入框的产品目录，当需要购买某件货物时，只要在相应的输入框中输入所需要的数量，然后按下按钮"place in cart"（放入购物车）即可。下面是一行购物车的功能键，其中 view shopping cart contents（查看购物车中的内容），可使顾客随时查看购物车是否超出预算。如果交款之前顾客突然改变主意，不想购买了，或者想将一些货物放回货架，这时只需单击"Empty Shopping Cart"（清空购物车）键即可。当然，为了使顾客更详细地了解产品，还可以为每个产品设计一个页面，在此页面上提供一个详细的产品信息，或者在产品页面上设置链接，让需要更详细地了解产品的顾客方便地导航到包含有关详细信息的页面。

根据前述，网上订货系统设计时应注意的问题归纳如下：

第一，产品页面上附有订单是一种方便顾客操作的办法。产品页面上不仅要提供关于产品性能、使用等信息，还应给出产品价格、库存、总订货量等外围信息，这样做其实不会费多少精力，但却给人一种很负责任的感觉。

第二，最好要告诉顾客什么时间范围内能收到货物。另外，最好能链接到公司的库存数据库，以便让顾客知道他所订购的货物是否还有库存。公司最好能够向顾客宣布："保证数量，24 小时内运达！"

第三，最好能让顾客自主选择运货方式。在让顾客选择不同类型的运货方式时，一定要包括运货费和相关的税收等信息。公司还要注意到一些情况，比如，有的人对计算机不太信任，他们不愿意利用网络订货系统，仍然希望在购物时能直接与有关人员接触。对于这类人也应简化其购物操作，最好的办法是在网站上专门给出一个免费的订货电话。

2. 订货信息管理

搞好订货信息管理，首先必须重视顾客的订单信息，其含义不仅仅是"将什么发送给谁"。订单所包括的数据信息可用于市场分析、促销、客户关系的维护、库存控制等。

订单数据通常是由采购客户、所采购的商品、运送商品的方式和地点以及付款信息组成。它可以用来研究和分析生产状况、所提供的产品品种和推销这种产品的效果，也可以作为更好地与客户发展生意关系的手段。具体来说，订单数据的作用可以进行以下 4 个方面的研究和分析：

第一，确定产品和产品种类的销售形式，决定调整所提供的产品的种类或者改变价格和费用。

第二，为销售通知和减价函确立目标明确的市场。购买特定种类产品的客户可能对类似的或相关的新产品感兴趣，或者对这些种类产品的减价感兴趣。

第三，评估站点的效益，达不到要求时要重新设计页面。

第四，了解某些项目是否在一年中的特定时间内或者只在特定的区域内很流行。比如，大衣在冬季开始的时候会卖得很不错，但在某一些地区却不一定如此。值得注意的是，在特定销售季节，当定期向客户发送电子邮件或减价函时，应该在该电子邮件或减价函中感谢他们以前的惠顾，并邀请他们再次光临你们的站点。

除了与订单直接相关和订单所必要的信息外，还可以要求客户有选择地提供一些附加信息。这些数据将有助于市场分析，并且通过满足客户的需求和喜好，能够使自己的企业效益更好。在对客户进行附加信息调查时，除非必须敲入其姓名，其他各项应尽量设计成多项选择，便于顾客回答，不要让顾客过多地书写或敲入很多文字。向客户询问的内容有：兴趣，是否喜欢网上购物？是否经常网上购物？年龄、性别、婚姻状况、收入、职业等。通过询问适当的信息，就可判断客户是什么样的人，并能了解他们的特定的需求。越是了解客户，就越能更好地为他们服务，他们也就会更多地使用你的服务。

另外是做好网络站点自动接收客户订单工作。企业每时每刻都接收来自客户的订单和信息，站点如何处理这些数据信息是极为重要的。数据库技术在此大有用武之地，它不仅能把这些重要信息储存起来，而且可通过预先编制好的程序对这些数据进行分析，提运货、可接受账户、库存、结算、销售等所需要的结果及其他重要结论也可以从数据库中获得。如果能够联机，还可以在站点上向后台数据库输入信息。无论网上还是企业都越来越依靠数据库和用于数据处理、存储以及分析的商务软件。正是由于以上原因，网络成为数据库营销的基础，为更理性、更科学的营销决策提供了有力的保证。

在订单数据的管理中，应该特别重视有关客户机密的安全问题。客户的信任对于企业来说是至关重要的。如果客户对你感到可以信任，他们才愿意在你的网站上购物。要把所有的客户信息视为机密，特别要保护信用卡和其他财务信息，也要保护客户的姓名、地址、电话、购物习惯以及所收集的客户的其他数据。如果要将数据用于内部研究和推销，应让顾客知道，并且在把数据发布给第三方之前，要请求客户许诺。千万不要发布任何信用卡之类的账户信息。因此，必须采取维护客户机密的措施。如，首先要尊重客户机密；其次要保护好客户信息；第三，要请求准许，再发布客户信息；第四，将客户准许作为客户数据库中单独的一个字段来记录；第五，使用准许字段来筛选给第三方发布的记录，使报表不含未经准许的客户记录；第六，即使客户准许，也不要将客户信息完全公开，而且只能把数据发布给请求数据并合法使用的第三方。

三、网上运货和管理

网上运货和管理，既要注重运货，也要重视库存和订单跟踪。

1. 网上运货

客户完成订货（包括下订单、付款等），只是在网上做生意的一部分工作，另外的工作就是由公司把商品发给客户。在网络营销中，货物的运送有两种形式：一是对于那些可以直接在网络上传送的产品，如软件、图像、咨询服务等，可以通过网络直接发送给顾客；二是对于不可能用网络传送的实体性商品，仍要采用传统的送货方式。

在货物的运送中，如果出现已订购的产品，由于各种原因未发送的情况，这将会对公司的信誉造成毁灭性的影响，这种情况必须避免。这种情况的出现可能是由于库存不足或尚未到货，也可能是公司的供应商在发送过程中出现了问题、订单被忽略或丢失、包裹在运送过程中发生异常或丢失等。

2. 库存与订单追踪

确保订单的按时兑现，及时处理出现的问题，这是关系到企业声誉以及维护企业与客户关系的关键问题。为此必须做好库存跟踪和订单跟踪两项主要工作。

（1）库存跟踪。销售者收到大量的、意想不到的订单，但由于库存不足或供应商不能在短时间内发货，而导致这些订单无法兑现，这是销售者感到最糟糕的事情，如何避免出现这种情况呢？

管理和维护一个巨大的库存，费用支出太大，因此，采取巨量库存不是一个好的解决办法。但通过记录表跟踪所销售的商品，可以大致了解商品的需求状况，由此而适时补充或减少库存，这样可以使库存维持在能够满足需求的水平上，而不需花费巨大的库存维持费用。网络站点有助于库存跟踪，它可以跟踪订单，并更新数据库记录，还能显示库存状况和库存是否已空。通常可将数据库与站点之间直接连接，这样订单信息就可以不断地更新数据库，使数据库信息同步显示市场状况。通过程序可以及时地检查库存水平、运行报表，并列出更新进货后已满足需求或仍未满足需求的商品以及在必要之时应补充或减少的库存货物。

（2）订单跟踪。虽然采取了种种措施，有时一些偶然事情仍然可能会发生，如订单可能会丢失或放错地方，或者被遗忘。越是好企业，订单就会越多，这种偶然事情发生的可能性会越大。为了确保订单能尽快处理和发货，最好的办法就是创建追踪订单信息的数据库，以便快速提供有关订单及其状态的信息。

第六节　网络商店及其经营策略

随着互联网络的盛行，利用无国界、无区域界限的互联网络来销售商品或服务，成为买卖通路的新选择。从国际上召开的一系列关于"如何利用互联网络制造商机"等讨论会的踊跃现象可以证明，互联网络上的网络商店已成为一个新的销售渠道形式，并且正在不断的发展中。

一、网络商店及其特点

网络商店又可称为电子商店、互联网络上的虚拟商店（virtual store），也称为电子空间商店（cyberstore）。网络商店与传统的商店不同，它不需要有形的店面、装潢、摆放的物品、服务人员等。就其经营特点而言，网络商店属于一种无店铺的销售方式，其使用的媒体是互联网络。网络商店有以下一些特点：

1. 成本低廉

在电子空间开发一家网络商店，其成本主要涉及自设网站的成本、软硬件费用，再加上网络使用费以及以后的维持费用。这些比起普通店铺经常性的支出如昂贵的店面租金、装修费用、水电费、营业税及人事费用等要低廉得多。如果直接向网络服务提供者（ISP）租赁店面，则成本更为低廉。

2. 无存货商店

网络商店可以在接到顾客订单后，再向制造厂家订货，而无须把商品陈列出来，以供顾客选择，只在网页上打出商店出售货物的目标以供选择。这样，店家不会因为存货而增加其经营成本，其在价格上则更能增加网络商店对一般商店的竞争力。

3. 营销成本很低

网络商店同时兼备了促销的功能，其"货架"上的商品同时又是广告宣传的样品，经营者不需要再负担促销广告的费用。

4. 经营规模不受场地大小的限制

网络商店的经营者，在"店铺"中摆放多少商品几乎不受任何限制，只要经营者有足够的开发能力，服务器都能予以满足，而且经营方式也很灵活，经营者既可以将自己当成零售商，也可以将自己当成批发商。

5. 便于收集顾客信息

服务器在收到顾客订单后，可自动将客户信息汇集到用户信息数据库中，以便将来用于产品的营销活动。

6. 全天无休的经营

由于网络商店无须雇佣经营服务人员，可不受《劳动法》的限制，也可摆脱员工疲倦或缺乏训练而引起顾客反感带来的麻烦，网络商店是全年昼夜的持续营业。

7. 面对高收入、高教育水平的消费者

许多研究表明，互联网络的使用者多为高收入、高教育水平、从事专业性或经理级工作的群体。

8. 无国界、无区域界限的经营

国际互联网络无远近之分，只要拥有电脑，即可随时到电子空间的商店里遨游，对于网络商店的店主而言，商品一上网络即有可能成为国际品牌，而无须花费昂贵的国际营销费用，以最少的成本把自己的货品、服务推向国际市场。这种方式可以把小企业变大，本土公司变成全球公司，对于国内资本额不高、无太多营销预算的中小企业来说，特别具有吸引力。

同一般商店一样的是，网络商店也需吸引消费者进入店里面，才能开始销售。因此网络商店设置的网页如果无法引起消费者的注意，则同样无法给商店带来任何商业利益。零星的网页一般难以引起消费者的注意，目前网络上采取电子购物街（cybermall）的商店组合方式，将各店家集中起来，构成一个大的商品交易百货公司，多个五彩斑斓的网页集中在一起，大大引起了消费者的兴趣。如在互联网络上久负盛名的 Internet Shopping Network（ISN）的首页

十分类似于百货公司的店面布置，按产品类别分别为电脑产品、家庭办公室用品、照相器材、食物等。同时还预告新产品上市。这样的安排使消费者在比较产品品质和价格上也十分方便，只需按动某一按钮跳出某一商店，再进入另一家商店即可，选择最便宜、最有价值的商品购买，而不必像传统的购物方式需要到处奔波。

美国从 1994 年开始出现网络商店，最著名的"互联网络购物中心"最初只有 34 家商店，1996 年底发展到 2 万多家，且每天还增加 100 多家。有关资料显示，美国人已接受了这种购物方式，8 700 万美国家庭中，仅 1996 年 11 月，就有 1 100 多万户上网购物，1996 年感恩节到圣诞节的 1 个月内，网络商场销售额就达 1.94 亿美元。世界第一家网络零售商——家庭购物网已达到 10 亿美元的销售额，其网络连接到 6 500 万个家庭，顾客通过此网络重复购物的次数相当可观。

1995 年，日本上网的"网络商店"仅 84 家，到 1996 年底便多了 10 倍，达 1 000 家。日本山梨县一家百货公司通过网上开设的"假想百货公司"，向全国推销其经营的名牌产品，开业仅 18 个月，营业额猛增 60%，利润增加两成。

过去，应用互联网络来销售商品的多是创业性小公司。如今，越来越多的大商场也看好这个新的零售渠道。美国第 35 大零售商 Nordstorm 是有 770 家分店的高级百货连锁店，就组建了一家名为"NPTA"（Nordstorm Personal Touch America）的电子网络购物中心。美国和世界最大的超市连锁公司科罗格，1995 年销售额为 240 亿美元，有 2 350 家店铺，1995 年夏天在德州实验电子购物，效果良好。美国第二大长途电脑公司 MCI，利用自家经营管理 Internet 之便，在互联网络 MCI 建立自己的购物中心。这个集家庭购物网和电视购物服务为一体的系统，获得了很好的效果，是互联网络购物方面成功的先驱者。

从广泛的意义讲，网络商店或者说空间市场的大量涌现，是科技发展、商业竞争、消费者价值、文化变革等综合因素所促成的。

首先，现代化的生活节奏已使消费者用于外出去商店购物的时间越来越少，拥挤的交通和日益扩大的店面延长了购物所需的时间和精力，商品的多样化也使消费者难以辨别自己所需要的商品，消费者迫切需要新的快速方便的购物方式服务。其次，竞争日益激烈的市场迫使制造商和零售商去寻找变革，以尽可能地降低商品由生产到销售的整个供应链上所占用的成本和费用，缩短运作周期。面对这些要求，"网络商场"可谓一举三得，对零售商来说，"网络商场"降低了商品库存成本和店面运作费用；对制造商来说，能更加迅速地了解市场需求，减少商品积压，降低风险；而这一切又最终会使消费者受益，由于供应链成本的降低，从而降低商品售价，同时"网络商场"又使消费者省去车马之劳，并能在商品的海洋中得到最快最好的服务。

二、网络商店的经营策略

1. 规划开设网络商店的策略

对于企业而言，经营一个成功的网络商店不仅能增加公司的营业收入与提升公司形象，更能借此掌握新兴的渠道，连结上下游合作厂商及客户，形成更稳固的伙伴关系，提高客户重复购买率。通过网络做营销信息收集与提供服务信息，也可掌握客户的最新动态，降低售后服务成本。因此，做好一个完整的开设网络商店的规划，对于将来网络商店的经营成功是非常重要的。下面就开设网络商店前进行规划的 10 个步骤说明如下：

（1）营销策略的确定。对于已经拥有传统渠道的商家来说，开设网络商店应考虑对传统渠道的影响，并重新拟定整体市场营销策略。例如，台湾一个知名的售票公司，其销售策略是希望新渠道能逐渐取代传统的售票专柜渠道，以节省渠道成本，利用网络商店，可使消费者在家利用互联网购票，经由线上以信用卡付款后立即取得入场密码。整个流程比传统渠道节省了相当可观的手续费和时间，而利用此渠道购票的消费者也因此得到更高的折扣。实践证明该厂商的策略非常成功，赢得不少消费者的好评。

如果营销策略确定得不合适，网络商店的设立则不会为其带来好的收益，反而会引起下游经销商的疑虑，造成传统渠道与新渠道之间互相排斥的现象。因此，开设网络商店时应慎重考虑，确定销售哪些产品，是否卖新产品或现有产品，是否与传统的渠道相冲突等，以避免投资的损失。

（2）规划商品的销售及配送办法。即将开设的网络商店的商品是否是需由人工配送的实体化商品，如果是，那么可以考虑利用网络商店作为商品的展示。对于下单及售后服务的渠道，如果商品可以用数字化的方式传送，那么你可直接利用网络商店将数字化的信息直接传送给客户，节省物流及零售商的费用，商品的配送应考虑便利和效益的原则，才能吸引客户的购买欲望。

（3）设定具体可行的营业目标。如果网络商店是开设的第一家，而且是唯一的销售渠道，那么，在初期一定不要将营业目标定得太高。因为，根据业者的统计，上网逛街的购买率不到来客率的 1%（超市的购买率为 24%，邮购的购买率为 3%～4%）。而针对网络使用者所做的统计，则只有 13% 的使用者有网络购物经验，因此，营业的初期应以拓展市场和增加知名度为目标。

（4）评估获利能力。获利是商场唯一生存之道，因此经营网络商店的首要目标就是如何增加获利能力，所以，除了直接从商品销售所带来的利润外，还需要知道开源节流的方法。

（5）预估经营成本。经营成本包括广告成本、开店成本和营业成本。建立网络商店，当然免不了包含硬件、软件、通讯以及最后的维护等。如果是小本经营的话，开始时能省则省，业务量扩大后再视情况升级调整。如果是要朝向规模经营，许多花费则省不了。例如，以资料库来看，商品资料库、客户资料库的建立都不可少，商品货号、价钱、存货（或是由上游厂商供应）等必须有据可查。复杂些的还需对商品销售情况进行分析，选主力产品配合促销活动等，而客户资料库是商店经营的资产之一，如何有效管理是网络营销的基础。

一般情况下，有意开设网店者可找信息厂商协助架设，许多信息厂商提供相关的系统建置服务，从软硬件的建置到网页设计等都有。这些面对众多的中小企业或是大公司并不想一开始就投入相当多的成本，则考虑参加"网络商场"。其概念类似于百货公司出租专柜一般，由信息业者建置整个系统架构，包括硬件、软件、订单的处理甚至信用卡授权连线，有了商场的雏形后，再提供空间给想要在网络上开设商店的业主。这样，业主将可省却硬件建构及软件、安控等系统维护，届时只要专线连接到商场主机，透过简易制式化的界面来更新产品价格及信息内容等，减少了不少麻烦。由于商场的经营规模大，具有很好的信誉，容易取得使用者信任，而且是较全面性的规划设计，并且配合广告媒体促销作业，可以吸引更多的人潮。

（6）规划亲和的购物流程。一个明快流畅的购物流程，是规划一家成功的网络商店应注意的重点。在软件成本方面重要的一环是人机界面设计。如果网络上只是放些静态的信息、几行字，这是很难引起使用者购买兴趣的。为此，当顾客在一家网络商店选中某种商品下决心订购时，要使其明确知道如何订购，订购流程不要令顾客困惑，而且订购流程也不能繁琐，否则，顾客就不订购了。

国外的订购网站，总有些什么大特价、每日一物，配合精美的图片或动态的显示，极易激起使用者的购买欲。不过也有些业者反映网络塞车问题严重，所以图形不要太大，否则图形下载时间一长，直接影响使用者驻留时间及消费意愿，说不定他们已经跳到别的网站去了，所以在商品呈现以及系统绩效之间如何平衡是个挑战。此外，是否有完善的商品分类系统以及中文检索引擎提供快速查询，让使用者快速地找到想买的商品，甚至相关商品也列出来，刺激购买欲，是系统设计者必须牢记的。使用者下订单的流程是否清楚、订单寄出前有无标示所买的产品和价格、运费是内含还是外加、货物几天内能收到、货款支付的方式、商品退货的处理、对于交易安全的保证、使用何种技术等，所有使用者在购物时所关心的细节和信息，务必在网店上清楚地说明。

(7) 确定客户的付款方式。目前在美国网络商店的付款方式以信用卡居多（占 80%），但国内由于尚未成立正式的 CA 认证中心，无法对交易双方作认证。所以，对客户的付款方式仍以划拨及货到收款为主，以信用卡付款的商家仍为少数。除信用卡的付款方式外，尚有邮局付款、银行付款、亲自当面付款等几种常见的付款方式。

(8) 后台作业处理的规划。由于目前网络上交易的商品金额不大，而为了促销又往往会提供许多优惠。因此，订单处理的成本关系到网络商店是否能生存的重要因素，一个完善的后台处理应包括商品资料库管理系统、商品自动上柜系统、线上订购及订单管理系统、线上安全支持系统、会员管理系统等。

(9) 广告与促销活动的规划。即使网络商店的开设完成，也不能说可以坐在家里等着银子赚进自己的口袋之中。目前全球互联网主机数已超过 1 600 万台，国内互联网络的网站数也很多，在这浩瀚似海的互联网中，老舍不得花钱精心做广告，顾客是永远不会上门的。为此，必须设计好广告。作好广告规划，掌握网络商店做广告的方法。同时，必须重视促销活动，搞好促销活动设计。消费者最大的购物乐趣在于买到又便宜又好的商品，有些百货公司周年庆典活动一周的营业额可能比全年的营业额还要高。网上促销活动也是吸引忠实顾客重复上网和潜在顾客初次上网的重要因素之一，定期推出促销商品，如每日一物、每周一物、每月一物等。提供超低优惠价格折扣，辅助以强烈的促销词语，可以营造购物气氛，刺激消费者购买欲，也是提高营业额的一大法宝。

(10) 充实相关的法律。电子商务活动，需要完善的法制环境。各国和各国际组织，在开设网络商店、发展电子商务的过程中都非常重视法制建设。为能安全、可靠、顺畅地交易，涉及到参与交易的企业资信认证和产品认证；为使交易安全、保密，涉及到电子签名和合法性，不可抵赖性，商业密码和密钥的确认和唯一性；为保护知识产权，保护个人隐私，防止不良信息的传播，保护消费者的合法权益，都要求有相应的法律作为保证。网上的电子交易，涉及到国家税收的征管，必须建立相应的网上税收规则。这诸多法律问题，必须逐一给出解决方案，缺少一个都不能形成完备的电子商务法制环境。

2. 网络商店开店后的经营策略

对于网络商店的经营者来讲，必须同以往传统的经营观念进行某些革命性的决裂，而导入新的经营思路。在新的经营思路中，应注重以下最基本的经营策略要点。

要告知消费者网络商店的位置。网络商店已经开张，如何将此信息告知消费者，对于互联网络的使用者来说，较好的方法是在 BBS（电子公告板）上贴出公告。如果在出售商品中有一些符合 Newsgroup 或 Listserve 的讨论兴趣，也可在上面公布，甚至还可加一些团体的讨论。但是应注意尽量使布告以告知性、宣传性的语气出现，降低布告的商业性和推销的口气。对于那些外租 Cybermall 用户，可以在新增加商店以"New"的文字图形来提醒消费者，但更为主动的方式是发送 E-mail（电子邮件）给互联网络使用者。

如同传统的商品一样，建立良好的信誉和口碑对于网络商店至关重要。目前互联网络上的商家繁多，如何使一家网络商店脱颖而出，使之成为网络购物人喜爱的商店，将依赖于他的信誉。电子空间下的购物对于消费者来说，本来就充满风险，如果不知道店家的信誉好坏，便更增添了购物的不安全因素。网络商店以低成本取胜，好的店会在网友之间传开，逐渐建立消费者的信任。目前，在美国由于电视购物和邮购已成为购物的选择之一，通过网络购物方式购物的消费者阻力减少，企业也通过种种方式建立商家的信誉，因而消费者很快就接受了网络购物方式。如通常采用免费送货、无条件更换保证、降低价位、采用优惠卡等方式，就会建立网络商店的信誉，改变消费者的购物习惯，将直接影响商店的销售量。

针对网络营销的特点和目前消费者的特性，建立良好的信誉应辅以完美的营销组合。如前所述，网络消费者一般是具有高学历、高收入、高职务的消费者，反映在产品策略上，网络商店所陈列的商品，应以这部分人的兴趣为主，如电脑相关产品、旅游相关的服务、法律、投资理财咨询等。在目前消费者尚未能完全排除网络购物的不安心理之前，产品应以中低价位为主。同时，针对消费者的高收入特点，其对价格的敏感度较低，因此，网络购物的便利性、可靠性、产品的独特性将大于产品间的价差。在广告策略方面，网络营销偏重于咨询性信息的提供，尤其对于高相关产品，消费者在对其作购买决策时，往往要考虑各方面的因素，其广告的教育成分可提高。但全部都是资讯式的广告会使消费者产生厌烦情绪，丧失兴趣和注意力而过早跳出网络商店。因此，在给顾客介绍产品特性的同时，可辅以娱乐措施。尤其是对于低相关性产品，消费者在购买该部分产品时一般风险感较低，其购买决策多采取不在乎的心态，这时可大大提高广告的娱乐性，以增强吸引力。

在虚拟电子空间下，顾客可能由于偶然机会光顾一次后从此不再光临，而他有可能根本忘不了您的商店，但是不像真实空间下的实体店面永远存在，消费者可能每天都会看到存在的大大小小的百货公司。而网络商店，除非消费者以 Bookmark 将其所在的位置存储在电脑中，否则消费者有可能永远不会光临，如此以来，建立一个忠实的客户群体对于网络商店的持久繁荣将是至关重要的。

因此，完美的商品与服务品质将是其首要条件。以网络下资讯流通的速度，一个满意的消费者对于某一网络商店的推荐和夸奖将迅速传递给其亲朋好友，帮助建立良好的信誉。相反，一个坏消息将以更快的速度抱怨给其他人，造成企业声誉上的损失。

同时，许多商店也竭力采用一些颇有成效的措施，如使用优惠卡、建立会员制、一对一营销等。采用优惠卡，相对于没有优惠措施的商店当然更可能使顾客优先考虑。尤其采用那种随着采购数量的增多而不断扩展优惠额度的措施，更可能拴住一些长久顾客，而建立会员制的措施更能从多方面入手以留住顾客。通过向会员提供一些电子问卷，一方面可增加网络商店的价值感，另一方面更重要的是借着客户填写的会员资料，可以建立一个完整的消费者资料库，并随着会员购买情形而使资料库更加完善。目前在竞争者日益增多、消费者行为多变和短期化的情况下，资料库将成为企业竞争的利器，未来还可通过与信用卡公司或其他直销公司的合作，扩充公司的资料库。根据会员的资料，可随时发送电子邮件，提供最新的商品资讯和优惠措施，促使其再次光临。留住顾客的一个有效手段是进行一对一营销，提高顾客满意度。借此，企业能够全面地了解会员的生日、购物习惯、对产品的偏好等资料，以单一顾客为单位来设计营销活动。同时，电子空间下的一对一营销，在花费上，将少于真实空间的花费。电子邮件成本低，无疑将低于印刷广告、信函的花费及邮寄费。另外，网络商店在无店员的情况下，减少了员工再训练的花费。满意的顾客，将是网络商店成功与否的重要条件。

网络商店可以说是目前商业网络化运用最为充分、全面的一种方式。然而，除了建立一个完整的网络商店外，商家还有各种各样的其他不同程度利用互联网络进行经营运作的方式。如今，美国零售业正流行"电子促销"：收款机自动列出促销的折价券；购物推车上有商品索引和建议食谱；超级市场有电脑采买台作商品展示等。相对于采用网络化技术更为系统化的网络商店而言，电子促销这种形式，或许是目前对于众多商家更为现实的可操作模式。

电子促销于 80 年代中期逐渐风行，其内容涵盖广泛。简单地讲，电子促销系统包括：收款台的顾客信息汇集、频繁采购办法的推行、商店内电子促销设备使用等。电子促销的主要作用在于吸引消费者，扩大营销范围，同时还兼有收集顾客资料的作用。电子促销系统可营造商家独特的销售环境，甚至以幽默或娱乐的方式来吸引、取悦顾客。

在众多的电子促销手段中，一些企业最为经常采用的是"频繁购物者办法"。该系统通常在顾客付款时，收款员先以扫描器读带有条码的顾客识别证，以取得顾客背景资料，累积奖励点数，进而分析消费者的品牌喜好与消费形态。以此鼓励消费者经常惠顾同一商店而累积奖励点数，其最终目的在于提高顾客的忠诚度。

如前所述，随着国际网络和全球资讯网的盛行，利用无国界、无区域界限的互联网来销售商品或服务，已成为买卖货物的新选择，网络商店将成为一次新浪潮。但就目前来看，网络商店的购物方式，尚被一般消费者视为辅助型而非替代型的购物模式。因此，如何在再次购物时，能让消费者愉快满意，对于网络商店是更加重要的。同时，对于这种营销模式的一些技术性问题的解决和新的竞争规划和秩序的建立，都将是影响这一浪潮来临的决定性因素。

本 章 小 结

网络营销渠道策略是指企业在以电子信息技术为代表的网络化条件下，对各种营销渠道模式的选择和组合，建立起一个开放的、高效的、适合市场竞争机制需要的企业新的营销渠道体系和模式。本章的主要内容有：传统营销渠道与网络营销渠道的比较、网络营销渠道的一般策略以及网络商店的经营等，重点介绍网络营销渠道特有的策略及应用以及网络营销渠道的管理等内容。

关键术语

网络直销　网络间接销售　物流　网络商店

第十三章

网 络 促 销

➤**教学目的**
- 熟悉网络促销的概念、分类和作用
- 掌握网络促销的实施程序
- 熟悉电子邮件促销的特点和方法
- 了解网络公关的含义和特点
- 熟悉网络公关的制作和发布
- 掌握网络公关的策略

➤**学习方法**
- 理解和识记基本理论、基本概念，案例研究、习题练习等

➤**本章内容要点**
- 网络促销的含义及其类型
- 网络促销的实施
- 电子邮件促销
- 网络公关

在传统的市场环境下，企业的促销活动已经形成了一套有效的、完整的模式。互联网的出现，极大地改变了原有的市场营销理论和实务存在的基础，使得网络促销在方式、手段、环境条件等方面都发生了深刻的变化。企业家和企业营销人员必须充分认识这一点，才有可能迅速从传统的促销模式转变过来，在现代市场营销理念的指导下，正确运用各种新的促销方法，吸引越来越多的消费者转向网络购物，提高自己的产品在网络市场上的占有率。

第一节 网络促销的概念、分类与作用

一、网络促销概念与特点

网络促销是指利用现代化的信息与互联网技术向虚拟市场传递有关商品和劳务的信息，以启发需要，引起消费者购买欲望和购买行为的各种活动。它具有以下三个明显的特点：

（1）网络促销是通过现代信息技术和网络技术传递商品和劳务的性能、功效及特征等信息的。它是建立在现代计算机与通信技术基础之上的，并且随着计算机和信息技术的不断改进而改进。因此，网络促销不仅需要营销人员熟悉传统的营销技能，而且需要相应的计算机和信息技术知识，包括各种软件的操作和某些硬件的使用。

（2）网络促销是在互联网这个虚拟市场上进行的。互联网是一个新兴媒体，是一个连接世界各国的大网络，它在虚拟的网络社会中聚集了广泛的人口，融合了多种文化成分。所以，从事网上促销的人员需要跳出实体市场的局限性，采用虚拟市场的思维方法。

（3）互联网虚拟市场的出现，将所有的企业，不论是大企业，还是中小企业，都推向了一个世界统一的市场。传统的区域性市场正在一步步被打破，全球性的竞争迫使每个企业都必须学会在全球统一的大市场上做生意。

二、网络促销的分类

网络促销活动有很多种，现在最常见的有旗帜广告促销、网络站点促销和E-mail促销等。旗帜广告促销是指通过信息服务商（ISP）进行广告宣传，开展促销活动；网络站点促销主要是指利用企业自己的网络站点树立企业形象，宣传产品，开展促销活动；E-mail促销主要是利用电子邮件向用户传递各种商品信息的一种促销活动。这三者各有自身的特点和优势。旗帜广告促销具有宣传面广、影响力大的特点，但其费用相对偏高；网络站点促销具有直接性特点、快速、简便、费用较低，买卖双方网上直接对话，讨价还价，成交的几率较高；E-mail促销具有廉价、简洁、独立的特点，被广为应用。网络是在不断发展的，网络促销的手段方法也不断创新。除了这三种外，还有病毒性促销、伙伴营销等。但由于网上站点日益增多，检索起来比较困难，所以合理地应用多种促销方法，是保证网络促销成功的关键环节。

三、网络促销与传统促销的区别

虽然传统促销和网络促销都能引导消费者认识商品，引导消费者的注意和兴趣，激发他们的购买欲望，并最终实现其购买行为，但由于互联网强大的通信能力和覆盖面积，网络促销在时间和空间观念上、在信息传播模式上及在顾客参与程度上都与传统的促销活动有较大的变化。

1. 时空观念的变化

目前我们的社会正处于两种不同的时空观交替作用时期。在这个时期内，我们将要受到两种不同的时空观念的影响。也就是说，我们的生活和生产是建立在工业化社会精确的物理时空观的基础上的，而反映现代生活和生产（包括生产、经营、营销、管理等）的信息需求又是建立在网络化的柔性可变、没有物理距离的时空环境之上的。以商品流通为例，传统的商品销售和消费者群体都有一个地理半径的限制，网络营销大大地突破了这个原有的半径，使之成为全球范围的竞争。传统的产品订货都有时间的限制，而在网络上，订货和购买可以在任何时间进行。这就是现代最新的电子时空环境。时间和空间环境的变化要求网络营销者随之调整自己的促销策略和具体实施方案。我们必须在以现实为基础的虚拟（数字）世界里面与各种人沟通。

2. 信息沟通方式的变化

促销的基础是买卖双方信息的沟通。在网络上，信息的沟通渠道是单一的，所有的信息都必须经过有线或无线的通路传递。然而，这种沟通又是十分丰富的，多媒体信息处理技术提供了近似于现实交易过程中的商品表现形式，尤其是网络可视化的发展。双向的、快捷的信息传播模式，将买卖双方的意愿表达的淋漓尽致，也留给对方充分思考的时间。在这种环境下，传统的促销方法显得软弱无力，网络营销者需要掌握一系列新的促销方法和手段，撮合买卖双方的交易。

3. 消费群体和消费行为的变化

在网络环境下，消费者的概念和客户的消费行为都发生了很大的变化。相对于传统的消费行为模式，网络消费者形成了一个特殊的消费群体，具有不同于传统消费大众的消费需求。这些消费者直接参与生产和商业流通的循环，他们普遍实行大范围的选择和理性的购买。这些变化对传统的促销理论和模式产生了重要的影响。

4. 网络促销与传统促销手段要相互补充

网络促销虽然与传统促销在促销观念和手段上有较大差别，但由于它们最终的目的是相同的，那就是把自己的商品推销出去，因此整个促销过程的设计具有很多相似之处。所以，对于网络促销的理解，一方面应当站在全新的角度去认识这新型的促销方式，理解这种依赖现代网络技术、与顾客不见面、完全通过网络交流思想和意愿的商品推销形式；另一方面则应当通过与传统促销的比较去体会两者之间的差别，吸收传统促销方式的整体设计思想和行之有效的促销技巧，打开网路促销的新局面。

四、网络促销的作用

网络促销的作用与传统促销的作用相比有许多相同之处，但同时又有自己的特点，主要表现在以下几个方面：

（1）告知功能。网络促销能够把企业的产品、服务、价格等信息传递给目标群体，引起他们的注意。

（2）说服功能。网络促销的目的在于通过各种有效的方式，解除目标群体对产品和服务的疑虑，说服目标群体坚定购买。例如，在同类商品中，许多产品往往只有细致的差别，用户难以察觉。企业通过网络促销活动，宣传自己产品的特点，使用户认识到本企业的产品可能给他们带来的特殊效用和利益，进而乐于购买本企业的产品。

（3）反馈功能。网络促销能够通过电子邮件等手段及时地收集和汇总顾客的需求和意见，迅速反馈给企业管理层，客户和企业之间能够做到实时的互动。正是由于网络促销所获得的信息非常及时、准确、可靠性强，因此对企业经营决策具有较大的参考价值。这个特点是网络营销特有的。

（4）创造需求。运作良好的网络促销活动，不仅可以引导需求，而且可以创造需求，发掘潜在的顾客，扩大销售量。

（5）稳定销售。由于某种原因，一个企业的产品销售量，可能时高时低，波动很大。这是市场地位不稳的反映。企业通过适当的网络促销活动，树立良好的产品形象和企业形象，往往有可能改变用户对本企业产品的认识，使更多的用户形成对本企业产品的偏爱，达到稳定销售的目的。

第二节　网络促销的实施步骤

对于任何企业来说，如何实施网络促销都是一个新问题，网络促销人员必然面对众多的挑战。每一个营销人员都必须摆正自己的位置，深入了解商品信息在网络上的传播特点，分析网络信息的接收对象，设定合理的网络促销目标，通过科学的实施程序，打开网络促销的新局面。

根据国内外网络促销的大量实践，网络促销的实施步骤可以由六个方面组成，即：确定网络促销对象、设计网络促销内容、决定网络促销组合、制定网络促销预算方案、衡量网络促销效果、网络促销过程的综合管理和协调。

一、确定网络促销对象

网络促销对象是在网络虚拟市场上产生购买行为的消费者群体。随着互联网的迅速普及，这一群体也在不断膨胀与发展。作为一个具体的企业来说，就是要明确自己的目标市场，当然还要考虑到其他相关的影响人员，其中主要包括三部分人员：

产品的使用者。这里指实际使用或消费产品的人。实际的需求构成了这些顾客购买的直接动因，抓住了这一部分消费者，网络销售就有了稳定的市场。

产品购买的决策者。这里指实际决定购买产品的人。在许多情况下，产品的使用者和购买决策者是一致的，特别是在虚拟市场上更是如此，因为大部分的上网人员都有独立的决策能力，也有一定的经济收入。但在另外一些情况下，产品的购买决策者和使用者则是分离的。例如，中小学生在市场上看到富有挑战性的游戏，非常希望购买，但实际的购买决策往往需要学生的父母作出。婴儿用品更为特殊，产品的使用者毫无疑问是婴儿，但购买的决策者却是婴儿的母亲或其他有关的成年人。所以，网络促销同样应当把购买决策者放在重要的位置上。

产品购买的影响者。这里指对最终购买决策可以产生一定影响的人。在低价、易耗日用品的购买决策中，产品购买影响者的影响力较小，但在高价耐用消费品的购买决策上，产品购买影响者的影响力较大。这是因为对高价耐用品，购买者往往比较谨慎，希望广泛征求意见后再做决定。

二、构思网络促销的内容

网络促销的最终目标是希望引起购买。这个最终目标是要通过设计具体的信息内容来实现的。消费者的购买过程是一个复杂的、多阶段的过程，促销内容应当根据购买者目前所处的购买决策过程的不同阶段和产品所处的生命周期的不同阶段来决定。一般来讲，一项产品完成试制定型后，从投入市场到退出市场，大体上要经历四个阶段：投入期、成长期、成熟期和衰退期。在新产品刚刚投入市场的开始阶段，消费者对该种产品还非常生疏，促销活动的内容应侧重于宣传产品的特点，引起消费者的注意，当产品在市场上已有了一定的影响力，促销活动的内容则需要偏重于唤起消费者的购买欲望，同时，还需要创造品牌的知名度；当产品进入成熟阶段后，市场竞争变得十分激烈，促销活动的内容除了针对产品本身的宣传外，还需要对企业形象做大量的宣传工作，树立消费者对企业产品的信心；在产品的衰退阶段，促销活动的重点在于加强与消费者之间的感情沟通，通过各种让利促销，延长产品的生命周期。

三、决定网络促销组合方式

促销组合是一个非常复杂的问题。网络促销活动主要通过网络广告促销、网络站点促销、电子邮件促销等多种方式展开。但由于企业的产品种类不同，销售对象不同，促销方法与产品种类和销售对象之间将会产生多种网络促销的组合方式。企业应当根据促销方式各自的特点和优势，根据自己产品的市场情况、顾客情况，扬长避短，合理组合，以达到最佳促销效果。

网络广告促销主要实施"推战略"，其主要功能是将企业的产品推向市场，获得广大消费者的认可。网络站点促销主要实施"拉战略"，其主要功能是将顾客牢牢地吸引过来，保持稳定的市场份额。图 13-1 显示了这两种不同战略的运作过程。

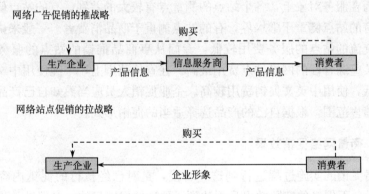

图 13-1　网络促销的"推战略"与"拉战略"

一般说来，日用消费品、如化妆品、食品饮料、医药制品、家用电器等，网络广告促销的效果比较好。而大型机械产品、专用品则采用站点促销的方法比较有效。在产品的成长期，应侧重于网络广告促销，宣传产品的新性能、新特点。在产品的成熟期，则应加强自身站点的建设，树立企业形象，巩固已有市场。企业应当根据自身网络促销的能力确定两种网络促销方法配合使用的比例。

四、制定网络促销预算方案

网络促销实施过程中，使企业感到最困难的是预算方案的制定。在互联网上促销，对于任何人来说都是一种新的尝试。所有的价格、条件都需要在实践中不断学习、比较和体会，不断地总结经验。只有这样，才可能用有限的精力和有限的资金收到尽可能好的效果，做到事半功倍。

首先，必须明确网上的促销方法及组合办法。选择不同的信息服务商，宣传的价格不同。这如同是在不同的电视台上做广告，在中央电视台上做广告的价格远远高于在地方电视台上做广告的价格。而自己设立站点宣传价格最低，但宣传的覆盖面可能最小。所以，企业应当认真比较投放站点的服务质量和价格，从中筛选适合于本企业的质量与价格匹配的信息服务站点。

其次，需要确定网络促销的目标，是树立企业形象，宣传产品，还是宣传售后服务？围绕这些目标再来策划投放内容，包括文案的数量、图形的多少、色彩的复杂程度，投放时间的长短、频率和密度，广告宣传的位置、内容更换的时间间隔以及效果检测的方法等。这些细节确定好了，对整体的投资数额就有了预算的依据，与信息服务商谈判时也有了一定的把握。

最后，需要明确希望影响的是哪个群体，哪个阶层，是国外的还是国内的？因为在服务对象上，各个站点的侧重点有较大的差别。有的站点侧重于中青年，有的站点侧重于学术界，有的站点侧重于商品消费者。一般来讲，侧重于学术交流的站点的服务费用较低，专门从事商品推销的站点的服务费用较高，而某些综合性的网络站点费用最高。在宣传范围上，单纯使用中文促销的费用较低，使用中英文促销费用较高。企业促销人员应当熟知自己产品的销售对象和销售范围，根据自己的产品选择适当的促销形式。

五、衡量网络促销效果

网络促销的实施过程进行到这一阶段，是对已经执行的促销内容进行评价，衡量一下促销的实际效果是否达到了预期的促销目的。对促销效果的评价主要依赖于两个方面的数据，一方面，要充分利用互联网上的统计软件，及时对促销活动的好坏做出统计。这些数据包括主页访问人次、点击次数（click-through）、千人广告成本（CPM，cost per-one-thousand impression）等。因为网络宣传不像报纸或电视那样的媒体，难以确认实际阅读和观看的人数。在网上，你可以很容易地统计出你的站点的访问人数，也可以很容易地统计广告的阅览人数，甚至可以告诉访问者，他是第几个访问者。根据这些统计数字，网上促销人员可以了解自己在网上的优势与弱点，以及与其他促销者的差距。另一方面，效果评价要建立在对实际效果全面调查的基础上，通过调查市场占有率的变化情况，产品销售量的增加情况，利润的变化情况，促销成本的降低情况，判断促销决策是否正确。同时，还应注意促销对象、促销内容、促销组合等方面与促销目标的因果关系的分析，从中对整个促销工作做出正确的评价。

网络促销是一项崭新的事业。要在这个领域中取得成功，科学的管理起着极为重要的作用。在衡量网络促销效果的基础上，对偏离预期促销目标的活动进行调整是保证促销取得最佳效果的必不可少的程序。同时，在促销实施过程中，不断地进行信息沟通，也是保证企业促销连续性、统一性的需要。

第三节 电子邮件（E-mail）促销

一、引发 E-mail 促销的原因

E-mail 之所以能够流行成为一种促销工具，主要有 3 个原因：

（1）E-mail 具有独立性。每一个互联网账号用户都具有 E-mail 能力，不管该用户使用哪一家互联网服务供应商，或是通过公司访问网络，或使用一个商业网的服务，如美国在线（AOL）、CompuServe 或微软网络（MSN）。人们所拥有的 E-mail 邮箱比在任何一家网上服务商或 Web 的用户都要多。可以说，只要有人在网上，他都会有 E-mail 邮箱。

（2）E-mail 是廉价的。在连入网络时，编辑和发送一个 E-mail 信息将只花费时间，不会有打印和邮寄的费用。在接收端，阅读 E-mail 除了 E-mail 客户端软件，不需要专门的设备，并且这些软件在所有的网上服务和先进的网页浏览器中都有，如 Netscape Communicator 和 Microsoft Internet Explorer。

（3）E-mail 的简单性。少量的 E-mail 消息只需要输入一个简单的便条然后单击发送键。读一个电子消息同样简单，只需要是具有阅读能力的计算机使用者。

二、E-mail 的写作

网络规则不仅应用于互联网，也用于 E-mail。所以 E-mail 的写作也必须按照一定的网络促销的基本原则：

（1）简单明了。在 E-mail 中，阅读一小段的短信息要比长篇大论容易得多。而且使用简明、短小的段落，营销信息才不会被客户很快遗忘。

（2）使用 ASCII 码纯文本格式文章。邮件尽量使用纯文本格式，不要滥用多种字体，目的都是为了邮件简单明了。

（3）文档留有足够的边距。每行限制在 64 个字符或更少。

（4）邮件越短越好。在使用传统营销手段时，有的推销文章越长越有说服

力，电子邮件则不同。这是因为电子邮件信息的处理方法不同于印刷资料，尤其是当收件人有一大堆邮件需要整理时，应尽量节约收件人的时间。若想提供较多的内容，可在发出的邮件中创建一个链接，让潜在客户主动阅读。

（5）保持礼貌。因为收到 E-mail 的客户也许是第一次了解该企业的形象，如果给客户的印象不好，就有可能失去这个潜在客户。

（6）写明发件人的姓名。开展网上营销活动，要以诚信为本。隐藏发件人姓名，只会给人一种误解同时降低邮件内容的可信度。要成功的开展网上促销，最重要的就是提高客户对自己的信任。

（7）写明邮件主题。电子邮件的主题是收件人最早可以看到的信息，邮件内容是否能引人注意，主题起到相当重要的作用。邮件主题应言简意赅，以便收件人决定是否继续阅读邮件内容。

（8）邮件主要内容尽量不要采用附件形式。有些发件人为图省事，将一个甚至多个不同格式的文件作为附件插入邮件内容，自己省事了，却给收件人带来很大麻烦。由于每人所用的操作系统、应用软件会有所不同，附件内容未必可以被收件人打开，所以，最好采用纯文本格式的文档，把内容安排在邮件的正文部分，除非插入图片、声音等资料，尽量不要使用附件。

（9）邮件格式要规范统一。尽管电子邮件没有统一的格式，但作为一封商业函件，至少应参照普通商务信件的格式，包括称呼、邮件正文、发件人签名等。

三、E-mail 促销的实行方法

首先要获取 E-mail 地址。只有知道顾客的邮件地址，才能给他们发电子邮件，所以电子邮件营销的第一步是收集潜在顾客的邮件地址。获取潜在顾客的邮件地址，一般有两种方法：一是用软件搜索或向专门收集邮件地址的个人或企业购买，这样的邮件地址数量是很多的，但取得的效果并不好；二是利用邮件列表获取邮件地址，这种地址要有效得多，因为只有对企业网站感兴趣的客户才会加入企业的邮件列表中，这样的客户才是网站真正的潜在客户。得到邮件地址后要想办法得到别人的许可，然后才可向其发邮件。

其次是 E-mail 的寄发。一般有两种方法：第一种是利用软件进行邮件群发，这种方法对于网站来说，是很省力的，但对于客户来说，他们至少感到这样是对他们的不尊重。这样的促销很可能是失败的，即使是他们所想要的信息。第二种是对个人进行单独寄发邮件，尤其是对企业的邮件列表用户，可能会收到近于 50％～80％的效果。

第四节 网络公关

公关不是简单的广告、宣传和世俗的关系学。公关有着特殊的含义，它的基本目标是为一定的组织机构在社会公众面前树立一个美好的形象，而美好形象的集中表现就是美誉度。他所表现的职能也很多，主要有以下几个方面的作用：塑造形象、建立信誉、增进信誉、协调社区关系。网络公关一方面与传统公关有类似之处，另一方面在互联网中也有自己的特点和优势。

一、网络公关的要素和特点

所谓公关要素是指公关主体、公关客体和公关中介。

网络的各种组织、团体、企业、个人都可以是公关主体，这里我们讨论的公关主体主要是指网络企业。因为网络具有互动的特性，使网络企业在公关活动的几乎所有环节中都能发挥主动作用，这一特征是网络公关与传统公关相比更具优势的根本原因所在。

网络公关客体，又称网络公众，是指与网络企业有实际或潜在的利害关系或相互影响的个人或群体。网络社区有两种类型，这两类社区的成员和相关网络企业都存在着实际或潜在利害关系，所以他们是网络企业公关的客体。其一是围绕网络企业由利益驱动形成的垂直型网络社区，包括投资者、供应商、分销商、顾客、雇员和目标市场中的其他成员等；其二是围绕某一主题形成的横向网络社区，包括生产类似产品和提供相应服务的其他企业，以及同企业一样面临类似问题、分享相同价值观的个人、组织、社会团体、行业协会及联合会等。他们活动的主要场所有各类网络论坛、新闻组、邮件清单等。

网络上公共关系的中介和传统的公关中介没有太多的差别。但网络公关和传统公关一样能实现以下目标：

（1）建立企业更有利的形象。

（2）将产品展示给更多的公众。

（3）在目标顾客中增强形象、提供信息并创造对产品的需求。

（4）和新顾客建立关系。

（5）巩固和老顾客之间的关系。

但网络公关与传统公关（这里指通过报纸、杂志、电视、广播等媒体进行的新闻传播）相比，有着更加明显的优势。

由于网络互动的特点使企业能掌握公关的主动权，更便于与公众沟通。与传统新闻传播的局限相比，网络给企业的公关活动提供了巨大无比的机会。网络是企业可直接面向消费者发布新闻而不需要媒体的中介，这是一个极为重要的革命。网络企业通常是通过网络论坛、新闻组、E-mail 及其他方法直接发布企业新闻。运用适当的网络公共关系对企业和顾客是一笔巨大的财富，它可以同时影响公众和记者。

互联网对新闻传播产生的另一个深远影响是信息随时更新。不像报纸或杂志只能每天或每月发行一次，在网上可以全天 24 小时随时发布新闻，这类似于广播新闻，一有消息更新后即可播出，而不限制每天固定的发布时间或每天的发布次数。这种改变对公共关系人员来说既是机会也是挑战。企业公关专家应能及时将企业新闻发送给所有的记者。

此外，由于互联网即时互动的特性使网络公关还具有创建企业和顾客"一对一"关系的优势。

二、公关信息的作用

现在，人们已渐渐习惯于在网络站点的新闻档案页面上寻找企业的最新信息。所以企业应使真实世界中的新闻发送和网上新闻发布同步进行，将网络公关活动视为企业营销活动的一部分。

编辑人员可在互联网上搜索新闻、争论、消费者的议论，企业营销人员可在网上进行市场调研等。公司可将企业新闻放在新闻档案页面，如果有重大新闻也可放在首页上。除了企业站点上可获得企业的新闻外，还可在许多网络新闻服务商的站点上获得新闻，企业在这些站点上可面向记者发布新闻，但需付给服务商一定费用。

记者们可到网络论坛、新闻组等场所寻觅信息源，在这里可以读到人们关于某个问题的争论，及对企业、产品的评论。例如，如果人们对某个品牌计算机的软、硬件的新产品不满，他们就会在各种电脑主题网站上的论坛上提出批评，甚至是激烈的批评。

记者们还可通过其他各种论坛就当前时事进行讨论，目前这类论坛中至少有 35 000 多位记者参与。互联网上的私人邮件清单使记者能私下与有关人士交流意见。精明的记者还会利用互联网与公关界的大腕们建立起友好的关系，在他们自己的站点上发布工作日程安排，这样有利于公关人员及时与他联系，或在站点上发布文章说明他们现在的工作内容，隐含的意义就是告诉企业公关人员："这是我目前感兴趣的内容，如果你有相关信息请与我联系！"另外一些记者还会在网上发送他的新闻信札，包括的内容有：他们目前的工作内容、行业中的议论话题、工作日程安排等。总之，新闻界利用互联网收集信息、发布新闻，而企业的公关人员要善于利用互联网使自己成为新闻界的有用信息来源。

三、企业各部门网络公关时的注意事项

各企业部门要想更好地利用网络，应注意以下几方面的工作：

（1）密切监控公共论坛等对本企业的评论。通过监控公共舆论要能达到建立关系、澄清事实、清除不利影响等目的。公关人员要密切监视公共论坛和新闻组中对本企业不利的言论，及时采取措施清除不良影响。这样做不仅可以澄清有关事实还能表明企业的积极态度，有利于建立顾客忠诚度。但企业公关人员不可能检读每个论坛上的每一条信息，为了解决这个问题，可利用检索工具，检索论坛中有关的信息。

（2）请求顾客在公共论坛等为企业作必要的宣传，只要不付酬金，这种行为就不算违背网络礼仪。

（3）争取在网络会议上作客串主持。这可以增多在目标顾客前的显露次数，提高企业知名度。许多论坛都需要各种类型的客串主持。

（4）创建新闻稿页面。创建新闻稿页面，使企业站点成为记者的有用信息来源。网络给公关活动带来的一个重大改变就是使企业成为新闻内容的创作者。实际上，企业面向公众发送新闻，记者们也渐渐习惯于到企业站点上寻找最新消息和企业的背景知识，因为这将是最迅速、准确的方法。一些记者甚至希望所有企业的新闻都存放到一个可搜索的数据库中，一旦他们涉及到的产品和企业是他们所不熟知的，他们就能很快地检索到有关信息。

四、网络公关材料的制作与发布

1. 网络公关材料的制作

在传统媒体中，新闻稿通常不超过两页，这是大多数记者的要求，几乎成了一种惯例。因为有了这个限制，许多信息只得删减。在网络上则没有这种限制，而且还可将新闻链接到其他相关信息上，记者们在搜寻信息时，可能不仅对这则新闻本身感兴趣，还可能从这些链接中寻找到更多、更有用的信息。网上新闻稿的互动性来自超链接，因为这个性能使得网上互动性新闻稿的信息容量远远超过传统媒体中的静态新闻稿。对互动式新闻稿的写作建议如下：

（1）在新闻稿页面的顶部和底部添加联系信息和链接，使记者能和企业的有关人员迅速取得联系，实现记者和企业公关部门之间的即时互动。

（2）创建从新闻稿到站点中过去的新闻稿及相关信息的链接，使记者能获得事件发展过程的概貌及更多的信息。

（3）创建从新闻稿到其他站点相关信息的链接。

（4）创建从新闻稿到相关图片的链接，在新闻稿中添加图像信息会延长新闻稿的下载时间，但图片对记者来说是很有用的信息资源，这种链接能在记者需要的时候将他引导到相关的图片资源。

（5）在非常必要的时候可添加密码，只允许部分记者阅读新闻，但一般的情况下不采用这种策略。Nike 网络在其奥林匹克新闻页面就采用了这个策略，只允许记者进入浏览以保证记者们能迅速地下载有关体育新闻图片。如果允许所有人访问该页面，众多冲浪者同时争着下载一个图片，会使记者们不能按时完成他们的工作。石油行业的企业通常也限制冲浪者的访问，他们害怕环保组织会下载某些图片，指责他们危害环境并将这些图片在网上发送。采用这个策略时要添加一个密码页，并预先将密码告诉有关新闻界人物，并设计一个系统来检查申请密码的记者的可靠性。

2. 网络公关材料的发布

在网上发布新闻的方式有如下两种：

1）通过网络新闻线（news wire service）发布新闻

网络新闻线有三个较有名的服务商：Bussiness Wire、PRNewswire、Canadian CorporateNewnet，但他们要收取一定的费用后才给企业发布新闻。通过服务商发布新闻有很多好处：发布人可以较小的费用将新闻传递给记者们，很多记者都通过这些新闻线的阅读获得新闻线索。同时，这种方法可为企业节约许多费用，如企业不必打印、邮寄新闻稿等。在选择网络新闻服务商时，只要选准一个就可以了，因为他们有很多的发布点是重叠的。新闻服务商根据新闻稿的字数收取费用，开头 4 000 字的价格为基价，以后每增 100 个字价格上涨一定幅度。对不同题材的新闻如体育、娱乐、汽车、法律等的收费标准也不尽相同。

通过以下步骤可以实现利用新闻服务商发布新闻：

（1）建立与新闻服务商的联系；

（2）写作新闻稿；

（3）将新闻稿通过传真或解调器送至新闻服务商；

（4）和新闻服务商一起讨论决定新闻稿应发送给哪些记者，并确定发送时间；

（5）在网上检查确信新闻稿已发送并保证新闻稿没有错误。

2）企业自身可通过网络论坛或自己的站点发布新闻

如果企业本身主持 CompuServe、Prodigy、AOL 等服务商的网络论坛或者在互联网上有自己的站点，则可自己发布新闻。很多计算机软件公司就利用这种方法发布关于新产品、软件升级，以及产品促销等消息，例如，瑞星公司就在其主页上发布关于"病毒"和软件更新的新闻。这种方法尤其适用于产品更换频率高的企业，因为人们对这类企业的最新消息最感兴趣。

五、网络公关策略

1. 与新闻记者建立友好关系的策略

1) 坦诚

前面已经谈到企业的信誉在网上难建易失，而且记者们利用网络更容易查清信息是否真实，所以与新闻记者建立友好的关系的第二条原则就是要开诚布公。

2) 有用的信息来源

与记者建立友好关系的另一个重要策略是使自己成为他可依赖的有效的信息来源。要想做到这一点，应当注意：

(1) 对记者的请求、提问及时回复；

(2) 根据记者的需要积极为他们提供企业、产品等各方面的信息；

(3) 使记者能和本企业中掌握信息的人员顺利接触；

(4) 全面细致地了解企业、产品的情况；

(5) 了解竞争者的有关情况；

(6) 了解整个行业的情况；

(7) 如果对一些问题不能回答，坦率地承认并许诺尽力找到问题的答案。

3) 利用 E-mail 或短信和记者联络

E-mail 和短信与电话联系相比有许多优点。记者们通常要花大量的时间出席新闻会议、展览会、采访新闻人物等，电话联系的效果常会很难令人满意，而且费用较高。E-mail 和短信则可以较好地克服这个问题，因为 E-mail 和短信没有时间段的限制，所以记者可以随时在空闲的时候根据情况给予答复，实际上有很多记者每天都要检查 E-mail 信箱好几次，而且通过 E-mail 或短信，企业可以得到记者的明确答复。随着现代信息技术的进一步发展以及人们的网络意识的增强，不久的将来这些通信方式将会为大多数的记者所接受。

4) 考虑记者接受信息的方式

不是所有的记者都欢迎 E-mail 这种通信方式，有的可能喜欢发传真、邮寄或打电话。90 年代 Media Map 公司的调查发现只有 20% 的报道科技界新闻的记者热衷于使用 E-mail，但这种情况现在渐渐改变了。不管怎么样，在向记者传递信息之前，首先要问清楚他喜欢哪种信息接受方式。

5) 不要滥用 E-mail

(1) 尽量不要同时给许多记者发同一个 E-mail，因为很可能出现报道冲突的情况；

（2）不要通过读者或听者反馈的 E-mail 地址给杂志社、报社、电台、电视台发电子邮件，这样的邮件可能到不了记者手中；

（3）在参与新闻组或邮件清单时，要以企业新闻发言人的身份发送 E-mail。

6）在新闻组、邮件清单等场所发现记者的要求

精明的网络记者会在网络论坛、新闻组等招贴他的要求，征求信息源、采访对象等。通过检读与本企业有关的网络论坛、邮件清单上的信息可以发现记者的需求，及时回复他们的请求，是与他们建立关系的有效方法。

网上还有一个专门罗列记者需求的服务商：ProfNet。它每天都列出记者们需求哪类信息，并把这些需求通过 E-mail 或传真传给它的用户，用户根据自己的情况可直接和记者联系，所以建议在 ProfNet 上登记。

7）参与由记者、编辑主持的网上闲谈

很多记者、编辑经常主持一些杂志的网上闲谈、网上会议。在这些场合，你可以通过发言、提问等方式给他留下深刻印象。

2. 电子推销信的写作策略

公关中的一种常用策略是给有关记者发送电子推销信。

写电子推销信首先要遵循简洁的原则，直切主题。电子推销信全文最好不要超过一个屏幕的大小（24 行）。

根据记者的需要合理安排内容，不同的记者需要的信息重点也不相同，所以企业给所有的记者都发送内容重复的电子推销信不太合适。在发送电子推销信时，要先考虑记者的目标公众是以下哪一种：

（1）网络社区；

（2）垂直市场；

（3）零售商、分销商。

记者的目标公众不一样，他们所写文章的侧重点也不一样。如面向零售商的新闻记者要寻找的信息是制造商采用哪些激励措施来刺激零售；面向广大消费者的记者则寻找他的读者感兴趣的新产品的信息；面向垂直市场的记者要了解介绍新产品对企业的股票会有什么影响等。了解了记者的信息需求，可使企业的电子推销信更有效。

创作富于吸引力的标题。标题是在记者 E-mail 信箱中显示的有关新闻的第一行信息，所以它的吸引力具有重要意义。

在电子推销信的末尾添加一个返回到企业的链接，请求记者给予答复。

如果你想在网上寻找记者，可以通过以下途径实现：

（1）在杂志、报纸的发行人一栏中查找，现在越来越多的杂志、报纸列出

记者们的 E-mail 地址；

（2）在展览会、新闻发布会等场所遇到有关记者时可当面询问他的 E-mail 地址；

（3）通常记者的名片总有他的 E-mail 地址，或在文章的末尾也会附上他的 E-mail 地址。

3. 网络社区的公关策略

网络使企业直接面向社区发布新闻成为可能，而不需要新闻记者或编辑的介入。虽然由记者采写的新闻对企业有很大的价值，但也不应忽视企业直接面向网络社区发布新闻的作用，这是因为记者或编辑会对新闻稿作删改，不可能完全从企业的角度写作。他们对企业的新闻稿常见的可能处理方式是：

（1）完全放弃；

（2）全文印发，这是非常罕见的情况；

（3）部分采用，但不加任何评论；

（4）部分采用，加入竞争者的评论；

（5）部分采用，加入分析家的评论，改换了观点；

（6）部分采用，和竞争者的内容同时编放在一起；

（7）删除了支持主要观念的关键事实。

这几种处理方式中除了全文印发以外，其他方式对企业均有或多或少，或明显或潜在的不利影响。所以企业有必要在可能的情况下将企业自己撰写的新闻稿公之于众。

直接面对网络社区的公关策略如下：

（1）通过网上新闻服务商直接发送企业新闻。这样可以避免新闻媒体的介入，直接面向网络社区发送企业的新闻稿。社区成员可以用关键词搜索，找到这则新闻。通常利用网络新闻服务商发送新闻的费用比传统媒体上的花费要低得多。

（2）在自己的站点上发布新闻稿。这是越来越多的网络企业都要用的策略。

（3）在与本企业有关的网络论坛上招贴企业新闻稿。企业采用这个策略时首先要选择相关的论坛，并确信这个论坛系统管理员（sysop）允许在其上招贴新闻（可先给论坛系统管理员发送一个询问函，得到肯定答复后发送新闻）。比如，一个计算机软件企业可在 CompuServe 的 Windows User Group Network Forum（WUGNET）上招贴新闻。顾客可通过浏览新闻库中的新闻标题列表或用关键词搜索他感兴趣的新闻。当他选择了一则新闻的标题，屏幕上就会出现这则新闻的简短概述，如果他想阅读整幅新闻稿可将它下载到计算机上。值得一提的是这些新闻会在论坛的新闻库中保留很长时间，所以一则新闻常常能带来好几年的效益。

（4）创建面向网络社区成员的单向邮件清单。通过创建面向顾客、零售商、编辑及其他网络社区的重要人物的单向邮件清单，及时将企业新闻发送给他们，可以巩固和提高企业与他们的关系。邮件清单是一种允许将信息发送到清单地址上的 E-mail 信息中的工具。采用这种策略需要注意的是，要得到每个清单中成员的同意才可将企业信息直接发至他的 E-mail 信箱。否则就会违背网络礼仪。

（5）帮助网络社区成员解决问题。企业对网络社区的无私奉献会得到真诚回报。通过为网络社区成员提供有用的富有创见的信息，可以提高企业形象，建立企业的网上信誉，这对企业尤其对网络企业来说可谓是无价之宝。

（6）提供简明扼要的专题文章。这类文章就某些专题提出富有洞察力的建议，实际的操作步骤等，这样做能给人一种是该专题专家的印象，有利于企业形象的树立。

（7）鼓励其他途径对文章的采用。竭力鼓励其他途径免费采用文章可以提高企业知名度，为企业创造利益来源。

（8）利用网络会议建立面向网络社区的公共关系。互联网和网络服务商能为企业提供多种形式的网络会议的服务。在互联网上有 Internet Relay Chat，更有趣的是 Web Chat（www. wbs. net）还允许会议参与者在文本讨论的基础上增加音频、视频。为了举行一个成功的网络会议，企业应让顾客知道会议讨论的内容，何时举行会议，如何使用会议工具等。这些信息可放置在企业 FAQ 文档中，方便顾客阅读。

第五节　传统媒体对网络促销的作用

提起美国的著名品牌，人们自然会想到波音、可口可乐、福特、IBM、微软等。然而随着互联网的飞速发展，一些网络企业的名称也开始变得家喻户晓，如美国的雅虎、亚马逊等。在竞争激烈的商品经济中，网络企业间的竞争不只是商品和服务的竞争，还包括品牌的竞争。宣传品牌的重要性不仅被传统企业视为谋求生存与发展的重要武器，也被新兴的网络企业视为谋求自身发展壮大的法宝。

一个企业在互联网上建立一个网站十分容易，但要在网站如林的互联网中站住脚并有所作为绝非易事，不投入大量的资金做广告宣传难以获得成功。美国的企业深谙此道，其做法也最具代表性。

进入规模发展时期的美国互联网，无论是网民的人数、网络企业数目，还是电子商务的交易额均居世界首位。各大企业建立的网站除了不断拓展网页内容，还极力宣传自己的品牌和网站的优越性。但有趣的是，这些企业并没有把大量广告经费用在互联网广告上，而是主要用在了报刊、广播、电视及路牌等传统广告媒体上。

据有关部门统计，就美国各网络企业 1999 年共花费 27 亿美元广告费，其中 66.6％用在传统媒体上，而这些企业投在互联网上的广告费只占 33.4％左右。据专家估计，网络企业这种注重传统媒体广告的现象将会继续延续。

在中国，随着互联网的迅猛发展，企业为吸引人群的关注，也在不断地增加其广告预算。现在，各个网站网络促销充分利用不同的传统媒介展开猛烈的广告攻势。虽然网络的发展迅速，但仍没有传统媒体的普及率高；电子刊物虽然层出不穷，仍难以与传统的报刊分庭抗礼。尽管网络广告有着十分吸引人的特点，但目前就宣传效果而言，传统广告媒体仍具有影响面广、宣传效果好等优势。

本 章 小 结

本章在介绍网络促销概念的基础上较为详细地分析了网络促销的类型和特点，详细论述了网络促销的实施程序、电子邮件促销和网络公关等内容。

关键术语

网络促销　电子邮件促销　网络公关　网络广告

第十四章

网络营销中的广告策略

➢ **教学目的**
- 掌握网络广告的原理
- 掌握网络广告的基本策略
- 熟悉网络广告的类型

➢ **学习方法**
- 理解和识记基本理论、基本概念、案例研究、实际操作等

➢ **本章内容要点**
- 网络广告的实施过程
- 网络广告目标群体的确定
- 网络广告服务商的选择标准
- 网络广告交换的原理
- 网上分类广告的特点

据美国交互式广告局（IAB）发布的最新统计数据显示，2004 年美国网络广告收入创下了 96 亿美元的新纪录，年增长率达 33％，超过了美国早期互联网兴盛期所达到的水平，并有望在 2005 年保持相类似增长。世界上其他一些国家的网络广告也呈现出良好的发展态势。中国自 1997 年 3 月的第一个商业性的网络广告出现以来，网络广告行业经过数次洗礼已经逐渐走向成熟，整个中国的网络广告市场规模也日趋扩大。

但是也应该看到网络广告虽然发展迅猛，与传统的广告形式相比时间还不长，还存在很多的问题。因此，不管是人们认识还是利用网络广告都还有很多

的事情要做。比如网络广告计划的制定和实施，网络广告的效果评估等就需要不断的探索。同时与网络广告相关的技术也不断推陈出新，原有的知识和理论也需要不断地更新。

第一节　网络广告的一般原理

一、网络广告的一般过程

网络广告虽然被越来越多的企业接受，但其效果却不尽如人意。原因是多方面的，其中就有一些营销人员对网络广告认识的不到位，没有很好地遵循网络广告的基本原理。网络广告看似简单，其实不然。就网络广告的实施而言，我们需要遵循一定的步骤。

1. 网络广告的前期调查

为使网络广告更有针对性，达到广告的预期效果，必须进行网络广告的前期调查准备活动。通过调查活动搜集市场和网络消费者的各种信息，从而使接下来的各项活动都有据可依。网络广告的前期调查主要包括以下内容：

（1）与广告主体自身相关的信息调查。网络广告策划创作人员应该了解企业的成长历程，企业的优势和劣势，企业文化，以及社会和消费者对企业的认识和评价等。只有在了解这些内容的基础上，才能使网络广告更好地传达企业形象、准确地把握企业特色，进而提高广告的说服力。此外，为了准确向目标市场传递企业提供的产品和服务所具有的特点，网络广告创作的相关人员应该充分了解产品和服务的各种性能和优势。

（2）目标市场的调查。网络广告的投放要根据目标市场的特点决定，企业不同的细分市场应该投放不同的网络广告。

（3）竞争对手的网络广告策略调查。广告不仅是企业促销的手段，同时也是企业竞争的利器，了解同类企业与产品的网络广告的投放状况具有积极的意义。这方面的信息主要包括竞争对手的年度广告预算、网络广告的发布渠道、网络广告的内容以及网络广告的策略等。通过调查分析，可以借鉴他人的成功经验和失败教训。

2. 网络广告计划的制定

在进行网络广告调查之后，网络广告的组织策划人员应该根据企业的营销目标制定相应的网络广告计划，指导整个网络广告活动，以取得预期的广告效果。同时，网络广告计划也是今后总结和评价网络广告效果的重要依据。

周密的网络广告计划可以使网络广告活动得以顺利进行，实现企业的营销目标。相反，如果没有科学周密的广告计划，往往会使网络广告活动难以顺利进行，浪费企业的广告经费，无法实现预期的营销目标。

网络广告计划一般应该包括企业的目标、确定网络广告的受众、网络广告内容的确定、网络广告的发布渠道及经费预算等。

3. 网络广告计划的实施

再完美的目标和计划也是需要具体地实施才能实现。其中最重要的工作是网络广告的创意和发布渠道的选择。

（1）网络广告创意及策略选择。网络广告创意及策略选择是影响广告效果的关键一环。这里不仅要确定广告所要传达的信息，而且还要确定其表现形式。要根据网络广告的目标和选择的目标群体，进行全面的综合分析和创意设计，确定网络广告的主题、内容、诉求及表现方法等。

（2）选择网络广告的发布渠道及方式。对网络广告来说，媒体主要是网络。媒体策划主要指对网站的选择及网站与其他传媒的配合。网站不同其覆盖人群也有差别，选择合适的网站也即有针对性地向网民推销自己的产品，不同网站对广告的成本也不同，结合成本投入、播出频率、播出范围、网民特点、网站信誉等与网站有关的因素进行的策划和分析就是网站策划。选择好网站之后还要考虑广告的形式和与其他媒体的搭配问题。在形式上主要有旗帜广告（banner）、图标广告（button）、文字广告（words）等。这些形式往往与网站的特点紧密相关，只有充分研究网站，才能在形式上统一起来。网络广告在媒体选择与组合上主要应考虑点击率、覆盖面、信誉度等问题。这可以从广告目的、广告成本、营销市场、竞争对手、潜在市场等与企业相关的商业环境出发。

4. 网络广告的效果评价

网络广告的效果评价不仅仅在整个网络广告计划实施结束以后，还包括网络广告计划执行过程中的评价。在计划的执行过程中要时刻注意网络广告的效果是否与计划存在偏差，如果与计划不一致，就应该及时分析原因并予以纠正。与传统媒体相比，Internet 的互动性使广告的效果测评更加及时、方便，网络营销人员必须衡量网络广告对目标受众的作用。此外，还需注意网络广告效果的评价要综合考虑多方面的因素。

二、网络广告的主要形式

随着网络营销实践的发展，网络广告的形式也不断翻新，给企业提供更多选择的同时，也吸引更多的人点击浏览。以下列举了一些常见的网络广告形式：

1. 按钮广告

按钮广告（Button）酷似按钮，因而得名（图 14-1）。按钮广告的特点是体型小巧，通常被放置在页面左右两边缘，或灵活地穿插在各个栏目板块中间，目前常使用动态 GIF 或者 FLASH 按钮广告，留下"大珠小珠落玉盘"的美名，费用低廉、效果佳，被广告主广泛使用。按钮广告的不足在于其被动性和有限性，它要求浏览者的主动点选，才能了解到企业或产品的更为详细的信息。

图 14-1　按钮广告

2. 旗帜广告

旗帜广告（Banner），又叫横幅广告，是一个表现商家广告内容的图片，放置在广告商的页面上，是互联网上最早出现的广告形式，也是目前最基本的广告形式（图 14-2）。旗帜广告的尺寸主要有 480×60 像素和 233×30 像素。浏览者只要点击它就可以链接到某一网站，以进一步浏览广告主所要说明的更详细的信息。

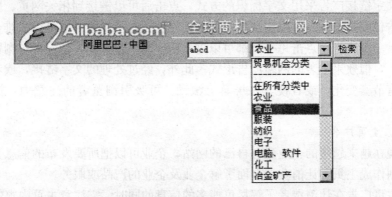

图 14-2　交互式旗帜广告

旗帜广告一般是使用 JPG、GIF 等格式的图像文件，可以使用静态图形，也可用多帧图像做成动画。除普通 JPG、GIF 格式外，新兴的 Rich Media、Java 技术等能赋予旗帜广告更强的表现力和交互性，但一般需要用户使用的浏览器有插件支持（Plug-in）。

静态的旗帜广告是早年网络广告常用的一种方式，它在网页上显示一幅固定的图片。其优点是制作简单，并且被所有的网站接受。其缺点也显而易见，在众多采用新技术制作的旗帜广告面前，显得有些呆板和枯燥。事实证明，静态旗帜广告的点击率比动态的和交互式的旗帜广告低。

目前最常见的是动态旗帜广告，它们通常采用 GIF 格式，其原理就是把一连串图像连贯起来形成动画。大多数动态旗帜广告由 2 到 20 帧画面组成，通过不同的画面，可以传递给浏览者更多的信息，也可以通过动画的运用加深浏览者的印象，它们的点击率普遍要比静态的高。而且，这种广告在制作上相对并不复杂，尺寸也比较小，通常在 15k 以下。

当动态旗帜广告不能满足客户要求时，一种更能吸引浏览者的交互式旗帜广告产生了。交互式旗帜广告的形式多种多样，如游戏、问题回答、下拉菜单、填写表格等，这类广告需要更加直接的交互，比单纯的点击包含更多的内容。交互式广告分为 HTML 和 Rich Media 两种。它允许浏览者在广告中填入数据或通过下拉菜单和选择框进行选择。交互式旗帜广告的点击率要高于动态旗帜广告，它可以让浏览者选择要浏览的页面，提交问题，甚至玩游戏。这种广告的尺寸小、兼容性好，连接速率低的用户和使用低版本浏览器的用户也能看到。

3. 文字链接广告

文字链接广告采用文字标识的方式，点击后可以链接到相关网页。同时它的广告位安排灵活，可以出现在页面的任何位置，可以竖排也可以横排，每一行就是一个广告，点击每一行都可以进入相应的广告页面，是一种对浏览者干扰较少，但效果显著的网络广告形式。此外，经过处理的文字链接，或者使其颜色有节奏变化，或者使其在屏幕上滚动，可吸引浏览者的注意力，提高点击率。

4. 主页广告

现在越来越多的企业建有自己的网站，企业可以把所要发布的信息分门别类的制作成主页，让消费者全面了解企业及企业的产品或服务。

主页广告在让消费者了解尽可能多的信息的同时，需注意主页内容的知识性与趣味性，并且要经常更新内容，只有这样才能吸引和留住更多的浏览者，真正实现广告目标。

5. 电子邮件广告

调查表明，电子邮件是网民最常使用的互联网工具。只有不到 30％的网民每天上网浏览信息，但却有超过 70％的网民每天使用电子邮件（图 14-3）。

电子邮件广告针对性强、费用低廉，而且广告内容不受限制。它可以针对

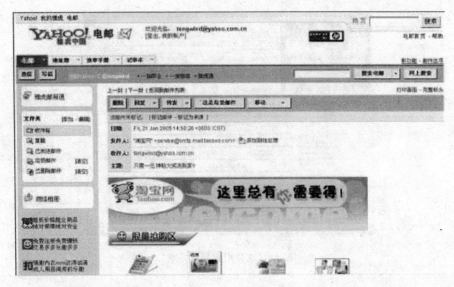

图 14-3　电子邮件广告

具体某个人发送特定的广告，为其他网上广告方式所不及。

电子邮件广告一般采用文本格式或 HTML 格式。常用的是文本格式，即把一段广告文字放置在新闻邮件或经许可的 E-mail 中，也可以设置一个 URL，链接到广告主公司主页或提供产品或服务的特定页面。而 HTML 格式的电子邮件广告可以插入图片，具有生动形象的特点。

6. 视频广告

视频广告是利用流媒体（stream）技术提供的新型广告形式，整合网络广告的交互性与电视广告的冲击力，视频广告能够实现实时的影音在线播放，画面清晰、声音流畅，效果可与电视相媲美。视频广告的形式主要有页面嵌入方式、浮动方式、弹出方式等，如图 14-4 所示。

7. 弹出式广告

弹出式广告在访问者进入该页面之前，就抢先以大尺寸弹出的形式将相关广告信息推荐给浏览者，使人在意外之间加以关注（图 14-5）。

广告商们一直对弹出式广告情有独钟，因为它可以迫使广大网民不得不浏览其广告内容，从而获得较好的广告效果。与传统的横幅广告相比，弹出式广告的点击率为 2%，相当于横幅广告点击率的 4 倍之多。但同时弹出式广告也引起了许多网民的极大不满。为了减少广大消费者不满，一些主要的互联网服务供应商纷纷向其客户提供阻挡弹出式广告的技术工具。

图 14-4　弹出式视频广告

图 14-5　弹出式广告

随着人们对其厌恶程度的增加，弹出式广告要想继续生存下去，必须要在某种程度上取悦于网民，而不是像当前这样来激怒他们。

8. 全屏广告

用户打开浏览页面时，广告将以全屏方式出现 3～5 秒，可以使用静态的页面，也可以使用动态的 Flash 效果，然后，逐渐缩成普通的 Banner 尺寸，进入正常阅读页面，如图 14-6 所示。全屏广告对于广告主来说，是一种广告效果显著的广告形式，在广告发布页面里，基本上可以达到独占。因此，在广告进行收缩的这段时间里，基本上对用户浏览广告没有任何干扰，拥有强大的视觉冲击力。

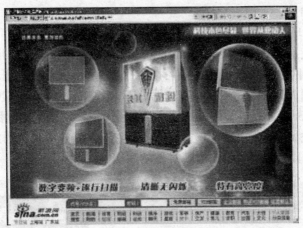

图 14-6　全屏广告

9. 画中画广告

这是一种将大型广告放置在页面中间的网络广告形式，如图 14-7 所示。其优点有：

图 14-7　画中画广告

（1）广告位置明显，处于浏览者浏览页面的必经之地，不容易被忽略。

（2）干扰度低，用户浏览广告时，不容易被其他内容干扰注意力。

（3）页面承载内容量大，互动性强。由于面积加大，并且由 FLASH 技术制作，因此，广告可承载内容明显多于普通广告形式。而且可以为此制作一个微型网站，通过用户对广告的点击选择将更多的信息呈现在面前而不必离开正在浏览的页面。

10. 即时通信工具

现在网上有各种即时通信工具，如 QQ、MSN、ICQ 等。其中，腾讯的 QQ 是很多"网虫"每天上网必不可少的（图 14-8）。QQ 的注册用户数量庞大，实际使用人数大约占中国网民总数的 80％左右，可以说 QQ 是中国网民除了 IE Explorer 之外最常用的网络软件。这样一个拥有大量用户群的软件，理所当然地成为一个极好的广告媒体。而且它是基于互联网的应用软件，因此，QQ 广告具有普通网络广告所具备的一切优点。

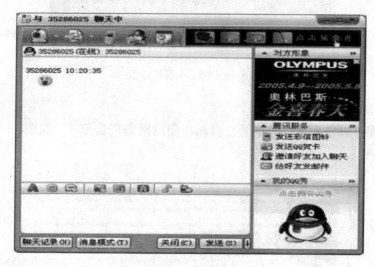

图 14-8　QQ 广告

第二节　网络广告策略

一、网络广告目标与网络广告信息的决定

1. 确定网络广告的目标

在广告学的理论中，对广告目标的讨论之所以重要，在于它揭示了消费者对广告信息反应的一般心理规律，从而确定了沟通能够影响营销的理论基础。广告目标的作用是通过信息沟通使消费者产生对品牌的认识、情感、态度和行

为的变化，从而实现企业的营销目标。从根本上说，广告目标就是对沟通效果的预先设定。

网络广告虽然与传统广告的传播渠道和表现方式不同，但是，经典的AIDA法则仍是网络广告在确定广告目标过程中值得遵循的规律。在AIDA中：

（1）第一个字母 A 是"注意"（Attention）或"知名"（Awareness）。在网络广告中意味着消费者在电脑屏幕上通过对广告的阅读，逐渐对广告主的产品或品牌产生认识和了解。

（2）第二个字母 I 是"兴趣"（Interest）。网络广告受众注意到广告主所传达的信息之后，对产品或品牌发生了兴趣，若想要进一步了解广告信息，可以点击广告，进入广告主放置在网上的营销站点或网页中。

（3）第三个字母 D 是"欲望"（Desire）。感兴趣的广告浏览者对广告主通过商品或服务提供的利益产生"占为己有"的企图，他们会仔细阅读广告主的网页内容，这时就会在广告主的服务器上留下网页阅读的记录。

（4）第四个字母 A 是"行动"（Action）。最后，广告受众把浏览网页的动作转化为符合广告目标的行动，可能是在线注册、填写问卷参加抽奖或者是在线购买等。

与传统广告媒体不同的是，网络广告的 AIDA 可以一气呵成，直接在网上完成 AIDA 的最重要一环——把广告阅读转化为行动。确定网络广告目标，应以沟通为核心，实现这一转换。

2. 确定网络广告的目标群体

确定网络广告的目标群体，简单来说就是确定网络广告希望让哪些人来看，确定他们是哪个群体、哪个阶层、哪个区域。只有让合适的用户来参与广告信息活动，才能使广告有效地实现其目标。

企业的产品特性是准确定位广告目标群体的关键。因为广告的目标群体是由企业的产品消费对象来决定的，网络营销人员要深入调查和分析目标群体的性别、年龄、职业、爱好、文化程度、素质水平、收入、生活方式、思维方式、消费心理、购买习惯、平时接触网络媒体的习惯等。了解了目标群体的特征，才能有的放矢地调整企业的营销策略。

网络浏览或网上购买者是具有一些时代特征的。目前网络人口主要呈现年轻化、受教育程度较好、收入较高的特点。这是因为计算机网络操作要求具有这方面的基本知识和技能。同时，由于网络搜索的工作特性多于它的娱乐性，因此要求网络广告目标群体对网络本身具有较浓厚的兴趣。

在网络广告中，还要清楚地了解目标群体的网络操作水平，这决定着网络广告表现时所能采用的技术程度和软件，针对那些熟悉网络操作技能的广告受众，可以采用较复杂的展现形式和增加广告的互动操作，来提高网络广告的活泼性和趣味性。

由于现在开发的广告管理系统具有定向发布和定向反馈的功能，使得网络营销人员能更准确地了解广告目标群体的情况。企业在进行网络营销时，必须分析网络的既有群体与企业整体营销策略的目标市场之间的重合度有多大，以避免盲目的网络营销决策。企业应充分考虑网络广告目标群体的容量，这主要包括目标群体的人数、购买力及偏好。同时，还要考虑公司、产品及竞争对手在消费者心目中的形象。

在网络广告中，受众主要是网民，但除此之外还有间接的广告对象，比如网民的传播可以影响周围部分人的购买行为，这些人就可叫做第二对象，由此还会形成第三、第四等多层广告对象。因此，在策划中不应该将广告对象局限在网民中，当然做好网民的策划是赢得多重对象的首要条件。

网民作为广告对象是企业在市场营销中确立的目标市场，也是产品的潜在顾客，它是企业市场营销的人的因素，是市场细分的结果。具有明确的广告对象是网络广告，也是其他广告首要的工作，只有确定了广告对象，才能制定吸引其注意力，激发购买欲，促成购买行为的针对性广告。广告策划者要找到准确的广告对象并不容易，网民并不一定都是广告对象，要认真研究市场，经过周密布置和细致划分，才能基本确定广告对象。描述广告对象的指标有多种，如性别、年龄、文化、收入、兴趣、职业等。不同性别的人的需求偏好不同，尤其是生活必需品之外的奢侈品消费上更有天壤之别，如果推出的产品是本身就带有性别色彩，那么，对网民性别比例的判断就很重要，年龄段也是一个因素，年轻人尤其是未婚者，更多地关心的是如何让自己更加完美和浪漫，在服装、化妆品等商品上往往不惜花大钱，结婚的人则更加实际，对生儿育女、家庭装潢、饮食起居这些实际问题关注更多。如果所售产品是家用电器，那么，选择年龄偏大一点的网民群体是必要的。在同一年龄段的网民中，也会在收入、兴趣、职业等多方面表现出差别，收入是决定消费的首要因素，不同的收入水平往往有不同的消费结构，对网民收入水平的划分主要依据广告信息调查阶段获得的信息进行加工整合，在策划者心中形成比较明确的印象，准确划分网民的收入比与人口比，这样才能决定推出什么档次的产品，决定使用什么样的广告基调。与网民相关的另一因素是职业，特殊的职业往往有特定的消费需求和消费动机。网民的职业分配也许并不呈现规律性，但特色化的网站中肯定有网民的许多共性，对这些特点和共性的把握是为了分析网民的消费动机和消费偏好，基于不同职业的商品认可是不同的，在从事广告策划时，对此一定要把握准确，做到有的放矢。

企业在从事广告时，以及广告策划人员在设计广告时，对广告对象的准确把握需要认真研究市场。细分市场才能确定准确的广告对象，在广告对象的策划中常出现对对象的模糊化、虚拟化和广泛化。许多厂商和广告者总理想化地认为全体大众都是其产品的购买者，这是典型的虚拟化和广泛化错误，"大众"是不存在的，生活中只有某个具体的人组成的有一定相似性的群体，而没有大众，把对象确定为大众就是一种模糊和虚拟。广告对象策划的另一个值得注意的问题是对对象的研究不具体、不细致，因此根本找不到广告对象的消费焦点，在一些看似重要、实际却无关痛痒的问题上花大力气。这往往是影响一则广告整体效果的致命因素，却常常被忽视。更多的广告策划者愿意在"设计"、"构思"、"图案"、"色彩"上下功夫，而对实际很重要的"背后文章"做得不够。

3. 网络广告信息与网络广告文案

网络广告信息的传递要通过网络广告创意及策略的选择来实现。根据网络广告的目标和选择的目标群体，进行全面的综合分析和创意设计，确定网络广告的主题、内容、诉求及表现方法等。具体应注意以下问题：

(1) 要有明确有力的标题。广告标题是一句吸引消费者的带有概括性、观念性和主导性的语言。明确有力的广告标题作用很大，特别是在网络广告中，根据统计，上网者在一个网络广告版面上所花的注意力和耐性不会超过 5 秒钟。因此，一定要在这短短的时间内吸引人进入目标网页，并树立良好的品牌形象。这时广告标题的设计就显得十分重要。

(2) 简洁的广告信息。在网络上，强烈清晰的文案比制作复杂的影音文件更能吸引上网者点选。这是由于带宽的限制，图像过多的广告（如动画设计）传输速度较慢，上网者往往会放弃。网络广告应该确保出现的速度足够快，通常在 10~20KB（依不同媒体和版面而异），这是一般网络媒体能接受的图像大小，也是上网者能够接受的传输速度。所以，网络广告信息在目前互联网上发布时应力求简洁，多采用文字信息。至于深入的信息传播，可以通过吸引受众点击，连接到企业主页实现。

(3) 网络广告诉求要清晰明确。准确而唯一的广告诉求是取得好的传播效果的根本，偏离了它，一切都无从谈起。正确的理解广告诉求，严格挑选网站，积极的督导，才能实现好的广告投放。同时根据广告宣传的目标 Pageview 和点击率进行估测，即可估算出可能的时段和访问量，当然，技术上的广告监测和统计及灵活的调整是非常必要的。

(4) 网络广告语言要规范。由于网络可以根据不同兴趣爱好，把受众高度细分化，因而在针对目标受众诉求时，注意运用他们所熟悉的语气、词汇，会增强认同感。此外，网络广告还会受到语言的限制，因而要根据企业的传播目标选择站点，决定运用何种语言。

（5）注意广告信息与画面的配合。动画技术的运用为网络广告增强了不少吸引力，因而在一般的网络广告中，语言应服务于画面，起到画龙点睛的作用。

（6）避免发布重复的广告信息。在论坛、新闻讨论组、电子公告板中做广告时，不要在同一论坛、新闻讨论组、电子公告板的主题下重复发布信息，以免得到相反的结果。在讨论组中一遍又一遍地粘贴内容相同或相近的信息时，这种行为被称为 Spamming。无论什么样的信息，使用 Spamming 的方法是最不能让人忍受的，特别是广告信息。

除了以上这些需要注意的地方，还要考虑到不同网络广告策略的文案写作风格。网络广告的策略基本有两种形式：定向传播策略与交互传播策略。根据其不同特点，文案的写作要求也有所不同。

（1）定向传播的广告策略和文案写作风格。定向传播是指对某些特定的目标受众进行有针对性的传播。在互联网上，有些企业通过一些特定机构购买潜在消费者名单，利用电子邮件、新闻组等方式，向潜在消费者发布广告信息。这种做法与直邮广告比较相近。好处在于针对性强，广告投入浪费较少，但如果运用不当，极易引起受众的反感，招致大量抗议邮件，甚至导致企业声誉受损。因而，准确选择目标受众，把广告发给希望得到有关信息的人是这种广告策略成功的关键。

把生动的网络广告放在能吸引某些特定细分市场的站点上，对提高企业或品牌知名度非常有效。尽管网络广阔，但还是可以细分成很多部分，这些细分的受众有特殊的兴趣与需要，给定向传播提供了更精确的传播途径。比如，一则关于跑鞋的广告放在提供与跑步相关的网站上，化妆品的广告放在女性网站上，会有较精确的到达率。

（2）交互式广告策略与文案写作风格。互联网突破了传统媒体单向传播的局限，为受众与广告主间的双向交流提供了可能。受众不再是被动的接受者，他们也可以发布信息，可以主动寻找信息，对信息做出回应等。

在各娱乐性、综合性网站上发布的图标广告、旗帜广告以及其他广告形式，可采用设置悬念或诱导性、号召性语言与形式，引发访问者的点击与参与。很多广告主运用网络广告并不满足于仅仅提升品牌的知名度，传播品牌形象，还希望能吸引受众进行更深接触，因而将广告与企业主页相链接，这就要求提高点击率。以此为目的的广告，在文案写作中就应注意设置悬念，不把信息说尽；或者设置参与性内容，引起访问者兴趣，拉近他们与品牌的关系。

有时，主动搜寻相关信息的受众会利用搜索引擎或门户网站的链接，而到达企业的主页。对于这些访问者来说，由于有明确的目的性，深入而详细的信息会有较大的影响力。

宝洁公司是较早认识到网络价值的大广告主之一。他们不仅建立了几十个专题网站，而且通过网络广告与其他活动相配合，推出了"润妍"洗润发系列产品。公司运用 FLASH 动画制作技术配合新颖的创意表现形式，创作了"润妍"的网络广告，并选择了在综合门户网站、区域性门户站点、知名女性网站进行投放。据统计，由网络广告的点击而进入"润妍"品牌网站并成为其注册用户的人数近 15 000 左右。通过独具创意的网络广告投放，宝洁公司达到了预期的广告目的及效果。一方面，提高了产品的知名度，增加了"润妍"品牌网站的访问量与注册用户数；另一方面，增加了线下推广活动（润妍女性俱乐部、润妍女性电影专场）的参加人数，达到一种从线上向线下的推广，成功创造了一个网络塑造品牌的典范。

二、网络广告计划概要

在进行网络广告之前，网络营销人员必须先明确：通过网络广告想达到什么目的？在网络广告中最想要表达的是什么（品牌、还是发布新产品或服务）？谁是网络广告的目标受众？拟投放的网络广告的覆盖重点区域在哪里？拟投放的广告要选择什么表现形式？有多少广告预算可以支配？网络广告计划应包括界定网络广告的目标、确定网络广告目标受众、确定大众沟通目标与个体沟通目标、设计信息、选择网络广告渠道、确定网络广告预算等。

1. 界定网络广告的目标

广告目标就是指企业通过这次广告活动要达到的目的，广告目标指引着广告的方向，随后广告活动中的各种行动都是基于广告目标而进行。根据广告的目标，广告可分为促销广告（或称直效行销广告）和品牌广告（或称品牌行销广告）。促销广告以产品为中心，目标是促进短期销量，产生短期利润。品牌广告以品牌为中心，目标是树立品牌形象，积累品牌资产，从而有助于长期销量产生长远利润。

在开始网络广告活动之前，网络营销人员要先明确这次广告活动的重点是推销品牌为主还是推销产品为主，由于网络广告具有互动与强参与性的特点，已使得网络不仅是传播信息的平台，而且还可以作为商务和交易的平台，所以如果网络广告的目标是以推销产品为中心，营销者除了可以让受众认识产品外，还可以让受众填写调查表，配合营销者进行市场调查及促使受众在线购买产品。如果营销者的广告目标是要提高品牌知名度，为了让更多的人关注企业品牌广告，营销者可以在一个知名度较高的网站上发布大幅的旗帜广告以吸引网络用户的注意。

2. 界定网络广告受众目标对象

界定网络广告的目标对象（或称广告的实效受众），是指网络广告希望让哪些人来看，确定他们是哪个群体、哪个阶层、哪个区域。只有让合适的用户（潜在客户）来参与广告信息活动，才能使广告活动有效地实现其目的。

先透析产品特性是准确定位广告目标对象的关键。因为广告的目标对象是由于企业的产品消费对象来决定，网络营销人员要深入调查和分析营销的目标对象的性别、年龄、职业、爱好、文化程度（素质水平）、收入、生活方式、思想方式、购买习惯、消费心理、平时接触媒体的习惯（尤其是主要上网时间段、上网方式、经常访问的网站类型）。网络人口的构成（internet demographic composition）主要呈现年轻化、教育程度高、收入高的特点。

在网络广告中，还要清楚了解目标对象的网络操作水平，这决定着网络广告表现时所要采用的技术程度和使用的软件，针对那些熟悉网络操作技能的广告受众，可以用较复杂的展现形式和增加广告的互动操作性来提高网络广告的活泼和趣味性，还有不同的对象对系统的选择也不同。如工程师和科学家习惯用 UNIX 系统；普通网民喜欢使用 Windows 系统；软件开发人员常用 NT。这些不同的操作系统和软件可能会影响网络广告的最后接受效果。

由于现在的广告管理系统具有定向发布和定向反馈的功能，使得网络营销人员能更准确地了解广告目标对象的情况。

3. 确定大众沟通目标及个体沟通目标

目标受众界定后，网络营销人员就必须决定目标受众目前对企业商业站点和产品从一无所知到采取购买行动所处的反应阶段，并制定出适合目前阶段特征的广告信息，推动顾客向下一阶段发展。

Internet 可以同时作为大众型媒体和个体型媒体加以利用。因此，网络营销人员应确定目标受众的主要反应层次，并据此确定大众沟通目标，另一方面，网络营销人员应对来自个体的反应测试结果存档，建立顾客数据库，并确定针对个人的营销沟通目标。由于营销数据库中记录有该顾客迄今为止的认知和行为过程，网络营销人员便可实施个人跟踪性沟通，从而更有效地推进顾客的反应过程。

4. 设计网络广告信息

确定大众沟通目标及个体沟通目标后，网络营销人员还须明确网络广告的发布渠道和方式才能着手设计网络广告信息。目前企业常用的网络广告发布渠道和方式包括：

（1）主页形式。建立自己的主页，对于企业来说，是一种必然的趋势。它不但是企业形象的树立，也是宣传产品的良好工具。在互联网上做广告的很多形式都只是提供了一种快速链接公司主页的途径，所以，建立公司的 Web 主页是最根本的。从今后的发展看，公司的主页地址也会像公司的地址、名称、电话一样，是独有的，是公司的标识，将成为公司的无形资产。

（2）网络内容服务商。如新浪、搜狐、网易等，它们提供了大量的互联网用户感兴趣并免费信息服务，包括新闻、评论、生活、财经等内容，因此，这些网站的访问量非常大，是网上最引人注目的站点。目前，这样的网站是网络广告发布的主要阵地。

（3）专业类销售网。这是一种专业类产品直接在互联网上进行销售的方式。现在这样的网站越来越多，著名的如 Automobile Buyer's Network、AutoBytel 等。走入这样的网站，消费者只要在一张表中填上自己所需商品的类型、型号、制造商、价位等信息，然后按一下搜索键，就可以得到所需要商品的各种细节资料。

（4）企业名录。这是由一些 Internet 服务商或政府机构将一部分企业信息融入他们的主页中。如香港商业发展委员会的主页中就包括汽车代理商、汽车配件商的名录，只要用户感兴趣，就可以通过链接进入选中企业的主页。

（5）免费的 E-mail 服务。在互联网上有许多服务商提供免费的 E-mail 服务，很多上网者都喜欢使用。利用这一优势，能够帮助企业将广告主动送至使用免费 E-mail 服务的用户手中。

（6）黄页形式。在 Internet 上有一些专门用以查询检索服务的网站，如 Yahoo、Infoseek、Excite 等。这些站点就如同电话黄页一样，按类别划分，便于用户进行站点的查询。采用这种方法的好处，一是针对性强，查询过程都以关键字区分；二是醒目，处于页面的明显处，易于被查询者注意，是用户浏览的首选。

（7）网络报纸或网络杂志。随着互联网的发展，国内外一些著名的报纸和杂志纷纷在 Internet 上建立了自己的主页。更有一些新兴的报纸或杂志，放弃了传统的"纸"质媒体，完全成为一种"网络报纸"或"网络杂志"。其影响非常大，访问的人数不断上升。对于注重广告宣传的企业来说，在这些网络报纸或杂志上做广告，也是一个较好的传播渠道。

（8）新闻组。新闻组是人人都可以订阅的一种互联网服务形式，阅读者可成为新闻组的一员。成员可以在新闻组上阅读大量的公告，也可以发表自己的公告，或者回复他人的公告。新闻组是一种很好的讨论和分享信息的方式。广告主可以选择与本企业产品相关的新闻组发布公告，这将是一种非常有效的网络广告传播渠道。

以上每一种渠道形式都有各自的特点和长处。网络营销人员需根据各广告形式的特点、网络广告的营销目标、广告预算、所采用网络技术等选择网络广告的组合方式。网络广告信息设计应根据个体沟通目标及大众沟通目标分别进行。个体沟通的主要工具是E-mail，信息设计在结构和形式上比网页要简单得多，但由于E-mail更接近于个人信件，因此在书信内容和语言方面需要十分注重对方的心理特点和感情需求。大众沟通的主要手段之一是企业网页，信息设计的内容包括：①设计网络广告信息内容，它用来系统地阐述某种利益或动力，或者受众之所以对该种产品感兴趣的原因，亦可称为请诉求、主题、构想或独特的销售建议（USP）；②决定网络广告信息结构，即企业的各类信息在网页上的架构，相互关系及连接方法；③网络广告信息格式，即信息的标题、文本、图像、声音、操作菜单等方面。处于大众沟通与个体沟通之间的，是把目标受众进行分类，针对各类别特点设计不同的信息。

5. 制定网络广告发布时段的安排

网络广告发布时段策划，包括对网络广告时限、时序、时点、频率的考虑。时限是广告从开始到结束的时间长度，即营销者的广告打算持续多久。时序是指广告活动是在产品投放市场之前还是之后，还有各种广告形式在投放顺序上的安排，频率即在一定时限内广告的播放次数。网络广告的时间频率主要用于E-mail广告上。

对目标受众主要的上网时间的调查表明，网民上网活动在时间上有一定共性，即多在晚上和节假日。了解好这些信息，可更好地做好时段安排。网络广告的时段安排形式可分为持续式、间断式、实时式。网络广告的时间策略除了结合目标受众的特点，还要结合企业的产品投放策略、配合企业在传统媒体上的广告策略。好的广告时间策略不仅能提高广告的浏览率和点击率，还能节省广告费用。

6. 选择网络广告服务提供商

网络上有许多信息服务商，设置了不同类别的信息网点，企业通过选择信息服务商进入不同的网点。同时，由于网上各类信息混杂，网络信息、服务商同样良莠不齐，因此，如何正确地选择网络服务商对于企业是否能够成功地进行网上广告具有十分重要的意义。

7. 设计好网络广告的测试方案

在网络广告策划中，根据网络营销人员本次广告活动所要选择的形式、内容、表现、创意、具体投放网站、受众终端机等方面设计一个全方位的测试方案至关重要。在广告前，要先测试网络营销人员的广告在客户终端机上的显示效果，测试网络营销人员的广告信息存量是否太大而影响其在网络中的传输速度，测试网络营销人员的网络广告设计所用的语言、格式在服务器上能否得到正常处理，避免最后的广告效果受到影响。

8. 确定网络广告预算

网络广告预算是指在网络营销人员进行网络广告活动之前对广告费用的预算，同时预算网络营销人员能为本次广告活动支付多少费用。对大部分上网企业而言，Internet 仅仅是其整体营销沟通计划的一部分。公司首先要确定整体促销预算，再确定用于 Internet 广告的预算。整体促销预算可以运用量入而出法、销售百分比法、竞争对等法和目标任务法。而用于 Internet 的预算则可以依据网络目标受众重合度，一个简单的重合度指标可以设计为：网络目标受众重合度＝平均每周上网超过一次人数/目标顾客样本总量；网络目标受众重合度越高，用于网上广告的投入比例便可越大。

第三节 广告媒介决策与网络广告中介

一、网络广告中介服务种类

网络媒体的出现，更新了广告发布的传统概念，也使广告代理方式发生了相应的改变：《关于进行广告代理制试点工作的若干规定（试行）》规定：广告客户必须委托有相应经营资格的广告公司代理广告业务，不得直接通过报社、广播电台、电视台发布广告。兼营广告业务的报社、广播电台、电视台，必须通过有相应经营资格的广告公司代理，方可广告（分类广告除外）。

传统广告发布主要是通过广告代理制实现的，即由广告主委托广告公司实施广告计划，广告媒介通过广告公司来承揽广告业务。广告公司在离线广告发布中处于中介地位，为广告客户和广告媒介双向提供服务。与传统广告的发布相比，选择在网络上发布广告将使广告主拥有更大的自主权，既可以自行发布又可以通过广告代理商发布。

1. 无代理制

无代理制即没有广告商当中介，网络营销人员直接寻求广告站点，将其广告业务委托给对方，由其执行广告计划并在其站点上发布。目前，像龙腾21世纪（www.21cn.com）、yahoo 中文（www.yahoo.com.cn）、新浪网（www.sina.com.cn）等站点都承揽这种广告业务。

2. 单层代理制

网络营销人员将广告业务交给网络广告代理商或者是具有广告代理能力的传统广告商，然后由这些代理商执行广告计划并交给某个网络媒体发布。

现在有越来越多的广告公司作为中介机构参与到网络广告业务中。美国最大的网络广告公司 DOUBLICLICK 成立于 1996 年，仅 1998 年 12 月就为 570 个站点的 6400 个页面传送了 53 亿的广告次数。国际著名的奥美广告公司和灵智大洋广告公司专门成立了互动媒体业务部门，率先在国内为其客户提供专门的网络广告推广业务，使其服务的专业化程度得到新的拓展。海脉数码集团为进一步拓展在线广告业务，也专门成立了海脉在线广告公司，旨在为客户提供更专业和全面的服务。

3. 双层代理制

网络营销人员将网络广告业务委托给传统广告商，传统广告商因为缺乏网络广告经验以及网络广告制作技术，又将有关业务转交给网络广告代理商，由网络广告代理商执行计划并交由某个网络媒体发布。

4. 网络营销人员自行发布

在网络上，打破了营销人员不得自行在媒体上发布广告的界限。网络营销人员可自行组织执行其广告计划，或在自己建立的网站上发布，或运用 Internet 上的其他工具（如 E-mail，Usenet）来发布广告信息。

1999 年 2 月宝洁公司为新产品 PERTPLUS 建立了专门的网站 www. pertplus. com 在网上进行促销。在短短两个月中，有 335 000 人访问此站，有 83 000 人索取试用装，有 59 000 人愿意接受相关邮件，54 000 人愿意参加调查，广告印象率为 4.5 亿人，平均访问率 0.84%。

伴随着网络广告的出现，网络广告中介像雨后春笋般地出现。常见的网络广告中介服务商有：

网络服务供应商，又称为 ISP（internet service provider）。

在线服务商。此类公司负责企业上网之后的各类网上服务（onlineservice）。与网上广告相关的服务包括：搜索服务、网站主持（web site host）服务、信息服务；此类网站除了搜索网站、ISP 网站外还包括多种形式：网上出版商（online publishers）、首页评估者（website evaluaters）、网上虚拟商业街。

网上广告公司。网络广告公司主要从事三个方面的业务：网站的代理和网络的传送、在线营销和服务、广告管理技术和在线广告交易系统。

实际上，这些不同类型服务商之间的服务内容往往是相互交错重叠的。提供连线服务的 ISP 常常也提供网页主持服务，许多网上广告公司也能提供上网服务或网页主持服务。

此外，随着网络媒体发展的复杂化与多样化，网络广告水平的不断提升，网络营销的要求越来越高，许多广告主以及网络服务商面临日趋激烈的竞争，将没有时间和精力也没有相应的水平来处理专业性的网络广告业务，网络广告代理必将成为网络广告发布的主流。

二、网络服务供应商（ISP）的选择

网络广告服务提供商是提供网络广告服务的商业站点，或者是搜索引擎，一般来说，互联网信息服务商（ISP）都具有这样的服务功能。随着互联网的迅猛发展，现已涌现出大批网络广告服务提供商可供挑选。他们的服务内容、服务质量和服务费用可能存在很大的差异。选择一个服务优良、收费合理的网络广告服务提供商是企业成功地开展网络促销的重要环节。

选择网络广告服务提供商时主要应当考虑五个方面的要素：服务商提供的信息服务种类和用户服务支持；服务商的设备条件和技术力量配备；服务商的通信出口速率；服务商的组织背景；服务商的收费标准。

1. 服务商提供的信息服务种类和用户服务支持

互联网上信息服务的种类很多，但是，往往在收费类似的情况下，不同的信息服务商提供的服务种类是不同的。

一般来说，广告主要选择的站点应该是信息量比较大，信息的准确性比较高，信息能定期更新和补充，栏目设置条理清晰而且丰富，栏目中的文字简洁、主题鲜明、重点突出，主页设计与制作比较精良。另外要看这些站点发布信息所使用的语言。目前国内站点常用的语言仅有中文，而台湾站点大多有国标中文和大五码中文，海外站点大多是英文。但有的站点同时提供这两种语言的版本。显然，不同的语言会吸引不同的浏览群体。

有些信息服务商除了提供常规的互联网信息服务之外，还提供一系列专门的信息服务，如经济信息查询、在线商场、股市信息、法律咨询、人才交流等，这些服务的存在使站点浏览人数大大增加。在这样的站点上刊登网络广告效果较好。

在经营方面，要看是否有一定的免费服务，因为有一定价值的免费服务往往能够吸引更多访问者。用户服务支持是指在刊登网络广告时服务商对用户提供的构思帮助，提供的说明资料，提供的免费试播时间等，这些情况也应当了解清楚。

2. 服务商的设备条件和技术力量配备

设备条件关系到网络广告服务提供商所提供的服务是否可靠，是否能够经

常更换网络内容，是否可以保证一天 24 小时、一年 365 天不间断地播出广告的问题。企业应当优先考虑那些技术先进、高度可靠和有高度可扩展设备的网络广告服务提供商。

技术力量配备不但关系到服务本身的可靠性，而且关系到用户在遇到问题时能否得到及时的技术咨询服务和技术支持服务。一个可靠的网络广告服务提供商的技术队伍应该是由技术熟练的工程师组成的，而不是由一些经验不多的新手组成。应该保证用户在任何时候都可以得到及时的技术支持。

3. 服务商的通信出口速率

通信出口速率是选择网络广告服务提供商十分关键的一个因素。目前我国只有少数几个网络具备直接链接国际互联网的专线，许多网络广告服务提供商都是通过这些网络进入国际互联网的。因此选择网络广告服务提供商时，首先要弄清他给出的通信出口速率的情况。其次，应当了解这个网络广告服务提供商的出口专线是自己建设的，还是租用别人的，或是与别共享的。这关系到网络广告服务提供商的出口线路及其速率的可靠性问题与他人分享线路的网络广告服务提供商一般是无法保证他宣称的通信出口速率的。最后还应了解用户的数量。有的互联网专线通信出口速率虽然很高，但是由于用户较多，用户实际的通信速度仍然不理想。

4. 服务商的组织背景

网络广告服务提供商的背景也很重要。这个网络广告服务提供商已经经营了多长时间，是否具有长期经营的能力，注册资本是否雄厚，经营状况如何等。应当注意的是，国家对于互联网网络广告服务是有严格规定的。一个网络广告服务提供商必须申请到经过国务院批准的互联网接入代理许可证，并且持有国家电信部门核发的电信业务经营许可证（含计算机信息服务、电子邮件服务等），才可以面向社会提供互联网网络广告服务。

5. 服务商的收费标准

网络广告的收费没有统一的标准，它是由多个因素构成的不同的网络广告服务商的知名度不同，其价格相差很大，宣传效果各有千秋，需要认真地进行比较后再做选择。

6. 两类适合设置网络广告的站点

投放网络广告的首选站点是导航台。好的导航台能够将成百上千从来没有访问过你的站点的网民吸引过来。导航台为客户提供了很多网络广告的展位，首页自然是最好的，但也是最贵的。在导航台中还有很多按照主题划分的类别，每次检索，数据库还会根据关键词动态地组合造成检索结果的主页，在这些不同层次的主页中都可以设置网络广告，这些位置并不一定比首页差，因为与企业的广告内容相近的主页的消费者才是最想吸引的目标。

在导航台中投放网络广告网民覆盖面广，数量大。但也应看到，其中的很多浏览者与企业的网络广告无关，而且价格也较高。

其次，可以选择有明确浏览者定位的站点。这种站点的浏览者数量可能较少，覆盖面也会比较窄，只要这些浏览者是企业所需要的，他们就是企业的有效宣传对象。从这个角度看，有明确浏览者定位的站点的有效浏览量可能并不比导航台少。选择这样的站点投放网络广告如果获得很多有效点击，说明选择是经济有效的。

为了更好地确定投放网络广告的站点，还可以向已经在这些站点上设置网络广告的单位咨询，这些单位能够给你一个比较客观、准确的评价。

三、信息服务网站的选择

信息服务网站选择的目标在于在一定的广告预算下达到尽可能高的广告到达率与暴露频次。与普通报纸杂志相同，信息服务网站也由于其提供的信息种类不同而拥有不同类型的读者。因此，网络营销人员应该首先调查网站的主要读者类型特征，并与本企业的目标市场进行比较，据此可以得出一批符合目标受众的备选网站。进一步选择时则需要根据各网站的收费标准、目标受众的到达范围以及访问频率等数据进行线性规划，得出在一定广告预算下的最佳网站组合。要掌握网站的收费标准，必须了解网络广告收费模式，具体收费模式有：

（1）千人印象成本收费模式（cost per thousand impressions，CPM）。印象（impression）即指含有旗帜广告、图标广告和文字广告的页面被访问的次数，一次就叫一个印象。以广告图形被载入（LOAD，即载有广告画面的网页在计算机上显示）1000次为基准的网络广告收费模式。例如，一个旗帜广告（banner）的单价是10元/CPM，那么广告主如果花1000元就买到了100个CPM。按国际惯例，CPM的收费标准是按页面访问次数（page views）而不是访问人次（user sessions，即网站上一个用户的活动过程，一般通过IP地址或Cookie来确定一个单一用户）。目前大多数信息服务网站主要以CPM作为基价。

（2）每千次点击成本收费模式（cost per thousand click-through，CPC）。按照网络广告产生的实际点击数量计价。例如，一个旗帜广告（Banner）的单价是50元/CPC，那么广告主如果花500元买10个CPC，这意味着他所投放的广告可以被点击10×1 000＝10 000次。

（3）每行动成本收费模式（cost per action）。广告主为回避广告费用风险，只有在广告带来产品的销售后才按销售笔数付给广告站点较一般广告价格更高的费用。

（4）包月方式，目前国内一些网站不顾广告效果好坏，不管访问量多少，一律按一个月多少来计算，如图 14-9 所示。

广告类型	首页			频道首页	最终页
	首屏	次屏	三屏		
按钮	1800元/月	1500元/月	1000元/月	1000元/月	500元/月
滑动按钮	2000元/月			1500元/月	
专栏	2500元/月			2000元/月	
通栏	2500元/月		1800元/月	2000元/月	
横幅	2500元				
文字链接	800元/月			500元/月	
弹出窗口	3000元/月			2000元/月	
漂浮	2500元/月			2000元/月	
摩天大楼					1000元/月

图 14-9　中国金属加工网网络广告包月价格

在掌握网站的收费标准之后，还需得到有关网站的目标受众到达范围以及访问频率等确切数据。这些数据的获得需要专门的网络反馈与测量技术，而网络营销人员一般是无法对这些网站的有关数据进行测量的，网络营销人员往往需要依靠现成的资料。有些网站的确提供此类资料，但这些资料是由网站单方面提供的数据，缺乏证实。这就涉及到网站审计问题。网站审计（web site audit）是指由专门的网站审计机构对网站的受众规模（eyeballs）、访问频率等数据进行测量，并提供第三方证明的过程。

优秀的广告信息服务站点具有以下特点：

（1）网上广告受众率的保证；

（2）潜在客户的保证：站点的访问者是广告主产品或服务的现有购买者或潜在购买者；

（3）收费模式采用千人印象成本或千人点击成本的收费模式，而非包月制或按照点击收费；

（4）广告主可以进行广告监测，提高广告透明度；

（5）有第三方提供广告监测服务；

（6）广告提供商广告意识好。

现在，网络营销人员已经越来越意识到网站审计的重要性，根据网站审计所提供的数据，再按照广告媒体组合策略的一般方法，网络营销人员就可以制定出较好的网站组合方案。

四、网络广告公司的选择

在选择网络广告公司进行广告设计与制作时，网络营销人员需要着重考虑两个方面的问题：本企业的广告制作小组应如何组建；应选择什么样的网络广告公司。

1. 组建企业的网络广告制作小组

随着网上广告的发展，越来越多的企业开始考虑如何组建网络广告制作小组。该网络广告制作小组的组建可以来自两股力量：一是本企业的网络广告人员；二是外界网络广告公司的力量。关键问题是如何整合这两股力量。

I/O 通讯网的业务总监 M. H. riley 认为，企业在选择最好的网络广告制作小组组合时应着重考虑两点：同时在企业内部和外部寻找具有远见，并且来自不同领域的人；选择那些对网络营销所带来的机会抱有极大热情的人。可见，一个较好的方法是使用本企业力量进行网络广告基本方针的策划及网络广告主题的制定，在此基础上利用专业网络广告公司的力量进行网络广告创意开发。这种方法的优点是：本企业网络广告人员更清楚企业的内部情况和营销目标，而专业网络广告公司则更擅长于紧跟时代发展的步伐，提供最先进的网络广告制作技术和理念，正如尼克·洛森伯格（洛杉矶的 W3-design 网上广告公司总裁）所说："企业很少能在内部找到像我们这样富有经验的广告制作人员，因为在过去的几年中，我们全心致力于网上广告技术的开发"，企业的营销人员将进一步思考如何谋求广告小组在营销和技术专能方面达到更好的均衡，这样，企业的网络广告小组将会赶超其竞争对手所使用的最先进的网上广告设计软件。此外，强调充分利用外界网络广告公司力量的原因还在于防止本企业网络广告人员高估他们以往广告制作的经验，低估网上广告的制作难度，而导致网上广告行动的失败。

2. 选择专业网络广告公司

尽管现在已出现了众多的专业网络广告公司，然而其中相当一部分还处于互动式营销的尝试阶段。因此，企业在选择专业网络广告公司时必须弄清一家网络广告公司究竟能够提供哪些服务，以及愿意提供哪些服务。

一些专业广告公司并没有全力投入网络营销领域。他们不愿意投入时间和资金去学习和掌握这一新的媒体，而往往在观望这一领域是否能真正带来利润。相比之下，好的专业广告公司则会不断地去挖掘与评估最新的网络营销机会与工具，并不断实验如何使用这些工具以达到既定的互动目标。他们还会在为不同的客户服务过程中积累经验。网络营销人员必须像在传统营销中那样，仔细评估这些网上营销服务中介的能力。

下面是网络营销人员在评价专业网络广告公司时需认真考察的问题：

（1）其核心竞争能力是什么？（如果它不具有互动式网络广告的设计与开发能力，则不予考虑）

（2）该公司有多少工作需要转包给其他代理人完成？（有时，一些广告代理商既不能独立完成广告制作任务，也不能组织外部力量按时完成，甚至不具备网上广告方面的基本技能）

（3）分派给本企业的网络广告小组成员能力如何？（可以通过查看他们以往的项目记录得知这一点）

（4）分派给本企业的网络广告小组有多少人？他们是全职为本企业服务，还是同时为几家企业负责广告策划？

（5）分派给本企业的网络广告小组是否在着手广告设计前进行广告创意及整体营销策略规划？

（6）如果该公司与某一网络服务供应商存在业务关系，则这种关系紧密性有多大？是否意味着选择该网络广告公司就必须连带地选择网络服务供应商？

（7）该公司是否有战略眼光？（好的广告公司能够综合品牌、广告设计与开发使客户获得理想的投资回报）

（8）分派给本企业的网络广告小组主持或参与过多少个网站的筹建？是否有足够的建网经验？目前的业务进展情况如何？

（9）它是否有能力展示更为复杂的网页设计技术？（企业需要进一步挖掘以评估其真正的实力有多大）

第四节 网络广告交换

网络广告交换是指网站之间通过相互链接、交换文字或图标广告扩大宣传效果的方法。拥有自己主页的用户通过相互交换广告或者加入广告交换网的方式来实现对双方广告的双向乃至多向登载。网络广告交换被认为是网络营销的一项重要手段，对于企业网站推广具有重要意义，因为其免费性，尤其受那些经济实力较弱的广告主欢迎。

一、网络广告交换的途径

1. 广告主间网络广告的直接交换

建有自己网站的广告主可以直接寻找与自己的网站具有互补性、相关性或者潜在客户的站点，并向它们提出广告交换的要求，在自己的网站上为合作伙伴的站点设立链接，通常有图片链接和文本链接两种形式，由于文本链接占用字节少且不影响网页整体效果而被广泛采用。

这种互惠链接方式不仅可以相互推广，还可以增加广告主自身网站的"质量"。因为一个网站不可能大而全，但为了给用户提供"完整"的方案，解决的一个办法就是建立互惠链接，这也是被业界证明的，每个网站应该有自己的特色，有自己的核心业务，外延部分应该外包出去，可以"交给"互惠链接。

2. 网络广告交换网

在网络广告交换网上，一般包括文本的交换及图标（logo）的交换。其中图标交换网的运转机制一般为：广告主先向该交换网管理员申请获得一个号，然后按照要求，制作一个宣传自己的图标，并将自己归到某一类中，然后传送给交换网络。由于网络速度的限制，一般的广告交换网都对广告图片作了从几 K 到十几 K 不等的规定，而且广告图片要求符合旗帜广告或按钮广告的尺寸。此时，作为交换网的成员广告主可提交自己主页的图片，该交换网会相应给出一段 html 代码，把该代码加到自己的主页中即可。这样每当有人访问你主页上他人的广告时，你得到 0.5 或 1 分，根据该交换网的显示交换比率，你的广告就会在该交换网另一用户的主页上显示。从广告交换网的角度来看，每当有人调阅含有图标的网页时，该图标就实时从广告交换网的服务器中被取出，所以就可以统计到安放在你的主页中的图标被看到次数，根据这个统计，交换网会将你的广告按你选择的类别，等量地送到他人的站点中显示。这样就可以达到相对公平地在成员中互换图标广告的目的了。

3. 网络广告与传统媒体或企业之间的广告交换

例如百事可乐和雅虎的在线和离线联合促销计划。根据双方的协议，百事将在 15 亿瓶饮料瓶上印雅虎标志，并在全美 5 万家商店公开销售。同时雅虎将新开一专门网站 pepsistuff.com 以促销百事产品。所有百事饮料瓶盖上带有代码，使消费者可以通过网络兑奖并享受优惠，为期 5 个月的联合促销计划于 2000 年 8 月开始。

二、网络广告交换中应注意的问题

现在各种各样的站点鱼龙混杂，良莠不齐，网络广告交换过程中如果不进行相应的跟踪管理，非但不能发挥广告交换的效果，还很可能堕入陷阱，所以对网络广告主来说怎么样选择合适的网络广告交换对象以及对其进行管理就成为一个重要的问题。网络广告交换中应该注意的常见问题主要有以下一些：

1. 链接数量

做多少个链接比较合适？目前没有一个很客观的标准。链接的数量主要与网站所在领域的状况有关。一个专业性特别强的网站，内容相关或者具有互补性的网站可能就非常少，那么可以建立交换链接的数量自然也会比较少。反之，大众型的网站可以选择的链接对象就要广泛得多。

一般来说，可以参考一下和自己内容和规模都差不多的网站，看看别人的情况，如果那些网站中你认为有必要做链接的网站都已经出现在自己的友情链接名单中，而且还有一些别人所没有的，但又是有价值的合作网站，那么就应该认为是工作很有成效了。不过，新的网站不断出现，交换链接的工作也就没有结束的时候，你的合作者名单也会越来越长，这是好的现象。总之，没有绝对的数量标准，合作者的质量（访问量、相关度等）也是评价互换链接的重要参数。

2. 不要链接无关的网站

在选择网络广告交换对象时应该有一定的标准，因为建立友情链接不仅仅是为了增加访问量，还应对你的网站内容起补充的作用，以便更好地服务你的用户，如果你链接了大量低水平的网站，会降低访问者对你的网站的信任，甚至失去潜在顾客。

一般来说，应该选择目标受众经常光顾的站点作为交换对象。例如一则关于跑鞋的广告放在与体育相关的网站上，化妆品的广告放在女性网站上，会有较精确的到达率。此外，还应该考虑交换站点本身的经营状况。因为只有所选择的交换对象本身的访问率很高时，你的广告被浏览或点击的概率才会较高，交换效果才会比较好。

3. 不同网站 LOGO 的风格及下载速度

交换链接有图片和文字链接两种主要方式，如果采用图片链接（通常为网站的 LOGO），由于各网站的标志千差万别，即使规格可以统一（多为 88×31 像素），但是图片的格式、色彩等与自己网站风格很难协调，影响网站的整体视觉效果。例如，有些图标是动画格式，有些是静态图片，有些画面跳动速度很快。将大量的图片放置在一起，往往给人眼花缭乱的感觉，而且并不是每个网站的 LOGO 都可以让访问者明白它所要表达的意思，不仅不能为链接方带来预期的访问量，对自己的网站也产生了不良影响。

另外，首页放置过多的图片会影响下载速度，尤其这些图片分别来自于不同的网站服务器时。因此，最好不要在网站首页放过多的图片链接，具体多少适中，和网站的布局有关，5 幅以下应该不算太多，但无论什么情形，10 幅以上不同风格的图片摆在一起，一定会让浏览者感到无所适从。

4. 回访友情链接伙伴的网站

交换链接一旦完成，就具有相对的稳定性，不过，还是需要做不定期检查，也就是回访友情链接伙伴的网站，看对方的网站是否正常运行，自己的网站是否被取消或出现错误链接，或者因为对方网页改版、URL 指向转移等原因，是否会将自己的网址链接错误。因为由于交换链接通常出现在网站的首页上，错误的或者无效的链接对自己网站的质量有较大的负面影响。

如果发现对方遗漏链接或其他情况，应该及时与对方联系，如果某些网站因为关闭等原因无法打开，在一段时间内仍然不能恢复的时候，应考虑暂时取消那些失效的链接。不过，可以备份相关资料，也许对方的问题解决后会和你联系，要求恢复友情链接。

5. 无效的链接的处理

谁也不喜欢自己的网站存在很多无效的链接，但是，实际上很多网站都不同程度地存在这种问题。即使网站内部链接都没有问题，但很难保证链接到外部的也同样没有问题，因为链接网站也许经过改版、关闭等原因，原来的路径已经不再有效，而对于访问者来说，所有的问题都是网站的问题，他们并不去分析是否对方的网站已经关闭或者发生了其他问题。因此，每隔一定周期对网站链接进行系统性的检查是很必要的。

6. 网络广告交换网选择

目前，专门的网络广告交换网越来越多，在加入之前，最好先比较一下效果，比如有些文本链比较乱，一旦有不健康内容或不良政治倾向的网站和你交换，会给你的站点带来很多负面影响。有时甚至贡献了许多点击，却被访问的次数仍为 0（欠点）。

三、Lycos 广告链简介

Lycos 广告链（http：//links. lycos. com. cn/）是一个集"基于文本链接的广告交换"、"点击统计分析"、"网站排行榜"、"网站推广"、"网站建设原码超市"、"网络同志互助社区"等为一体的系统，如图 14-10 所示。

Lycos 广告链具有以下功能和特点：

（1）采用基于点击的交换，也就是说访问者有多少次点击你的站点上的多来米链接广告牌，则你的广告链接也会被别的网站的访问者点击多少次；

（2）样式设置灵活，可放置于主页的不同区域，不同位置，比图片广告更

图 14-10   Lycos 广告链首页

为方便；

（3）具有"点击分析"、"排行榜"、"积点奖励计划"等功能；

（4）加入简单，用户只要在主页上点击"注册"开始申请加入 Lycos 广告链接，选择自己的用户名后，阅读服务条款，然后提供详尽的个人资料和站点资料，最后定义自己的广告样式，就完成了申请。然后把 Lycos 提供的 HTML代码加入到相应的页面就可以了。

第五节   网上分类广告

分类广告最早出现在报纸上，拥有相对固定的版位，以众多小型广告的集中展示形成规模优势，吸引有需求的消费者，并以最快速度到达最有效的受众，同时也节省了消费者获取实用广告信息的时间，成为消费者日常生活中不可缺少的消费指南。随着互联网逐渐融入日常生活，分类广告在网络上应运而生。

网络分类广告是一种全新的网络广告服务形式，主要满足企事业单位和个人商户在互联网上发布各类产品和服务广告的需求，并为广大网民提供实用、丰富、真实的消费和商务信息资源。与传统媒体分类广告相比，网络分类广告容量大，表现形式多样化、立体化，可查询、收藏信息。由于分类广告最能体现互联网的搜索和交互功能以及跨地域的优势，其定向投放能力和受众区分能力都较普通的旗帜广告与巨幅广告来得出色，越来越多的受众开始习惯于在网络上查询分类广告。而网络广告服务商也会因此获得巨大的成功，如美国在线的分类广告就能够在短短5年内，击败传统媒体分类广告，创下年销售额几千万美元的惊人业绩。

新浪网在2001年在国内率先推出网络分类广告业务，并开通了"新浪分类信息"频道作为网络分类广告的媒体平台，在国内市场的占有率超过50％。目前国内的主要门户网站和地方门户站点迅速跟进，近两年间网络分类广告市场总量年增长幅度超过100％，据统计网络分类广告总量约占网络广告总量的15％，仅次于横幅广告和赞助式广告，成为网络广告的3种主要形式之一。

分类广告模式的开拓，说明网络媒体越来越具备传统媒体的全面功能。这不断增长的分类广告收入，对网络媒体来说，也是在不断增长的希望。

一、网上分类广告的优点

网上分类广告除了保持传统分类广告形式简洁实用、信息集中、受众有主动消费需求的特点之外，充分发挥了互联网技术的特点，形成网络分类广告独特的优势：

（1）快捷查询。使用过搜索引擎的人都有过这样的体验——有时什么也搜不到，有时却会意外地得到上百万条信息。信息不足与信息过量同样有害！如何让大众能迅速地找到所需的信息呢？分类信息频道提供了解决办法。网络分类广告借助数据库技术可对信息进行科学分类和快捷查询，是一种更为高效的信息传播方式，见图14-11。网上分类广告根据市场对广告受众进行细分，能确保广告主的广告准确投放到对广告主的产品和服务真正感兴趣的消费者当中。

（2）价格低廉。网上分类广告发布无须纸张、印刷等物耗成本，因此，相对报纸等传统媒体，网上分类广告的收费更加低廉。用户只需花很少的钱就可以把自己的广告长时间放在网上，随时提供给有需要的消费者。

（3）发布快速。网上分类广告发布无须经过排版付印等繁琐程序，可以最快的速度把用户的广告发布到网上，并可根据用户的需要对广告内容进行及时修改。

（4）形式多样。网上信息不受篇幅版面限制，并有图片、动画、声音等多媒体表现形式，可以满足用户对广告形式的各种特殊需要。

（5）非强制性。消费者和企业在需要时才点击，而不像其他广告那样强行

图 14-11　浙江在线分类广告检索

出现在受众面前，让人猝不及防。

（6）广告的展示空间更广阔。由于报纸版面的限制，报纸分类广告的展示内容极为有限。而在网上，数据库中每条数据的承载相对报纸可以成百倍的扩大。

（7）互动性。受众主动点击想了解的信息，商家在线查询得到反馈信息。

（8）可计量性。精准统计浏览量，受众群体清晰易辨，广告效果更好。

二、网上分类广告的经营策略

分类广告的受众量和忠诚度，是分类广告质量的重要标志。对此，网上分类广告应该从满足广告主发布信息和用户查询信息这两个主要方面去努力。具体来说，需要注意以下一些问题：

1. 科学完善的分类

科学完善的分类不仅可以使广告主找到合适自己的广告发布渠道，同时也有利于信息的需求者快速方便的查找信息。比如新浪网就注重行业分类信息的完善科学，地域覆盖广泛，开通了 20 个地区和城市频道，广告行业分类包括 IT、通信、家电、汽车、招聘求职、旅游、房地产等 20 多个行业，可满足各行各业信息发布的需求和网民的信息查询需求。

2. 完善价格体系

考虑广告主的承受能力，提供实惠的发布价格，使商家只需付出相对较少的广告费投入，就能轻轻松松、方便快捷的尝试产品或服务的网上推出，享受互联网跨越时间、空间限制、充分互动带来的良好效果，这是赢得客户的重要策略。

3. 分类广告信息质量的把关

网上分类广告要尽可能避免垃圾信息和虚假信息对用户的干扰，从而为用户查找信息创造一个良好的环境。新浪的做法也许值得参考，新浪分类广告代理商全部具备专业资格认证，所以从源头就保证了信息的真实性和实用性，从而向网上垃圾广告正式告别。

4. 尽可能吸引更多的人浏览分类广告

比如新浪分类信息入口众多，每个频道都有专门的入口（如财经），以及每条新闻都有分类信息的入口，从而增加了不同层次的网民，增加了分类信息的访问量，保证了客户投放广告的效果。并配合图片以及互动性链接，能够全方位的展示客户信息。

三、网络广告与传统媒体广告的互补与合作

分类广告是报纸的重要收入来源。据统计，分类广告收入占美国报纸总收入的30％；在英国，分类广告占全国性报纸收入的12％、占地区性报纸收入的51％。失去分类广告，大多数的报纸的生存将成为问题。

而对互联网来说，其最易渗入的领域就是分类广告，因为分类广告最能体现互联网搜索的功能和跨地域的优势。在这里分类广告是用来吸引读者的网页内容，网站的收入则来自于到网页上刊登的其他广告。这对报纸无疑是致命打击。正是基于类似考虑，一段时间以来，国内的媒体都认为网络媒体将对传统媒体构成严重威胁，甚至给人的感觉是，由于网络的到来，传统媒体将面临十分难受的境地。但一年半载过去了，与预料相反，网络没有断绝传统媒体的生路，网站大批大批的广告投入反而使得许多传统媒体经营如日中天。据统计，1999年末，网站在电视广告的投放形成了前所未有的高峰，仅京沪穗三地网站投放总量为3169万元。保守估计，现在国内网站广告投入过5000万元的将超过15家。现在北京几家广告经营额较大的报社中，网站广告投放比例已超过20％。

网络不但把传统媒体的广告市场再度激活，而且其自身也在飞速发展。近几年美国网络广告收入一直以翻番速度递增：1997年收入11.4亿美元；1998年20亿美元；1999年44亿美元。估计，2003年美国网络广告收入将达115

亿美元，超过杂志和电台的收入。可以说，在网络媒体和传统媒体的竞争中，出现了双赢的结果。

或许可以得到一些启发。有一种观点是：不同的媒体有不同的特色及功能，网站广告不能完全取代传统的电视或平面媒体。真正具有优势和实力的网络广告推广，就是善用这个新的媒体与传统媒体结合，使之产生惊人的效果。让广告的压迫力留在电视上尽情发挥，让报纸广告继续保有高曝光度的优势，把漂亮的产品图片印在杂志上，然后充分利用网络媒体，填补长年来广告行销上的信息铺盖漏洞，建立与消费者之间真正的贴心的朋友般的、个性化的互动关系。这样也就建立起了一种新的媒体互动关系，无论对媒体，还是对广告主都是双赢的局面。

在这方面已经有了非常成功的例子。公共服务集团是一个全球在线广告业公司，其属下的公共促进集团（PPN）为一家酒店连锁公司做了漂亮的印刷网络复合媒体宣传。PPN 在全美 14 个主要大城市里利用平面广告进行宣传，相应地在网上报纸的旅游和新闻版块中刊登张贴海报，从而吸引消费者接着访问该连锁酒店的网址。通过这种网络与报纸结合的复式宣传，充分发挥网络快速直接传达信息的优势，使其服务于各种地区范围内的营销和宣传活动，报纸则是达成上述交叉媒体宣传的一个重要纽带和重要组成部分。

四、网易分类广告

网易分类信息是国内著名门户网站——网易的拳头产品之一。这个大信息量、多内容类别的综合频道（http：//classad.163.com）主要以广告传播的形式，介绍客户以及客户商品信息等分类信息如汽车世界、美容健身、招聘信息、租房信息、旅游信息、商贸信息等，是集商务，家居，时尚为一体的大型网络信息平台。它不像电视、报刊上的那些强加于人的被动广告，而是一种让用户能主动地根据自己的需求去查询信息的主动广告方式，具有方便查询、信息集中、浏览量大等特点，见图 14-12 所示。

通过分类信息，用户可以在网上从事信息搜索，查询，发布等活动，见图 14-12所示。网易分类信息适用于所有利用互联网从事信息交流互动的公司企业，机关团体，组织和个人，为用户提供及时、准确、实用的综合信息服务。

1. 发布广告信息

广告主产生广告需求后，查看网易分类信息，确定发布频道。由于网易分类信息是网络信息有偿服务形式，广告主要发布信息需要通过网易各地的代理商。目前网易分类广告已经开通了北京、重庆、成都、贵州、上海、山西、大庆、扬州等省市地区，广告主可以很方便的联系自己所在地区的代理商咨询有

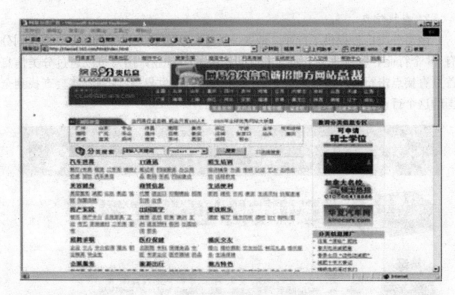

图 14-12　网易分类广告首页

关分类广告的所有问题。广告主广告发布以后，可以及时了解广告投放效果，网易的代理商不仅会提供广告的访问量统计，而且还会将网友的留言及时反馈给广告主，充分体现互联网的互动性，如图 14-13 所示。

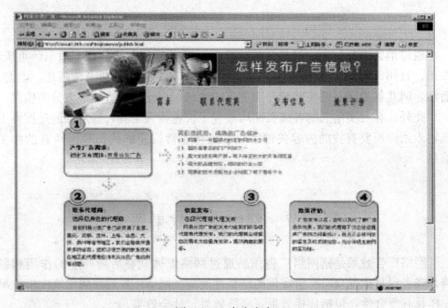

图 14-13　广告发布

2. 查找信息

网易分类广告提供了行业、地区、搜索三种查找方式。目前分类广告划分有 18 个行业，各行业下又划分了很多相关的子行业，用户可以通过分类信息首页直接点击行业查找信息（如：IT 通信、汽车世界等），系统将会查找到全国的这个行业的所有信息，如图 14-14 所示。

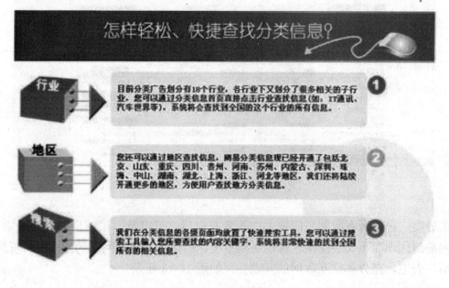

图 14-14　查找信息

通过地区查找信息，网易分类信息现已经开通了包括北京、山东、重庆、四川、贵州、河南、苏州、内蒙古、深圳、珠海、中山、湖南、湖北、上海、浙江、河北等地区，还将陆续开通更多的地区，方便用户查找地方分类信息。

此外，在分类信息的各级页面均放置了快速搜索工具，您可以通过搜索工具输入用户所要查找的内容关键字，系统将非常快速的找到全国所有的相关信息。

第六节　网络广告效果评价

网络广告效果是指网络广告作品通过网络媒体刊登后所产生的作用和影响，或者说目标受众对广告宣传的结果性反应。网络广告效果同传统广告效果一样具有复合性，包括传播效果、经济效果、社会效果。

网络广告的效果评价关系到网络媒体和广告主的直接利益，也影响到整个行业的正常发展，广告主总希望了解自己投放广告后能取得什么回报，于是就产生了这样的问题，究竟怎样来全面衡量网络广告的效果呢？

　　但目前还缺乏网络广告的评估标准，因而在一定程度上已经成为制约网络广告发展的瓶颈。因此，网络广告的效果评估已经成为网络广告发展中亟待解决的问题。

一、网络广告效果评估及其意义

　　1. 网络广告效果评估的优势

　　传统媒体广告效果的测评一般是通过邀请部分消费者和专家座谈评价，或调查视听率发行量，或统计销售业绩分析销售效果。在实施过程中，由于时间性不强（往往需要上月的时间），主观性影响（调查者和被调查者主观感受的差异及相互影响），技术失误造成的误差，人力物力所限样本小等原因，广告效果评定结果往往和真实情况相差很远。此外，广告效果调查的费用也很大。网络广告效果测评由于技术上的优势，有效克服了传统媒体以上不足，表现在：

　　（1）更及时。网络的交互性使得消费者可以在浏览访问广告时直接在线提意见反馈信息。广告主可以立即了解到广告信息的传播效果和消费者的看法。

　　（2）更客观。网络广告效果测评不需要人员参与访问，避免了调查者个人主观意向对被调查者产生影响。因而得到的反馈结果更符合消费者的本身的感受，信息更可靠更客观。

　　（3）更准确。网络广告效果测评能够在网上大范围展开，参与调查的样本数量大，测评结果的正确性与准确性大大提高。

　　（4）低成本。网络广告效果评估在很大程度上依靠技术手段，与传统广告评估相比，耗费的人力、物力比较少，相应地广告效果评估成本就比较低。

　　2. 网络广告效果评估的障碍

　　与传统广告相比，网络广告的效果评估虽然具有众多优势，但是目前在评估的具体实施上还存在相当大的难度，这主要体现在以下方面：

　　（1）传统广告的受众是被动地接受广告信息，广告主可以有目的地选择广告受众，并且在效果评估过程中可以明确统计数据来源的样本，而网络广告受众在接受信息时具有自主性，这就使得网络广告主在选择广告受众时完全没有主动权，在对广告进行评估时所需要的数据来源的样本很不确定。

　　（2）在传统广告中，只有对广告的浏览，而没有对广告的点击之类的反馈，而网络广告除了对广告的浏览，还有相当一部分转化为对它的点击，而点击行为是要受到诸如网民的心理过程等多方面未知因素的影响，这样就增加了其效果评估的难度。

（3）受传统广告影响所产生的购买行为一般是在现实购物场所实现的，而受网络广告影响所产生的购买行为除了一部分在网上实现购买容易进行统计之外，目前主要的购买行为是通过现实线下购买实现的，这样就使得对网络广告所产生的销售数据难以准确统计。

3. 网络广告效果评估的意义

尽管网络广告的效果评估存在以上诸多困难，但是我们并不能回避这项活动，因为网络广告效果评估是网络广告活动的重要一环。广告一旦投放到网络媒体上，广告主最关心的是广告所产生的效果，那么自然会对网络广告刊登一段时间后的效果进行评估。这个评估结果是衡量广告活动成功与否的唯一标尺，也是广告主实施广告策略的基本依据。网络广告效果的评估，不仅能对企业前期的广告做出客观的评价，而且对企业今后的广告活动，能起到有效的指导意义，它对于提高企业的广告效益，具有十分重要的意义。

二、网络广告效果评估的原则

进行评估工作必须遵循一定的原则，这些原则是贯穿整个工作过程的指导思想，所以是非常必要明确的。同样，网络广告的效果评估工作也要遵循特定的原则。

1. 相关性原则

相关性原则要求网络广告的效果测定的内容必须与广告主所追求的目的相关，DAGMAR（defining advertising goals for measured advertising results）方法是这一原则的很好体现。举例说来，倘若广告的目的在于推出新产品或改进原有产品，那么广告评估的内容应针对广告受众对品牌的印象；若广告的目的在于在已有市场上扩大销售，则应将评估的内容重点放在受众的购买行为。

2. 有效性原则

评估工作必须要达到测定广告效果的目的，要以具体的、科学的数据结果而非虚假的数据来评估广告的效果。所以，那些掺入了很多水分的高点击率等统计数字用于网络广告的效果评估中是没有任何意义的，是无效的。这就要求采用多种评估方法，多方面综合考察，使对网络广告效果进行评估得出的结论更加有效。

三、网络广告效果评估所需数据的获得方式

网络广告效果评估的一项基础工作就是获得统计数据，这是评估工作得以进行的前提。目前网络广告效果评估主要通过以下两种方式来获得数据：

1. ISP 或 ICP 通过使用访问统计软件获得评估数据

使用一些专门的软件可随时监测网民对网络广告的反映情况，并能进行分析、生成相应报表，广告主可以随时了解相关的信息。目前权威的网络广告监测公司如 DoubleClick 和 Netgraphy 就是用一定的统计软件来获得广告曝光、点击次数以及网民的个人情况的一些数据。如今，在美国比较流行的 AdIndex 软件可以跟踪网民对产品品牌印象变化的情况。

同时，广告主非常希望网络广告在网站上刊登时具有针对性，这就需要获得每个网民的 IP 地址和消费习惯，这如何实现呢？Cookie 技术提供了实现的可能。Cookie 技术可以区别不同地址甚至同一地址不同网民的信息，以此来为广告主提供不同类型的统计报表。这种方式是目前普遍采用的，但是这种方式存在很大的作弊危险。

2. 委托第三方机构进行监测来获得评估数据

广告效果评估特别强调公正性，所以最好由第三方机构独立进行，传统媒体广告在这方面已经形成一套行之有效的审计认证制度，并且也有专门的机构来从事这一工作，如美国的盖洛普、中国的央视—索福瑞等。第三方独立于 ISP 或 ICP 之外，因此在客观程度上有所提高，减少了作弊的可能，使统计数据的可信度增强。国外像 Media Metrix 这样的网络调查公司，利用对网民的随机抽样，来评估网上广告行为，获得效果评估数据。

美国是世界上网络最大的网络广告市场，有很多经验值得学，但是美国所讲的第三方认证系统大部分都是采用第三方服务器，而且 95％广告主只认第三方服务器的投放。到今日为止，我国那么多的网站，采用第三方服务器进行检测的，为数仍然比较少。很多公司还只是购买其他软件，有的甚至是用自己开发的软件。所以在这方面，还比较欠缺。

本 章 小 结

网络广告是借助联机网络、电脑通信和数字交互式媒体的威力来实现广告目标。由此我们不难看出网络广告与传统广告的最大区别在于"网络"这种媒体。也正因为如此，我们不能将传统的广告理论生搬硬套，而要遵循网络广告自有的规律，才能最充分的利用和发挥网络广告的优势。

网络广告的形式繁多，每种形式都有自己的特点，所以在投放网络广告前应该认真分析每一种网络广告的优缺点，扬长避短。此外，企业应该在考虑网络广告的目标、网络广告的受众、企业可利用的资源等基础上制定一个周密可行的网络广告计划。计划是行动的指导，也是评价网络广告的依据。

在实施网络广告时，网络广告中介的选择是关系网络广告效果乃至成败的大事。广告主应该在选择网络广告中介时予以全面的考虑。而网络广告交换则是深受中小企业喜欢的一种广告方式，但实施中也有很多问题需要注意，如网络广告交换对象的选择，网络广告交换网的选择等。

对于网络广告服务提供商来说，分类广告是一种重要的服务内容，也是一项重要的利润来源。而对于广告主来说分类广告却是可供选择的一种理想方式。网上分类广告一经产生便以其特有的优势快速发展，甚至让传统报纸分类广告感到恐慌，也不禁让人对它倍加关注。

关键术语

网络广告　传统媒体广告　LOGO　网络广告交换　主要网络广告的形式

第十五章

网站构建实务

> **教学目的**
- 掌握网站设计的基本程序
- 掌握企业网站的基本框架

> **学习方法**
- 理解和识记基本理论、基本概念、案例研究、实际操作等

> **本章内容要点**
- ISP 供应商的服务方式
- 网站设计的步骤
- 网站设计的内容
- 网站促销

第一节　网站设计基础

一、从市场调研开始

无论从事何种行业都离不开一个很重要的工作——市场调研。在建立自己的电子商务网站之前，也要做"市场调研"进行网站市场分析，可以从以下几方面入手：

（1）分析相关行业的市场。分析行业的市场是怎样的，市场有什么样的特点，是否能够在互联网上开展公司业务。

（2）分析市场主要竞争者。知己知彼，百战不殆。竞争对手上网情况、网站规划、功能作用及网站运营情况，都是企业学习成功经验，总结失败教训的重要方法。而且，通过了解竞争对手网站可以确定企业自己的网站的发展空间、市场潜力和特色。

（3）认识自己。分析企业自身条件、企业概况、市场优势。了解企业拥有的核心能力是什么，可以利用网站提升哪些竞争力。了解企业建设网站的能力，企业可以投入多少费用、技术、人力等。

（4）认识消费者。不同群体、不同层次的消费者有不同的消费需求，根据这些不同选择，确定自己的目标消费群体，有的放矢，才能命中目标。

网站服务对象和网站竞争力调研是两项重要的调研内容：

1. 网站服务对象的调研

正如前面我们所讨论的，市场调研所需调查的对象通常有以下几种：

分析同类商品市场的大小，必须彻底了解市场中的最大需求量，并获知该类商品中竞争者的地位，然后根据这些结果来讨论自己公司的商品在众多的竞争商品中所占的分量与地位。

如以电子商务书店为例，应当首先获知书的市场需求量有多大，目前在网络中有多少家类似的商务书店，这些书店在网络市场中所占的份额有多少。经过这些调查以后，再对自己的电子商务书店作出系统的分析，以及明确该怎样去抢占市场。

首先，分析不同地区的销售商机与潜在市场。这一分析主要是了解公司在特定销售地域中可能扩展的程度，以及研究每种地域相对市场的有利性，使公司的产品更具有竞争力。就电子商务书店来说，分析地域的手段有多种。可以采用有奖问答的方式，了解各个地域的消费层次、年龄段、月收入、哪种类型的消费者需要哪种书，而该种书的潜在市场又在哪里等等相关信息。

其次，分析特定市场的特征必须先调查各种市场的特征，才可根据该特征去销售商品。例如，将高档的商品在收入较低的地区销售，必定不符合当地消费者的需求。就电子商务书店来说，分析特定市场的特征相对简单些，可以根据不同的消费层次和消费需要而做出不同类别的书店。例如，当作礼品的作为一个类别，自己看而又想买的作为一个类别，免费下载的又作为一个类别等。

再次，不同商品市场的规模与发展方向，这项市场调研的分析，需要观察消费者爱好的动向及原因。就电子商务书店来说，可从某类书的链接的点击率上分析出大概情况，哪类书的点击率较高，可以说明对该类书感兴趣的读者较多。

2. 网站竞争力调研

竞争分析是分析消费者对本企业与其他竞争厂商所提供的商品服务所能接受的程度。就电子商务书店来说，可以调查现行的网络书店所提供的各类服务，例如，有的商务书店提供免费的礼品包装纸，还可以在该礼品上附客户的赠言等服务。那么可以根据这些调查结果，确定自己的电子商务网站特色服务。例如，可以让客户对任何书预览、并且可以留下该客户的信息资料，定期给客户发新书目录等。

品质分析对既有商品进行改良，可以让企业获得竞争上的优越性。

电子商务书店要达到这一效果，首先是网站硬件的经常升级换代，能使用户进入、退出更加迅捷方便；其次就是网站界面的经常更新，使用户时常感到有新鲜感，不会厌倦，并且界面做得越方便使用越好。

新产品市场开拓的分析，一项新产品进入市场后，需要特别注意该产品的创意，并且广泛地介绍给大众。

电子商务书店在向读者推出某一本新书时，最好在网站的首页上有很醒目的标识，通过统计点击次数也可顺便做出读者对该书的反映调查，便于以后适当地推出读者爱看的书。

总之对目前电子商务网站的市场调研应当主要集中在以下两点：

第一，调查目前在网络中有多少家与本公司产品相类似的商务网站，网站架构怎样、如何布置网页、销售策略为何。

第二，调查参与过电子商务的消费者对该网站的反映、意见及建议等。

做完以上的这些市场调查后，就要考虑该怎样做，该往哪个方向发展，哪些地方还需要改进、突破，优势在哪里。例如，优势是书的价格较为便宜还是网站的界面比较友好等。

做好了以上这些市场调研工作后，接下来我们需要做的就是去寻找合适的ISP供应商了。

二、建设网站目标及定位

1. 网站目标

通过以上的市场分析，就可以确定企业建设网站的目标了。企业网站是要建成公司形象网站，还是产品推广网站，是通过网站就直接赚钱的电子商务型网站，还是做成在同行业中造成影响的行业门户网站，网站建成后面对的是广大网友，还是只有企业的准客户。这些都是需要前期策划好，为从开始注册域名到后期的网站推广、网络营销等一整套流程理清思路。

2. 网站定位

网站定位反应了企业对于市场、顾客、产品和服务关系的理解和经营理念。根据企业的需要和计划，确定网站的功能。有产品推介型网站、网上营销型网站、客户服务型网站、电子商务型网站、行业门户型网站等。根据网站功能，确定网站应达到的目的。确定企业内部网（Intranet）建设与否、建设情况和网站的可扩展性。

三、选择 ISP 供应商

ISP 是 Internet Service Provider 的简称，是互联网的应用服务提供商，是进入互联网世界的通道。每一个 ISP 服务商都有自己的服务器，且通过专门的线路 24 小时不间断地连接在互联网络上。当我们需要进入互联网时，只要先通过电话网络与 ISP 端的服务器连接好，就可与全世界各地连接在互联网上的计算机进行数据交换。因此 ISP 服务商就像是婚介所，而你则是要找朋友的人，通过这些婚介所，您将有机会认识到很多的朋友。

目前国内计算机互联网络共有四种：CHINANET（中国计算机互联网）、CHINAGBN（中国金桥信息网）、CERNET（中国教育和科研计算机网）和CASNET（中国科技网）。这四种网络几乎连接了国内所有领域的计算机网络，同时又都互相连接并且具有各自独立的国际出口。其中，国家规定可以做商业运营的公用互联网只有两个，即 CHINANET 和 CHINAGBN。

1. ISP 的服务内容和方式

在全国范围内商业经营，作为顶层 ISP 向下发展 ISP 代理。按照一定的协议，与该顶层直接连接的网络服务提供商就作为第二层的 ISP，以此类推为第三层 ISP。值得注意的是，现在国内的互联网络种类已变更为几家大的运营商，另外出口带宽变化较大。

1) 传统的 ISP 所提供的服务内容一般包括以下几类

（1）一般信息服务。主要包括各种信息资源的提供服务，如新闻、经济、金融、体育、气象、艺术、娱乐、影视资源等。

（2）接入服务。目前主要的接入方式有两种：电话拨号入网和专线入网。电话拨号方式入网设备成本低，而通过 DDN（数据数字网）专线入网速度快、功能丰富，但设备成本和访问费用较高，需专人维护和管理。

（3）Internet 在线服务。主要提供包括信息检索、查询服务，主页的设计、制作和发布，Web 站点的申请和建设等服务。

（4）电子邮件服务。主要提供包括为入网的用户提供 POP 等电子邮件服务，代用户收发 E-mail，开设临时信箱等。

（5）网络系统集成服务。主要包括软硬件的选购，网络系统的安装、调试，用户培训等服务。

2）ISP 服务模式的发展及趋势

（1）通信网络宽带化。从窄带传输到宽带传输，从骨干网宽带化到城域网宽带化继而发展到接入网的宽带化，

（2）服务内容多元化。宽带的接入，是一个巨大到可以满足人们的任何需要的信息和服务平台，包括远程教育、网上购物、金融证券、远程医疗、家政服务等。

（3）骨干网间的互联互通。中国四大互联网骨干网——中国科技网、中国公用计算机互联网、中国教育和科研计算机网、中国金桥信息网已于 2000 年3 月实现宽带的互联互通。

（4）业务将从低层次接入向高层次应用转变。用户群从个人向企业层转化，针对企业的 ISP 服务已全面拓展。

（5）走接入电子商务相结合的特色之路。ISP 所能提供的服务将把各项业务有机地结合起来，将接入服务与特定用户群的专业性需求结合起来，创造出一种局部的优势，并在此优势下获得发展，如 ISP 与证券领域相结合。

各网络运营商的出口带宽最新统计如表 15-1：

表 15-1　网络国际出口带宽数（按运营商划分，截至 2007.1）

各大主要运营商	简　写	出口带宽（M）
中国公用计算机互联网	CHINANET	135，321M
中国网络通信集团	宽带中国 CHINA169 网	89，665M
中国科技网	CSTNET	17，510M
中国教育和科研计算机网	CERNET	4，796M
中国移动互联网	CMNET	5，750M
中国联通互联网	UNINET	3，652M
中国国际经济贸易互联网	CIETNET	2M
中国长城互联网	CGWNET	建设中
中国卫星集团互联网	CSNET	建设中
中国铁通互联网	CRNET	建设中

（2008 年 4 月 1 日消息，中国网通数据显示，公司国际出口带宽达到230G，在上海和青岛拥有三个国际海缆登陆站，有京、沪、穗三个国际局，有 8 个国际陆缆边境局，已经初步具备了完善的国际网络）

2. ISP 商的收费及其他服务

收费及服务一直是各家 ISP 商所竞争的焦点，所以哪家 ISP 商的网络使用费便宜且付费方式更为方便，也就成了用户关心的最重要的问题。

收费方式基本上有三种：主叫式计费方式、固定账户按实际使用时间收费和固定账户包月制。

主叫式计费方式指该网络用户没有实际申请固定的账户，而是使用 ISP 商提供的电话号码和公用账户及密码来进行上网。ISP 商会自行判断拨出电话的号码并计费，用户在交电话费时一并交纳使用网络的费用。该种方式的最大特点就是用户不需办理任何入网手续即可上网，网费的交纳也非常方便。

建立固定账户是最常用的做法，用户到 ISP 商那里申请一个自己的账户，交纳开户费并存入一定数额的网费，ISP 商会根据用户实际的使用情况从中扣除。当存入的费用用完后，用户需再向账户中存钱以便继续使用。几乎所有的 ISP 商都有这种服务。

包月付费，此种付费方式最适合那种老牌"网虫"，所谓的包月就是每个月交纳固定数额的费用，然后就可以不限时间地使用。

其他服务，通常的 ISP 商在用户对接入互联网不太熟悉时，都会提供安装、调试、培训及网络基础讲解等服务。例如在网上的免费培训及详细的安装手册。当然我们希望能够出现傻瓜型的上网设备，也就是说用户买了一块网卡、一个 Modem，单击一下连接，所有的设置都不需要用户去做就可完成上网设置。

3. 注册域名

当网络用户选择好 ISP 后，应用其各项服务时，开户注册虽然各提供商不尽相同，但程序都是很简单的。

而如果要注册一个 ISP，取得 ISP 的经营许可——ISP 证，即互联网接入服务业务经营许可证，则必须满足以下系列的要求[6]：

1）具体注册流程如下

贵单位提交材料——有关办理单位整理材料（5 个工作日）——提交通信管理局审批(15 个工作日内拿到开办增值业务申请表)——提交通信管理局审批发证(30～60 个工作日内)

2）ISP 申请单位具备的条件：

（1）经营者为依法设立的公司。

（2）有与开发经营活动相适应的资金和专业人员。

（3）有为用户提供长期服务的信誉或者能力。

（4）有业务发展计划及相关技术方案。

（5）健全的网络与信息安全保障措施，包括网站安全保障措施、信息安全保密管理制度、用户信息安全管理制度。

（6）涉及到 ISP 管理办法中规定须要前置审批的信息服务内容的，已取得有关主管部门同意的文件。

（7）国家规定的其他条件。

3）申请单位应准备的材料

（1）公司企业法人营业执照——（拟申办增值电信业务经营许可证的非公司企业申请者，应提供《工商预登记核准通知书》）。

（2）公司章程。

（3）验资报告——验资报告应为注册会计师事务所出具（清晰复印件）。

（4）公司近期财务报告，应包含负债表、现金流量表、损益表。

（5）公司机构设置及其职能，主要技术人员及管理人员情况。提供详细的组织结构图，员工数量、学历状况、管理人员和技术人员各占多少比例，公司法人，股东及主要负责人的简历、毕业证书、学位证书及身份证复印件。技术人员和管理人员不少于 10 人。

（6）证明公司信誉的相关材料。

（7）公司与北京移动、提供专线接入的 ISP、信息源等单位签订的合作协议书（清晰复印件）其中专线接入和主机托管的 ISP 提供商还要提供 ISP 证的复印件。

根据以上的这些情况，用户就可以自己决定如何选择 ISP 商了。

四、网站主题的确立

制作一个网站的目的不外乎是推销产品、宣传公司形象、获取更多的商业利润等，制作电子商务站点的主要目的也是如此。

经过市场分析、网站定位、选择 ISP 供应商等工作之后就要解决网站主题的问题。对于网络营销站点来说，网站主题不外乎与企业产品相关的各种信息，客户服务标准等。究竟要建成什么样的主题，要看企业的站点定位。网站的主题应该能够集中、概括反映企业的经营理念和服务定位。一个成功的、有内涵的站点主题不仅能够吸引用户的眼球，更能留住用户。

前面几节关于电子商务站点例子都是以电子商务书店为主题，那么究竟该如何确立一个电子商务网站的主题呢？

电子商务的范围包含极广，几乎已包括了目前所有的行业领域，无论是工业还是商业都可以应用到，商务书店只是其中一个很小的主题。目前在网上做电子商务的网站本身已很多，例如，在互联网上开花店、礼品店、食品店、百货店等。

如果是为自己的企业做，那么电子商务站点的主题当然离不开自己企业的产品，从站点首页到内容的介绍等都应该与企业的产品息息相关。像戴尔电脑公司，是电脑业中最早利用网络销售自己品牌电脑的厂商，而且做得非常成功。戴尔电脑公司已成功地成为全美最大的电脑销售公司，取代了康柏龙头老大的位置。戴尔公司成功地做到了企业零库存的目标，什么是零库存？简单地说就是按需生产。

如果还未确定自己的电子商务站点的主题，建议先进行周密的调查。在建站的时候最好能够从全新的角度出发，不受那些成功站点的影响，通常全新将代表着有可能会成为该领域的一个标杆。也就是说当大家都做电子商务书店时，你却开创全新的电子商务药店，一样给用户提供很多方便的查询、药理、医学小知识、家庭护理常识等，也许这个成功的机会就等着你呢。

五、人力资源管理与进度安排

无论做什么项目，都需要人力资源及对该项目进度的控制，以期能够按时并按量地完成作业。

一个完整的电子商务站点所需的基本人力资源如下：

企划确定站点的大概框架，应该具有什么样的功能、需给用户提供什么样的服务等，这些是一个企划所应当做的工作，最好要有完整的企划书。

还是无论图片、文字程序等都需要程序员去连接、去实现。

美工按照企划书给站点做出美丽而又实用的页面。

输入一个完整的电子商务站点应当需要有大量的资料，那么这些资料都是由我们的输入人员来按照企划书的规划完成的。

编辑人员的工作相当重要，因为仅有资料还不行，还需要有人将这些资料做有机的结合，变成有用的资料提供给用户使用。

除了以上这些人力外还需要有人做时间的总体安排，对网站的架构、美观、文字的编排等都要做到有效的控制，最重要的是控制整个工作程序的进度，往往这个人也是这项工作中的一员，一般由既懂管理又懂技术的人来担当这个重任。

现代社会分秒必争，一项工作的进度最为重要，以目前流行的电脑业的进度来说，硬件的升级速度是半年，而软件一般是一年。但是就一个电子商务站点的开发来说，从市场调研到寻找合适的ISP商，再到站点的主题确立及最后的规划再到最终的完成，最好能控制在几个月之内将网站发布出去。

六、网站管理和保密措施

当一个站点发布到 Web 上之后，并不代表已经完成了所有的工作，还必须不断地维护与管理。

良好的管理手段与措施往往能够事半功倍，那么该如何系统地管理您的站点呢？

首先需要建立一个系统的目录结构。按照文件的类别，系统地建立文件的目录结构，如在站点中，可以将所有使用的文本资料建立一个叫 Data 的目录，而图形资料建立一个叫 Image 的目录，将源程序也建立一个目录，所有插入到该站点的控件也建立一个目录，并且最好是在做完这些工作以后，再写一个备忘录。除了这样做之外，还需要将所有的这些目录备份起来，以便将来服务器系统出现问题时，可以恢复到最初的设置。

建立完这些目录后，将文件全部移到相应的目录里，然后更新程序代码，以便能够反映出修改过后的最新路径。最好在目录外部写一个文本文件，说明每个目录的内容是什么。

从安全的角度考虑，最好使用双服务器系统，一旦一台服务器出了问题，另外一台马上可以启用。

保密问题一直都是每个企业和企业网管最关心的，尤其是对电子商务网站来讲就更为重要了。近年来，互联网的飞速发展也让很多网络上的高科技不法分子感到有机可乘。有些"黑客"具有相当专业的技术，甚至如某国国防大楼的网站都不能幸免被他们入侵，网站上的国旗标识被换成了骷髅头。因此，为了电子商务站点的安全，非常有必要使用多种安全保护措施来保护站点。例如，对服务器的操作应设有专人，并且对每个访问权限都做到有效地管理，只有正确地输入密码、账户名称才可以对服务器进行操作，且对服务器要做到多重口令管理及防火墙的设置，最好是隔几天自动生成一个密码。每个进入到网站的用户都应该留下其相应的资料作为备份，并且能够做到每次操作都有操作记录的保留，以便将来一旦网站发生问题时作为查找问题的参考依据。

第二节 网站建立方式

最新的 Internet 技术是采用虚拟主机方式来建设网站。所谓虚拟主机，是使用特殊的软硬件技术，把一台计算机主机分成一台台"虚拟"的主机，每一台虚拟主机都具有独立的域名和 IP 地址（或共享的 IP 地址），具有完整的 Internet 服务器功能，对应于一个企业网站。在同一台硬件、同一个操作系统上，运行着为多个用户的不同的程序，互不干扰，而各个用户又拥有自己的一部分系统资源（IP 地址、文件存储空间、内存、CPU 时间等）。虚拟主机之间完全独立，在外界看来，每一台虚拟主机和一台独立的主机的表现完全一样。

简而言之，就是许多企业网站共用一台服务器，而用户访问时的效果与传统方式几乎没有区别。这种方式极大地减少了企业上网成本，方便了企业电子商务的开展。因此受到了众多企业的青睐。采用这种方式的企业，只需根据业务需要确定所需的硬盘空间大小和相关的增值服务项目即可。

虚拟主机技术的出现，是对 Internet 技术的重大贡献，是广大 Internet 用户的福音。由于多台虚拟主机共享一台真实主机的资源，每个用户承受的硬件费用、网络维护费用、通信线路的费用均大幅度降低，Internet 真正成为了人人用得起的网络！现在，几乎所有的美国公司，包括一些家庭均在网络上设立了自己的网站，其中大量的采用的是虚拟主机。

企业如果决定采用虚拟主机方式来建立自己的网站后，在选择相关服务商时应注意从三个方面考虑，即系统资源、服务和价格。

网站成功的一个很重要因素就是该网站被访问的速度，再好的网站如果速度很慢，势必影响访问者。因此如果企业采用虚拟主机方式建立自己的网站，那么提供这一服务的服务商的系统资源就决定了企业网站的速度，通常应了解服务商提供服务的主机性能、互联网的出口带宽等技术指标。其次要了解服务商都提供哪些服务，这些服务能解决哪些问题，因为企业上网绝不是简单的申请域名、建个网站就万事大吉，进一步的增值应用服务才是企业上网的最终目的，企业应根据自己的实际需求选择相应的服务。最后还要考虑价格，通常目前的虚拟主机服务价格在几百到几千元之间，其差别主要也是由于服务商资源不同和服务商提供的服务不同所决定的。最近网络上出现了一些提供免费网站服务的厂商，只要企业允许在自己的网站上放置相应的广告条，就可以得到免费空间建立网站，由于这种服务进一步降低了企业上网的门槛，因此也得到了众多企业的青睐。

除了虚拟主机之外，服务器托管也是一种常用的方式。所谓服务器托管，是指将自己的 Web 服务器放在能够提供服务器托管业务单位的机房里，实现其与 Internet 连接，从而省去用户自行申请专线接入到 Internet。能够提供服务器托管的公司一定是能够通过专线接入 Internet。这样，Internet 上的用户就可以通过这条专线访问被托管的服务器。数据通信局提供的服务器托管可以通过 10M 或 100M 的网络接口连接 Internet。被托管的服务器由用户自己维护和管理，在服务器运行稳定后，就可以通过远程登陆来维护了。

最后是专线上网了，所谓专线上网，就是通过申请相应速率的 DDN 线路或其他连接到 Internet 上。通过这条专线您的服务器就可以被 Internet 访问了。这种方式，用户的服务器就放在自己的机房中，方便自己维护和管理，但用户要申请数据线路。

从价格角度看，这三种方式的成本投入是依次增加的。虚拟主机最为经济，采取远程登录的方式就可以实现对站点的维护和更改，自己的网站就可以被访问，而且速度与浏览互联网中的其他网站没有区别。服务器托管的价格介于虚拟主机和专线入网之间，而专线入网的费用最贵。

第三节　确定网站设计目标

网页设计是一个实实在在的任务，对网络营销人员来说，可以不参加实际的网页制作工作，但总体规划是必须参加的，所谓纲举目张，总体规划对网页设计至关重要。

一、确定网站建立的原因

确定建立网站的原因至关重要，如建立网站是为了销售产品，还是为了做服务；网站的对象是哪些；浏览者能从网站得到什么信息；网站能提供什么样的信息和服务等。

二、确定网站的类型

目前互联网站的类型有以下 5 种：
- 信息：新闻媒体、图书馆数据库、医学等数据库。
- 商务：ISP、ICP、公司站点、营销站点。
- 组织：法律法规数据库、教育站点。
- 专题：旅游、财经、体育、科学、食品。
- 个人：个人展台。

显然，对网络营销站点来说，类型应定在"商务"这一类。

三、确定网站主体内容

对于网络营销站点来说，网站主体内容不外乎产品信息、产品广告、在线订单、客户服务等，其他如友情链接、相关信息应居次位。

对于主体内容的确定，切记避免贪大求全，例如目前 ICP 网站内容的重复性高。几乎所有的 ICP 都有新闻游戏、娱乐、体育、生活等方面的特色栏目，但"特色"栏目的内容可能在别家 ICP 上也会出现，"特色"栏目变得雷同，使得本来的"特色"都没有了。不同的只是在页面制作上有的精美，有的粗糙。中国地大物博，各地都有各地的特色，但为什么各地 ICP 的栏目看上去几乎都有种"老面孔"的感觉呢？新浪网的新闻报道内容多，更新及时，从而一跃成名，众多的、不为人知的 ICP 也需要找到自己的"卖点"。

四、确定网页系统树

系统性对任何一件事情、一份工作都相当重要，一个内容繁多的公司网站绝不能像个人网站那样随意修改系统树对网页的规划、设计、维护都相当重要。图 15-1 即是一个简单的网页系统树，以期能抛砖引玉。

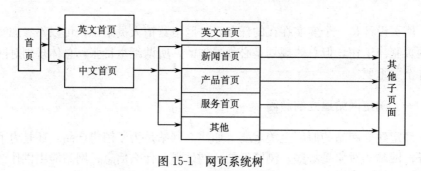

图 15-1　网页系统树

五、确定网页内容

在这里，网页内容要具体细化到每个页面。例如首页，可以计划包含欢迎信息、版权信息、重点客户友情链接、指向下一层次的重要链接等，而排版、页面内容的丰富等，可由制作人员自己把握。

六、定制数据库

数据库对于任何一个想有作为的网络公司是必须具备的，具体可含产品数据库、客户数据库、反馈信息数据库、竞争对手数据库等。

第四节　企业网站的基本内容

企业上网已成趋势，企业一般可考虑在自己的网站里提供以下的内容。

公司概况介绍：这部分包括公司背景、发展历史及组织结构，目的是让浏览者对公司的情况有一个概括的了解，作为在网络上推广公司的第一步，也可能是非常重要的一步。

产品目录：提供公司产品和服务的电子目录，方便顾客在网上搜寻。在设计具体情况，再考虑自己公司网站的软、硬件配套，然后决定以配有旁白的图片，甚或录像片段介绍公司的产品和服务，并应在适当地方列出有关产品、服务的一些技术性资料。

若包括一些由独立的第三方作出的产品评介，或现有客户的意见，可使网页更有说服力。

此外，在这部分也应设一个搜寻器，方便客户通过网站搜查你公司的有关产品及品牌。对刚推出或将要推出的产品，应在产品目录以较吸引的方法介绍。

联络资料：网站内应列有公司的地址、电话、传真号码及 E-mail 地址等联络资料，若将各负责对外的部门及有关职员的联络方法列出，更有助促进和外界，特别是潜在客户的沟通。

公司动态：企业可透过网站介绍公司动态，借以推介公司的新产品、服务，或向客户提供公司发展的最新情况和财务状况，以建立公司形象。

客户服务资料：这部分特别为公司提供线上即时客户服务，当中可包括热门问答（FAQ）、付款、产品付运资料等。若有足够资源，可考虑在网站内提供线上查询服务，或建立一个知识库（knowledge-based database），方便客户搜寻公司的资料。

线上采购：若希望通过网站向顾客提供线上购物服务则须注意：

• 为顾客提供一辆虚拟的购物车，目的是使客户清楚知道购物情况而在购物车上增减货品。

• 在付款部分容许顾客确认采购货物的数量及价钱。

• 在购物单内要求顾客提供送货地址，联络方法等资料，以及要求顾客选择付款及交货方法等。前提是采取适当方式以确保网上交易的安全性。

• 在交易完成后通过电子邮件以确认交易详情。

另外企业网站的外观设计也很重要，有时，一眼就能认出，某网站属于小型企业，这是因为网站的外观设计和结构往往会暴露出相关信息，例如：怪异的字体，主页内容只有一栏，有时还是居中格式设计，贫乏的正文、错误的链接、不同网页的格式各不相同等问题。

对于那些希望在网上取得丰厚收益的企业来说，有许多问题需要考虑，这些问题的核心就是：给访问者以信心！通过网络与公司做生意，需要取得每个第一次来访者的信任，他们对公司的了解是从网站开始的，而且很大程度上是从外观来进行判断。

看看自己的网站，客观公正地评价一下，是否可以称得上可靠的、专业的业务场所？如果回答是否定的，那么应该考虑更新设计网站。这听起来是一项庞大的工程，实际上，如果方法得当，则不需要太大的工作量。

向同行学习，借鉴别人的经验教训，可以少缴学费。如果销售原料，就参考原料网站的领先者，不仅仅要浏览，还要深入挖掘内容的细节。可打印出所在行业前几位网站的主页，并排订在墙上，分析别人是如何做的，为什么这样做，找出他们设计的共同点并指出他们的区别。并提出自己的特点。然后，打印出不同行业几个顶尖网站的主页。例如，如果我是一个小的零售商，就应该看看 eToys，Amazon，以及 CDNow 的主页结构，同时，研究其他一些网站主页也会有帮助，例如网络内容提供服务商 ClickZ.com，拍卖网站 eBay，搜索引擎网站 GoTo.com 等。

最后要认真分析这些网站，以下列出一些在分析中常用的问题：他们的区别是什么，为什么他们很重要？出版商的网站和出售原材料的网站有什么不同，为什么？有许多非常简单的素材可以学习，例如，别人的主页使用多少列？哪种字体，多大规格？主页内容高度有几屏？喜欢什么颜色，使用几种背景色？采用多少图片，每幅多大规格？正文内容有多少？列出多少产品或文章？哪个网站在主页上使用"搜索"选项？采用那种方式，放置在什么位置？

研究别人的运作方式和效果是一个聪明的办法，可以获得许多启发，避免为自己的错误付出沉重代价，从而建立一个让访问者充满信心的网站。

总之，规划网站内容，要根据网站的目的和功能。网站规划好了，也就确定了网站的基本结构与栏目。网站规划可以企业自己设计，但如果网站栏目比较多，也可以考虑请专业编程人才负责相关内容。需要注意的是：网站内容是网站吸引浏览者最重要的因素，无内容或不实用的信息不会吸引匆匆浏览的访客。

企业网站建立之后，要经常进行维护更新。要对服务器及相关软硬件进行维护，对可能出现的问题进行评估，制定响应时间。维护数据库系统，有效地利用数据分析、挖掘支持决策。网页的内容要经常更新、调整，过于陈旧的内容会让浏览的用户失去兴趣。制定相关网站维护的规定，将网站维护制度化、规范化。

第五节　网络站点促销

在传统的大多数市场上，卖主比买主拥有较多的信息。这一方面是由于卖主对所生产或经销的产品或商品比较熟悉，信息来源渠道较多；另一方面则是由于市场的相对封闭，顾客没有时间也没有精力去了解各种商品的有关信息。卖主利用这种信息优势向最有吸引力的顾客推销产品和服务，即根据市场情况向一位顾客要一种价格，而向其他顾客要另外一种价格。

互联网的广泛普及使得大部分顾客都有了了解信息的先进手段，信息来源的广度和深度是过去任何时代所不能比拟的。顾客开始拥有越来越多的信息，或者说，掌握了越来越多的卖者的情况。他们利用这些信息筛选满足他们需要的、质量和价格最佳匹配的产品或商品的卖主。实际上，能够获得更多的信息并向卖者讨价还价，索取更多的价值，是吸引众多消费者进入虚拟市场的最重要的一个刺激因素。

因此，我们必须认识这样几个问题：

第一，在虚拟市场中，买卖双方信息会更加对称。虚拟市场上有上百种专业分类市场，纺织品市场、电子市场、机械市场、图书市场等。顾客在任何一个专业市场上都可以找到成千上万家卖者，完全不必要为一家的产品花费过多的时间讨价还价。营销人员一定要清楚地认识这种形势，从卖方市场观念彻底地转变到买方市场观念，千方百计为顾客着想，为顾客提供高质量的产品和满意的服务。

第二，必须清楚地认识到，虚拟市场的顾客将会有一个迅速的增加，利益的驱动是这种增长的原动力。企业在互联网上建立自己的网络站点是刻不容缓的事情。也许现阶段，某些产品的虚拟市场销售还不赚钱，但这是一个积累的过程。这是一片销售的"新大陆"，你不去占领，别人一定会去占领的。具有远见的公司经理，特别是营销经理，一定要在这方面投入充分精力，尽快占领营销的"制高点"。况且，相对于传统的宣传推广方式，随着信息技术的发展，虚拟市场上的促销投资将会越来越便宜。

第三，在这样一个新的营销环境中，促销人员与顾客的接触完全可通过网络进行的。这就对促销员的素质提出了非常高的要求。网络营销人员必须同时扮演四种角色：主持人（hosts），设计网络宣传计划，经常更新网页内容；营销员（marketers），利用电子邮件与顾客沟通，宣传并出售产品；市场分析家（market analysts），利用网络大量地收集信息，并对信息进行成功地分析；社会商人（merchandisers），将自己的网站与其他网站链接，招收合适的卖者加入自己的网站，为企业提供旗帜广告机会。

第四，企业网络站点应当努力造就一个虚拟小社会。在这个虚拟小社会中，除了满足顾客在现实社会活动中的交易需要外，还要满足其他三种需要，即兴趣的需要、聚集的需要和交流的需要。不断吸引顾客加入网站，参加各种活动，从而为自己的企业培养一大批稳定的购买者。虚拟市场网络站点的数目已突破上亿个。在如此众多的站点中，如何让顾客发现并青睐某个站点的确是一个棘手的问题。比较可行的办法就是逐步形成一个虚拟小社会，在聚集这个虚拟社会成员的同时，也就为自己的企业培养了顾客群。开展这样的活动需要投入部分的人力和资金，但这却是建立企业巩固的虚拟市场、稳定市场份额所必不可少的。

本 章 小 结

本章重点介绍了企业网站的设计步骤、基本方法，探讨了企业网站的基本内容和结构。

关键术语

网站　ISP 供应商　注册域名　网站促销

实战练习商务网站建立实习要求（参考提纲）

一、网站规划

1. 网站定位

（1）确定网站类型，根据企业增长、优势、资源、需求情况、资金、人才等因素确定其类型及服务范围。

（2）确定网站服务对象。

（3）确定服务范围及网站主题。

（4）选择经营模式（盈利性或非盈利性）。

（5）制定网站发展目标。

2. 规划网站的业务内容

(1) 围绕网站定位，确定其具体业务范围。

(2) 把最吸引人的地方放在主页突出位置。

(3) 提供搜索引擎及双向交流栏目。

(4) 设计业务流程。

(5) 网站内各页面的布局和链接结构及设计风格。

3. 选择平台开发工具

(1) 硬件平台（WEB 服务器、邮件服务器、数据库服务器、DNS 服务器、防火墙服务器等）

(2) 软件平台（系统平台、WEB 服务器平台和数据库平台）

4. 预算

5. 开发速度安排

二、网站开发

(1) 申请域名。

(2) 网站页面内容的编排（网站名称、广告条、主菜单、新闻、搜索引擎、邮件列表、计数器、友情链接等）

(3) 网站程序设计（客户端程序和服务器程序），可拷贝他人程序。

(4) 网页美工设计。

(5) 站点测试及修改。

三、网站发布

(1) 站点发布（虚拟主机、服务器托管方案、专线接入）。

(2) 站点更新（内容更新、栏目更新和创新、硬件升级等）。

资料来源：钟强．网络营销学．重庆大学出版社，2002 年

第十六章

网络服务策划

➢ **教学目的**
- 掌握网络服务的类型和特点
- 掌握网上客户服务的内容
- 掌握网上客户服务的主要手段

➢ **学习方法**
- 理解和识记基本原理、案例分析、实际操作等

➢ **本章内容要点**
- 网络营销服务层次和特点
- 网络营销服务的主要工具
- 网络营销客户服务的内容
- 网络营销个性化服务的重要意义
- FAQ 的设计
- 客户邮件管理的目标和主要内容

企业通过网络不仅可以提供传统的售前、售中、售后服务，而且还能提供消费者以前无法想像的个性化服务。由此，企业大大地提高了客户的满意度，从而能更好的吸引新客户，留住老客户。

第一节　网络客户服务

一、网络时代客户需求的变化

客户需求随着技术、社会的发展经历了以下变化：

1. 前大众传媒、大众营销时代的个性化服务

这一时期的个性化服务多为一个区域内的客户在一个或少数几个小百货商店购买所需的用品。由于客户少，购买地点也相对集中，店主比较熟悉各位客户的消费习惯和偏好，因此货主在组织货源时，会根据客户的习惯和偏好进货。同时，也会根据客户的具体情况推荐商品。总之，此时的店主自发地进行着较低级的个性化服务，以建立客户对产品的忠诚。

2. 大规模营销时代的服务

20 世纪 50 年代，大规模市场营销主要是通过电视广告、购物商城、大规模生产企业，以及大批量消费的社会，改变着人们的消费方式。大规模的市场营销使企业失去了与客户的亲密关系，他们把客户当作没有需求差别的人。比如，福特公司有句傲慢的话："不管你需要什么颜色，我们只有一种颜色——黑色！"这就是那个时代市场营销的真实写照。事实上，这种状况至今仍然存在，甚至占主流地位。可以相信，这种大规模的市场营销方式必然会走向没落。因为，客户需要的只有一个满足其要求的产品。如果仍停留在由企业到客户或由客户到企业的思路，只有企业到客户的独白，而没有企业与客户的对话，企业的产品是不能很好地满足客户千变万化的需求的。现在，相当多的企业仍是过分依赖市场调研、人口统计、样品市场测试等以偏概全的方法，而忽略了形势在变化，经济在发展，人民生活水平在提高，客户需求水平在不断升级和变化，同时，也就忽略了与客户经常保持对话，忽略了把客户看成有特殊需求的人。

3. 搞好服务营销，回归和突出个性化服务

目前，服务营销已被人们高度重视，搞好服务营销就应该从产品营销思路的束缚中解脱出来，把为客户服务的观念贯彻到企业所有的经营活动中去，而不是仅仅将服务视为依附于产品的售前或售后服务。服务的观念应贯穿于从产品设计到产品销售的整个过程中，乃至产品生命周期的各个阶段。例如，在产品开发初期，开发部门就应该考虑客户的个性化需求和技术可能，制定出服务目标。在产品设计时，应确定产品的最高故障率以及最长诊断时限和修理期限，尽力提高产品的可靠性、客户使用的安全性和经济性。企业要真正贯彻服

务营销思想，还应有相应的组织保证。比如，一些企业设立了与生产、销售等并列的客户服务独立部门。随着"服务经济时代"的到来，服务营销已经成为企业树立形象、开发新客户、留住老客户，更好地满足客户多种需求的最有效途径。

网络为客户服务提供了全天候、即时、互动等全新概念的工具。这些性质迎合了现代客户个性化的需求特征，所以，越来越多的公司将网络客户服务整合到公司的营销计划之中，使网络营销界渐渐兴起了一轮客户服务浪潮。

【补充阅读材料 16-1】

亚马逊的客户服务

亚马逊在客户服务方面的做法包括：

(1) 设计以客户为中心的选书系统：亚马逊网站可以帮助读者在几秒钟内从大量的图书库中找到自己感兴趣的图书；

(2) 建立了客户电子邮箱数据库：公司可以通过跟踪读者的选择，记录下他们关注的图书，新书出版时，就可以立刻通知他们。

(3) 建立客户服务部：从 2000 年早期开始，亚马逊雇佣了数以百计的全职客户服务代表，处理大量的客户电话和电子邮件，服务代表的工作听起来十分单调，比如，处理客户抱怨投递太慢，客户修改订单，询问订购情况，甚至是问一些网络订购的基本问题。正是这些看似不起眼的服务工作，使得亚马逊网站在历次零售网站客户满意度评比中名列第一。

(4) 亚马逊研究客户购书习惯，发现读者无论是否购买图书，都喜欢翻阅图书内容。因此，为了满足读者浏览某些图书内容的需求，亚马逊网上书店独创了"浏览部分图书内容"（"Look Inside the Book"）服务项目，从而吸引了大量读者上网阅读。

二、网络营销中客户服务的特点

营销学大师菲利普·科特勒将服务定义为：服务是一方能够向另一方提供的基本上是无形的任何功效或礼仪，并且不导致任何所有权的产生，它的产生可能与某种有形产品密切联系在一起，也可能毫无联系。同样，网络营销服务也是相似内涵，只是网络营销服务是通过互联网来实现服务。

服务是企业围绕客户需求提供的功效和礼仪，网络营销服务的本质也就是让客户满意，客户是否满意是网络营销服务质量的唯一标准。要让客户满意就是要满足客户的需求，客户的需求一般是有层次性的，如果企业能够提供满足客户更高层次需求的服务，客户的满意程度就会越高。网络营销服务利用互联网的特性可以更好满足客户不同层次的需求。

（1）了解产品信息。网络时代，客户需求呈现出个性化和差异化特征，客户为满足自己个性化的需求，需要全面、详细地了解产品和服务信息，寻找最能满足自己个性化需求的产品和服务。在一项客户测试中，消费者按照自己认为的重要程度对产品信息、服务信息和产品订购这些网络的主要功能进行排序，结果显示人们对于详细的产品和服务信息更感兴趣。现代企业利用互联网络能为客户提供前所未有的个性化服务。比如，在 Amazon.com 网上书店，客户需要的信息可能个性化到如下程度：客户喜欢的某一位作家的所有图书及最近作品，或与客户研究的某个专题有关的最新著作等。过去，要想寻找到这类信息，需翻阅最近全国书目，定期到当地大型综合图书馆或书店查询，而现在 Amazon 设立了一个叫 Eyes 的自动搜索工具为客户搜寻所需的图书信息，并及时给客户发送 E-mail。

（2）解决问题。客户在购买产品或服务后，可能面临许多问题，需要企业提供服务解决这些问题。客户面临的问题主要是产品安装、调试、试用和故障排除，以及有关产品的系统知识等。在企业网络营销站点上，许多企业的站点提供技术支持和产品服务，以及常见的问题解答（FAQ）。有的还建设有客户虚拟社区，客户可以通过互联网向其他客户寻求帮助，自己学习并自己解决。

（3）接触公司人员。对有些难以解决的问题或者客户难以通过网络营销站点获得解决方法的问题，客户也希望公司能提供直接支持和服务。这时，客户需要与公司人员进行直接接触，向公司人员寻求意见，得到直接答复或者反馈客户的意见。与客户进行接触的公司人员，在解决客户问题时，可以通过互联网获取公司对技术和产品服务的支持。

（4）了解全过程。客户为满足个性化需求，不仅仅是通过掌握信息来进行选择产品和服务，还要求直接参与产品的设计、制造、配送整个过程。个性化服务是一种双向互动的企业与客户之间的密切关系。企业要实现个性化服务，就需要改造企业的业务流程，将企业业务流程改造成按照客户需求来进行产品的设计、制造、改进、销售、配送和服务。客户了解和参与整个过程意味着企业与客户需要建立一种"一对一"的关系。互联网可以帮助企业更好地改造业务流程以适应对客户的"一对一"营销服务。

需要注意的是网上客户服务需求四个层次的内容，不是完全独立的，他们之间是一种相互促进的关系。本层次的需求满足得越好，就越能推动下一层次的服务需求。对客户的需求满足得越好，企业与客户之间的关系就越密切。全部过程中的需求层次逐渐升级，不仅促使公司对客户需求有更充分的理解，也会引起客户对公司期望的增强以及对公司的关心，最终不仅实现了"一对一"关系的建立，而且不断地巩固、强化公司与客户的密切关系。

三、网络服务的类型与特点

1. 网络服务的类型

根据企业提供的产品和服务所占的比例，可以将服务分为四类：纯有形货物的伴随服务、伴随服务的有形货物、主要服务伴随小物品和小服务、纯服务。对于网络营销服务，则可以简单划分为网上产品服务营销和服务产品营销。网上产品服务营销主要是指前面两类服务，服务是产品营销的一个有机组成部分。网上服务产品营销是指无形产品通过互联网直接进行传输和消费的服务产品的营销活动。对于服务产品营销除了关注服务销售过程的服务外，还要针对服务产品的特点开展营销活动。根据网络营销交易的时间间隔，还可以将服务划分成销售前的服务、销售中的服务和销售后的服务。

2. 网络营销的特性

服务区别于有形产品的主要特点是不可触摸性、不可分离性、可变性和易消失性。同样，网络营销服务也具有上述特点，但其内涵却发生了很大变化，具体体现在以下几个方面：

（1）增强客户对服务的感性认识。服务的最大局限在于服务的无形和不可触摸性，因此在进行服务营销时，经常需要对服务进行有形化，通过一些有形方式表现出来，以增强客户的体验和感受。

（2）突破时空不可分离性。服务的最大特点是生产和消费的同时性，因此服务往往受到时间和空间的限制。客户为寻求服务，往往需要花费大量时间去等待和奔波。基于互联网的远程服务则可以突破服务的时空限制。如现在的远程医疗、远程教育、远程培训、远程订票等，这些服务通过互联网都可以实现消费方和供给方的空间分离。

（3）提供更高层次的服务。传统服务的不可分离性使得客户寻求服务受到限制，互联网出现突破传统服务的限制。客户可以通过互联网得到更高层次的服务，客户不仅可以了解信息，还可以直接参与整个过程，最大限度满足客户的个人需求。

（4）客户寻求服务的主动性增强。客户通过互联网可以直接向企业提出要求，企业必须针对客户要求提供特定的"一对一"服务。而且企业也可以借助互联网，以低成本来满足客户的"一对一"服务的需求，当然企业必须改变业务流程和管理方式，实现柔性化服务。

（5）服务成本降低，效益提高。一方面，企业通过互联网实现远程服务，扩大服务市场范围，创造了新的市场机会；另一方面，企业通过互联网提供服务，可以增强企业与客户之间的关系，培养客户忠诚度，减少企业的营销成本费用。因此，许多企业将网络营销服务作为企业在市场竞争中的重要手段。

第二节　网上客户服务的主要手段

在传统产品服务市场中，企业常规的客户服务手段包括电话、传真、信函、上门服务等，在网络营销领域内，网上客户服务的主要工具有电子邮件、电子论坛，常见问题解答、在线表单和即时信息服务等。

一、Web 服务的应用

Web 站点是一个综合性的营销工具，是开展网络营销的根据地。产品展示是企业网站最基本的功能，客户访问网站的目的之一是为了对公司的产品和服务进行深入的了解，企业网站的价值之一也就在于灵活地向用户展示产品说明及图片甚至多媒体信息，即使一个功能简单的网站至少也相当于一本可以随时更新的产品宣传资料。

目前，不仅大公司都建有自己的 Web 站点，许多小公司也纷纷推出自己的站点，或者在其他站点上发布一些自己的网页，期望能够为客户提供更好的服务。下面我们将以戴尔公司中文网站（http：//www.dell.com.cn）为例分析 Web 站点在客户服务方面的应用，如图 16-1 所示。

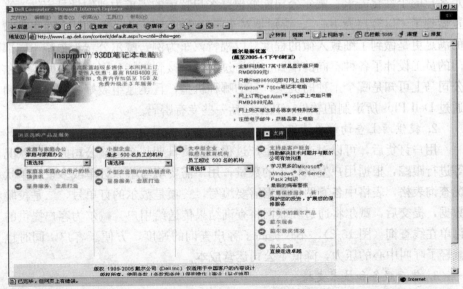

图 16-1　戴尔中国主页

戴尔公司的创办人迈克尔·戴尔（Michael Dell）一直坚持一个信念，即利用互联网的特点，提供低成本、一对一、交互而高质量的服务。戴尔公司特别注意客户的满意度，从网页页面设计、订货流程、交易安全，乃至客户服务、技术支持，都考虑得很周到。根据直接与客户交互和交易的资料，戴尔公司还进一步创建客户数据库，将记录加以分析，研究其中的购物习惯和模式，以提供更个性化、更符合个别客户兴趣的服务。并且，戴尔公司特地为企业用户设立"Dell Premier Pages"网页，方便企业用户查询产品及服务资料，继而在网上订购所需产品。

1. 提供网上信息查询和预定

通过戴尔的网站，客户可以方便快捷的浏览产品和不同型号计算机的技术信息，并获取系统报价（笔记本电脑、台式机、工作站或是服务器），以电子方式发送订单。例如，客户想购买一台笔记本电脑，于是想了解一下 DELL 笔记本电脑的详细信息，这时就可以访问 DELL 公司的 Web 站点，如选择一款 Dell Inspiron 600M 系列的笔记本电脑，仔细阅读有关这一系列笔记本电脑的产品介绍、产品配置和产品报价等。客户可以在任何时候完成这些工作，可以在办公室，也可以在家里，而不必跑到电脑城或是电子市场，等到销售人员有空才处理。

此外，戴尔公司允许客户自定义设计其喜欢的产品，客户可以自由选择和配置计算机的各种功能、型号和参数，戴尔公司根据客户的要求进行生产，满足客户的个性化需求。戴尔公司能够根据客户特定的需求为他们量身定做，真正做到了"以客户为中心"。特别是对于一些全球大客户，戴尔对个性化需求的满足更是做到了细致入微的程度。以福特汽车为例，戴尔公司为福特不同部门的员工设计了各种不同的配置。当通过互联网接到福特公司的订单时，戴尔公司马上可知是哪个工种的员工，订的哪种机型，且迅速组装好合适的硬件和通过 Dell Plus 所定制的软件，甚至包括一些专有密码。

2. 提供网上查询订单情况

用户订货后，可以对产品的生产过程、发货日期甚至运输公司的发货状况等进行跟踪，根据用户发出订单的数量，用户需要填写单一订单或多重订单状况查询表格，表格中各有两项数据需要填写，一项是戴尔的订单号，二是校验数据，提交后，戴尔将通过互联网将查询结果传送给用户。戴尔为客户提供的订单在线查询（图 16-2），不仅提高了客户查询的速度，方便了客户，同时也减轻了呼叫中心的压力，降低了公司运营成本。

3. 售后服务和技术支持

戴尔公司以前一直通过电话提供二十四小时的技术支持服务。在 1995 年，

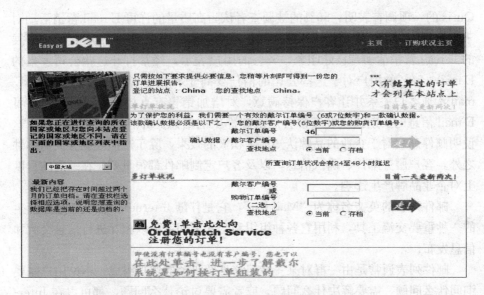

图 16-2 戴尔亚太订单状况查询主页

公司把这一部分放到网上，客户可以直接通过网络获得戴尔公司的技术支持知识数据库里的信息，里面包含戴尔公司提供的硬件和软件中可能出现的问题和解决方法，同时还有处理回信、交易和备份零件运输等的处理程序和系统。1997 年，戴尔公司又推出了一个更加快速和方便的网络自助方式。戴尔公司为生产的每一台计算机都分配了一个服务序列号码。只要在网站上输入这个号码，客户就会被引导到一个在线的故障检测过程，这一过程是专门针对客户使用的计算机型号和制造细节进行设计的，在这里，客户可以得到公司维修人员的详尽服务。

二、电子邮件和邮件列表

1. 电子邮件

在所有在线客户服务手段中，电子邮件（E-mail）在网络营销服务商网站上出现的比例最高，由此足以说明电子邮件在网络营销客户服务中的重要性。电子邮件方便快捷、经济且无时空限制，企业可用它来加强与客户之间的联系，及时了解并满足客户需求。为此企业必须加强对电子邮件的管理，要确保邮路畅通，使邮件能够按照不同的类别有专人受理，必须尊重客户来信，并且快速回应。

2. 邮件列表

目前，E-mail 营销的主要表现形式就是邮件列表，据国际著名调查公司

Quris 的一项调查表明，56％的被调查者认为高质量的许可 E-mail 营销活动对于企业品牌有正面影响。67％的被调查者反映，他们对于自己信任的公司开展的 E-mail 营销活动有良好印象，58％的用户表示，经常打开这些公司发来的 E-mail，54％的用户对于这些公司的信任要高于其竞争者。研究表明利用 E-mail 沟通客户关系并让客户保持满意，对增加销售有直接的促进作用。许可 E-mail 信息的长期接收者经常会点击邮件中的信息，并且实现在线购买，这说明邮件列表对于企业的品牌认知产生积极的效果。除了产品或服务促销邮件之外，客户服务邮件、确认信息，以及客户定制邮件都很重要，在一定的程度上对企业品牌产生影响。

邮件列表的英文名称为"Mail list"，它是伴随 Internet 的发展而迅速诞生的一种重要交流工具，利用它各种组织和个人之间就可以相互进行信息交流和信息发布。

邮件列表通常是由一群对某一专门信息感兴趣的用户组成。不论用户需要询问什么问题，需要解决什么问题，或者需要讨论什么问题，都可以在 Internet 上找到一个相应主题的邮件列表。只要你加入这个邮件列表就会发现，来自世界各地的人们与你在共同讨论某一问题。而且它具有传播范围广的特点，可以向 Internet 上数十万个用户迅速传递消息，传递的方式可以是主持人发言、自由讨论和授权发言人发言等方式。如果我们想加入到某个邮件列表中，只要拥有属于自己的电子信箱就行了。

对企业而言，拥有邮件列表就可以直接将企业动态、产品信息、市场调查、售后服务、技术支持等一系列商业信息发送到目标用户手中，并由这些用户形成一个高效的反馈系统，从而最大限度地保证了宣传促销等活动的效果和效率。从某种意义上说任何企业或团体都需要邮件列表，它可以让企业的信息受到更多更直接的关注，让企业掌握更多的直接用户资源。

三、在线表单

在线表单与 E-mail 一样具有在线联系功能，并且由于在线表单简单明了，可以事先设定一些格式化的内容，如联系人姓名、单位、地址、问题类别等，通过在线表单提交的信息比一般的电子邮件更容易分类处理，因此在许多网站得到应用，如图 16-3 所示。

从功能上说，在线表单和电子邮件这两种常用的在线联系方式都可以实现与用户沟通的目的，但从效果上来说却有着很大的区别，如果处理不当，在线表单可能会存在一些潜在的问题。首先，由于在线表单限制了用户的个性化要求，有些信息可能无法正常表达；其次，当表单提交成功之后，用户也不了解

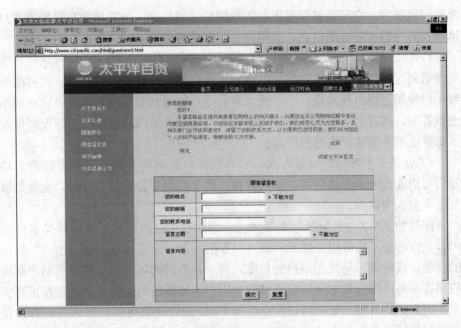

图 16-3 成都太平洋百货的客户留言板

信息提交到什么地方，多长时间可能得到回复，并且自己无法保留副本，不便于日后查询。因此，有时会对在线表单的联系方式产生不信任感。另外，客户填写的联系 E-mail 地址也有错误的可能，这样将无法通过 E-mail 回复用户的问题，甚至会造成用户不满。因此，在线表单自身的特点决定了其具有一定的局限性。

　　企业使用在线表单作为客户服务手段时应该站在用户的角度，在应用中注意对一些细节问题的处理。比如，在联系信息的表单页面同时给出其他联系方式，如电子邮件地址、电话号码，并且给出一个服务承诺，在提交后多久会回复用户的问题，同时也有必要提醒用户对有关咨询的问题自行用其他方式保留副本。如果增加了这些细节处理，相信对于用户来说会感到自己受到高度重视，可以大大增加对企业的信任感，也会有更多信息愿意和企业交流，因而也会在一定程度上增进客户关系。

四、常见问题解答

　　常见问题解答（frequently asked questions，FAQ）是网上客户服务的重要内容之一，它为客户提供有关公司产品与服务等方面的信息。面对众多公司能够提供的信息以及客户可能需要的信息，最好的办法就是在网站上建立客户常见问题解答。它既能够引发那些随意浏览者的兴趣，也能帮助有目的的客户迅速找到他们所需要的信息，获得常见问题的现成答案。

FAQ 之所以很重要，是基于两个事实：一是当用户到一个新网站时，难免会遇到这样那样不熟悉的问题，有时可能仅仅是非常简单的问题，但可能导致用户使用过程出现困难；二是绝大多数用户在遇到问题时，宁可自己在网站上找答案，或者自己不断试验，而不是马上发邮件给网站管理员，何况即使发了邮件也不一定能很快得到回复。

FAQ 是一举两得的服务方式。一方面客户遇到这类问题无须费时费力地专门写信或发电子邮件咨询，而可直接在网上得到解答；另一方面，企业能够节省大量人力物力。

网站的 FAQ 一般包括两个部分，一部分是在网站正式发布前就准备好的内容，这些并不是等用户经常问到才回答的问题，而是一种"模拟用户"提出的问题，或者说，是站在用户的角度，对于在不同的场合中可能遇到的问题进行回答；另一部分是在网站运营过程中用户不断提出的问题，这才是真正意义上的用户问题解答。如果网站发布前的 FAQ 设计比较完善，那么在运营过程中遇到的问题就会大大减少，因此，比较理想的状况是，前期准备的问题应该至少包含 80% 以上的内容。

五、即时信息 （instant message）

即时信息具有多种表现形式，从简单的聊天室及各种个人在线聊天工具（如 QQ、MSN、ICQ 等）到具有各种管理功能的专业在线服务系统（如 Live-Person），即时信息是提供用户在线服务的一种重要工具，因为部分用户对于电子邮件咨询的回复需要几个小时甚至几天的时间感到不满，更希望采用实时交流的方式获得服务。

1. 即时信息应用现状

近年来，个人版的 IM（instant message，IM）因为其方便实用的特性，日益受到办公室职员的青睐，很多员工在冒着被网络管理员"断线"的危险，用 IM 进行日常通信。据统计，大约有 1400 万 AIM（AOL Instant Messenger）用户，1100 万雅虎 IM 用户和 126 万微软 MSN 用户在工作场合使用 IM。

2004 年 7 月 15 日，微软宣布与其竞争对手美国在线（America online）、雅虎达成协议，其企业版网络寻呼软件用户将能连通后两者的服务。这意味着企业用户可以用微软的 MSN Messenger 与 AIM 或雅虎的 IM 用户通信，并可以在同一界面下组织整理来自不同寻呼软件的通讯簿。

在国内市场上，呈现的却是一番截然不同的景象。腾讯公司不仅有在个人

IM 占据绝对优势的 QQ，也很早就在谋划进军企业 IM 应用的策略。2003 年 9 月 BQQ 摇身一变成为 Real Time Expert（RTX 腾讯通）以后，至今已经吸纳了近 10 万企业用户，腾讯的企业 IM 战略也初现雏形。

2. 即时信息的作用

客户对服务的及时性要求越来越高，越来越多的客户期望企业能够在最短的时间内对自己提出的要求做出响应。于是，各种即时信息正好作为理想的在线客户服务工具。美国研究公司 Modalis Research 的研究结果表明，目前已经有 6％的美国网站使用 IM 作为客户服务工具，有 45％的消费者对此感到满意，不过由于这种方式对客户服务人员要求很高，占用人工也比较多，客户服务成本会增高，因此还没有被广泛采用，但这种即时服务已经成为一种不可忽视而且是最受欢迎的在线客户服务手段之一，应该引起重视，尤其是如网上零售、网上保险等对客户服务要求较高的领域。

据咨询研究公司 Basex 的研究表明，即时信息服务对于网上销售中提升订单成功率有很大帮助，如果使用即时信息合理地开展客户服务，客户放弃购物车的比例可以降低 20％，这样美国的网上购物总额将增加 200 亿美元。

客户放弃购物车是网上销售中的一种常见现象，与客户在超市的购买不同，在网上购物时放弃购物车的比例很高，Basex 的研究表明，这个比例为 50％，在电子商务门户网站 BizRate.com 不久前的研究中，发现客户放弃购物车的比例高达 75％，市场研究公司 Datamonitor 的调查结果也得到类似的结论。而这其中的 8.1％是因为在客户需要询问时销售商无法给出解答所造成的。

为了减少客户放弃购物车的问题，我们可以对网上消费者的购物行为进一步分析：用户在购买前已经有一定的购买计划，可能只希望购买自己期望的商品，对于无法确定是否适合自己的商品可能会先放入购物车，而最终在去收银台付款之前放弃这次购物；或者，当看到一件新产品或者计划之外的产品时没有朋友或者导购员可以商量和咨询，因此往往会犹豫不决。其实，这种种现象背后都包含着同样的问题：网站缺乏实时交互性，包括消费者与网站之间以及购买同类商品的客户之间的交互。即时信息服务正好可以在这方面发挥其优越性，从技术上说应该不存在多大障碍。

即时信息的具体应用方法很多，一些网站已经利用即时信息开展深层次的客户服务，并充分发挥起营销功能，例如，使得浏览同一商品的用户可以互相交流，共同分享对该产品的知识，并就一些问题互相讨论，既可以实现远程"相约购物"，增加网上购物的乐趣，同时也有助于客户对商品的快速了解；如果客户反复查看，对某种商品显得有些犹豫不决时，虚拟导购小姐或者虚拟产品专家可以及时弹出一个对话窗口，利用即时信息给客户必要的介绍，这样一定会有助于用户的购买决策，提高订单成功率。

3. 阿里巴巴的 IM 软件"贸易通"介绍

致力于推动网上 B2B 贸易的阿里巴巴公司宣布，其服务于网上商人交流的即时通信软件"贸易通"用户数超过 80 万，活跃用户数接近 30 万，每天同时在线商人用户超过了 6 万。阿里巴巴公布的这组数据被认为是一种推动网上贸易的新型交流工具已经初具规模，真正开辟了网上交易的新通道。

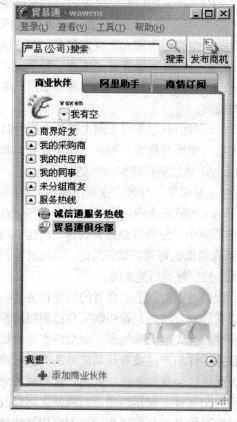

图 16-4　阿里巴巴贸易通

贸易通（图 16-4）是 2003 年 10 月阿里巴巴发布的一种面向企业间商务即时通信服务，运用该工具将使得用户能够在线洽谈生意，即时发布商业供求信息以及随时查看最新商业资讯。

阿里巴巴的贸易通被认为是继腾讯 RTX 后最成功的商务沟通工具，而腾讯 RTX 由于种种原因用户数一直徘徊在 10 万，导致腾讯转而发展其 TM。而贸易通最关键的是依托阿里巴巴这一极好的商务平台。对于一个互联网产品而言，横向联合和捆绑，互相利用影响力和市场占有额，是一种很重要的推广方式。而贸易通和阿里巴巴网站的关联是其迅速发展的最重要原因。据介绍，目前阿里巴巴有 420 万的注册会员，而在贸易通的 80 万用户中，超过 80% 都为其诚信通会员，目前，阿里巴巴网站 80% 的诚信通会员已经安装了"贸易通"，通过这一软件来洽谈生意，减除了电话、邮递等大量商务成本。据透露，通过"贸易通"软件最大的一单成交额在 600 万人民币。

研究机构 Forrester 表示："这是一个重大的变化，人们现在正在认识到即时信息工具能够带来极高的生产力。大家想要借助它来提高业务及其反馈的敏感度和快捷度。"

阿里巴巴的贸易通在很大程度上是为阿里巴巴的电子商务服务的，除了即时通信沟通商务信息的基本功能外，在贸易通软件中，可以搜索公司、商品以及商业机会，随即可以和提供这些机会的人和公司进行对话，而这些内容是由阿里巴巴网站的信息和注册商户进行整合的。

据阿里巴巴人士介绍，目前非常多的会员已经习惯于通过贸易通来在网上谈生意，即使是在每天晚上甚至凌晨时分，都有很多用户在线。这种新颖的谈生意的方式最大的好处是节约成本和方便快捷，免掉了大量的电话，提高了业务的质量，而且反馈更加快捷和及时。为了进一步提高贸易通的服务质量，阿里巴巴正在准备加入视频功能，如此，不仅可以在网上谈生意，还可以在网上看货检查样品。此外，公司还将应广大海外用户的要求推出繁体中文版本和英文版本，扩大国际生意。

阿里巴巴有关人士表示，阿里巴巴已经意识到目前 IM 的竞争已经相当残酷，但是阿里巴巴已经做好了足够的准备来迎接未来的竞争。

六、网络社区与客户服务

1. 网络社区的主要形式和功能

网络社区是网上特有的一种虚拟社会，社区主要通过把具有共同兴趣的访问者集中到一个虚拟空间，达到成员相互沟通的目的，网络社区是用户常用的服务之一，由于有众多用户的参与，因而已不仅仅具备交流的功能，实际上也成为企业的一种营销场所。网络社区的主要形式和功能有：

电子公告板（BBS）：是虚拟网络社区的主要形式，大量的信息交流都是通过 BBS 完成的，会员通过张贴信息或者回复信息达到互相沟通的目的。BBS 一般都有特定的讨论主题，经常参加论坛的人可能有电子杂志的编辑、企业家、管理人员，以及对某些话题感兴趣的任何人。BBS 是企业获得客户对本企业产品、服务等全方位真实评价材料的工具。企业的主管人员应经常主动参与讨论，引导消费者对核心业务发表意见和建议。这对企业提高服务水平，获取客户信息和捕捉商机有很大好处。

聊天室（chat room）：在线会员可以实时交流，对某些话题有共同兴趣的网友通常可以利用聊天室进行深入交流。

讨论组（discussion group）：如果一组成员需要对某些话题进行交流，通过基于电子邮件的讨论组会觉得非常方便，而且有利于形成大社区中的专业小组。

2. 网络社区在客户服务中的作用

论坛和聊天室是网络社区中最主要的两种表现形式，在网络营销中有着独到的应用。网络社区可以增进和访问者或客户之间的关系，也可能直接促进网上销售。网络社区营销，是网络营销区别于传统营销的重要表现。其对于客户服务的主要作用如下：

（1）可以与访问者直接沟通，容易得到访问者的信任。企业通过网络社区可以了解客户对产品或服务的意见，访问者很可能通过和企业的交流而成为企业真正的客户，因为人们更愿意从了解的商店或公司购买产品。

（2）增加网站吸引力。为参加讨论或聊天，人们愿意重复访问企业的网站，因为那里是和他志趣相投者聚会的场所，除了相互介绍各自的观点之外，一些有争议的问题也可以在此进行讨论。

（3）作为一种客户服务的工具，利用 BBS 或聊天室等形式在线回答客户的问题。作为实时客户服务工具，聊天室的作用已经得到用户认可。

（4）方便进行在线调查。无论是进行市场调研，还是对某些热点问题进行调查，在线调查都是一种高效廉价的手段。在主页或相关网页设置一个在线调查表是通常的做法，然而对多数访问者来说，由于占用额外的时间，大都不愿参与调查，即使提供某种奖励措施，参与的人数可能仍然不多，如果充分利用论坛和聊天室的功能，主动、热情地邀请访问者或会员参与调查，参与者的比例一定会大幅增加，同时，通过收集 BBS 上客户的留言也可以了解到一些关于产品和服务的反馈意见。

【补充阅读材料 16-2】

美国在线的社区营销

史蒂夫·凯斯，美国在线的创建者，从一开始就深知社区的重要性。美国在线最初的营销和销售策略便是奠基于此。凯斯首先试着接近每一个他能够找到的社区——旧金山湾地区的飞行员、园艺家、退休人士等，然后对他们提出同样的问题，"何不让你和你的同伴有个'电子的'环境，可以整天'挂'在上面？"这是一个绝佳的策略。而它确实也发挥了功效。

一开始，美国在线就被塑造为"每个人都能在此找到伙伴（精神或心灵上某一部分相契合）"的地方。这个听起来神奇的创意还真是一个挺不错的营销策略。虽然有来自微软和其他公司的强劲竞争，美国在线还是很快地成为（目前也仍然是）全球主要的在线服务提供者。凯斯深知，比尔·盖茨忽略的正是"社区"的概念。人们涌进站上使用各项服务，是源于"社区"的力量，而非仅将其视为一个娱乐的管道。凯斯捕捉到网际网络的精髓，并将它引导到了正确的方向。

第三节　网络营销客户服务的内容

网上客户服务的过程伴随着客户与产品接触的过程，包括售前服务、售中服务和售后服务。售前服务是利用互联网络把产品的有关信息发送给目标客户。这些信息包括：产品技术指标、主要性能、使用方法与价格等；售中服务是为客户提供咨询、导购、订货、结算以及送货等服务；售后服务的主要内容则是为用户安装、调试产品，解决产品在使用过程中的问题，排除技术故障，提供技术支持，寄发产品改进或升级信息以及获取客户对产品和服务的反馈。

客户服务过程实质上是满足客户除产品以外的其他连带需求的过程。因此，完善的网上客户服务必须建立在掌握客户这些连带需求的基础之上。客户的服务需求包括了解公司产品和服务的信息，需要公司帮助解决问题，与公司人员接触、了解全过程信息 4 个方面的内容。

一、网络服务过程分析

1. 网络售前服务

市场营销从原来的交易营销演变为关系营销，市场营销目标转变为在达成交易的同时还要维系与客户的关系，更好地为客户提供全方位的服务。根据客户与企业发生关系的阶段，可以分为销售前、销售中和销售后三个阶段。网络营销产品服务相应也划分为网络售前服务、网络售中服务和网络售后服务。

从交易双方的需求可以看出，企业网络营销售前服务主要是提供信息服务。企业提供售前服务的方式主要有两种，一种是通过自己网站宣传和介绍产品信息，这种方式要求企业的网站必须有一定的知名度，否则很难吸引客户注意；另一种方式通过网上虚拟市场提供商品信息。企业可以免费在上面发布产品信息广告，提供产品样品。除了提供产品信息外，还应该提供产品相关信息，包括产品性能介绍和同类产品比较信息。为方便客户准备购买，还应该介绍产品如何购买的信息，产品包含哪些服务，产品使用说明等。总之，提供的信息要让准备购买的客户"胸有成竹"，客户在购买后可以放心使用。

2. 网络售中服务

网络售中服务主要是指销售过程中的服务。这类服务是指产品的买卖关系已经确定，等待产品送到指定地点的过程中的服务，如了解订单执行情况、产品运输情况等。在传统营销部门中，有 30%～40% 的资源是用于应对客户对销售执行情况的查询和询问，这些服务不但浪费时间，而且非常琐碎难以给用户满意的回答。特别是一些跨地区的销售，客户要求服务的比例更高，而网络销售的一个特点是突破传统市场对地理位置的依赖和分割，因此网络销售的售中服务非常重要。因此，在设计网络销售网站时，在提供网络订货功能的同时，还要提供订单执行查询功能，方便客户及时了解订单执行情况，同时减少因网络直销带来的客户对售中服务人员的需求。

例如，美国的联邦快递（http：//www.fedex.com）通过其高效的邮件快递系统将邮件在递送中的中间环节信息都输送到计算机的数据库，客户可以直接通过互联网从网上查找邮件的最新动态。客户可以在两天内去网上查看其包裹到了哪一站、在什么时间采取什么步骤，投递不成的原因、在什么时间会采取下一步措施，直至收件人安全地收到包裹为止。客户不用打电话去问任何人，上述服务信息都可在网上获得，既让客户免于为查询邮件而奔波，同时公司又大大减少邮件查询方面的开支，实现企业与客户的共同增值。

3. 网络售后服务

（1）网络售后服务的内涵。网络售后服务就是借助互联网直接沟通的优势，以便捷的方式满足客户对产品帮助、技术支持和使用维护的需求的企业为客户服务的方式。网络售后服务有两类，一类是基本的网上产品支持和技术服务；另一类是企业为满足客户的附加需求提供的增值服务。

由于分工的日益专业化，使得一个产品的生产需要多个企业配合，因此产品的支持和技术也相对比较复杂。提供网上产品支持和技术服务，可以方便客户通过网站直接找到相应的企业或专家寻求帮助，减少不必要的中间环节。如美国的波音公司通过其网站公布其零件供应商的联系方式，同时将有关技术资料放到网站，方便各地飞机维修人员及时索取最新资料和寻求技术帮助。为提升企业的竞争能力，许多企业在提供基本售后服务的同时，还提供一些增值性服务。

（2）网络售后服务具有以下特点：

• 便捷性。网上的服务是 24 小时开放的，用户可以随时随地上网寻求支持和服务，而且不用等待；

• 灵活性。由于网上的服务是综合了许多技术人员知识、经验和以往客户出现问题的解决办法，因此用户可以根据自己需要从网上找到相应的帮助，同时可以学习其他人的解决办法；

• 低廉性。网络售后服务的自动化和开放性，使得企业可以减少售后服务和技术支持人员，大大减少不必要的管理费用和服务费用；

• 直接性。客户通过上网可以直接寻求服务，避免通过传统方式经过多个中间环节才能得以处理。

4. 服务网站设计

在企业的网络营销站点中，网上产品服务是网站的重要组成部分。有的企业建设网站的主要目的是提供网上产品服务，提升企业的服务水平。为满足网络营销中客户不同层次的需求，一个功能比较完善的网站应具有下面一些功能：

（1）提供产品分类信息和技术资料，方便客户获取所需的产品、技术资料。

（2）提供产品相关知识和链接，方便客户深入了解产品，从其他网站获取帮助。

（3）FAQ，即常见问题解答，帮助客户直接从网上寻找问题的答案。

（4）网络虚拟社区（BBS 和 Chat），提供给客户发表评论和相互交流学习的园地。

（5）客户邮件列表，客户可以自由登记和了解网站最新动态，企业可及时发布消息。

上述功能是一些基本功能，一方面企业可以向客户发布信息，另一方面企业也可以从客户那里接受到反馈信息，同时企业与客户还可以直接进行沟通。为满足客户一些特定需求，网站还可以提供一些特定服务，如上面介绍的联邦快递公司提供的网络包裹查询服务。下面分别介绍如何设计网站实现上述功能。

1）产品信息和相关知识方面的设计

客户上网查询产品，是想全面了解产品各方面的信息，因此在设计提供产品信息时应遵循的标准是：客户看到这些产品信息后就不用再通过其他方式来了解产品信息。需要注意的是，很多企业提供的服务往往是针对特定的群体，并不是针对网上所有公众，因此为了保守商业秘密，可以用路径保护的方法，让企业和客户都有安全感。

对于一些复杂产品，客户在选择和购买后使用时需要了解大量与产品有关的知识和信息，以减少对产品陌生感。特别是一些高新技术产品，企业在详细介绍产品各方面信息的同时，还需要介绍一些相关的知识，帮助客户更好的使用产品。

2）FAQ 的设计

FAQ 即常见问题解答。如 Microsoft 公司的网站中有非常详尽的"KnowledgeBase（知识库）"，对于客户提出的一般性问题，在网站中几乎都有解答。同时还提供了一套有效的检索系统，让人们在数量巨大的文档中快捷地查找到所需要的东西。设计一个容易使用的 FAQ 需要注意：

（1）保证 FAQ 的效用。要经常更新问题，回答客户提出的热点问题，要了解并掌握客户关心的问题是什么。

（2）保证 FAQ 简单易用。首先提供搜索功能，客户通过输入关键字就可以直接找到有关问题答案；其次是采用分层目录式的结构来组织问题；再次是将客户最经常问的问题放到前面；最后是对于一些复杂问题，可以在问题之间加上链接。

（3）注意 FAQ 的内容和格式。

3）网络虚拟社区的设计

客户购买产品后，一个重要环节就是购买后的评价和体验，对于一些不满足可能采取一定的措施和行动进行平衡。企业设计网上虚拟社区就是让客户在购买后既可以发表对产品的评论，也可以提出针对产品的一些经验，也可以与一些使用该产品的其他客户进行交流。营造一个与企业的服务或产品相关的网上社区，不但可以让客户自由参与，同时还可以吸引更多潜在客户参与。

4）客户邮件列表

电子邮件是最便宜的沟通方式，用户一般比较反感滥发的电子邮件，但对与自己相关的电子邮件还是非常感兴趣的。企业建立电子邮件列表，可以让客户自由登记注册，然后定期向客户发布企业最新的信息，加强与客户联系。

二、网络个性化服务

1. 网络个性化服务概述

个性化服务（customized service），也叫定制服务，就是按照客户特别是一般消费者的要求提供特定服务。个性化服务包括有三个方面：服务时空的个性化，在人们希望的时间和希望的地点得到服务；服务方式的个性化，能根据个人爱好或特色来进行服务；服务内容个性化，不再是千篇一律，千人一面，而是各取所需，各得其所。互联网可以在上述三个方面给用户提供个性化的服务。

伴随个性化服务会出现相应的问题。首先是隐私问题，网络消费者个人提交的需求信息、个人偏好和倾向，对于企业都是一笔巨大的财富。大多数人不愿公开自己的"绝对隐私"。因此，企业在提供个性化服务时，必须注意保护用户的隐私信息，更不能将这些隐私信息进行公开或者出卖。侵犯用户的隐私信息，不但招致用户的反对，而且可能导致用户的抗诉甚至报复。其次，提供的个性化服务要是用户真正需要的。另外，个性化服务还涉及许多技术问题，用户需要做到不论何时、不论何地都可以接收信息，而且接收的信息是用户需要的和选择的。

【补充阅读材料16-3】

亚马逊的差别定价

亚马逊在2000年9月中旬开始了著名的差别定价实验。亚马逊选择了68种DVD碟片进行动态定价试验，试验当中，亚马逊根据潜在客户的人口统计资料、在亚马逊的购物历史、上网行为以及上网使用的软件系统确定对这68种碟片的报价水平。例如，名为《泰特斯》（Titus）的碟片对新客户的报价为22.74美元，而对那些对该碟片表现出兴趣的老客户的报价则为26.24美元。通过这一定价策略，部分客户付出了比其他客户更高的价格，亚马逊因此提高了销售的毛利率，但是好景不长，这一差别定价策略实施不到一个月，就有细心的消费者发现了这一秘密，通过在名为DVDTalk（www.dvdtalk.com）的音乐爱好者社区的交流，成百上千的DVD消费者知道了此事，那些付出高价的客户当然怨声载道，纷纷在网上以激烈的言辞对亚马逊的做法进行口诛笔伐，有人甚至公开表示以后绝不会在亚马逊购买任何东西。更不巧的是，由于亚马逊前不久才公布了它对消费者在网站上的购物习惯和行为进行了跟踪和记录，因此，这次事件曝光后，消费者和媒体开始怀疑亚马逊是否利用其收集的消费者资料作为其价格调整的依据，这样的猜测让亚马逊的价格事件与敏感的网络隐私问题联系在了一起。

2. 网络个性化的信息服务

网站是一种影响面广、受众数量巨大的市场营销工具，伴随着受众范围和数量的"无限"增大，受众在语言、文化背景、消费水平、经济环境、意识形态，直至每个消费者具体的需求水平等方面存在的差异就变成一个非常突出的问题。于是，怎样充分发挥互联网在动态交互方面的优势，尽量满足不同消费者的不同需求，就成为定制服务产生的市场动因。

1）网络个性化的信息服务方式

目前网上提供的定制服务，一般是网站经营者根据受众在需求上存在的差异，将信息或服务化整为零或提供定时定量服务，让受众根据自己的喜好去选择和组配，从而使网站在为大多数受众服务的同时，变成能够一对一地满足受众特殊需求的市场营销工具。个性化服务，改变了信息服务"我提供什么，用户接受什么"的传统方式，变成了"用户需要什么，我提供什么"的个性化方式。信息的个性化服务，主要有下面一些方案：

（1）页面定制。Web定制使预订者获得自己选择的多媒体信息，只需标准的Web浏览器。许多网站都推出了个性化页面服务，如"雅虎"推出了"我的雅虎（中文网址是http：//cn.my.yahoo.com)"，可让用户定制个性化主页。用户根据自己的喜好定制显示结构和显示内容，定制的内容包括新闻、政治、财经、体育等多个栏目，还提供了搜索引擎、股市行情、天气预报、常去的网址导航等。用户定制以后，个人信息被服务器保存下来，以后访问"我的雅虎"，用户看到的就是自己定制的内容，如图 16-5 所示。

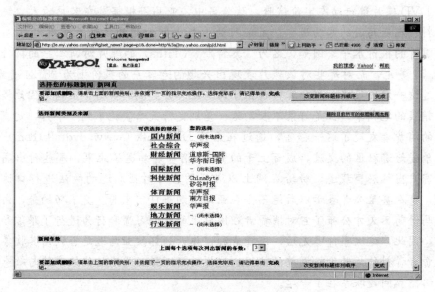

图 16-5　雅虎推出的个性化定制页面

（2）电子邮件定制方案。目前中报联与上海热线正在合作推出产业新闻邮件定制服务；专用客户机软件，如股票软件、天气软件等可以传送广泛的待售品、多媒体信息，客户机不需要保持与 Internet 的永久连接。但目前电子邮件定制信息只能定制文本方式的信息（随着越来越多的用户安装了支持 MIME 的软件包，多媒体电子邮件越来越普遍了）。

（3）需要客户端软件支持的定制服务。如 Quote.com 的股票报价服务，还可以结合 MicroQuest 公司的客户端软件包对投资组合进行评估，而 http：//www.PointCast.com 则更为典型，它通过运行在读者计算机上特制的软件包来接收新闻信息，这种软件以类似屏幕保护的形式出现在计算机上，而接收哪些信息需要读者事先选择和定制。这种方式与上述方式最大的不同在于，信息并不是驻留在服务器端的，而是通过网络实时推送到客户端，传输速度更快，让您察觉不出下载的时间。但客户端软件方式对计算机配置有较高的要求，在信息流动过程中可以借用客户端计算机的空间和系统资源，但是让客户下载是一件麻烦事。

2）网络个性化信息服务应注意的问题

网络个性化服务是一种非常有效的网络营销策略，但网络个性化服务是一个系统性工作，它需要从方式上、内容上、技术上和资金上进行系统规划和配合，否则个性化服务是很难实现的。对于一般网站提供个性化服务要注意下面几个问题：

（1）个性化服务是众多网站经营手段中的一种，是否适合于网站应用，应用在网站的哪个环节上，需要根据具体情况分析。

（2）应用个性化服务首先要做的是细分市场，细分目标群体，同时准确地确定不同群体的需求特点。这几个方面的因素决定着个性化服务的具体方式，也决定着其信息内容。

（3）市场细分的程度越高，需要投入到个性化服务中的成本也会相应提高，而且对网站的技术要求也更高，网站经营者要量力而行。

3. 网络个性化服务的意义

按照营销的理论，目标市场是需要细分的，细分的目的是把握目标市场的需求特点，从而使按需提供的产品和服务能为客户广泛接受。因此，细分的程度越高，就越能够准确地掌握客户的需求。

对于网站经营者来说，将大量的网民吸引住，是网站能否成功的关键。而在网站的交互过程中，网民是处于主动地位的，网民不去访问您的网站，网站中的信息或服务不被网民应用，网站就失去了存在的意义。由于个性化的定制服务在满足网民需求方面可以达到相当的深度，所以，只要网站经营者对目标群体有准确的细分和定位，对他们的需求有全面准确的总结和概括，应用定制服务这一营销方式就可以有效地吸引网民。

另外，在网站个性化服务中，电脑系统可以跟踪记录用户的操作习惯、常去的站点和网页类型、选择倾向、需求信息以及需求与需求之间的隐性关联，据此更有针对性地提供用户所希望的信息，形成良性循环，使人们的生活离不开网络。而信息服务提供者也有利可图，系统在对用户信息进行分析综合后，可以抽象出一类特定的人，然后有针对性地发送个性化、目的性很强的广告；也可将这些信息进行提炼加工，用来指导生产商的生产；生产商据此可以将目标市场细化，生产出更多更具个性化的产品，并实现规模化生产和个人化产品/价格销售。这些信息还可卖给广告商，因为准确而具体的信息将为广告商节省一大笔市场调研费，从而使广告成本降低。总之，个性化服务对个人、对信息提供者都有益处。

第四节　FAQ 在客户服务中的应用

FAQ 的中文意思就是"经常问到的问题"，或者更通俗地叫做"常见问题解答"。在很多网站上都可以看到 FAQ，列出了一些用户常见的问题，是一种在线帮助形式。在利用一些网站的功能或者服务时往往会遇到一些看似很简单，但不经过说明可能很难搞清楚的问题，有时甚至会因为这些细节问题的影响而失去用户，而在很多情况下，这些问题只需经过简单的解释就可以解决，这就是 FAQ 的价值。现在 FAQ 已成为企业网站一个必不可少的组成部分，无论是提供服务还是销售产品，企业都会对用户的问题提供详细的解答。例如国内一些知名网络零售网站的 FAQ 体系设计比较完善，一般针对用户在购物流程、商品选择、购物车、支付、配送、售后服务等方面分别给出一些常见问题解答。

一、FAQ 的设计与使用

1. FAQ 的设计

在网络营销中，FAQ 被认为是一种常用的在线客户服务手段，一个好的 FAQ 系统，应该至少可以回答用户提出的 80% 的问题，这样不仅方便了用户，也大大减轻了网站工作人员的压力，节省了大量的客户服务成本，并且增加了客户的满意度。因此，一个优秀的网站，应该重视 FAQ 的设计。FAQ 页面设计要选择合理格式，既满足客户信息需求，又要控制信息暴露度。

设计 FAQ 的第一步是列出哪些是常见问题，这个问题对客户服务部门来说是比较容易的，只要让大家集中思路，这个常见问题的清单很快就能列出来。特别是工作在客户服务第一线的人员能列出非常具体而富有意义的客户常见问题。

我们可以把 FAQ 分为两个层次：

第一个层次的 FAQ 是面向新客户和潜在客户的。这个层次的 FAQ 是提供关于公司、产品等最基本问题的答案。

第二个层次的 FAQ 是面向老客户的，由于老客户对公司的基本信息已经有了相当的了解，这一层次应该提供更为详细的技术细节、技术改进等信息，使老客户能够感受到一种受特别关注的感觉。

创建 FAQ 的第二步是问题的组织，这需要认真的思考，精心组织 FAQ 可方便用户使用。很多公司的 FAQ 是很长的文本文件，它们确实包括了常见问题，但其排列不是按照问题出现的频率高低组织的。有时候有些最常见的问题可能不是很重要的问题，有些公司可能不回答这些问题，把 FAQ 做得很简短，且很长时间不去更新。还有些公司的 FAQ 上是一些通用性的网络营销基础知识，但客户真正关心的是有关本企业产品和服务的常见问题，其中的信息不仅对现有客户具有指导作用，对潜在客户的购买决策也具有一定的影响。

所以我们在设计 FAQ 时需要考虑以下的问题：①提供信息的详细程度；②如何对信息进行相应的划分类型，使客户便捷地查找信息。

对第一个问题我们应该从客户的角度出发，信息的详细程度以满足客户需求为标准。可以使用超链接将客户引导到更详细的信息上。

第二个问题涉及 FAQ 的布局和内部链接，设计时可以按照主题分类，如华人商业贸易网（http：//cn.ttnet.net/sindex.shtml）将 FAQ 分为三大主题，如图 16-6 所示。

图 16-6　华人商业贸易 FAQ

买主问答集，下设加入会员、账号密码、更改会员数据、搜索技巧、与厂商联络等九个子项目；

厂商问答集，下设加入会员、账号密码、会员数据新建更改、产品图设置、产品分类等十二个子项目；

其他一些不包括在买主和卖主问答集里的问题。

在创建 FAQ 过程中还要考虑企业公开信息的程度，公开信息太粗略、稀少，无法满足客户的查阅要求；而公开的信息太多、太详细则会给客户查找增加困难，同时也给竞争对手了解自己提供了机会，这无疑是企业不愿意看到的。对此可以根据信息的重要程度进行相应的查阅权限设置加以解决。

2.FAQ 的搜索

布局设计合理的 FAQ 能让客户在急需帮助的时候很快地找到问题的答案，但设计的再好的 FAQ 也不能使每一位客户都能快速地寻找到问题的答案，尤其是内容繁多的 FAQ，所以还是要为客户提供搜索的方法。这个搜索工具不仅要求能在主页上，而且还能在所有其他页面上进行搜索。搜索工具不仅要有较强的功能，还要易于使用。具体而言，FAQ 搜索的意义有以下几方面：

(1) 所寻即所得。很多网站信息量在不断增长，而访问者的耐心却逐渐下降。据统计，每需要多点击一次鼠标，就有三分之一的用户选择放弃。这意味着 100 个访问者进入我们的网站，如果需要点击三次鼠标才能找到所需要的东西，那么就只剩下不到 4 个人了。根据第十一次中国互联网信息调查表明，53.1％的人上网是为了获取信息，大部分网站的目的是让外界了解自己，了解的人越多，效果就越好。把访问者最想要的返回给用户，就可让更多的用户了解自己。这样站内检索成为必然选择。

(2) 符合网民习惯。另有调查表明，68.3％的上网者经常使用搜索引擎。大部分人已经习惯通过检索来找到他们想要的东西，而不是按照某个栏目一级一级往下找。在网站内访问者要是没看见那熟悉的搜索按钮会多少有些不习惯。从心理学角度讲，人们如果对某个事物不习惯很容易产生厌烦情绪，这也就是为什么你第一次去某个地方会觉得特别远，要是路熟了这种感觉就消失了。

(3) 了解访问者的意图。管理大师彼得·德鲁克说："一定要知道你的客户想要什么？"客户的需求永远都是最重要的，因此我们总在分析我们的客户在哪里及他们需要什么。所有访问我们网站的人都可能是我们的潜在客户，了解他们的意图对于我们做决策很重要。站内检索技术可以实现这个功能，站内检索的日志功能可以记录每个访问者的检索词和检索结果，这是访问者意图的最直接的表现。通过分析这些信息，我们还可以调整网站结构，把访问者最想要的放在明显的位置。

(4) 提升网站信息价值。有些大型网站内容复杂，网页多达几万甚至更多，要是隐藏在目录很深的 HTML 文档可能自从网站建立到整个网站关闭也没有一个人看过，这些都不是我们所想要的。站内检索毫无疑问可以解决上述问题。同时，按照一个主题把所有相关文档提供给访问者，可以让访问者更全面的了解他所想要的东西，这增加了网站信息间的组织性和逻辑性，方便了访问者的使用，提升用户体验度。

例如，东芝公司的 FAQ（http：//pc. toshiba. com. cn/service/faq. jsp）就提供了查询功能（图 16-7），用户可以通过输入内容和文章编号查询，查询时还可以选择匹配条件、查询范围、适用机型、文档类别、时间范围。

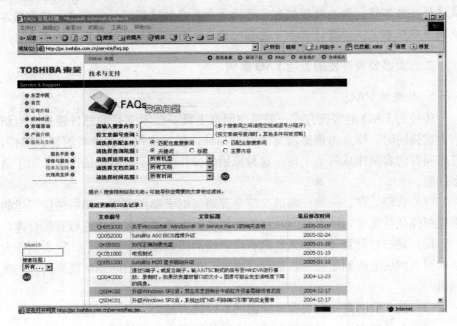

图 16-7 东芝公司的 FAQ

【补充阅读材料 16-4】

客户服务搜索器

客户服务搜索器是在线客户服务的最新形式。他们随时为客户提供即时的、个性化的支持服务，而且费用只是人工客户服务代表的很小一部分。

搜索器是一个基于服务器端的程序，它能够理解和回答大部分客户用自然语言提出的相关问题。搜索器所使用的计算资源与人工客户服务代表及其他知识工作者所使用的完全一样。更为甚者，它与客户的互动可以像真人一样。

如果客户服务搜索器解决不了客户的问题，它会把问题移交给一个客户服务代表。不过，假如客户服务搜索器能够回答 20％的问题，而这 20％的问题能产生 80％的客户访问量，那它就很有价值。

客户服务搜索器令人印象最深的特性，就是它的知识系统处理能力以及后台存取进程能力。知识系统处理是一个为了完成某种目标而设置的有序任务列，如为客户推荐一种客户喜欢的可替代产品或是解决一个复杂的问题等。所以，客户服务搜索器是比决策支持系统更富直觉性的工具。

作为客户与后台交易过程之间的媒介，客户服务搜索器确确实实成为一个代理知识工作者。基本上，商店职员、旅游代理和传统的客户服务代表都在完成这样一件工作，即先处理信息，再将一个复杂的过程解释给客户。搜索器客户助理从根本上不再有什么学习过程的曲线，哪怕他是面对最天真的客户。

二、大鉴公司开发的智能 FAQ 案例

1. 传统的 FAQ

传统的 FAQ 的实现方式一般是在网页上设一技术支持的邮件链接，当访问者欲提问时，则点击该链接发送电子邮件，然后由网站管理者回复该邮件，并将问答内容制作成网页上传。这种原始的操作流程不可避免的产生了如下诸多问题：

（1）管理无序：一问一答的交流全部通过电子邮件完成，结果是信箱里的来往邮件杂乱无章，随着提问和解答的邮件越来越多，将很难进行有效管理。

（2）发布过程繁琐：如果要把有代表性的问题发布到网站上，就要制作大量的网页然后上传到服务器，而且每增加一个有代表性的问题，就要制作一次网页。

（3）技术要求高：需要有专业的网页设计人员。

（4）人员成本大：目前网页设计人员的工资水平都较高。

（5）响应速度慢：对问题的解答无法实时发布在网站上。

（6）重复劳动，效率低下：每制作一个问答，都要进行编辑目录、链接内容等雷同的操作。

（7）修改极不方便：哪怕是一个字的修改，都需要编辑网页，然后上传到服务器。

（8）网站更新时工作量巨大：如果遇到网站结构性调整，则所有链接须全部重做，如果问答数量很多，则工作量将会十分巨大，不啻重新制作。

（9）没有统计信息和有效记录：因为是纯静态的 HTML 网页，因此不可能有搜索、排序的功能，同时也不可能有访问者的统计和问答本身的访问统计信息。

2. 智能 FAQ

智能 FAQ，是大鉴公司针对传统 FAQ 存在的问题开发的一套基于数据库

的、全动态的 FAQ 管理和发布系统，它不仅克服了传统 FAQ 存在的问题，同时还增加了很多非常实用的新功能。使提问、解答、修改、删除等操作全部在线完成；可以单独回答某人的问题，也可以把典型问题推荐给所有人；可以任意添加问题的分类、可以任意改变问题的属性、可以实现提问者和问题的访问统计等，如图 16-8 所示。

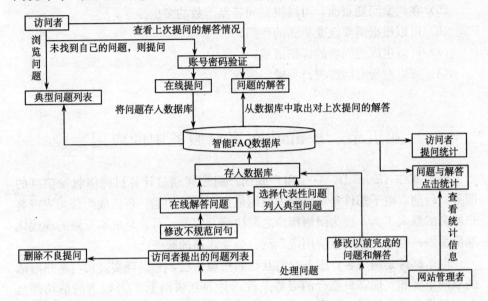

图 16-8　智能 FAQ 示意图

智能 FAQ 1.0 版系统流程及功能：

当访问者进入 FAQ 界面，首先看到的是典型问题的解答，如果没有找到自己问题的解答，可以进入"在线提问"界面，提交自己的问题；以后可以随时通过账号、密码的验证，查看问题的解答情况。

网站管理者进入 FAQ 管理界面，可以看到最新典型问题的列表，他所要做的仅仅是回答问题，点"提交"按钮而已，其他所有的网页发布、内容链接完全由系统自动完成；同时，网站管理者可以选择有代表性的问题，只需点击该问题对应的"推荐为典型问题"按钮，即可将本条问答发布到最新典型问题页面上。当然，可以删除任何一条问答。

系统实现的功能：所有信息通过数据库维护，所有操作在线完成，只需会录入汉字，即可完成所有内容的建设与更新。

智能 FAQ 2.0 除具备 1.0 版的所有功能外，还增加了如下非常实用的功能：

（1）可以在回答问题前，对访问者提出的问题进行在线修改，以杜绝不正规的提问；

（2）可以任意添加问题的分类，并对每一条问答进行归类处理；

（3）可以任意在线修改已经完成发布的问答内容；

（4）可以生成所有问答访问率清单；

（5）在典型问题页面，可以根据问答点击数的多少排序；

（6）可以根据需要改变页面的色调；

（7）可以生成提问者的详细清单；

（8）可以对所有问答进行关键字搜索。

第五节　E-mail 在客户服务中的应用

电子邮件（E-mail），它是用户或用户组之间通过计算机网络收发信息的服务。目前，电子邮件是互联网上使用最为广泛的功能，现已成为公司进行客户服务的强大工具，成为网络用户之间快捷、简便、可靠且成本低廉的现代化通信手段，也是互联网上使用最广泛、最受欢迎的服务之一。

电子邮件是网络客户服务双向互动的根源所在，它是现实公司与客户对话的双向走廊和实现客户整合的必要条件。目前互联网上 60% 以上的活动都与电子邮件有关。使用互联网提供的电子邮件服务，实际上并不一定需要直接与互联网联网，只要通过已与互联网联网并提供邮件服务的机构收发电子邮件即可。

一、电子邮件在客户服务中的作用

传统的客户服务常常是被动的，客户向公司提出问题后，公司再解决。而通过电子邮件，公司可实现主动的客户服务，而不是被动的等待客户要求服务。利用电子邮件进行主动的客户服务有以下两个方面的内容：

1. 主动向客户提供公司的最新信息

公司的老客户需要了解公司的最新动态，如公司新闻、产品促销、产品升级等。公司可将这些信息及时主动地以新闻信件的形式发送给需要这类信息的客户。

2. 获得客户需求信息

获得客户需求的反馈，将其整合到公司的设计、生产、销售等营销组合系统中。要了解客户的要求可以通过电子邮件直接向客户询问，但是不宜设计包括很多问题的问卷。因为，这种问卷的回收率通常很低，网上冲浪者通常是不耐烦的，对比较长的问卷往往没有耐心填写完毕，所以要想让客户回答你的咨询，最好每次只设计一个具体的问题。这个问题应简洁明了，易于阅读、易于回答，客户只要用很短时间就能回答完毕。同时，因为每次只提一个问题，为了不浪费客户的时间和精力，公司又要有所获得，所以，在设计需询问的问题时，要慎重考虑，使之直接作用于产品质量、服务等，取得更好的效果。

二、客户电子邮件的管理

来自客户的电子邮件代表了客户的心声，因此，电子邮件是非常重要的。人们常说，产品是制造出来的，而服务是表现出来的。因而服务的质量并非来自其"物质特征"，而是来自其"表现成效"。正因为如此，为了利用电子邮件，搞好客户服务，必须搞好电子邮件管理。其中，首要的是确定好电子邮件管理的目标。

1. 电子邮件管理的目标

客户电子邮件管理的基本目标是：公司必须通过一定的组织与管理，以确保每一位客户的电子邮件都得到认真而及时的答复。因此，在使用电子邮件进行客户服务之前，需要注意以下两方面问题：

(1) 公司可能不会预料到客户将怎样使用公司的电子邮件地址。例如，沃尔沃汽车公司曾经在其网站上设立了一块反馈区，希望客户提出意见，然而收到的反馈意见却出乎意料。有的客户提出如下问题："我的沃尔沃 94 型车刚买了不到一年，发动机经常熄火，特约维修站修了 5 次还没修好，你们打算怎么办?"这是十分严重的问题。根据美国有关消费者权益的法案，在这种情况下，消费者有权要求退货或是调换。沃尔沃公司的律师建议公司关闭这个反馈区，因为如此继续下去将会引发一系列的法律纠纷。另一家美国零售商在网上设立招聘区，希望找工作的人在上面发送个人简历，结果却收到了一大堆要求退货和调换家用电器与家具的信件。根据以上问题可以看出，即使公司的本意并非如此，客户也会利用他们手中的 E-mail 地址去提出他们所关心的问题。

(2) 公司必须能够迅速做出答复。当客户发给公司电子邮件时，是由于他们往往碰到了问题，因此，公司应该尽快答复。客户发来的电子邮件会储存在计算机里，直到有关人员有空阅读并答复，但客户并不会那么耐心，2001 年调查公司 Jupiter Media Metrix 的研究表明。多数客户希望在 6 个小时内获得关于客户服务的询问，甚至为数不少的客户在寻求获得即时满意的服务。但是目前只有 38% 的企业可以做到这一点，33% 的公司会在几天甚至更长的时间后回复用户的电子邮件，有些甚至根本不给予回复，而且不回复客户邮件的现象还有上升的趋势。Jupiter 的调查结果发现，如果以是否在 6 个小时内回复客户的邮件作为评价标准，在 E-mail 客户服务管理方面表现较好的是网上零售商，有一半以上的网上零售商可以满足用户的期望，其次是金融服务业网站，达到 46%，旅游服务网站的效率比较低，只有 12%，而传统企业网站几乎没有一家可以在客户期望的时间内给予回复。

由于很多网站不及时回复用户的 E-mail 咨询甚至根本不予回复，结果不仅对公司产生负面影响，同时对 E-mail 客户服务本身也造成伤害，结果使得客户对通过电子邮件请求服务的信心大减。通常情况下，如果第一封邮件得不到回复，客户往往会继续发邮件，或者通过电话等方式询问，造成服务成本的提高和客户满意度的下降。在很多情况下，拖延答复比不予答复更糟糕。因为，不予答复可能是因为公司顾及不到此类问题；而如果等到客户自己已经解决问题后才收到公司的答复，客户就会认为该公司组织涣散，不可救药，继续在该公司购买物品将是不明智之举。这对企业的客户服务是一个严峻的挑战，应尽快适应客户的需求，否则将在激烈的竞争中处于不利地位。

因此，必须确定电子邮件管理目标，并确保基本目标的实现，即确保每一位客户的信件都得到认真而及时的答复。

2. 邮件的收阅与答复

（1）安排邮件通路。要实现确保每一位客户的信件都能得到认真而及时答复的基本目标，首要的措施是安排好客户邮件的传送通路，以使客户邮件能够按照不同的类别有专人受理。正如很多公司服务热线的接线员所感受到的那样，客户期望他们的问题得到重视。无论是接线员直接为客户解决问题，或是提供公司有关负责人解决问题，客户都希望接线员热心地帮助他们。在客户电子邮件管理中，存在同样的情况，即如何有效地进行客户邮件的收阅、归类与转发等管理工作问题。

公司需要针对客户可能提出的各种问题，做好准备工作。准备工作可从公司内部着手，比如走访那些负责客户热线的人员，与为客户提供销售服务的工程师交谈，还可利用建立起 FAQ 过程中所积累的经验，分析并列出客户可能提出的各种问题及解决方案。对于客户可能提出的各种各样的问题，可按两个层次分类管理。

第一层次是把客户电子邮件所提出的问题，按部门分类。可分为：

销售部门：关于价格、供货、产品信息、库存情况等。

客户服务部门：如产品建议、产品故障、退货、送货及其他服务政策等。

公共关系部门：如记者、分析家、赞助商、社区新闻、投资者关系等。

人力资源部门：如个人简历、面试请求等。

财务部门：如应付账款、应收账款、财务报表等。

第二层次是为每一类客户电子邮件分派专人仔细阅读。同时还必须对这些信件按紧急程度划分优先级，比如划分为以下5种：

一是给公司提出宝贵意见的电子邮件，需要对客户表示感谢；

二是普通紧急程度电子邮件，需要按顺序排队，并且应在24小时内给予答复；

三是特殊问题电子邮件，需要专门的部门予以解决；

四是重要问题的电子邮件；

五是紧急情况的电子邮件。

根据以上划分优先级的方式，大部分信件可归入普通紧急程度的优先级中。对于此类问题，在公司的数据库中应准备好现成的答案，这样就可以迅速地解决绝大部分问题，并且，应该在回信中告诉客户当下一次遇到同样问题时，客户自己如何在网站上寻找解决问题的答案。特殊问题意味着在公司现有的数据库中还没有现成的答案可以答复，这就需要由有关部门或个人，如产品经理、送货员等给予答复。对于答复问题，需相应部门的高层决策者的力量。此时往往需要不断通过电话或其他方式提醒他们，直到他们真正意识到该信件的重要性，并认真阅读和考虑解决答案。紧急情况是很少出现的。如果出现紧急情况，问题严重时，就需要跨部门的商议和决策才能解决。因此，应该把紧急情况信件发送到相关的各个部门，公司领导应立即召开部门负责人会议，共同解决。虽然这种紧急情况很少出现，但却需要投入更多的精力对过程进行预先设计，否则，一旦发生，将可能使整个公司陷入混乱之中。

（2）向客户提供方便。上述把所有的电子邮件都发送到一个地址的情况下，公司中需要再派专人进行分类和转发。另一种方法是在网页中设置不同类别的反馈区，用以提供公司各部门的电子邮件地址，客户根据自己的问题把电子邮件发到相应的部门，这样做可以提高信件的收阅率和答复效率。

例如，美国的匹克系统公司（Pick Systems）在网页上提供了17个部门的E-mail地址，另外，还提供了43个职员的个人地址，客户可以从中任意选择，直接进行联络，甚至可以与总经理联系。为了保护公司机密，公司所有的软件设计人员都不在提供地址之中，而且所提供的姓名中有些是化名。另外，这种方法导致有些个人需要处理过多的客户信件，然而公司宁可冒这个险也不愿意让客户对公司的服务感到失望。

公司内的E-mail地址公布到何种程度受本公司的传统观念的影响。有的公司以前只允许员工在名片上印上公司的总机号码，而有的公司则鼓励员工把个人的手机号码、宅电号码也印在上面；有的公司很乐意外界了解他们的组织机构，而有的则把它作为公司机密。

一个比较合适的办法是把那些与外界联系较为紧密的职员地址公布出来，或者其他职员也列在其中时，给他们提供化名，客户可通过几个地址与同一个人联系。虽然这样做看上去容易发生混乱，但实际上信件误投的情况只占0.5％。而且，公司公布这些地址将会极大地鼓励客户沟通、对话，因为客户可以很方便地告诉企业他们所知道的很多情况。

（3）尊重客户来信。客户获得的重要信息越多，获得信息的途径越方便、迅速，他们就会越满意。因此，即使是一封来信中满是牢骚，或信中所说太离奇，但是这对于客户而言却是十分重要的。因此，同样应该花时间仔细考虑，认真答复。其实，有时你认为给了客户一个好的答复，但未必是客户所期望的答复。如果的确是坏消息，就应该尽快通知客户，并提供临时性方案，以免造成客户的损失。如果告诉客户解决问题的期限，必须要履行承诺，不能拖延。

（4）采用自动应答器，实现自动答复。为了提高回复客户电子邮件的速度，可以采用计算机自动应答器，实现对客户电子邮件的自动答复。自动应答器给电子邮件发出者回复一封预先设置好的信件，这样做的目的是让发出电子邮件者放心，并说明邮件已经收悉，已引起公司的关注。这种自动答复可以采用某种特定格式，如"本公司经理对您的建议很感兴趣，并十分感谢您为此花费了宝贵的时间"。采取这一方法是因为经理实际上无法抽出时间来一一阅读这些信件，而电子自动应答系统则可以更好地实现这一功能。自动应答信件或长或短，有的写得非常得体而且幽默。

3. 主动为客户服务

客户服务不能只是坐等客户前来询问，而应进一步采取主动，在客户提出问题以前帮助他们解决，并主动去了解客户需要什么服务。

（1）运用 E-mail 新闻，主动为客户服务。E-mail 新闻是很好的为客户服务的工具。客户希望获得信息，希望了解最新情况。客户特别欢迎那些自己感兴趣的新闻，同时也很讨厌那些对他们毫无意义的信息。消费者通常喜欢收到行业新闻、促销活动以及其他更好地使用产品等方面的信息。此外，对于来自其他消费者使用产品的某些经验、体会以及如何节省时间和费用的小窍门也很喜欢。

需要指出的是，在未收到客户订阅之前，不要将任何 E-mail 给他们，否则将会引起客户的反感。即使是在获得客户允许后，也要注意在发给客户的每一封电子邮件附言中说明，告诉他们如何方便地撤销订阅。

（2）鼓励与客户对话，主动为客户服务。网络客户服务不仅能实现由公司到客户的双向服务，同时，还能实现客户与客户之间的交流和帮助。对于公司而言，网络上的公司与客户、客户与客户之间信息传播的范围和速度远非现实生活所能想象、比拟。因此，对公司又是一把双刃剑。客户对产品的赞扬可得以传播；同时对公司不利的议论同样能够传播。网络是一种崇尚自由的媒体，对于公司与客户的对话以及客户与客户之间的对话，公司的态度应是积极鼓励，而不是冷漠、忽视甚至强行遏制，忽视网络的公司必将要落入新时代的淘汰之列。

在现代社会里，自动化正越来越深刻地渗透到人们的日常生活中，人们与各种机器、电子设备的接触越来越多，而人与人之间直接接触不是在增加，而是在减少。正是在这种环境下，人们才更加珍惜人与人之间的关系。约翰·耐斯比特在他的著作《大趋势》中指出，随着现代化程度日益提高，人们更渴望彼此之间的接触和关怀。因此，在现代社会中，高接触（high touch）比高技术（high technical）更重要。

在客户电子邮件管理中存在同样的问题。现在虽然已经有了自动答复系统，但决不能忽视人与人之间的接触。网上葡萄园酿酒公司的例子很好地说明了这一点。该公司在网页上提供了 4 位主要客户服务负责人的 E-mail 地址。客户发来的电子邮件中有超过一半是发给彼得·格来诺夫的，他是该公司的酿酒专家。客户喜欢与他进行个人之间的联系，这使得他们觉得彼得·格来诺夫是属于他们个人的酿酒师。客户从公司的服务部可以获得同样的信息，但产生的效果却不相同。在客户眼中，彼得·格来诺夫才是真正的权威。该公司的创造人之一罗伯特·欧尔森认为客户十分渴望人际间的接触。该公司还发现公司的销售额与客户联系的个人逸事之间存在密切联系。当彼得向客户描述酒的质地、颜色、味道和价格时，一切都和以前一样，无什么变化；但当彼得向客户描述上一次去酒厂的经历以及他和酒厂老板坐在地毯上共品佳酿的情景时，销售量便会上升。这种关系已经被一次又一次地验证过。可以看出，公司确定有影响的人员邀请客户，与其对话，不仅能使公司及其产品在客户中树立良好的形象，而且更主要的是主动为客户服务，更好地满足客户的需求，促进公司的事业长期、稳定、健康地发展。

本 章 小 结

网络时代的消费者在客户服务方面给企业提出了更高的要求，而企业网站、电子邮件、即时信息沟通软件等客户服务工具也使企业向消费者提供更多更好的服务成为可能。就网络消费者的需求而言，具有个性化、多层次等鲜明特点。企业在网络营销过程中如何把握网络消费者的这些特点关系到营销的成败。

网站是一个综合性的营销工具，网站建设的水平直接关系到网络营销的效果，所以企业网站设计应该站在消费者的角度来考虑。除了企业网站之外，在线表单、电子公告板、讨论组、在线聊天室和即时信息等都是网络营销客户服务的常用工具。尤其是即时信息服务在满足消费者及时得到企业的反馈信息方面具有重要意义。

在网络营销客户服务内容方面，不仅包含传统的售前、售中、售后服务，网络消费者更是提出了个性化服务要求。因此，企业应该在理解消费者的各种需求的基础上做好网络营销服务。

电子邮件是企业使用最普遍的网络营销客户服务手段，已经为很多企业营建良好的客户关系做出了贡献。但是企业利用电子邮件作为客户服务工具时仍然还存在很多的问题，以至非但不能给客户提供更好的服务，还让消费者产生不少抱怨。于是客户电子邮件管理问题就摆在了企业网络营销者的面前。

FAQ是另一种企业常用的网络营销服务工具，主要是提供有关产品、公司的情况，它既能够引发那些随意浏览者的兴趣，也能帮助有目的的客户迅速找到他们所需要的信息，获得常见问题的现成答案。

在网络营销客户服务内容方面，不仅包含传统的售前、售中、售后服务，网络消费者更是提出了个性化服务要求。因此，企业应该在理解消费者的各种需求的基础上做好网络营销服务。

主要参考文献

陈峰棋 . 2002. 完全接触 ASP 之基础与实例 . 北京：电子工业出版社

陈文华 . 2002. 消费心理与营销对策 . 北京：中国国际广播出版社

邓仲华 . 2003. 电子商务系统分析与设计 . 武汉：武汉大学出版社

电脑编程技巧与维护杂志社 . 2003. ASP 编程精选集锦 . 北京：科学出版社

董雪兵 . 2002. 电子商务导论 . 杭州：浙江大学出版社

董玉德 . 2003. ASP 网络编程技术：系统设计与实现 . 合肥：中国科学技术大学出版社

对旅游市场营销的探讨 . http：//thesis. yeahtech. com/Study/Article_9944. htm

发展旅游电子商务的对策思考 . http：//www. hnta. cn/web/news/shwx3. jsp? dd=3888

方美琪 . 2003. 网络营销 . 北京：清华大学出版社

何勇祺 . 2002. 市场营销学 . 大连：东北财经大学出版社

霍静波 . 2002. 网络广告的投放策略 . 经营管理者，（7）

贾月梅 . 2001. 网络时代消费者行为特征及营销策略 . 现代财经，（8）

姜旭平，黄敏学 . 2001. 网络营销教程 . 北京：机械工业出版社

黎志成，刘枚莲 . 2002. 电子商务环境下的消费者行为研究 . 中国管理科学，（6）

李琪 . 2002. 电子商务概论 . 北京：人民邮电出版社

李小红 . 2001. 网络营销 . 北京：中国财政经济出版社

刘光峰 . 2000. 实战网络营销——理论与实践 . 北京：清华大学出版社

刘军，董宝田 . 2003. 电子商务系统的分析与设计 . 北京：高等教育出版社

刘涛 . 2002. 电子商务网站建设 . 北京：经济科学出版社

柳奕莹 . 2002. 消费者行为——个性、态度与品牌选择的相关性研究 . 首都经济贸易大学企业管理系硕
　士论文

卢泰宏 . 2000. 互联网营销教程 . 广州：广东经济出版社

吕英斌，储节旺 . 2004. 网络营销案例评析 . 北京：清华大学出版社，北方交通大学出版社

旅游网络公共关系营销探索 . http：//paper. studa. com/2003/5-10/2003510163359. asp

钱旭潮，汪群 . 2002. 网络营销与管理 . 北京：北京大学出版社

瞿彭志 . 2002. 网络营销 . 北京：高等教育出版社

荣莉莉，张丽倩，贾俊贤 . 2001. 一种便于管理的动态站点设计方法 . 管理科学与系统科学研究新进
　展——第 6 届全国青年管理科学与系统科学学术会议论文集

尚晓春 . 2002. 网络营销策划 . 南京：东南大学出版社

施晴 . 2002. 网络广告的媒体形式及运用策略 . 贵州商业高等专科学校学报，（4）

史达 . 2003. 网络营销理论与实务 . 北京：经济科学出版社

斯蒂芬·P. 布雷德利，理查德·L. 诺兰 . 2000. 感测与响应—网络营销战略革命 . 成栋译 . 北京：新
　华出版社

田剑，冯鑫明，祁丽．2001. 电子商务环境下的消费者行为分析．华东经济管理，（1）

王贺朝．2001. 电子商务与数据库应用．南京：东南大学出版社

王建国，郭建波．2004. 基于 Web 的动态网站管理系统的设计及实现．微机发展，（1）

王建华．2003. 企业电子商务网站的构建和推广．南通航运职业技术学院学报，（4）

王京传，刘以慧．我国旅游电子商务发展战略．http：//www. ectook. com/Archives/
    200410/000865. asp

王志峰，雨泽，若勇等．2000. 电子商务网站的构建与维护．北京：清华大学出版社

吴恒亮．2002. 如何建立一个企业的电子商务网站．Computer era，（5）

吴健安．2004. 市场营销学·学习指南与练习．北京：高等教育出版社

伍丽君．2001. 网上消费者行为分析．湖北社会科学，（12）

西宝，杨晓东．2003. 消费者行为黑箱与客户满意度．商业研究，（9）

薛辛光．2003. 网络营销学．北京：电子工业出版社

杨坚争．2000. 电子商务网站典型案例评析．西安：西安电子科技大学出版社

杨坚争．2002. 网络营销教程．北京：中国人民大学出版社

叶文．2001. 网络消费者购买行为研究．南京经济学院学报，（4）

伊志宏．1996. 中国消费者行为特征简析．中国流通经济，（2）

阴双喜．2001. 网络营销基础——网站策划与网上营销．上海：复旦大学出版社

张俊霞．2001. 网络化时代旅游业的变革与重组．桂林旅游高等专科学校校报，（1）

张萌，许永龙．2004. 制约我国网络广告业发展的障碍及对策研究．环渤海经济瞭望，（3）

张泉馨，王凯平．2003. 网络营销理论与实务．济南：山东人民出版社

张廷茂．2000. 网络营销．石家庄：河北人民出版社

张卫东．2002. 网络营销．北京：电子工业出版社

赵新元．2000. 旅游营销的新手段：互联网．中山大学研究生学刊（社会科学版），（1）

赵云昌．2001. 旅游业网络营销的发展态势及对策．财贸研究

中国旅游网站的性能及其发展的态势．http：//www. hnta. cn/web/news/shwx3. jsp？dd=3899

中国企业联合会咨询服务中心、中国企业联合会管理咨询委员会编．1999. 企业管理咨询理论与方法新
    论．北京：企业管理出版社

钟强．2002. 网络营销学．重庆：重庆大学出版社

朱顺泉．2003. 电子商务系统及其设计．西安：西安电子科技大学出版社

卓骏．1998. 国际商务管理理论与案例研究．杭州：浙江大学出版社

［美］Davidson L. 2003. SQL Server 2000 数据库设计权威指南．邝劲筠，叶乃文译．北京：中国电力出
    版社

［美］萨尔玛 V. 萨尔玛 R. 2002. 电子商务网站开发指南．三联四方工作室译．北京：清华大学出版社

McEnally M. 2004. 消费者行为学案例．袁瑛，刘志刚译．北京：清华大学出版社

www. 21echina. com

www. cnnic. net. cn

www. iresearch. com. cn

www. 21marketing. com

www. diybl. com

www. yesky. com